현자의 제자를 자칭하는 현자

15

류센 히로츠구 저자

후지 초코 일러스트

정대식 옮김

"이로써 변장은 완벽하구나!"

GC NOVELS
She professed herself pupil of the wise man.
story by hirotsugu ryusen, illustration by fuzichoco

니르바나 황국 여왕
아르마

"에스메랄다 씨가
여기까지 데려온 걸 보니,
당신이 할배가 맞았던 거지?!"

"오
누
그

$\langle 1 \rangle$

　산뜻하다는 생각이 절로 들 정도로 화창한 여름날 오후. 알카이트 성에 위치한 솔로몬의 집무실에서 미라는 솔로몬과 얼굴을 맞대고 진지하게 이야기를 나누고 있었다.

　대화의 핵심 내용은 겨우 포획할 가능성이 생긴 메이린과 그 요인으로 지목된 니르바나의 투기대회에 관한 것이었다.

　"그나저나 보아하니 규모가 엄청난 것 같구나."

　솔로몬의 말에 따르면 어제 특별한 형식으로 도착한 서신에 투기대회의 상세 내용이 설명된 서류 한 벌이 들어있었다고 한다.

　서류에 의하면 참가 신청은 이 통지문이 각국에 전해진 다음날로부터 2개월 동안 접수하며, 예선은 접수 개시로부터 한 달 후 순차적으로 개최된다. 또한 본선 일정은 참가자들의 숫자에 따라 다소 조정될 수 있다고 적혀 있었다.

　"참가자 모집만 2개월 동안 실시하면, 대체 얼마나 많은 수가 모여들지."

　"척 봐도 최근 몇 년 동안 열린 것들 중 최대급의 축제가 될 것 같긴 해. 아마 상당히 많은 사람들이 모일 거야."

　출전자가 얼마나 모일지는 알 수 없는 일이지만, 일만에 다다를지도 모른다고 솔로몬은 말했다.

　그리고 미라 또한 분명 그럴 것이라고 확신했다.

　이번에 개최된다는 투기대회의 내용이 그만큼 터무니없었기 때문이다.

우선 특설회장에는 수천 명 이상을 수용할 수 있다는 선수촌과 식당이 완비되어 있다고 한다.

전사와 술사, 연령, 콤비, 팀 등에 따른 클래스별 대전과 그러한 틀을 모두 걷어낸 무차별 대전이 개최될 것이라고 서류에 적혀 있었다.

승패는 심판이 전투 속행이 불가하다고 판단하거나 한쪽이 항복을 선언하면 결정된다.

상대를 죽음에 이르게 하는 행위는 금지다. 또한 심각한 후유증이 발생될 우려가 있는 수단의 행사도 원칙적으로는 금지되어 있다.

또한 대회에는 니르바나가 자랑하는 정예, 십이사도(十二使徒) 중 한 명인 성술사 '신언(神言)의 에스메랄다'와 그녀가 이끄는 구호대가 배치되어, 즉사할 수준의 부상이 아니라면 다소 경기가 거칠어져도 문제는 없다고 한다.

"어쩐지 올림픽이 연상되는데, 무엇보다도 굉장한 부분은 여기란 말이지——."

거기까지도 무난하다고 하기에는 어폐가 있었지만 그래도 현실적인 환경과 규칙이라 할 수 있었다. 하지만 무엇보다도 다음 항목인 상품이 터무니없다며 솔로몬은 웃었다.

대회 상품. 그것은 이러한 대회에서 가장 눈길을 끄는 요소 중 하나라 할 수 있었다. 그래서인지 상품은 어느 것 할 것 없이 호화스러웠다.

클래스별 대전의 우승자에게는 영웅급 무구 한 점과 부상으로 삼억 리프. 준우승자에게는 특급 무구 한 점과 일억 리프. 또한 3위에게는 명공이 제작한 무구가 증정된다고 한다.

더불어 그밖에도 여러 가지 특별상이 준비되어 있다는 듯했다.

여기까지만 보아도 충분히 호화스럽다. 미라는 그런 인상을 받았지만, 뒤에 이어진 무차별급의 상품을 확인하자마자 기어이 사고가 정지되고 말았다.

무차별급 우승자에게는 무려 니르바나 황국이 소장한 전설급 무구 한 점과 오십억 리프가 부상으로 증정된다고 적혀 있었던 것이다.

"과연 니르바나로구나…… 나라로서의 차원이 달라……."

"그러게 말이야……."

알카이트 왕국이 같은 조건의 대회를 개최하는 건 불가능하다. 아닌 게 아니라 삼신국이나 아틀란티스, 그리고 니르바나와 같은 대국이기에 운영할 수 있는 수준의 대회였다.

그만큼 커다란 규모의 대회이기에 엄청난 흥행이 예상되기도 했다.

같은 플레이어가 일으킨 나라임에도 불구하고 압도적인 국력 차가 아닌가. 간신히 재기동한 미라가 그 격차에 투덜대자 솔로몬 또한 공허한 눈으로 고개를 끄덕였다.

"뭐, 그건 둘째 치고 이쪽도 흥미롭기는 하단 말이야."

마음을 다잡듯 솔로몬은 한 장의 서류를 집어 들었다. 거기에는 대회를 더욱 흥행시키기 위해 여러 유명인들에게 초대장을 보냈다고 적혀 있었다.

더불어 각국에 대표 출전 선수를 요청하는 편지까지 곁들여져 있었다고 한다.

모험가를 필두로 용병과 모험가들 중에서도 실력자로 유명한 이들은 많다. 게다가 국가에 소속된 현역 군인까지 출전할 것이라고 한다. 심지어 그러한 대표 선수들이 참가하는 특별 토너먼트가 별도로 기획되어 있다는 모양이다.

대회에서도 특히나 눈길을 끄는 이벤트가 될 게 분명해 보였다. 아닌 게 아니라 그것만으로도 이벤트를 기획할 수 있을 정도로 호화로운 내용이었다.

그리고 마지막에는 대회의 승자들이 니르바나가 자랑하는 십이사도 중 한 명을 지명하여 겨루는 특별 경기를 치를 예정이라고 한다.

그것은 분명 투기대회의 마지막을 장식하기에 걸맞은 대격전이 될 것이다.

"그나저나 터무니없는 이벤트가 될 것 같구나. 그렇기에 메이린이 달려들지 않을 리가 없어 보이기는 한다만."

수많은 강자가 온 대륙에서 모여드는 최대급의 이벤트가 될 것은 틀림없어 보였다. 그렇다면 수행을 위해 강적과 겨루고 싶어하는 메이린이 나타나지 않을 리가 없을 거다.

"무차별급 최대의 우승 후보가 될지도 모르겠어."

"동감이다. 그 녀석이라면 분명 보란 듯이 연전연승을 거두겠지."

아홉 현자라는 칭호가 말해주듯, 메이린의 실력은 톱클래스다.

대륙에는 아직 보지 못한 강자가 잔뜩 있을 테지만, 그들을 차례로 넘어서는 메이린의 모습을 상상하기란 어렵지 않았다.

그리고 대회가 진행되면 진행될수록 더더욱 주목을 끌게 될 것이 분명했다.

"응. 뭐, 그 때문에 살짝 일이 복잡해질지도 모르거든……."

큰 무대에서 주목을 끌면 그만큼 인지도도 오를 수밖에 없다고 솔로몬은 말을 이었다.

이 대회는 온 대륙의 이목이 집중되는 일대 이벤트가 될 거다. 동시에 그곳에서 활약한 선수 또한 널리 알려질 게 분명하다.

그렇게 되면 메이린을 아는 이들은 분명 그 정체를 알아챌 거다.

메이린이라면 분명 무사수행을 계속하고 있을 것이고, 강적이 많은 깊은 산속 같은 곳에 틀어박혀 지내는 일이 많았을 것이다. 사람들과의 접촉도 그리 많았을 터다.

이렇다 할 소문이 없어 실마리를 잡을 수 없었던 게 그 증거라 할 수 있다.

하지만 이번에는 최고의 무대가 최고로 눈에 띄는 장소에 준비되었다.

어째서인지 메이린은 이런 쪽으로 귀가 밝았으니, 아무 생각도 없이 대회에 나타날 거다. 산이나 숲과는 비교도 되지 않을 정도로 많은 사람들의 이목이 집중되는 장소에.

다시 말해서 그런 상황에서 마음껏 날뛰면 아홉 현자의 일원이라는 사실이 탄로 나는 건 시간문제인 것이다.

솔로몬이 걱정하는 바는 그다음이었다.

탄로 나고 나면 행방불명된 것으로 알려졌던 아홉 현자의 출현 사실이 큰 화제가 되어 온 대륙에 퍼질 거다. 그러면 메이린의 인지도는 더욱 비약적으로 향상될 것이다.

그렇게 되면 그다음에는 대륙 각지에서 수행 중인 메이린을 본 적이 있다는 소문이 간간이 들려올 가능성이 높다.

특히나 지금은 한정부전조약의 기한이 코앞으로 다가온 시기이기도 하다. 각국의 긴장도가 최대인 타이밍이라고 바꿔 말할 수도 있다.

그런 상황에서, 알카이트 왕국의 필두 전력이 대륙 각지에서 대체 무엇을 하고 있었던 것인가. 잠입해서 정보 수집이라도 했던 것은 아닌가. 그러한 의혹이 퍼지는 날에는 여러모로 난감한 사태가 벌어질 게 뻔하다.

사실 그러한 일을 했을 리도 없고, 그녀가 그렇게 똑똑한 일을 할 수 있을 리도 없다.

하지만 아홉 현자라는 칭호가 가진 무게는 엄청나다. 무사 수행을 위해 각지를 전전한 것뿐이라고 본인이 증언한다 해도 그 말을 각국이 그대로 받아들일지 어떨지는 모를 일이다.

각국에 대한 정찰. 그렇게 판단해 한정부전조약에 저촉되는 행위라고 여겨도 이상할 게 없는 상황이라 할 수 있는 것이다.

메이린의 인지도가 지금과 같은 상태라면 둘러댈 수도 있다. 하지만 투기대회를 통해 인지도가 껑충 치솟기라도 하면 그러기도 어려워진다.

"뭐, 이건 일어날지도 모르는 것 중 최악의 사태일 뿐, 실제로 그렇게까지 문제가 커지지는 않을지도 몰라. 하지만 그렇게 되면 큰일이니 예방해두고 싶어."

그렇게 말을 끝맺은 후, 솔로몬은 기대가 담긴 눈빛으로 미라를 바라보았다.

"흠, 보아하니 데리고 오기만 하면 되는 간단한 일……이 되지는 않을 것 같군그래."

메이린을 데리고 오는 것은 물론이고 그에 따른 걱정거리를 불식시키기 위해 니르바나로 가는 것. 그것이 이번에 새롭게 내려진 임무였다.

"해서, 작전은 있느냐? 참가하지 말라고 한들 소용이 없을 터인데."

그녀에게 무술을 배웠던 미라는 무술에 대한 메이린의 열의를 누구보다도 잘 알았다.

메이린은 수행을 위해 강적과 겨루고 싶어 한다. 이유를 설명한들 출전할 뜻을 굽혀줄지 어떨지 모를 일이다.

또한 설득에 성공한다 해도 허탈함을 메우기 위해 곧바로 길을 떠나버릴 우려도 있다.

그렇다면 가장 좋은 방법은 마음껏 싸우게 해서 만족하게 한 후에 귀국시키는 것이다.

하지만 그게 말처럼 쉬울까, 라고 미라는 의문을 던졌다. 그러자 솔로몬은 당연하다는 듯이 미소를 지어 보였다.

"그 부분에 관한 대비는 어제부터 진행하고 있었어. 요컨대 메이린 본인이라는 증거만 남기지 않으면 그만인 거잖아."

아무리 의심을 하더라도 그렇다는 확증만 주지 않으면 된다. 솔로몬은 그렇게 말하더니 단순하면서도 유효할 듯한 작전에 관해 말했다.

메이린의 기분도 고려해서 대회 출전 자체를 막지는 않겠다. 하지만 상황을 설명한 후에 한 가지 조건을 받아들이게 하자.

그 조건은 바로, 변장이다.

메이린도 자신의 입장을 그럭저럭 알고는 있을 테니 약간의 편법을 쓰기는 했을 것이다.

하지만 상대는 다름이 아니라 메이린이다. 기껏해야 안경을 쓰거나 이름을 바꾼 정도일 거라고 솔로몬은 말했다.

따라서 좀 더 본격적인 변장 도구를 이쪽에서 준비해주자는 것이 솔로몬의 작전이었다.

그리고 이 일에 관해서는 어제 라스트라다와 의논을 해두었다는 모양이다. 변장의 프로인 그의 지혜를 빌려, 대략적인 콘셉트는 잡았다고 한다.

본래의 메이린과는 동떨어진 존재로—— 메이린을 아는 이가 보아도 쉽게 연상하지 못하도록 변장하면 금방 탄로 날 일은 없을 거다. 그것이 솔로몬의 생각이었다.

"조금은 의심하는 사람이 생길지도 모르지만 확신하지는 못할 테고, 그렇다면 이쪽에서도 충분히 발뺌할 수 있을 거야."

그렇게 말을 이은 후, 솔로몬은 책상 위에 놓여 있던 서류에서 한 장을 빼서 미라에게 내밀었다.

"흐음…… 옳거니."

그 서류에는 대회에서 사용 가능한 무구에 관한 규정이 적혀 있었다.

사용 가능한 무기는 대회 측에서 준비한 것뿐이다. 방어구 등도 그 성능을 세세하게 분류하여 준비해둔 듯했다.

다시 말해서 규정에 어긋나지 않는 한도 내에서라면 기본적으로 복장은 자유였다. 그 범위 안에서라면 어떤 차림새를 하건 문제가 없는 것이다.

"그런고로 메이린을 의문의 마법 소녀로 만들기로 했어."

진지한 눈빛으로 그렇게 말한 후, 솔로몬은 현재 진행 중인 메이린 변장 계획에 관해 설명했다.

우선 가장 간단한 머리카락부터. 이쪽은 특별한 염색약이 있어서 빨간색으로 물들일 예정이라고 한다.

머리카락을 붉게 물들이기만 해도 상당히 인상이 달라질 거다.

학원에서 있었던 덤블프 초상화 낙서 사건으로 머리카락을 검게 물들인 적이 있는 미라는 그 효과가 어느 정도인지를 잘 알았다.

그리고 그렇기에 편승이라도 하듯 자신이 쓸 검은색도 준비해 달라고 부탁했다.

"왜, 이 몸도 정령여왕이다 뭐다 해서 유명해져 버렸으니 말이다. 조용히 지내고 싶을 때도 있지 않느냐."

너무 유명해져서 큰일이다, 라는 뉘앙스가 약간 섞여 있기는 했지만 미라는 어쩐지 의기양양한 표정을 짓고 있었다.

유명인 대접을 받는 것도 나쁘지 않다는 듯이. 게다가 실제로 그 덕에 소환술에 대한 인상도 개선되고 있었다.

실로 바람직한 일들이 아닌가. 하지만 지나치게 주목을 끄는 바람에 마음이 불편하다는 것 또한 미라의 본심이었다.

"알겠어. 그럼 같이 준비해둘게."

미라의 요청을 흔쾌히 승낙한 후, 솔로몬은 어째서인지 불온한 미소를 지어 보였는데 미라는 끝까지 그 사실을 알아채지 못했다.

"자아, 본론으로 돌아와서 옷 말인데——."

변장에는 옷차림새를 빼놓을 수 없다. 미라 일행뿐 아니라 다른 플레이어들을 비롯해 아홉 현자를 아는 많은 이들의 머릿속에 있는 메이린의 이미지는 골수 무도가라는 것이다.

그렇기에 마법 소녀 패션이 제격일 것이라고 솔로몬은 단언했다.

"마법 소녀라……. 확실히 이미지와 맞지 않으니 단정을 짓기는 어려워질 테지만, 그 녀석이 과연 순순히 입으려 들 것인지가 문제 아니냐."

메이린은 무도에 집착하고 있다. 그런 탓인지 미라는 메이린이 도복처럼 무도에 적합한 옷을 입고 있는 모습 말고는 본 적이 없었다.

그런 그녀가 반짝반짝 팔랑팔랑한 마법 소녀풍 의상을 입어주기는 할까. 미라가 그런 걱정을 입에 담자 솔로몬은 문제없다며 자신만만하게 웃었다.

"아아, 그거라면 괜찮아. 라스트라다 군이랑 빈틈없이 상의해서 제작자에게 전달해두었거든."

평소 도복만 입고 다니는 여자아이를 딴 사람처럼 귀엽게 변신시키는 동시에 여자아이의 장기인 격투기에 방해가 되지 않을 의상.

……이라는 주문서에, 라스트라다의 변장에 관한 노하우 등을 첨부해서 전달했다는 듯했다. 이 성에 있는 그 방면에 밝은 자들. 시녀와 그 필두인 릴리에게.

솔로몬은 말했다. 마법 소녀풍 의상 제작에 관한 기술은 말할 것도 없고, 릴리는 시녀식 CQC(Close Quarters Combat)의 고수이기도 하니 근접전을 위한 옷에 어떠한 것이 필요한지를 고려하는 데에는 적임일 것이라고.

"듣고 보니…… 터무니없는 물건이 완성될 것 같군그래…….."

태클을 걸고 싶은 부분이 한두 군데가 아니지만 릴리 일행의 실력은 확실히 대단했다.

미라는 자신이 입은 옷을 바라보며 메이린은 어떤 옷을 입게 될까, 하는 생각에 쓴웃음을 지었다.

"그나저나 투기대회라. 손이 근질근질하구나!"

메이린에 관한 일도 있지만 그건 그거다.

미라는 소환술이 건재하다는 사실을 세상에 알릴 절호의 기회라는 생각에 흥분했다. 당연히 목표는 무차별급 우승이다.

분명 언젠가 붙게 될 메이린은 강적이기는 하지만, 잘 아는 상대이기에 쓸 수 있는 비책도 있다.

우승 상품인 전설급 무구와 상금 오십억 리프를 생각하자 미라의 입가에 히죽히죽 음흉한 미소가 떠올랐다.

하지만 그것은 다음 순간, 물거품처럼 사라지고 말았다.

"아~ 사실 그거 말인데……."

한껏 꿈에 젖어 있던 미라 앞에서 약간 말하기 거북하다는 투로 입을 열더니, 솔로몬은 터무니없는 사실을 입 밖에 냈다. 니르바나측에서 정령여왕 미라의 출전은 자제해주었으면 한다는 취지의 편지를 별도로 보내왔다는 것이다.

"뭣……이라고……?"

정령여왕은 나는 새도 떨어뜨릴 만큼 명성이 높은 모험가다. 오히려 특별 토너먼트에 초대해도 이상할 게 없을 정도가 아니냐고 미라는 반박했다.

하지만 솔로몬은 그런 미라에게 조심스럽게 말했다. "네 정체를 알아채기 시작한 것 같아"라고. 솔로몬의 말에 의하면 아무래도 니르바나의 상층부에서 정령여왕이 아홉 현자 덤블프가 아니냐는 의혹이 제기된 것 같다는 듯했다.

알카이트 왕국과 니르바나 황국은 예로부터 친밀한 관계였다.

그 이유는 니르바나의 주군이 고인이 된 아르테시아의 남편의 여동생이기 때문이다. 그리고 그 여동생 역시 지금은 이쪽 세계에 있다.

따라서 알카이트와 니르바나는 지금도 우호 관계에 있었다.

예전부터 교류가 있었던 데다 그 나라에 속한 이들과는 많은 모험을 함께 했었고, 모의 시합 등도 빈번하게 치렀더랬다.

그것이 분명 이번에 편지를 보낸 원인이기도 할 것이다.

"어찌 이런 일이……."

잘 알기에 정령여왕에 관한 소문을 통해 그 정체를 짐작해낸 것이다. 그리고 잘 아는 상대인 탓에 미라는 슬슬 과거의 위엄이니 체면이니 하는 것들이 걱정되기 시작했다.

"뭐, 그만한 활약을 펼쳤으니까. 너를 아는 사람들에게는 어려운 일이 아니었을지도 몰라. 나도 금방 알아챘잖아."

매우 새삼스러운 일이기는 했다. 그토록 소환술을 쓰며 날뛰었으니 예상을 하고도 남았을 것이다.

속으로는 그렇게 생각했지만 입 밖에 내지는 않은 채, 솔로몬은 슬그머니 한 통의 편지를 내밀었다. 거기에는 어쩐지 변명 같은 문장이 적혀 있었다.

요약하자면 정령여왕으로 알려진 모험가, 미라라는 인물은 귀국의 아홉 현자 중 일원이 맞느냐는 질문.

그리고 만약 그렇다면 출전하지 않도록 조치해주었으면 한다는 요청.

끝으로 그것이 십이사도의 간곡한 부탁이라는 애원이 그 편지의 주된 내용이었다.

"그날 일을 아직도 마음에 두고 있는 것 같아……."

과거 치러졌던 아홉 현자와 십이사도의 모의전.

개별로 이루어졌던 그것은 말 그대로 막상막하의 싸움이었다.

하지만 십이사도 측이 탄원을 통해 다음 모의전의 조건으로 추가한 것이 하나 있었다. 그것이 바로 '군세'를 자제할 것, 이었다.

안 그래도 막강한 발키리 일곱 자매와 아무리 쓰러뜨려도 다시 일어나는 다크나이트의 무리에 의한 끝없는 싸움은 그들의 마음을 무자비하게 꺾어 놓았다.

이번 대회는 승자와 십이사도의 특별 시합으로 막을 내리는 형식으로 되어 있다. 만약 미라가 끝까지 이기고 올라오면 십이사도는 과거의 악몽을 한 번 더 경험하게 될 것이 뻔했다.

심지어 아홉 현자에 오를 정도의 실력을 갖춘 만큼 이기고 올라올 확률은 매우 높았다.

그렇기에 탄원문을 보내온 것이리라.

그리고 끝에는 송구하다는 듯이 '가능하면 실황 해설 자격으로 초대하게 해주십시오'라는 문장이 덧붙여져 있었다.

"이런 낭패를 보았나……."

과거의 악행(?) 탓에 소환술의 위력을 세상에 알릴 최대의 기회를 잃고 말다니.

미라는 고개를 푹 숙이기는 했지만, 제자라고 계속 우겨보는 건 어떻겠느냐고 제안했다.

"이번에는 어쩔 수 없어. 너도 저쪽을 난감하게 하고 싶지는 않을 것 아냐."

모의전 상대로는 난색을 표하고 있지만, 그것만 제외하면 친한 사이다. 레이드를 할 때는 서로 의지하는 관계이기도 했다. 솔로몬의 말도 일리가 있었다.

대회 전까지 좀 더 얌전하게 지낼 걸 그랬다.

그렇게 후회하며 출전을 포기한 미라는 의기소침한 표정을 지었지만, 이내 화풀이라도 하듯 고급 디저트를 마구 먹어치우기 시작했다.

〈2〉

니르바나 황국에서 투기대회가 개최된다는 소식을 들은 후에
도 미라는 기본적으로 평소와 같은 일상을 보냈다.

대회 개최일까지 아직 시간이 남았다는 이유도 있었지만, 무엇
보다도 메이린 전용 의상 제작에 시간이 걸리고 있었기 때문이다.

제아무리 시녀들이라 해도 솔로몬과 루미나리아가 기억하는 메
이린의 사이즈만 가지고는 몸에 딱 맞는 옷을 만들기가 어려웠다.

그 때문에 다소 자유롭게 조정할 수 있도록 디자인하되, 격투
전에 지장이 없도록 마무리해 나갔다. 디자인 단계에서부터 난이
도가 상당했던 것이다.

하지만 정예들로 구성된 알카이트 성의 시녀들답게 보란 듯이
디자인을 마치고 지금은 절찬 제작 중이었다.

메이린이 대회에서 만족할 만큼 싸우게 하려면 그 의상을 가지
고 갈 필요가 있다. 때문에 미라는 그것이 완성될 때까지 이전과
같은 생활을 하고 있었다.

하지만 그럼에도 상당히 바쁜 나날이었다.

우선 연구와 실험, 그리고 마리아나와 느긋한 시간을 만끽했다.

방과 후 시간이 되면 에밀리아와 필의 특별 지도를 맡아 소환
술의 밝은 미래를 위해 공헌했다.

휴일에는 고아원에 들러 귀여운 아이들과 놀아주고, 겸사겸사
소환술의 근사함을 전파하거나 여러 가게에 들르거나 하며 즐거

운 시간을 보냈다.

또한 크레오스의 특훈도 순조로웠다. 입장이 입장인 만큼 에밀리아 일행의 지도와는 비교도 되지 않을 정도로 혹독했지만.

하지만 그 덕분에 홀리나이트의 부분 소환은 어느샌가 실전 도입이 가능한 수준에 이르렀다. 나아가 동시 소환도 병행할 수 있게 되었다.

다크나이트 부분 소환 역시 성공을 눈앞에 두고 있었다.

그밖에도 미라는 소환술과의 임시 강사로서 교단에 서거나, 교사인 히나타의 훈련에 어울려주거나 소환술과의 수업 내용 등을 함께 생각해주거나 했다.

그렇게 바쁜 나날을 보내던 중, 오늘은 휴일인 동시에 학원도 쉬는 날이라 미라는 개인 레슨과 특훈을 쉬기로 했다.

그렇게 말하자 에밀리아와 필은 아쉬워했지만 쉬는 것도 훈련의 일환이라는 미라의 말이 먹혔든 모양인지 눈을 반짝이며 푹 쉬겠다고 말했다.

또한 크레오스는 기분 탓인지 안도한 듯한 얼굴이었다.

그렇게 생긴 휴일에 미라는 아침부터 연구다 뭐다 해서 분주해 보였다.

에밀리아 일행과 크레오스에게 가르쳐줄 요점을 정리하고, 초월 소환에 관해 정령왕에게 물어보고, 여러 가지 효과의 마봉폭석을 실험적으로 만들어보고. 분주하면서도 즐거운 시간을 보냈다.

하지만 그것도 점심을 먹을 때까지의 일이었다. 다른 사람에게 쉬라고 말한 당사자가 이렇게 바쁘게 일하는 건 좀 그렇지 않은

가. 정령왕이 그렇게 말하자 미라는 일리 있는 말이라며 생각을 바꿔, 남은 시간을 느긋하게 보내기로 결심했다.

"호오, 신장 개점이라."

우아한 오후 시간을 마리아나와 함께 만끽하고 있던 미라는 대화 도중에 등장한 가게에 흥미를 보였다.

가게의 이름은 와일드 버디. 상품 종류가 풍부한 애완동물 용품점으로, 루나가 사용하는 이런저런 물건들은 모두 그곳에서 구입했다는 듯했다.

들자하니 와일드 바디는 지난 1개월 남짓 동안 개장 공사를 하고 있었다는 모양이다. 그런데 마침 오늘 신장 개점 세일을 한다는 것이다.

휴일에 세일이라니 수고가 많군. 미라는 점원들의 노고를 마음속으로 치하하며 자리에서 일어섰다.

"좋아, 거기에나 가볼까."

방 이곳저곳에는 루나가 사용하는 이런저런 물건들이 놓여있다. 루나가 애지중지하는 다종다양한 그것들을 취급하는 가게는 과연 어떤 곳일까. 미라는 기대를 부풀리며 루나를 안아 올렸다.

밖에 나가자고 미라가 말하자 루나는 "뀨이~" 하고 기쁜 듯이 답했다. 그리고 당연히 마리아나 역시 가벼운 발걸음으로 외출 준비를 하고 있었다.

"저쪽입니다, 미라 님."

"오오! 생각했던 것보다 훨씬 큰 가게로구나."

그 가게, 와일드 버디는 은의 연탑이 보이는 대로에 면한 위치에 있었다.

"그리고 생각했던 것보다 훨씬 반짝반짝하군."

와일드 버디라는 이름과 달리 연한 파스텔풍으로 꾸며진 매우 깜찍한 인상을 풍기는 가게였다.

하지만 마리아나의 말에 따르면, 이전에는 이름에 걸맞는 인상을 풍겼다고 한다.

이전의 와일드 버디는 수렵 동물 용품을 취급하던 가게였다. 하지만 시대의 흐름에 따라 애완동물 용품도 다루기 시작했고, 지금은 오히려 이쪽이 메인이 되었다는 이야기를 마리아나는 친해진 점원에게 전해 들었다는 모양이었다.

그리고 이번에 그런 시대의 흐름에 발을 맞추듯, 개장공사를 통해 외관을 애완동물 용품점에 가깝게 바꾼 것이다.

"꽤나 붐비는군그래."

세일 효과 덕분인지 손님이 많아서, 대로에 면한 것들 중에서도 그 가게 앞만 이상할 정도로 붐비고 있었다.

미라와 마리아나는 그런 손님들 사이를 누비고 가게로 향했다. 하지만 그러던 도중에 두 사람은 발이 묶이고 말았다.

원인은 바로 미라가 안고 있던 루나였다. 희귀하기도 하거니와 귀엽기까지 한 루나가, 작은 동물들을 좋아하는 다른 손님들의 눈길을 끌고 말았기 때문이다.

"그래~ 루나라고 하는구나~. 귀여워라~."

"퓨어래빗을 이렇게 가까이서 볼 수 있다니, 꿈만 같아!"

일시적이기는 했지만 루나의 앞은 가게의 앞보다 더 북적거리게 되었다. 하지만 루나가 사람에 익숙지 않은 탓에 그것도 아주 잠시뿐이었다.

그래도 이곳에 모인 애호가들은 그쪽 방면에 관한 조예가 있는 모양인지, 루나가 "뀨이" 하고 몸을 동그랗게 말고 미라의 가슴께로 숨어들자 조용히 감상회를 종료했다.

"엄청난 인기로군. 역시 루나로구나!"

"네, 역시 루나예요."

미라는 내 새끼가 제일 귀엽다는 듯 가슴을 편 채 말했고, 마리아나는 당연하다는 듯이 동의했다.

그리고 루나는 기쁘고 자랑스럽다는 듯한 두 사람의 얼굴을 보고 있었다.

누군가에게 귀엽다는 칭찬을 받으면 미라와 마리아나가 기뻐한다. 그 사실을 안 루나의 가슴 속에 자그마한 생각이 싹을 틔웠다.

그리고 그것은 훗날 낯가림을 극복하는 계기로 발전하게 된다.

오늘 이 순간이 바로, 루나가 아이돌 토끼로 활약하는 미래가 생겨난 순간이었다. 하지만 그 역시 또 다른 이야기다.

"이거이거, 밖에서 본 것 이상이로군."

와일드 버디의 안으로 들어선 미라는 가게 안을 둘러보며 그렇게 솔직한 감상을 늘어놓았다.

파스텔컬러로 장식된 가게 안은 널찍해서, 여성용 팬시 숍 같은 분위기를 풍겼다.

마리아나의 말에 따르면 이런 부분도 크게 바뀐 것이라고 한다. 개장공사를 하기 전에는 기본적으로 나뭇결과 같은 자연스러운 색조가 내부를 장식하고 있었다는 듯했다.

상당히 과감하게 개장공사를 한 모양이다. 하지만 손님들이 하는 말을 들어보니 제법 평가가 좋은 것 같았다.

심지어 그냥 개장공사를 한 게 아니라 애완동물 애호가들이 기뻐할 만한 시설 등도 추가되었다고 한다.

미라와 마리아나는 루나를 위해 새로 뭐라도 사볼까 하고 가게를 둘러보았다. 그러던 도중, 새로운 시설이라는 것이 자연스럽게 눈에 들어왔다.

첫 번째 시설은 카페였다. 소중한 애완동물과 함께 식사와 차를 즐길 수 있는 카페가 가게 안에 있었다. 애완동물용 메뉴도 완비되어 있었다.

심지어 사람용 메뉴처럼 장식된 요리들에 케이크까지 메뉴가 다양했다.

"그나저나 이거, 가격이 상당하군그래……."

그만큼 손이 많이 가는 탓인지, 사람용 메뉴와 큰 차이가 나지 않아 보이는 애완동물용 요리의 가격에 미라는 깜짝 놀랐다.

하지만 가게 안을 둘러보니 오히려 그러한 애완동물용 요리가 메인인 것처럼 잔뜩 팔려나가고 있었다.

애완동물을 사랑해 마지않는 이들이 모인, 실로 신비로운 공간이다.

미라는 그런 인상을 받았지만, 문득 맛있겠다는 듯이 그것들을 앞에 두고 눈을 반짝거리는 루나를 보니 그들의 심정을 대충 이해할 것 같았다.

"루나도 먹고 싶으냐?"

곰곰이 생각해 보니 루나는 매번 채소 스틱만 먹었던 것 같다. 그 사실이 떠올라서 미라는 시험 삼아 그렇게 물어보았다.

그러자 루나는 "뀨이!" 하고 힘차게 대답했다.

"그래, 그러냐. 먹고 싶은 게로구나."

더더욱 반짝반짝 빛나기 시작한 루나의 눈을 보니 그러한 마음이 또렷하게 전해져 왔다. 그렇다면 돌아가는 길에 들러 보는 것도 나쁘지 않을 것 같다. 미라가 그렇게 생각한 순간.

"그럼 오늘 밤에는, 루나 전용 케이크를 만들도록 하죠."

마리아나가 그렇게 말했다.

그것은 어머니와 외출했을 때 누구나 경험했을 듯한 한 장면이었다.

가게에 진열된 맛있어 보이는 음식을 보며 먹고 싶다고 말하면 집에서 만들어주겠다고 하는 그것.

이럴 때는 대부분 아쉬움이 클 때가 많다. 지금 눈앞에 있는 저게 먹고 싶은 것이기 때문이다.

그렇기에 실망할 법도 했지만, 그 말을 들은 루나의 얼굴은 기쁨으로 가득했다. 그리고 미라 역시 그 심정은 충분히 이해가 되었다.

마리아나라면 가게에서 파는 것보다 훨씬 나은 음식을 만들 게 분명하기 때문이다.

"잘 됐구나, 루나. 오늘 밤 메뉴는 케이크다~."

루나에게 그렇게 말한 후, 미라는 "그나저나 케이크라. 흠⋯⋯ 이 몸도 달콤한 것이 먹고 싶은 기분인데 말이다"라고 슬그머니 주장했다.

"그러면 돌아가는 길에, 재료를 사야겠네요. 루나는⋯⋯ 당근 케이크가 먹고 싶군요? 그러면 만드는 김에, 마론 케이크도 만들 도록 하죠."

마리아나는 미라와 루나의 시선을 통해 둘이 먹고 싶어서 흘끔 거린 카페의 메뉴를 간파해낸 듯했다.

확인을 하듯 마리아나가 그렇게 말하자 미라와 루나는 "음, 그 거 괜찮겠구나" "뀨이~" 하고 솔직하게 찬성의 뜻을 드러냈다.

그렇게 밤에 먹을 디저트가 결정된 뒤에도 가게 구경은 계속되 었다.

개장공사를 마친 와일드 버디에는 카페 말고도 헬스장과 수영 장, 운동장에 촬영 스튜디오와 같은 것까지 신설되어 있었다. 또 한, 모두 다 애완동물과 함께 이용할 수 있게끔 되어 있었다.

당연히 그뿐만이 아니라, 애완동물 용품의 구성도 매우 충실해 서 미라는 이미 루나가 가지고 놀 장난감을 몇 개나 손에 들고 있 었다.

그밖에도 화장실에 깔 모래 등, 필수품을 마리아나가 골라 나 갔다.

"이거이거, 마리아나 님 아니신가요."

그렇게 계산까지 마친 참에 가게 관계자가 다가왔다. 아무래도 이 사람이 바로 가게의 점장인 듯했다.

듣자 하니 마리아나는 매우 희소한 퓨어 래빗의 주인으로 존경받고 있는 듯했다.

그래서인지 와일드 버디에 신설된 시설의 특별 이용권을 건네받고 있었다.

꽤나 통이 크다. 하지만 그러한 호의에는 약간의 속셈도 있는 듯했다.

흔히 볼 수 없는 퓨어 래빗이 찾아오는 가게라고 소문이 나면 나름의 선전 효과를 기대할 수 있을 것이기 때문이다.

하지만 보좌관실과 미라의 방은 루나가 활동하기에 다소 협소하다는 것도 사실이었다. 안심하고 놀 수 있는 새로운 장소가 생긴 것은 미라에게도 고마운 일이었다.

'수영장이라……. 이 계절은 참 좋구나. 루나는 헤엄도 잘 치니 말이야!'

미라는 신이 나서 루나와 놀 방법을 생각하기 시작했다. 그러던 중, 미라의 시야에 어떠한 것이 들어왔다.

그것은 가게 안 구석에 자리한 구획이었다.

옅은 파스텔 풍의 색채를 띤 대부분의 공간과 달리, 그 공간에는 자연스러운 색조가 남아 있었다.

그리고 척 보아도 사냥꾼 같은 우락부락한 남자와 구석에서 얌전히 목줄에 묶여 있는 흑랑(黑狼)의 모습도 보였다.

그 모습을 본 미라는 직감했다. 저 작은 공간이 바로 과거 와일드 버디의 메인이었던 수렵 애완동물 용품 판매장일 것이라고.

차분히 살펴보자 취급하고 있는 상품들이 눈에 들어왔다.

작은 동물을 잡기 위한 그물에 다양한 용도로 사용할 수 있을 듯한 와이어로프. 그리고 마물의 공격도 견뎌낼 수 있을 듯한 장갑이며 날붙이에 술구와 같은 전투 관련 상품까지 갖춰져 있었다.

심지어 그것들은 모두 수렵 애완동물이 다루는 것을 전제로 설계된 듯 보였다.

분명 저기 있는 흑랑을 완전 무장시키면 엄청난 전력이 될 거다. 미라는 척 보아도 달인 같은 분위기를 풍기는 우락부락한 남자와 흑랑을 보며 그런 생각을 했다.

하지만 동시에 이런 생각도 했다. 컬러풀하고 여성의 목소리로 가득한 애완동물 용품 코너 옆에 오도카니 자리한 그곳은, 어쩐지 시대의 흐름에서 낙오된 듯 보인다고.

한 사냥꾼이 복잡한 얼굴로 진지하게 장갑을 고르고 있었다. 축소된 수렵 애완동물 코너를 이용하는 그의 뒷모습에서 애수를 느낀 미라는 시대의 흐름이란 참으로 잔혹하다는 생각을 하며 속으로 조용히 눈물을 흘렸다.

와일드 버디에서 쇼핑을 마친 후에는 루나를 산책시키며 마리아나와 데이트를 즐겼다.

또한 루나는 눈에 띄지 않도록, 그리고 더위를 피하기 위해 하얀 토끼옷을 착용하고 있었다. 판초(poncho)처럼 생긴 그것은 미라도 애용하고 있는 '마동식 하의용 냉각 쿨쿨울'과 비슷한 기술이 사용된 우수한 물건으로, 애완동물 전용 방열복이었다.

심지어 후드를 뒤집어쓰면 파란 퓨어 래빗에서 평범한 흰 토끼로 변신할 수 있다. 지금의 루나는 마치 거리로 암행을 나온 공주님 같았다.

루나가 뛰어다니기 쉽도록 미라 일행은 사람들의 통행이 많은 장소를 피해 뒷골목을 돌아다녔다. 그곳에도 숨어 있는 좋은 가게들이 꽤나 많아서 생각지 못한 물건을 발견하는 일도 제법 있었다.

풍수지리에 필요한 소품과 정련에 필요한 소재 등도 마음만 먹으면 찾을 수 있어서 미라와 마리아나는 이런저런 것들을 구입해 나갔다.

해가 저물기 시작했을 즈음, 미라 일행은 탑으로 귀환했다. 방에 도착한 마리아나는 곧바로 저녁 식사와 디저트용 케이크를 만들기 시작했다.

그리고 미라 역시 쉬지 않고 바로 작업을 시작했다.

다만 그 작업은 소환술이나 정련 등과는 완전히 상관이 없는 것이었다. 눈을 반짝이는 루나의 기대를 한 몸에 받으며 미라는 거실 구석에서 그것을 열심히 조립했다.

미라가 조립하고 있는 물건은 와일드 버디에서 구입한, 오늘 구입한 것 중 가장 비싼 상품인 '실내 모래밭 세트'였다.

가게 안을 둘러보던 중에 루나가 샘플로 놓여 있던 그것에 뛰어들었던 것이다. 그러고는 아주 신이 나서 굴 파기를 즐겼다.

모래부터 시작해서 모든 부속품이 특별한 물건들이라 틀까지 합쳐 삼십만 리프나 하는 값비싼 상품이었지만, 기뻐하는 루나의 모습을 본 미라는 그 자리에서 구입을 결심했다.

그리고 현재, 아이템 박스로 가지고 돌아온 그것을 실내에 설치하고 있는 것이었다.

"거의 다 되었다. 조금만 더 기다리거라."

모래밭의 토대를 완성했으니 남은 일은 모래를 잔뜩 까는 것뿐이다. 미라는 마대 주머니를 꺼내 차례로 토대에 그것을 붓기 시작했다.

"좋아, 완성이다~!"

모래밭을 만들기 시작하고서 약 한 시간이 지났을 즈음. 마지막 한 부대를 부은 미라는 두 손을 치켜들며 외쳤다.

마침내 가게에 놓여 있던 샘플과 비교해도 손색이 없는 완성도의 실내 모래밭이 완성된 것이다.

"뀨이~!"

루나도 미라와 함께 환호성을 질렀다.

그러던 중에 마리아나가 다가와서는 "수고하셨어요, 미라 님" 이라고 말하며 차가운 차를 내밀었다. 미라는 고맙다고 말하며 그것을 받아 단숨에 들이켰다.

"후우. 일을 마치고 마시는 차는 역시 각별하구나!"

정말이지 후련하다는 듯이 이마에 배어난 땀을 훔치며 미라는 다시금 발치에 자리한 모래밭을 내려다보았다.

실내용이라고는 해도 그것은 상당히 커다랬다. 대략 한 평 정도 되는 너비에 모래의 깊이는 30센티미터 정도 되었다.

당연히 모래의 양도 상당해서 옆에는 텅 빈 마대 주머니 수십 장이 쌓여 있었다.

그것들을 다시 한번 확인한 후, 미라는 용케 이만한 중노동을 해냈다는 생각에 모래밭 가장자리에 걸터앉아 확 밀려오는 피로 감에 한숨을 내쉬었다.

그리고 곧바로 모래밭에서 놀기 시작한 루나를 바라보던 중에 야 어떠한 사실을 알아챘다.

'……다크나이트 프레임을 써먹을 절호의 기회였건만……'

전투 관련 연구를 중심으로 진행했던 탓에 일상생활에서도 충분히 활용할 수 있다는 사실을 그제야 떠올린 미라는 고생을 사서 했다는 생각을 하면서도 즐거운 듯한 루나를 보며 마음의 위안을 얻었다.

그렇게 루나를 위해 애썼기에 이런 성취감을 얻을 수 있는 것이라고 자기 자신에게 변명을 하며 살며시 미소를 지을 따름이었다.

　루나와 함께 모래밭에서 놀기 시작하고서 어느 정도의 시간이 흘렀을까. 기본 케이크가 다 구워졌을 즈음, 마리아나는 요리를 할 재료의 손질을 모두 마쳤다. 그리고 곧바로 평소의 생활로 돌아왔다.

　"그러면 미라 님."

　"음. 그러자꾸나."

　간단하게 조리만 하면 되는 데까지 준비를 해두고 목욕을 하는 게 요즘의 일과였다. 당연히 루나도 함께였다.

　미라가 부르자 루나가 모래밭에 만든 굴에서 빼꼼 머리를 내밀었다.

　모래밭의 모래는 특별한 것이라 피부와 옷, 털 등에도 잘 묻지 않게끔 되어 있었다. 마음껏 모래 놀이를 한 루나의 털도 살살 털어내자 원래대로 되었다.

　루나를 안아 들고 마리아나와 함께 목욕탕으로 향한 미라는 그곳에서 오늘 하루 동안 쌓인 피로를 개운하게 씻어냈다.

　목욕을 한 후에는 저녁 식사를 했다. 평소처럼 근사하고도 맛있는 저녁 식사에 이날은 마리아나가 직접 만든 케이크도 디저트로 나왔다.

　지금껏 먹었던 마론 케이크 중에서도 가장 맛있다고 미라가 절찬하자 루나 역시 당근 케이크를 베어 물며 동의하듯 "뀨이~" 하고 소리쳤다.

그런 한 사람과 한 마리에게 마리아나는 미소로 답했다.

이렇게 미라의 휴일은 따스함과 다정함 속에서 흘러갔다.

휴일 동안 충분하고도 남을 정도로 기력을 보충한 미라는 다음 날부터 다시 정력적으로 활동했다.

그리고 이따금 외출을 하기도 했다. 행선지는 인근에 위치한 고전장터. 연구 결과로 도출된 새로운 무구정령 소환의 가능성을 추구하는 것이 목적이었다.

또한 종종 고아원 등에도 들러 아이들과 놀기도 했다.

그밖에도 방의 가구 배치를 돕거나 거리를 산책하자는 아이들에게 끌려 다니거나 했다.

그런 가운데서도 연소자반 아이들에게 소환술의 위대함을 각인시키는 작업도 잊지 않았다.

현재 고아원에는 라스트라다가 없었다. 불과 며칠 전, 아이들이 고아원에 그럭저럭 적응이 되자 퍼지다이스로서 마지막 활동을 완수하기 위해 그림다트로 떠났기 때문이다.

그 때문에 아르테시아의 부담이 커지기는 했지만 아이들을 끔찍이 아끼는 성격 때문인지 그녀는 평소보다 환한 얼굴로 웃고 있었다.

분명 평소에는 라스트라다에게 딱 붙어 다니던 아이들이 다가와 주었기 때문일 것이다.

루나틱레이크에서는 때때로 왕성에 얼굴을 내밀어서는 솔로몬과 잡담을 즐기기도 했다. 그때마다 마봉석의 대량생산, 술사 부

대의 특별 훈련 상대, 정령과의 공존을 위한 도시 조성 계획 회의
에 참가하기도 했다.

참고로 이 계획 회의를 개최할 때면 관계자들이 정령왕에게 의
견을 구해왔다.

그 때문에 목소리를 들을 수 있도록 알카이트 왕국의 중역들이
동그랗게 모여 손을 잡은 채 회의를 진행해 나갔다. 실로 사이가
좋아 보이기도, 어쩐지 요상한 광경처럼 보이기도 했지만 불평을
하는 이는 한 명도 없었다.

그렇게 미라는 여러 가지 일을 처리했는데, 일방적으로 부탁을
받기만 하지는 않았다. 부탁을 받은 만큼 미라도 여러 가지 부탁
을 했다.

현재 조금씩 진행하고 있는 장비 강화 계획에서 미라가 구상 중
인 최강 장비를 만들어내려면 상응하는 장인의 협력이 필요했다.

그것도 마키나 가디언의 소재 등을 다룰 수 있는 수준의 특급
장인이.

그리고 그런 장인은 흔치가 않다. 하지만 어디에 모여 있는지
는 알았다.

그렇다, 히노모토 위원회의 시설이다. 소울하울에게 들은 이야
기에 따르면 '현대기술 연구소'라는 장소에 최고위 장인들이 결집
해 있다고 한다.

하지만 당연하다고 해야 할지. 훌쩍 그곳으로 찾아간들 들여보
내 줄지 어떨지 의문이었다. 때문에 솔로몬 쪽에서 사전에 교섭

을 해달라고 부탁을 한 것이다.

솔로몬 역시 히노모토 위원회의 일원인 덕에 그런 방면으로는 어느 정도 힘을 쓸 수 있는지 "알겠어. 다음에 말해둘게"라면서 승낙해주었다.

그리고 그로부터 며칠 후. 저쪽에 있는 장인들이 '그래서, 언제 올 건데'라고 방문을 재촉해 왔다고 한다.

미라가 장비품 제작을 부탁하고 싶어 한다는 이야기를 하면서 마키나 가디언의 레어 소재를 잔뜩 가지고 갈 것이라는 이야기도 같이 했기 때문이다.

그 말이 장인들의 의욕에 불을 붙였는지 언제든지 대환영이라는 분위기였다고 솔로몬은 말했다.

"그런고로 이번 일이 정리되면 가보도록 해. 분명 귀한 손님으로 맞아들일 테니까."

"음…… 그렇군. 하지만 다소 불안하기도 하구나……."

그만큼 의욕이 넘친다면 분명 근사한 물건이 완성될 거다.

하지만 그 이상으로 엉뚱한 물건이 만들어지지 않을까, 하는 불안감이 머리를 스쳤다.

최고 수준에 이른 장인들은 때때로 흥을 주체하지 못하고 쓸데없는 짓을 하기 마련이다. 지인 중 그런 인물들이 많았던 탓에 미라는 기대감 반, 불안감 반으로 눈살을 찌푸렸다.

"아아, 그리고 말이다. 부탁이 하나 더 있다만——."

그렇게 덧붙여 말하듯 미라가 요구한 것. 그것은 군의 운용법에 관한 정보였다.

"뭔가 또 재미있는 방법을 생각해 온 거야?"

솔로몬은 흥미롭다는 듯이 미소를 지은 채 "그래서, 어떤 걸 알고 싶은데?" 하고 의욕적으로 답했다.

휴일과 연구 중 숨을 돌릴 때 외출을 하는 일도 늘었다. 이번에는 와일드 버디의 새로운 시설 중 하나인 수영장으로 향했다. 마리아나, 루나도 당연히 함께였다.

여름도 후반에 접어들었지만 무더운 날이 이어지고 있다. 하지만 그렇기에 이 계절은 수영장을 즐기기에 제격이라 할 수 있었다.

탈의실에서 미라는 마리아나와 함께 수영복으로 갈아입었다.

드디어 릴리 일행에게 받은 수영복이 활약할 날이 온 것이다. 거기에 마리아나가 머리를 땋아 주자 모든 준비가 끝났다.

비키니 타입인 미라와 달리 마리아나의 수영복은 원피스 타입이었다. 색도 하얀색을 기조로 한 것이라 청초한 느낌이 물씬 풍겼다.

"루나는 이게 마음에 드는 모양이로구나."

머리를 완전히 감싸게 되어 있는 잠수 헬멧과 서핑 보드에 고무보트 등. 와일드 버디에는 애완동물용 수영장 용품도 완비되어 있었다.

심지어 모두 다 무료로 대여할 수 있었는데, 루나는 그중에서도 튜브가 마음에 든 모양이었다.

대여용품 선반에서 평소처럼 빨간 튜브를 빌려 수영장으로 향했다. 그리고 물 위에 그것을 띄우자 루나가 폴짝 뛰어 튜브 안으로 쏙 들어갔다.

그러고 나자 루나는 신이 나서, 앞발과 뒷발을 능숙하게 움직여 요리조리 헤엄쳐 다녔다.

"자아, 간다~."

미라가 뛰어듦과 동시에 수면이 크게 출렁거려, 루나는 마구 밀려드는 물살에 휘말려들었다. 하지만 그 정도 물살은 아무것도 아니라는 듯이 루나는 보기 좋게 자세를 바로잡고 "뀨이" 하고 의기양양하게 울더니 화려하게 물 위에서 방향을 틀어 보였다.

"호오…… 제법이로구나. 그러면 한 방 더 먹여주마! ——오거라, 마리아나!"

어쩐지 도발적인 미소를 짓고 있는 듯한 루나를 보고 미라는 풀사이드에 있던 마리아나에게 뛰어들라고 신호를 보냈다.

"알겠어요, 미라 님."

마리아나는 미라의 요청에 응해, 지시한 대로 미라를 향해 뛰어들었다.

착수와 동시에 물보라가 일고 수면이 요동쳤다. 기분 탓인지 조금 전보다 커다란 물살이 루나를 덮쳤다.

이거 기분 좋은 빅 웨이브로군. 파도와 마주한 루나의 표정을 보고 있자니 그런 베테랑 서퍼 같은 목소리가 들려오는 것 같았다.

루나는 능숙하게 앞발을 사용해 방향을 조정했다. 하지만 물살이 예상했던 것보다 거셌는지, 건투를 펼쳤음에도 불구하고 결국에는 튜브가 뒤집히고 말았다.

튜브와 함께 뒤집어진 루나는 그대로 튜브에서 쏙 빠져나갔다가 다시 튜브 안쪽으로 머리를 내밀었다. 그리고 졌다는 듯이 배를 내보였다.

"후후, 아까웠네요."

마리아나는 당당한 태도로 루나의 배를 쓰다듬어주었다. 승자의 특권이다.

"흐음~. 이 몸의 몸이 조금만 더 컸더라면 이길 수 있었을지도 모르건만……."

근소한 차이로 승패가 갈렸다. 조금만 더 착수 시의 충격이 컸다면 좋았을 텐데. 승패를 가른 요인이라 할 수 있는 키와 체중에 관해 미라가 나직하게 중얼거린 그 순간. 갑자기 이유 모를 한기가 미라의 등줄기를 훑고 지나갔다.

"미라 님……."

몹시도 싸늘한 목소리에 움찔하고 고개를 돌린 미라는, 전에 없이 싸늘한 눈빛을 한 마리아나의 얼굴을 보고 뻣뻣하게 굳어버렸다. 그리고 순식간에 이해했다.

조금 전에 자신이 입 밖에 낸 말이 금기에 해당하는 것이었음을.

아무리 친한 사이라 해도 여성에게 해서는 안 되는 말이었음을.

그리고 미라는 알지 못했지만, 최근 들어 미라가 계속 탑에 있어서 식사가 평소보다 호화로워졌다.

그런 탓에 저녁 식사를 함께 하고 있는 마리아나는 미라가 입 밖에 낸 사항이 신경 쓰이기 시작한 참이었다.

그러던 중에 섬세하지 못한 미라의 말이 결정타를 날린 것이다.

"어어음…… 방금 그것은…… 그게…… 뭐시냐…… 그거다."

변명할 말이 떠오르지 않아서 미라는 시선을 이리저리 돌렸다. 그러자 그 모습이 우스웠는지 마리아나가 살며시 웃었다.

"오늘 저녁에는, 샐러드 파티를 하기로 하죠."

미소를 짓고 있기는 했지만 완전히 용서를 한 건 아닌 듯했다. 미라는 순순히 "알겠습니다……" 하고 고개를 끄덕일 수밖에 없었다.

그렇게 무심한 한 마디로 인해 저녁 식사에서 고기 요리가 제외된 직후의 일이다. 와웅와웅, 신이 난 듯한 목소리와 함께 한 마리의 검은 개가 바람처럼 나타난 것이다.

심지어 수영장을 상당히 좋아하는지 검은 개는 다음 순간, 입구에서 일직선으로 달려 물로 뛰어들었다.

검은 개는 미라 일행이 있는 곳 근처에 배부터 호쾌하게 착수했다. 몸집이 성인 남성만큼 큰 탓에 격렬한 물보라가 치솟고 커다란 물살이 일어 미라 일행에게 밀려들었다.

"뀨이뀨이뀨이~!"

그 빅 웨이브는 미라, 마리아나의 것과는 상대도 되지 않을 정도로 압도적이었다. 루나는 과감하게 도전했지만 눈 깜짝할 새에 삼켜져 하릴없이 뒤집어졌다.

튜브에서 빠져나와 다시 머리를 내민 루나는 '대체 누구냐?!'라고 말하는 듯한 얼굴로 파도의 발생원에게로 고개를 돌렸다.

하지만 물로 뛰어든 검은 개는 이미 한참 떨어진 곳에 있었다. 게다가 뛰어들 때와는 정반대로 조용하고도 우아한 폼으로 개헤

엄을 치고 있었다.

"수영 솜씨가 훌륭하구나."

"네, 보통내기가 아닌 것 같아요."

마치 물속을 달리듯 거침없이 나아가는 검은 개를 보고 미라와 마리아나는 감탄한 듯 중얼거렸다.

그런 두 사람의 모습을 본 루나는 슬그머니 튜브에서 빠져나가 두 발을 파닥거렸다. 하지만 몇 초 만에 튜브로 돌아와, 분한 듯 귀를 늘어뜨렸다. 조금은 헤엄을 칠 수 있지만 아직 장거리 수영은 어려운 것이다.

하지만 그 눈에서 체념한 듯한 빛은 찾아볼 수 없었다. 그 눈에는 언젠가 반드시 자유롭게 헤엄쳐 보이겠다는 의지가 담겨 있었다.

그렇게 루나가 언젠간 수영을 할 수 있게 되고 말겠다는 결의를 다지고 있던 그때. 검은 개를 본 미라는 그 모습을 어디선가 본 것 같다는 생각을 하고 있었다.

하지만 그것도 잠시뿐. 금방 그 답이 제시되었다. 얼마쯤 지나 그 주인인 남자가 수영장에 나타났기 때문이다.

'오오, 저 차분한 분위기의 남자는 요전에 보았던 사냥꾼이 아닌가.'

적절하게 단련된 근육에 수많은 상처가 남은 몸, 물색 계열의 얼룩무늬 반바지 차림으로 나타난 그 남자는 요전에 와일드 버디에서 보았던 그 남자였다.

축소되어 구석으로 쫓겨난 수렵용품 코너에 있던 바로 그 숙련

사냥꾼이다.

그렇다면 조금 전에 보았던 검은 개는 그때 함께 있었던 흑랑일 것이다. 다이빙은 둘째 치고 소리를 내지 않는 저 수영법은 수렵을 위해 습득한 기술이리라.

사냥꾼과 흑랑은 말 그대로 사냥만을 위해 살아온 이들 특유의 오라를 풍겨서, 미라는 그 사내다운 모습을 동경하지 않을 수 없었다. 이제는 이룰 수 없는 꿈이 되고 말았지만 말이다.

이어서 미라 일행은 수영장 한복판으로 향했다.

와일드 버디에 설치된 수영장에는 15미터 정도 되는 레인이 다섯 개 있었다. 실내임에도 그럭저럭 넓어서, 끄트머리에서 3미터 정도까지는 소형견도 발이 닿을 정도로 얕았다.

모든 애완동물이 즐길 수 있도록 되어 있는 것이다.

또한 지금 미라가 있는 한복판은 아슬아슬하게 발이 닿을 정도의 깊이였다.

"뀨이~!"

"음 그래, 알았다 알았어. 그러면, 가보실까!"

튜브를 끼고 루나가 헤엄쳐 나가고 있는 방향에는 이 수영장의 명물이라 할 수 있는 커다란 워터 슬라이더가 있었다.

애완동물과 함께 탈 수 있는 그것을 루나는 튜브 다음으로 좋아했다.

미라는 가던 도중 루나를 안아 들고 그대로 계단을 올랐다. 마리아나는 아래서 대기 중이다.

실내 수영장인 탓에 슬라이더의 크기는 그렇게 크지 않았고, 경사도 완만했다.

하지만 우로 좌로 복잡하게 뒤틀려 있는 구조라 제법 즐거웠다.

애완동물들의 평판도 좋은지 영리한 개는 혼자서 계단을 올라서 타고 내려갈 정도였다.

혼자 놀기의 달인이라는 칭호를 가진 중형견, 이 수영장의 유명견(犬)인 멜로디가 신이 나서 워터 슬라이더로 뛰어들고 나자 드디어 미라 일행의 차례가 되었다.

"준비는 되었느냐?"

슬라이더의 출발점에서 미라는 준비 자세를 취했다. 루나는 허벅지에 올라탄 채 "뀨이!" 하고 용감한 목소리로 답했다.

"그럼, 간다!"

힘차게 몸을 앞으로 밀자 천천히 속도가 나서 그럭저럭 빨라졌다.

요즘 미라는 최대한 빨리 아래로 내려가는 연습을 하고 있었다. 그리고 루나 역시 그 속도와 좌우로 흔들리는 감각에 푹 빠져 있었다.

루나를 꼭 잡은 채 미끄러져 내려간 미라는 십여 초 만에 수영장에 착수했다.

"방금 전 것은 제법 빠르지 않았느냐?!"

물 위로 얼굴을 내밀자마자 미라는 확신에 차서 말했다. 튜브를 끼고 둥둥 떠 있는 루나도 미라의 말에 동감하듯 "뀨이!" 하고 답했다.

사실 정확하게 시간을 재지는 않아서 체감상의 느낌을 말한 것 뿐이었다.

하지만 이런 놀이를 할 때는 그렇게 팍팍하게 굴지 않는 게 좋다. 신기록이라며 신이 나서 떠드는 미라와 루나를, 마리아나는 다정한 미소를 머금은 채 바라보고 있었다.

낮과 저녁의 중간 정도 되는 시간에 수영장에서 돌아왔다.

수영장에서 실컷 논 후, 적절하게 체온이 돌아오기 시작할 즈음이면 참으로 기분 좋은 노곤함이 밀려들기 마련이다.

루나와 마리아나도 그러기는 마찬가지인지, 이 시간에는 다 같이 소파에서 꾸벅꾸벅 졸고는 했다.

두 사람은 소파에 늘어앉아 기분 좋은 노곤함에 몸을 맡긴 채, 그 사이에서 몸을 둥그렇게 말고 있는 루나의 등에 손을 포개어 얹고 있다.

저녁녘에 접어드는 아주 짧은 시간. 영원히 이어졌으면 좋겠다는 생각이 절로 드는 그 시간은 그야말로 행복으로만 채워진 꿈을 투영한 듯 덧없는 순간이었다.

포근한 시간이 지나면 다시 일상이 돌아온다. 미라는 연구와 실험에 임하고 마리아나도 식사 준비며 이런저런 것들을 하기 위해 움직이기 시작한다.

루나는 요즘 들어 모래밭에서 노는 일이 많았지만, 지금은 소파 위에서 네 다리를 파닥거리고 있었다. 아무래도 헤엄치는 연습을 하고 있는 듯했다.

"오오…… 햄버그로구나!"

저녁 시간. 요리가 늘어선 테이블을 본 미라는 환한 얼굴로 말했다. 오늘은 샐러드 파티가 펼쳐질 걸 각오하고 있었지만, 뜻밖에도 자신이 아주 좋아하는 음식이 나와서 기분이 매우 좋아진 것이다.

이렇게 마리아나의 손아귀에서 놀아나기도 하며, 미라는 행복한 나날을 보냈다.

<〈4〉

　평화로운 나날이 이어지던 어느 날, 평소처럼 마봉석을 정련해 달라는 부탁을 받았다.

　요즈음 미라가 나라에 머무르고 있는 덕에 마도공학의 연구가 활발하게 이루어지고 있었다. 효율적인 동력원인 마봉석의 공급이 원활해졌기 때문이다.

　미라 또한 최근 몇 주 동안 여러 차례에 걸쳐 성에 소속된 기술자들에게 효율적인 정련 방법을 전수하는 일 등으로 분주했다.

　'가만히 생각해 보니, 곳곳을 날아다니던 때보다 지금이 더 바쁜 듯한 기분이 드는구먼…….'

　의뢰 받은 분량의 마봉석을 다 만들고 에밀리아와 필을 가르치고 고아원 아이들과 놀아준 후, 루나틱레이크를 통해 탑으로 돌아가던 도중.

　미라는 가루다 왜건의 창문으로 저물어가는 저녁 해를 바라보며 문득 그런 생각을 했다. 하지만 그럼에도 피로감보다는 만족감이 더 크다는 사실에 살며시 미소를 지었다.

　"이것이 젊음인가……."

　어둑해진 하늘. 불빛을 반사하는 창문에 비친 자신의 모습을 바라보며 미라는 젊음의 근사함을 새삼 실감했다.

　그렇게 분주하면서도 충실한 나날을 보내며 변함없는 일상이 얼마나 소중한 것인지를 속으로 곱씹던 어느 날. 아침이 되어 오늘은 어떤 연구를 진행할까 생각하던 때였다.

솔로몬이 메이린 전용 의상과 '그 물건'이 완성되었다는 보고를
해왔다.

드디어 다음 임무를 시작할 때가 온 것 같다. 평화로운 나날이
끝나고 다시 여행이 시작된다.

충분히 기운을 보충한 미라는 의기양양하게 왕성으로 향했다.

"⋯⋯어찌하여, 이렇게 된 겐지."

시녀 구획에 자리한 어느 방에서 미라는 난감하게 됐다는 투로
중얼거렸다. 메이린의 의상을 받으러 온 것뿐이건만, 어째서 자
신이 옷 갈아입히는 인형 처지가 된 것일까.

그것은 십여 분 전의 일이었다. 예정대로 왕성에 도착한 미라
는 시녀 구획을 앞에 두고 있었다.

연락이 왔을 때, 메이린의 의상은 그곳에 있다는 말을 들었기
때문이다.

완성되었다면 솔로몬의 집무실 같은 곳으로 옮겨둘 것이지. 속
으로 원망을 하며 미라는 그곳에 발을 들였다.

소문에 의하면 미라 커스텀 이너 팬츠가 완성되었다고 한다.

릴리 일행에게 붙잡히면 대대적인 발표회가 열리고 말 거다.

그렇다면 완전 스텔스 상태로 임무를 수행할 필요가 있겠다는
생각에 미라는 특수부대 세트를 장착하고서 신중하게 걸음을 옮
기고 있었다.

여러모로 위험하다고 인식하고 있는 장소이기는 했지만, 의상

만 접수하고 곧장 탈출하면 그만이다.

현재 특히 주의해야 할 릴리와 타바사는 일을 하는 중이라고 들었다. 그렇다면 파고들 여지는 있다는 생각에 미라는 과감하게 잠입을 시도했다.

시녀들의 정보망에 걸리지 않도록 주의하며 잠입 미션을 수행해 나갔다.

한 번 발각되면 단숨에 포위되고 말 거다. 때문에 의상을 접수하는 순간에만 접촉해야 한다.

그런 다음 정보가 퍼지기 전에 탈출하면 완전 승리다.

그런 목표를 달성하기 위해 미라는 어떨 때는 신중하게, 어떨 때는 대담하게 나아가 승리를 눈앞에 두고 있었다.

하지만 미라의 미션은 실패로 끝나고 말았다. 대체 뭐가 어떻게 된 것인지. 메이린의 의상이 놓여 있다는 방에 들어서자 그곳에 릴리와 타바사를 비롯한 많은 시녀들이 대기하고 있었기 때문이다.

릴리 일행을 본 미라는 체념하고 그녀들 앞에 출두했다.

어차피 뒤로 미뤄봐야 언젠간 일어날 일이다 싶어서, 얌전히 이너 팬츠 발표회라는 형벌을 받아들이기로 한 것이다.

하지만 그때 예기치 못한 사태가 벌어졌다. 놀랍게도 준비된 것이 미라 커스텀 이너 팬츠뿐이 아니었던 것이다.

그 결과 미라는 눈 깜짝할 새에 특수부대 장비 세트뿐 아니라 입고 있던 옷까지 몽땅 빼앗겼다. 그리고 이너 팬츠와 함께 미라용 신장비인 미라 커스텀 가을 버전을 입게 되었다.

이제 곧 가을이다. 다소 따스한 질감의 옷감이 사용된 그것은 군이 표현하자면 마법 소녀풍 군복이었다. 거기에 망토가 추가되자 깜찍한 모습의 장교가 탄생했다.

"이번에도 저희는, 기적을 만들어내는 데 성공했군요."

신장비를 장착한 미라 대령을 앞에 두고 타바사는 감탄한 듯한 말하며 미소를 지었다. 그런데 이럴 때 가장 흥분하고는 했던 릴리는 어째서인지 조용했다.

"……."

자세히 보니 릴리는 황홀한 표정을 지은 채 승천하고 있었다. 하지만 그것도 잠시뿐. 타바사가 간신히 릴리의 의식을 회복시켰다.

"어머나, 저도 참. 너무 오랜만이라 저도 모르게 승천해버릴 뻔했네요."

현실로 다시 돌아온 릴리는 다소 수줍은 듯한 미소를 짓는가 싶더니 다음 순간, 먹잇감을 앞에 둔 맹수와도 같은 눈빛으로 미라를 바라보았다.

눈빛이 달라진 건 릴리뿐이 아니었다.

미라가 이렇게 시녀들에게 붙잡혔던 것은 몇 달 전의 일이었다. 그런 탓에 그녀들의 애정은 한계를 넘어선 상태였다.

때문에 미라는 릴리 일행이 만족할 때까지 무자비한 보살핌을 받아야만 했다.

'가끔씩 욕구 해소를 해줘야겠구나…….'

목적했던 메이린의 의상과 미라 커스텀 가을 버전, 그리고 두 사람이 쓸 변장용 염색약까지 건네받은 미라는 그런 생각을 하며 솔로몬의 집무실로 향했다.

미라는 옷 갈아입기 서비스뿐 아니라 전신 마사지와 맛있는 디저트 등, 릴리 일행의 열성적인 보살핌을 받았다.

실로 내키지 않는 상황이기는 했지만 왕성에 속한 시녀들의 온 힘을 다한 접객 덕분에 마음과 달리 몸 상태는 아주 좋아졌고 발걸음도 가벼웠다.

"응응, 잘 어울려."

"이런 말은 없었잖으냐…….."

솔로몬이 짓궂은 얼굴로 말하자 미라는 눈살을 찌푸린 채 부루퉁한 투로 대꾸했다. 어째서 메이린의 의상뿐 아니라 자신의 의상까지 있었던 것이란 말인가.

그 말에 솔로몬은 "정말 그것만으로 끝날 줄 알았어?"라고 대답했다.

듣고 보니 지금까지의 패턴으로 보아도 그 말이 맞는 것 같았다.

미라는 요란하게 한숨을 내쉰 후, 마음을 다잡듯 오른손을 내밀어 목적했던 물건을 내놓으라고 말했다.

"이야아, 정리하느라 꽤 고생했다고."

그렇게 말하며 솔로몬이 꺼낸 것은 한 권의 책이었다. 일전에 미라가 부탁했던, 군의 운용법에 관해 정리한 책이다.

알카이트 왕국의 군이 축적한 이런저런 노하우가 적힌 기밀성이 높은 물건이었지만 그런 것을 냉큼 넘길 정도로 솔로몬은 미라가 획책하고 있는 일에 관심을 보이고 있었다.

"그게 어떻게 완성될지 기대되는걸."

그렇게 말한 솔로몬은 때가 되면 의지하도록 하겠다고 말을 잇고서 의기양양한 미소를 지었다.

"필요한 순간이 오면, 뜨거운 맛을 보여주자꾸나."

책을 받아든 미라 역시 그 기대를 넘어서고 말겠다며 미소로 답했다.

성에서의 용무를 마친 미라는 곧장 학원을 방문했다.

마침 점심시간이었는지 학원의 교정(校庭)에서는 학생들이 각각 시간을 보내고 있었다.

에밀리아 일행을 지도하기 위해 미라는 여러 차례 학원을 들락거렸다. 그런 탓에 그들은 미라를 알아보았고, 최근에는 종종 정령여왕을 보고자 학생들이 모여들기도 했다.

또한 어디서 정보가 새어나간 것인지. 소환술과의 대표 중 한 명인 에밀리아가 정령여왕의 제자가 되었다는 소문이 퍼져 있었다.

그 때문에 다음 술기심사회에 출전할 예정인 다른 술과의 대표들도 평소보다 더 열심히 특훈을 하고 있다는 듯했다.

학생들의 눈에는 A랭크 모험가라는 칭호가 매우 대단하게 보이는 탓인지.

호의나 호기심 어린 눈빛이며 존경하는 눈빛 등이 여기저기서 날아들었다.

하지만 개중에는 적개심을 불사르는 학생들도 있었다. 술기심 사회의 결과를 신경 쓰고 있는 자들이다.

　대표 중 한 명이, 소문이 자자한 정령여왕의 지도를 받고 있으니 다음 심사회에는 얼마나 대단한 술식을 선보일까 싶어 경계하고 있는 것이다.

　'흐음…… 부담스러워 하지 말고 말을 걸어오면 좋으련만.'

　학생들은 멀찌감치 떨어져서 구경만 하고 다가오지 않았다. 미라는 사인이나 기념 촬영 정도라면 얼마든지 해줄 생각이었지만, 이쯤 되자 자신을 어떻게 생각하고 있는 걸까 싶어서 걱정이 되기 시작했다.

　때때로 귀에 들려오는 말들의 내용은 그리 나쁘지 않았다. 귀엽다느니 굉장하다느니, 호의가 느껴지는 말들이 대부분이었다.

　학생들에게서 직접 학원에 관한 이야기를 듣고 싶었던 미라는 다가서려 하면 멀어지는 학생들의 태도에 다소 침울해져서 학원 안을 향해 나아갔다.

〈5〉

　학원의 교사를 가로질러 훈련동 앞에 접어들었을 때. 마침 그곳에서 나온 크레오스와 마주쳤다.

　"오오, 크레오스가 아니냐. 그러고 보니 오늘은 수업에서 동시 소환 훈련을 하는 날이었지."

　미라가 그렇게 말을 붙이자 크레오스는 곧장 달려왔다. 훈련 후 정리를 마치고 나오던 참이라는 모양이었다.

　그리고 이번 훈련에서는 에밀리아도 지도를 도왔다고 한다.

　"에밀리아 양은 나날이 성장하고 있습니다. 졸업 후에는 부디 소환술과의 교사가 되어주었으면 좋겠군요."

　반쯤 농담을 하는 투였지만 크레오스의 표정은 진지하기 그지없었다.

　현시점까지 소환술과의 정식 교사는 히나타 한 명뿐이다.

　현자 대행인 크레오스가 빈번히 학원에 들락거리는 것도 따지고 보면 교사가 부족하기 때문이었다.

　학생 수가 늘어났으니 그로 인한 영향은 앞으로 더욱 커질 것이다. 소환술을 발전시키려면 새로운 소환술과의 교사를 확보하는 일도 중요할 듯했다.

　하지만 에밀리아는 귀족의 딸인 탓에 그 희망이 이루어질지 어떨지는 모를 일이다.

　"그나저나 미라 님. 오늘 아침에 솔로몬님께 연락이 온 것 같았습니다만…… 이제 다음 임무를 수행하러 출발하시는 겁니까?"

아침 일찍 솔로몬이 통신으로 메이린의 의상이 완성되었다고 한 것을 크레오스도 들었던 모양이다.

"음, 그래야 할 게다. 앞으로 2주 후면 예선이 시작될 테니 말이야. 그 전에는 붙잡고 싶다만."

투기대회 개최 소식이 각국에 전달되고서 약 보름 남짓이 지났다.

분명 이런 방면으로 귀가 밝은 메이린이라면 잽싸게 움직여 벌써 현지에 도착해 있을 것이다. 게다가 틀림없이 무차별급에 출전하여 예선부터 눈에 띌 거다.

그렇게 되기 전에 찾아내서 변장시키는 것이 첫 번째 목표였다.

"역시 그렇군요. 그렇다면 에밀리아 양의 특별 수업도 오늘로 일단락 해야겠군요."

미라가 니르바나로 향하면 당연히 특훈에 어울려줄 수 없게 된다. 그러면 특별수업을 위해 훈련장을 찾았던 에밀리아는 다시 보통 수업을 받아야만 한다.

미라가 지도를 하러 오는 오후 수업에는 동시 소환 수업을 하고 있는지라 몇 걸음을 앞서가고 있는 에밀리아에게는 부족하게 느껴질 것이다.

다른 수업으로 변경해야 할지, 이대로 에밀리아에게 교사 역할을 맡겨야 할지 크레오스는 고민에 빠졌다.

"그러면 교사 역할을 맡기면 되지 않겠느냐? 다른 이를 가르치다 보면 그만큼 이해의 깊이가 깊어지기 마련이니. 이 몸도 에밀리아와 그대에게 이런저런 것들을 가르치다가 깨달은 바가 있을 정도니 말이다."

지식이며 기술을 잘 전달하려면 가르치는 쪽 또한 어떻게 하면 이해하기 쉬울지 깊이 생각해야만 한다. 그리고 그 결과 이해의 폭이 넓고 깊어진다.

에밀리아에게는 어지간한 것들은 모두 가르쳐 두었으니, 남은 일은 본인이 어떻게 이해해 나갈 것인가 하는 것뿐이라고 미라는 말했다.

"과연……. 듣고 보니 옳은 말씀이군요. 알겠습니다. 그럼 내일부터 에밀리아 양은 이쪽에 세우도록 하죠."

크레오스는 소환술과의 교사로서도 긴 시간을 보냈다. 그런 탓에 미라의 말에서 공감이 가는 부분이 많았는지 동시 소환 수업을 할 때는 교사 역할을 맡겨, 보다 이해의 폭을 넓혀 나갈 수 있도록 돕겠다고 크레오스는 말했다.

"음, 잘 부탁하마."

분명 돌아올 즈음에는 지금보다 훨씬 성장해 있을 것이다.

또한 방과 후에 합류했던 필도 순조롭게 성장 중이다.

미라는 두 사람의 성장이 기대된다고 하더니, 기대되는 게 하나 더 있다며 크레오스를 쳐다보았다.

"그렇다면 그대의 특훈도 오늘로 일단락지어야겠구나."

크레오스에게는 부분 소환을 중심으로 가르침을 주고 있었다. 오늘의 특훈은 총복습으로 할까. 얼마나 이해를 했을지 기대된다. 그렇게 말하며 미라가 대담한 미소를 짓자 크레오스는 뺨을 씰룩

거리며 시선을 피했다.

"그럼 오늘 밤에 보자꾸나."

그렇게 말한 미라가 걸음을 떼고서 얼마쯤 지났을 때. 생각에 잠겨 있던 크레오스가 문득 그녀를 불러 세웠다.

"아아, 미라 님……. 실은 말입니다."

어쩐지 고민스러운 듯한 얼굴로 크레오스는 말을 이었다.

"오늘은 교재 제작과 준비 등의 업무가 밀려있어서 탑에는 못 돌아갈 것 같습니다."

"호오, 그러했느냐."

아무래도 크레오스는 오늘 특훈을 받지 못할 것 같다. 그렇다면 다음 특훈은 한참 뒤에나 할 수 있을 거다.

"그렇다면 어쩔 수 없지. 하지만 뭐, 필요한 만큼의 것은 모두 가르쳐두었으니. 그대라면 어찌어찌 할 수 있겠지."

오늘까지 크레오스는 매일 특훈을 해왔다. 특훈 시간 자체는 그렇게 길지 않았다.

하지만 상대는 현자 대행이라는 칭호를 지닌 이다. 가차 없이 가르친 덕에 그 한 번 한 번의 특훈은 상당히 밀도 높은 시간이 되었다. 또한 부분 소환을 하는 데 있어서도 필요한 것은 모두 주입해 두었다.

부분소환과 동시소환의 합체 기술이나 시간차를 두고 행사하는 방법, 응용에 관한 특훈은 다음으로 미뤄야 할 것 같다. 하지만 돌아올 때까지는 기초를 완벽하게 익혀두었기를 바란다고 미라가 웃는 얼굴로 말하자 크레오스는 벌벌 떨면서 "최대한 노력

하겠습니다"라고 답했다.

"그럼, 당분간 자리를 비울 테니 뒷일을 부탁하마."

"네, 맡겨만 주십시오."

내일 아침에는 출발해야 하니 오늘 이 시간부터 돌아올 때까지는 다시 만나지 못할 거다.

타이르듯이 미라가 말하자 크레오스는 어쩐지 자랑스러운 듯한 얼굴로 대답했다.

그러자 미라는 크레오스의 어깨에 손을 턱, 하고 얹고서 살며시 속삭였다. 혹시라도 돌아올 때까지 부분소환을 완전히 습득하지 못하더라도 괜찮다고.

"그때는 습득할 때까지, 차분하게 특훈을 시켜줄 테니 말이야."

"바, 반드시 완벽하게 습득해 보이겠습니다……!"

미라의 진심을 다한 특훈이 어떠한 것인지. 과거의 일이 떠올라서 크레오스는 살짝 어깨가 부르르 떨려왔지만 간신히 아무렇지도 않은 척 고개를 끄덕였다.

그렇게 얼마 동안 작별 인사를 한 후 미라는 훈련동으로, 크레오스는 교사를 향해 걸어 나갔다.

그러던 도중, 크레오스는 문득 멈춰 서서 훈련동 쪽을 돌아보며 생각했다.

'흐음, 말은 그렇게 했지만 내일 수업용 교재로 뭘 준비해야 할까요.'

오늘은 탑으로 돌아갈 수 없다는 것은 크레오스의 소소한 거짓

말이었다.

하지만 그냥 특훈을 회피하기 위해서 그런 것은 아니었다. 중요한 이유 하나와 자신의 몸을 지키기 위해서라는 이유도 있었던 것이다.

이로써 분명 괜찮을 거라 믿으며 크레오스는 소환술과의 교실을 향해 나아갔다. 내일 수업 내용에 관해 생각하며.

점심시간이 끝난 후의 훈련동. 미라는 예정대로 에밀리아를 지도하기 시작했다.

그러던 도중, 문득 릴리 일행이 떠올라서 에밀리아를 소개해줘 보는 건 어떨까, 라는 산 제물을 바치는 행위에 가까운 생각에 다다랐다.

이번에도 장기간의 출타가 될 예정이다. 그러다 보니 릴리 일행의 욕망이 얼마나 쌓일지 모를 일이다.

하지만 미라는 실행에 옮기지 않고 꾹 참았다. 아무리 그래도 귀여운 학생이 그런 일을 당하게 할 수는 없다는 생각 때문이었다.

미라가 속으로 이런저런 생각을 하는 가운데서도 지도는 진행되었다. 그리고 방과 후가 되어 필도 참가하고 나자 이날 특훈 시간도 눈 깜짝할 새에 지나가고 말았다.

"자아, 향후의 일정 말이다만――."

최근에는 격일로 지도를 이어가고 있었지만, 오늘로 일단 끝이다. 용건이 있어서 내일은 니르바나로 출발해야 한다.

미라가 그렇게 말하자 에밀리아는 이 세상의 종말이라도 맞은 듯한 표정을 지었고, 필 역시 쓸쓸한 얼굴로 고개를 푹 숙였다.

미라는 우선 에밀리아에게 조금 전 크레오스와 했던 이야기에 관해 말했다.

"지금까지 이 몸이 가르쳤던 것을 다른 학생들이 이해하도록 가르쳐 보거라. 감각이 아니라 이론으로써 이해할 수 있도록 생각해 전달하는 게다."

내일부터 동시소환 수업을 할 때는 교사의 입장이 되어 이해를 깊이 할 수 있도록 노력해라. 그렇게 한다면 다시 돌아왔을 때 다음 지도를 해주겠노라고 미라는 약속했다.

"제가…… 가르치는 입장이……. 알겠어요! 열심히 할게요!"

처음에는 당황한 눈치였지만 미라가 입 밖에 낸 약속 덕분인지 에밀리아의 눈에서는 기력이 넘쳐나고 있었다.

"필이여, 오늘까지 정말 잘했다. 허나 아직 기초 중에서도 기초를 안 것에 불과하다. 이 몸이 가르침을 주는 것은 오늘로 끝이다만, 나날이 단련을 게을리 해서는 아니 된다."

미라는 이어서 필에게 시선을 옮겨 다정한 투로 그렇게 말했다.

그러자 필은 "네! 매일 열심히 할게요!"라고 힘차게 대답했다.

그 눈빛은 요전의 어리광쟁이 같은 짓을 했을 때보다 어느 정도 늠름하고 힘이 넘쳐 보였다.

"감사합니다. 미라 선생님! 다음에도 잘 부탁드립니다!"

"감사합니다!"

다음 지도는 몇 개월 후에나 할 수 있을지 모른다. 하지만 약속을 해준 것이 기뻤는지 에밀리아는 의욕이 넘치는 얼굴로 돌아갔다. 그리고 필 역시 약간 아쉬운 듯이 자꾸 뒤를 돌아보기는 했지만 기숙사로 돌아갔다.

지도의 성과인지 에밀리아는 최근 엄청난 기세로 성장하고 있었다. 분명 돌아올 즈음에는 그녀도 약속한 바를 지켜 이해의 폭을 크게 넓혀 두었을 것이다.

필도 완전히 지식이 없는 상태에서 시작했음에도 불구하고 다른 학생들에게 따라붙기 시작할 정도로 성장했다.

다음에는 무엇을 가르쳐 볼까. 다음에 만날 때는 얼마나 성장해 있을까. 미라는 기대할 것이 늘었다는 생각에 흐뭇한 미소를 지었다.

"이 몸도 분발해야겠구나!"

에밀리아 일행의 성장을 지켜본 입장으로서, 미라 역시 그에 지지 않고자 기합을 넣으며 훈련장을 뒤로 했다.

다음으로 미라가 찾은 것은 학원에 인접한 고아원이었다.

이러니저러니 해도 일주일에 두 번은 얼굴을 내민 덕에 이 정도 시간에 아이들이 어디에 있을지는 대충 알았다.

미라가 얼굴을 비치자 연소자반 아이들은 폭죽에 불을 붙인 듯한 기세로 기뻐하며 몰려들었다. 그런 아이들을 사랑스럽다는 얼굴로 안아준 후, 미라는 곧바로 평소처럼 놀아주며 소환술의 근사함을 전파해 나갔다.

저녁에 접어들었을 즈음. 미라는 탑으로 돌아가기 전에 아르테시아에게 내일 이후의 일정에 관해 이야기했다. 오늘을 끝으로 당분간 올 수 없을 것 같다고.

"니르바나에서 투기대회가 개최되는 모양이라 말이다. 살짝 다녀오게 되었다."

미라가 그렇게 이유를 설명하자 아르테시아는 잠시 침묵하더니 "아하, 메이린 때문이구나" 하고 납득한 듯 고개를 끄덕였다.

미라의 임무 내용을 알고 있다 보니 투기대회라는 말을 듣고 무엇을 하러 가는지 예측하기란 어렵지 않았다.

"그러면, 미라는 당분간 못 올 거라고 내가 저 애들한테 말해 둘게."

또한 아르테시아는 아이들이 슬퍼할 것 같아 미라가 결국 그 말을 하지 못했다는 사실도 알아챈 듯했다. 그녀는 그 심정을 헤아리고는 미소를 지은 채 미라의 머리를 쓰다듬었다.

"음...... 부탁 좀 하마."

분명 겉모습 때문일 테지만 아르테시아는 여전히 미라를 어린 애처럼 취급했다.

하지만 그건 바꿀 수 없는 사실이었기에 미라는 자신을 쓰다듬는 손길을 얌전히 받아들이며 아르테시아에게 말을 전해달라고 부탁했다.

6

"다녀오셨어요, 미라 님."

"음, 다녀왔다."

해가 저물었을 즈음, 미라가 탑으로 돌아가자 마리아나가 곧바로 맞이해 주었다.

저녁 식사 준비를 하고 있었는지, 방 안에서는 배에서 꼬르륵 소리가 절로 나는 냄새가 풍겨왔다.

미라가 달려온 루나를 안아 올리자 마리아나는 조용히 목욕 준비를 하기 시작했다. 식사하기 전에 목욕하기를 좋아하는 미라의 행동 패턴을 이미 파악한 듯했다.

그래서 저녁 식사도 그 시간을 고려해서 준비해둘 정도로 빈틈이 없었다.

탑에 돌아오고서 오늘까지 혼자서 목욕을 한 적이 없었다. 그 때문인지 미라는 이제 익숙한 얼굴로 옷을 벗었다.

하지만 알몸이 된 마리아나를 똑바로 쳐다볼 수는 없었다. 흑심이라도 생기면 그걸 들키지 않고자 애를 써야 할 게 뻔했기 때문이다.

다른 데서는 실컷 보았건만. 미라는 지금까지 여러 목욕탕에서 만났던 여성들을 머릿속에 떠올리며 이상한 일이라는 생각에 쓴웃음을 지었다.

방에 딸린 욕실이라는 게 믿기지 않을 정도로 커다란 욕실. 미라와 마리아나는 약간 따뜻한 물에 느긋하게 몸을 담갔고, 루나는 그 넓은 욕조를 이용해 두 사람 앞에서 헤엄치는 연습을 하고 있었다.

"그런고로 내일 출발해야 한다. 또 자리를 비우겠지만, 때를 봐서 연락하마."

루나의 헤엄 실력은 매일 조금씩 늘고 있었다. 그렇게 성장하고 있는 루나의 모습을 보며 미라는 말했다. 메이린을 찾기 위해 니르바나로 가야 한다고.

"알겠습니다. 그러면 도시락을 준비해야겠군요."

미라의 옆에 바짝 붙어 있던 마리아나는 약간 쓸쓸한 눈빛이었지만, 문득 그것을 떨쳐내려는 듯 기합을 넣었다.

미라가 짊어진 임무가 어떤 의미를 지니고 있는지 잘 알기 때문이다.

분명 내일 받아들게 될 도시락은 여느 때보다 호화로울 것이다.

"그것참 기대되는구나."

이미 미라가 좋아하는 음식을 훤히 꿰뚫고 있는 마리아나가 기합을 넣고 도시락을 만든다니.

틀림없이 여태 먹었던 어느 진수성찬보다 맛있을 거다. 미라의 가슴에 그런 기대가 차오르던 중에, "뀨이!" 하고 두 사람 앞에서 무언가를 주장하는 듯한 목소리가 들려왔다.

루나였다. 일전에 사온 배 모양 바가지를 타고 훌륭한 조타 실력을 발휘해 두 사람 앞까지 다가온 루나는 기대로 가득한 눈으로 마리아나를 바라보고 있었다.

아무래도 검사겸사 내일 식사가 특별해지기를 바라고 있는 듯한 눈치였다.

"알겠어요. 루나에게는 특제 믹스 샐러드를 만들어주죠."

동그란 눈을 반짝반짝 빛내는 루나의 부탁 테크닉은 마리아나조차도 함락될 정도로 귀여웠다.

"루나도 진수성찬을 먹겠군. 잘 되었구나."

같이 함락된 미라는 참지 못하고 루나를 안아 올려 뺨을 비볐다. 마리아는 그런 미라와 루나를 가만히 바라보며 다정한 미소를 지었다.

목욕을 마치고 방에서 입는 넉넉한 로브로 갈아입었다. 그리고 거실 소파에 앉아 루나와 십여 분을 놀고 있자, 테이블에는 평소보다 호화로운 요리가 차려졌다.

"오오! 오늘은 평소보다 더 호화스럽구나!"

오늘의 메인 요리인 치즈가 잔뜩 얹어진 햄버그를 비롯해서 각 접시에는 고기와 채소의 균형과 색채가 훌륭한 조화를 이루고 있었다. 개중에는 미리 준비를 해두지 않았다면 이 시간에 내놓지 못했을 만큼 손이 많이 가는 요리도 잔뜩 있었다.

"네, 평소보다 더 식재료를 엄선해 보았어요."

마리아나는 자신만만하게 그렇게 말했다. 오늘 내놓은 진수성찬의 완성도에 그만큼 자신감이 있었던 모양이다.

이 저녁 식사를 끝으로 미라는 다시 길을 나서게 될 거다. 아침에 솔로몬에게 연락이 왔을 때 마리아나는 그 사실을 알아챈 것이리라. 그렇기에 평소보다 정성껏 만찬을 준비하고 있었던 것이다.

그 요리들에는 미라가 무사하기를 기도하는 마음이 잔뜩 담겨 있었다.

영양가뿐 아니라 금속음은 액운을 물리친다는 풍수의 가르침에 근거해서 식기도 모두 금속제를 썼다. 그리고 그러한 요소는 그밖에도 여기저기서 엿볼 수 있었다.

새삼 방을 둘러보니 소품의 배치도 아침과 달라져 있었다. 이 방에 있는 모든 물건에 마리아나의 마음이 담겨 있었던 것이다.

풍수에 관한 미라의 지식은 솔로몬에게 조금 들은 것이 다였다. 하지만 희한하게도, 그런 지식이 없더라도 마음이란 것은 상대에게 전해지기 마련이다.

출입구에 오도카니 놓여 있는 개구리 장식과 눈이 마주친 미라는 최대한 빨리 돌아와야겠다고 속으로 다짐하며 마리아나를 가만히 바라보았다.

저녁식사를 마친 후에는 그저 느긋하게 시간을 보냈다. 모래밭에서 노는 루나를 지켜보며 미라와 마리아나는 오늘 있었던 일을 이야기하면서 식후 티타임을 가졌다.

이야기의 내용은 모조리 대수롭지 않은 것들이었다.

왕성에 갔더니 시녀들이 신작을 완성해 놓았던 일을 미라가 이야기하자 마리아나는 "정말 잘 어울리셨어요"라면서 조용히 웃었다.

대로에서 루나와 함께 장을 볼 때, 루나가 간식용 과일을 고르는 데 십 분이 걸렸다고 마리아나가 말하자 미라는 "루나는 먹보니 말이다"라면서 웃었다.

그렇게 이야기를 나누는 게 탑에 돌아온 후의 일과였다. 아주 사소한 일이며 조금 신경 쓰이는 일 등, 이야기의 내용은 정해져 있지 않았고 딱히 이렇다 할 결말도 없었다.

하지만 그런 자연스러운 시간이 즐겁기도, 사랑스럽기도 했다.

"아, 그리고 나서 조금 뒤에, 미라 님을 찾고 있다는 분을 봤어요."

포도 한 송이를 사서 돌아오는 길에 있었던 일이 떠올랐는지 마리아나가 입을 열었다.

그게 대체 어떤 자였는지를 미라가 묻자 마리아나도 궁금했는지 그 인물의 행색을 살폈다고 답했다.

"그분은, 그리모어 컴퍼니라는 상회의 영업 담당이라고 하셨어요. 미라 님을 카드로 만들기 위해, 허가를 받으러 왔다고 말씀하셨는데……."

그자의 목적은 알겠다. 하지만 카드로 만들겠다는 게 무슨 뜻인지는 모르겠다는 투로 마리아나는 말했다.

그렇지만 고개를 갸웃하며 말하는 그녀와 달리 미라는 그 설명을 듣고 짚이는 바가 있었다.

"그것은 설마……!"

아이템박스를 열어 계속 처박아두었던 카드를 꺼냈다.

그렇다, 괴도 퍼지다이스에 관해 아는 계기가 되었던 '레전드 오브 아스테리아'의 카드였다.

"역시 그렇군!"

꺼내든 퍼지다이스 카드의 구석에는 '그리모어 컴퍼니'라고 적혀 있었다. 그 사실을 알아챈 미라는 덤블프에 이어 자신도 카드 데뷔를 하게 되는 건가, 라는 생각에 대담한 미소를 지었다.

그리고 그 카드가 강하면 소환술에 대한 관심도 높아질 거라 생각했다.

하지만 내일이면 출발해야 해서 그 영업 담당자를 찾거나 대응할 시간은 없었다.

"그 영업 담당자라는 자는 말이다――."

그래서 미라는 손에 든 카드를 보여주며 마리아나에게 설명했다. '레전드 오브 아스테리아'에 사용되고 있는 인물에 관해서, 그리고 카드 게임이란 어떠한 것이고 그 영업 담당자의 목적이 무엇인지를.

"그랬군요. 그래서 미라 님을."

그것은 수많은 유명 모험가와 역사적인 인물, 영웅 등, 이 세계에 실존했던 이들을 카드로 재현해 테이블 위에서 겨루는 전략 시뮬레이션이다. 그리고 실존 인물을 모델로 하기에 그들의 허가가 필요하다.

그렇게 이해한 마리아나는 납득함과 동시에 카드 게임이라는 것이 어떤 것인지 궁금해진 눈치였다.

마리아나는 미라가 손에 든 카드를 보며 "이걸로, 싸우는 건가요?" 하고 흥미롭다는 듯이 중얼거렸다.

"아이들뿐 아니라 어른들에게도 인기인 듯하더구나. 카드가 된

이 몸이 더욱 크게 활약하면 분명 소환술의 주목도도 쑥쑥 상승할 것이야."

이 또한 소환술 부흥에 도움이 될지도 모른다. 미라는 그렇게 말을 이은 후, 그 영업 담당자를 다음에 만나면 허가하겠다는 뜻을 전해달라고 마리아나에게 부탁했다.

"알겠습니다. 그렇게 전달할게요."

놀랍게도 조사해 보니 영업 담당자는 요즘 매일 술사조합에 얼굴을 내밀고 있다는 듯했다. 그때 만나고 오겠다고 말한 후, 마리아나는 어쩐지 흥미롭다는 듯이 "미라 님도, 이렇게 카드로 만들어지는 거군요"라고 중얼거렸다.

"그런데 괴도님── 라스트라다 님께는, 어떻게 허가를 받은 걸까요."

"……듣고 보니 궁금하군."

문득 궁금해진 듯한 마리아나의 말을 듣고 나자 미라도 덩달아 궁금해져 고개를 갸웃했다.

미라가 들고 있는 괴도 퍼지다이스의 카드. 그것이 존재한다는 것은 다시 말해서 영업 담당자가 허가를 받아냈다는 뜻이다.

괴도 퍼지다이스가 등장하는 것은 예고일 당일뿐. 카드화(化) 교섭을 할 만한 시간이 있을 리 없다.

그럼에도 카드로 만들어진 걸 보면 모종의 방법으로 허가를 받는 데 성공했다는 뜻일 거다. 대체 어떤 방법을 사용한 걸까.

시간의 흐름마저 느긋한 밤에, 미라와 마리아나는 이런저런 예상을 주고받았지만 모두 다 그저 그래서 이거구나 싶은 것이 없었다.

결과적으로 라스트라다가 돌아오면 답을 맞춰보기로 한 후, 미라의 카드 효과에 관한 이야기로 넘어갔다.

허가를 해서 카드가 발매된다 해도 그게 쓸모가 없으면 소환술의 인상에 악영향을 미칠 수도 있기 때문이다.

혹시 어떤 효과의 카드로 만들어달라고 요청할 수는 없을까. 그건 모를 일이었지만 미라와 마리아나는 '레전드 오브 아스테리아'의 규칙이 적힌 설명서를 함께 보면서 이런 건 어떨까, 저런 건 어떨까 하고 상상의 날개를 펼쳐 나갔다.

참고로 본인에게 허가를 받을 수가 없었던 루미나리아를 제외한 아홉 현자의 카드에 관해서는 솔로몬이 허가를 내렸더랬다.

미라가 이 사실을 알아채고 판매 수익은 어떻게 하고 있느냐며 솔로몬에게 따지게 되는 것은 한참 뒤의 일이다.

밤이 깊어져 슬슬 잠자리에 들어야 할 시간. 니르바나로 떠나기 전의 마지막 밤.

크레오스가 돌아오지 않아 특훈을 하지 않게 된 덕에 미라와 마리아나, 그리고 루나는 부부를 연상케 할 정도로 오붓한 시간을 보냈다.

실컷 이야기하고, 실컷 웃고, 실컷 놀고, 실컷 다정한 시간을 보낸 두 사람과 한 마리는 침대에 누워서도 바닥날 줄 모르는 이야깃거리를 두고 대화를 하다가, 누가 먼저랄 것 없이 잠에 빠졌다.

그렇게 맞은 출발하는 날의 아침. 미라가 눈을 떠보니 평소처럼 마리아나는 옆에 없었고, 그 대신 부엌 쪽에서 아침 식사를 준비하는 경쾌한 소리가 희미하게 들려오고 있었다.

"오오, 루나도 벌써 일어나 있었느냐. 빨리도 일어났구나."

눈을 뜨기는 했지만 아직도 잠기운이 가시지 않아 멍하니 있던 참에 루나가 어리광을 부리듯 품 안으로 달려들었다. 미라는 그런 루나를 품에 안고 쓰다듬으며 가만히 기분 좋은 아침의 분위기에 취해 넋을 놓고 있었다.

루나 또한 당분간 만나지 못한다는 걸 아는지, 평소보다 더 어리광을 부려서 정신이 들어보니 미라는 홀리기라도 한 듯 침대 위에서 루나와 놀고 있었다.

"착하다, 착해."

"뀨이~."

끌어안고서 신이 나서 뺨을 비비자 루나는 기쁜 듯이 울음소리를 냈다. 그러고 있다 보니 남아 있던 잠기운도 싹 날아가서 미라는 그제야 꾸물꾸물 상체를 일으켰다.

그리고 바로 그 타이밍에 침실 문이 열리고 마리아나가 고개를 내밀었다.

"좋은 아침이에요, 미라 님."

"음, 좋은 아침이다."

"뀨이!"

그것은 평소와 같은 듯하면서도 특별하게 느껴지는 아침의 한때였다.

마리아나의 도움을 받아 재빨리 옷을 갈아입은 미라는 루나와 함께 볼일을 보고서 식탁에 앉았다. 그리고 애정이 잔뜩 담긴 아침 식사를 만끽했다.

이날은 출발일인 탓인지 평소보다 특징적인 메뉴가 많았다. 어느 것 할 것 없이 일품인 동시에 안전한 여행길이 되기를 바라는 마음이 담겨져 있는 듯했다.

두 사람과 한 마리가 함께 아침 식사를 마치고 나자 니르바나로 떠날 준비가 시작되었다.

하지만 기본적인 준비는 어제 다 해두었던 덕에 할 일은 최종 확인 정도뿐이었다.

"갈아입을 옷 오케이~ 모험가증 오케이~ 군자금……은 좀 더 챙겨줄 것이지."

이번에 솔로몬에게 받은 군자금은 오백만 리프. 어지간히 돈 낭비를 하지 않으면 투기대회가 끝날 때까지 여유롭게 체류할 수 있는 금액이다.

하지만 돈 낭비를 할 생각으로 가득했던 미라는 이것 가지고는 턱도 없다고 푸념을 하며 확인을 마친 것부터 아이템박스에 넣어 나갔다.

"그리고 도시락도 오케이~."

마리아나가 아침 일찍부터 준비한 것은 아침 식사뿐이 아니었다.

일주일은 먹을 수 있지 않을까 싶을 정도로 많은 도시락이 눈앞에 놓여 있었다. 심지어 메뉴는 전부 다르고 디저트까지 빈틈없이 곁들여져 있었다.

"이거 벌써부터 식사 시간이 기대되는구나!"

저녁 식사도 그렇고 도시락도 그렇고 질리지 않게끔 메뉴를 정한다는 일은 그 자체로 상당한 중노동이었다.

하지만 마리아나는 그에 관해 생각하는 시간마저 행복했던 모양인지. 미라가 행복을 곱씹듯 도시락을 하나씩 담는 모습을 보며 흐뭇한 미소를 짓고 있었다.

"자아, 마지막은 이거로구나. 루나의 부적 오케이~."

루나에게서 빠진 폭신폭신한 털로 마리아나가 만든 작은 루나 모양의 인형. 행운의 상징으로 여겨지고 있는 퓨어 래빗의 털로 만들어진 그것은 마리아나와 루나의 애정이 잔뜩 담긴 궁극의 부적이라 할 수 있을 것이다.

그것을 루나에게서 건네받은 미라는 그 완성도를 보고 감탄한 투로 "그나저나 정말이지, 빼닮았구나"라고 말하며 조심스럽게 파우치에 넣었다.

이로써 출발 준비는 끝났다. 확인을 마친 미라는 다시금 실내를 둘러보았다.

풍수에 근거해 마리아나가 배치한 소품과 신설된 모래밭과 같은 루나의 놀이터 등, 익숙한 방은 돌아올 때마다 변화해 있었다.

투기대회 개최 기간으로 미루어, 아무리 빨라도 두 달 후에나 돌아올 수 있을 거다. 그 무렵에는 어떻게 바뀌어 있을까. 미라는 그러한 변화를 조금 기대하며 지금의 모습을 눈에 새기고서 방을 나섰다.

"그럼, 다녀오마."

소환술의 탑 앞. 가루다를 소환한 미라는 왜건에 올라타기 전에 고개를 돌려 배웅을 나온 마리아나와 루나를 꼭 끌어안았다. 그때 느낀 온기는 포근해서, 미라에게 막대한 활력을 불어넣어 주었다.

"네, 다녀오셔요."

"뀨이뀨이."

미라의 품에 안긴 채 마리아나는 살며시 눈을 감았다. 하지만 그 얼굴에서는 더 이상 쓸쓸함이 느껴지지 않았다. 미라가 반드시 돌아올 것을 믿고 있기 때문이다. 다시 뜬 마리아나의 눈에는 미라를 응원하는 마음과 애정이 넘쳐나고 있었다.

그래서일까. 미라와 포옹을 하는 마리아나의 모습은 길을 나서는 여동생을 지켜보는 언니 같기도, 남편을 배웅하는 아내 같기도 했다.

7

플레이어 출신자들이 국왕을 맡고 있는 나라는 알카이트 왕국 말고도 많다.

그중에서도 당당하게 최고의 국력을 자랑하고 있는 것은 아틀란티스 왕국으로, 현실이 된 지금도 많은 플레이어 출신자들이 소속된 대국이었다.

그리고 투기대회가 개최되는 것은 그 다음가는 국력을 지닌 니르바나 황국이다.

지금까지 미라가 돌아다녔던 것은 알카이트 왕국과 삼신국이 자리한 어스 대륙이다. 그에 반해 니르바나 황국은 그로부터 서쪽에 위치한 아크 대륙의 남쪽에 존재했다.

아크 대륙은 광활하고 그 지형은 어스 대륙을 집어삼키고자 입을 벌리고 있는 듯한 형태를 띠고 있다.

어스 대륙보다도 던전의 숫자가 많기도 해서 중급자가 될 즈음에는 대부분의 플레이어가 아크 대륙으로 건너가고는 했다. 그리고 절반 정도가 도망쳐올 정도로 강력한 마물이 많고 던전의 난이도도 평균적으로 높았다.

미라의 이번 목적지인 니르바나 황국은 꺾쇠(◇) 형태를 띠고 있는 아크 대륙의 지형상, 어스 대륙 최서단인 세인트 폴리에서 바다를 건너 남하한 곳에 있다.

투기대회 개최 발표일부터 세인트 폴리에서 출발하는 임시 배

편이 많이 생겼다.

미라는 현재 바닷길을 통해 사흘 정도 후에 니르바나 북쪽에 위치한 항구 도시에 도착하는 정기 배편을 타고 있었다.

솔로몬이 겸사겸사 부탁한다며 떠넘긴 편지 등등을 로즈라인 공국에 전달한 후, 세인트 폴리의 현황을 시찰하고 나자 배 여행을 하고 싶어진 것이다.

또한 전달해달라고 부탁받은 물건은 국교와 관련된 것들이었다. 그걸 건네줄 때 솔로몬이 지었던 표정과 기다렸다는 듯한 표정을 짓고 있던 우라시스—— 이바테스 상회의 회장 겸 현 로즈라인 공왕(公王)의 태도로 미루어 양쪽 모두에게 이득이 되는 것인 듯했다.

"오오, 저기 보이는군. 조금만 더 가면 니르바나로구나."

미라는 객선의 뱃머리 근처까지 달려가 진행 방향 끝에 희미하게 보이기 시작한 대륙의 윤곽을 바라보며 소리쳤다. 그러자 아이들이 미라 곁으로 모여들어 신이 나서 떠들어댔다.

니르바나로 향하는 배 여행 중, 미라는 마찬가지로 니르바나의 대회장으로 향하는 자들과 알게 되었다. 그리고 정신을 차려보니 아이들을 돌보고 있었다.

"뀨, 뀨!"

그런 미라와 아이들 사이에 한 마리의 짐승이 있었다. 아이들의 놀이 상대를 해줄 뿐 아니라 자신도 마음껏 배 여행을 즐기고 있는 그것은 소환술로 불러낸 셀키(Selkie), 피였다.

겉모습은 바다표범처럼 생긴 피는 배 여행 중 만일의 사태에 대비해 등장시킨 것이었다.

그 귀여운 외모와 물에 대한 적응력은 아이들의 부모들에게 엄청난 신뢰감을 안겨주었다.

사람의 흉내를 내는 것이 요즘 피의 취미인지. 지금은 어디선가 입수한 비옷을 걸치고 신이 나서 펄쩍펄쩍 뛰고 있었다.

"그나저나, 정말이지 활기차군그래."

항구가 가까워져서인지 그밖에도 객선인 듯한 배가 몇 척 보였다.

니르바나는 이 투기대회에 상당히 힘을 쏟고 있는 듯해서 임시 배편이 잔뜩 생겨났다. 심지어 삼신국에 이르러서는 대형 비공선을 정기편으로 운행하고 있다고 한다. 이를 계기로 비공선을 처음 타는 이들도 많아, 주목도가 크게 올랐다는 모양이다.

지금은 아직 일부 대국 등이 소유하고 있을 뿐이지만 언젠가는 보편화될 것이다.

그러한 흐름과 전해져오는 소문으로 미루어, 유사 이래 일대 이벤트가 될 것이 분명해 보였다.

메이린을 찾는다는 임무 때문에 온 것이지만, 그 이전에 축제를 좋아하는지라 미라는 가슴이 설렜다. 미라는 피와 함께 신이 난 아이들의 모습을 보며 만족스러운 미소를 지었다.

니르바나 황국 안은 어디 할 것 없이 투기대회 이야기로 떠들썩했다.

'투기대회는 이야기 같은 데서나 자주 보던 이벤트였다만, 이렇게 큰 규모로 개최하니 엄청나게 화제가 되기는 하는군그래.'

저녁 무렵. 항구에 도착한 후, 아쉬워하는 아이들과 헤어진 미라는 그러한 광경 앞에서 약간 당황했다.

니르바나 황국의 북쪽. 커다란 항구를 낀 도시 스톨라는 니르바나의 현관문인 동시에 관광지로서도 유명해서 평소에도 많은 여행자들로 북적이는 도시였다.

하지만 이번에 대회의 영향인지 매우 많은 사람들이 모여들어 도시는 평소보다 훨씬 북적였다.

여차하면 저택정령을 소환해 얼마든지 밤을 보낼 수 있다. 하지만 여행의 묘미는 누가 뭐래도 그 지역에서만 만날 수 있는 숙소와 식사다.

아홉 현자 탐색도 중요하지만 그것도 이제 단 두 명 남았다. 국방을 위한 전력은 충분히 갖춰졌다는 생각에 미라는 여행의 묘미쪽을 우선시해서 현재라는 시간을 마음껏 즐기고 있었다.

그 때문에 미라는 빈방이 있는 여관을 찾아 도시 스톨라를 거닐었다. 하지만 지금의 도시는 투기대회 때문에 이곳을 찾은 자들로 북적였다. 때문에 모험가에 관한 소식에 바삭한 인물도 상당히 많은 듯했다. "이, 이봐. 저거, 정령여왕 아니야?!" 그런 식으로 미라를 알아본 듯한 이들이 드문드문 있었던 것이다.

"뭐? 어디?"

"저, 저기야!"

정령여왕이라 불리게 되고서 그럭저럭 시간이 지난 덕인지. 이제 그럭저럭 정확한 정보가 전해지고 있는 모양이다. 절세의 미녀라는 남자들의 환상은 안개처럼 흩어져, 대부분의 사람은 정령여왕이 미소녀라는 사실을 정확하게 파악하고 있는 듯했다.

'이 몸도 썩 유명해졌군그래.'

이 세계가 현실이 되고서 플레이어 이외의 자들의 시선도 늘어난 탓에 덤블프였던 시절보다 주목 받는 일이 훨씬 많아졌다.

하지만 그러한 상황에서도 미라는 도망치거나 숨지 않고 당당하게 굴었다. 오히려 투기대회 출전을 제지당했으니 다른 방향으로 소환술의 유용성을 전파해야만 한다. 그래서 올 테면 오라는 듯 당당한 태도를 유지했다.

하지만 정령여왕의 소문은 들었지만 직접 본 이는 많지 않은 탓에 정말 본인인지 아닌지 확신은 못 하고 있는 듯 보였다.

마법소녀풍 의상을 입은 긴 은발 머리와 푸른 눈을 지닌 미소녀. 그것이 소문으로 전해지고 있는 정령여왕의 겉모습이었지만 이러한 특징에 해당될 인물은 미라 말고도 있을 듯했다. 그 때문에 다들 말을 걸지는 않고 멀찌감치 떨어져 '진짜일까' 하고 바라보고 있을 따름이었다.

그렇다고 해서 자신 쪽에서 먼저 말을 거는 건 좀 그렇지 않나. 그렇게 생각한 미라는 어정쩡한 상태를 유지한 채 계속해서 여관을 찾았다.

돌고 돌아 도착한 곳은 스톨라의 중심에서 약간 떨어진 장소에 위치한 큰길이었다.

거리를 둘러보던 중에 알아챈 사실이 있다. 관광객으로 북적이는 항구 주변이나 중앙거리에 비해 이곳은 상당히 여유로운 듯하다는 것이다.

실제로 그 큰길에 들어서자 갑갑했던 항구 앞보다 인구밀도가 다소 옅어진 것 같았다. 하지만 그런 만큼 관광지와는 다른 분위기가 감돌았다.

어떤 차이가 있을까. 미라는 확인하기 위해 큰길가를 둘러보았다. 그러자 여러 시선이 미라에게 집중되었다. 하지만 그것의 성격은 항구 앞에서 느꼈던 것과는 다소 다른 듯했다.

'흐음…… . 이 주변은 난폭한 자들의 아지트 같은 것인가.'

곳곳에서 들려오는 떠들썩한 소리며 그곳에 있는 자들의 인상 등을 확인한 결과, 미라는 그러한 해답에 도달했다.

다소 떨어진 위치에 있는 이 큰길은 혈기왕성한 모험가와 뱃사람들이 많이 모이는 장소였던 것이다. 그래서였을까, 미라를 보는 시선들이 어쩐지 걱정스러워 보였던 것은.

지금은 정령여왕이라 불리는 일류 모험가로서 이름이 나기 시작했지만 그건 그거고, 겉모습은 여자아이이기 때문이다. 그런 여자아이가 난폭한 자들이 모이는 장소에 왔으니 걱정하지 않을 수가 없을 것이다.

하지만 그들 중에서 미라에게 말을 거는 이는 없었다. 분명 무서워할 거라고 생각했기 때문이다.

그에 반해 미라는 그런 그들의 걱정은 아랑곳하지 않고 여관 찾기를 재개했다.

'이곳이라면 아직 희망이 있을 것 같군.'

자세히 보니 여관은 그럭저럭 있을 듯했다. 그러면서도 관광객으로 추측되는 사람들의 모습은 그다지 보이지 않는다. 분명 빈방이 하나는 있을 거다. 그렇게 생각한 미라는 곧장 첫 번째 여관으로 돌격했다.

그곳은 '모험가라면 이런 곳에 묵어야지'라는 생각이 절로 들 정도로 전형적인 여관으로, 1층이 주점 겸 식당이고 2층이 숙박 시설이었다.

"역시 여관은 이래야지."

마침 저녁 식사 시간인 탓인지 주점인 1층은 매우 북적거리고 있었다. 이 안에 있는 이들 중 몇 명이 숙박객일까, 빈방은 있을까. 조금 걱정이 되기는 했지만 미라는 확인을 위해 카운터로 향했다.

그러자——.

"소환술사? 그것들은 쓸모가 없다니깐!"

가게에서 술에 취한 주정뱅이들이 소음을 일으키며 떠들어대고 있는 가운데서도 미라의 귀는 그 말을 똑똑히 알아들었다.

"뭣……이라고?"

순간, 걸음을 멈추고 목소리가 들려온 방향으로 고개를 휙 돌렸다. 그리고 날카로운 눈빛으로 주변을 둘러보아 목소리의 주인공을 찾았다.

그러는 동안에도 같은 남자의 웃음소리가 계속 들려왔다.

"무형술이나 먼저 익히라고.""검을 든 까맣고 비실비실한 녀석 말이야, 마물로 착각하고 베어버렸지 뭐야. 하도 약해서 엄청 놀랐다니깐." "하다못해 미끼 역할을 맡을 정도는 되어야 할 것 아냐."

등등. 아주 제멋대로 떠들어댔다. 하지만 시끄럽게 떠들어댄 덕에 미라는 얼마 지나지 않아 그 인물을 특정해낼 수 있었다.

소환술사를 비웃는 남자는 1층 구석에 위치한 테이블에 있었다.

벌게진 얼굴로 술을 들이켜고 있는 그는 검사 같았는데, 보아하니 그럭저럭 말쑥하게 생겨먹은 청년이었다. 아는 척을 해서 으스대고 싶을 나이다. 흔히 말하는 젊음의 소치라는 것이다.

그 모습을 본 미라는 "나 원, 어리구먼" 하고 중얼거리고서 그럭저럭 여자들이 좋아할 듯한 그 얼굴을 성형해주도록 할까, 라는 관대한 생각을 하며 다가갔다.

주정뱅이들 사이를 누비고 나아가서 조금 거리를 좁히자 그 테이블의 전체적인 상황도 눈에 들어왔다.

말쑥하게 생긴 청년 말고도 테이블에는 청년의 동료로 보이는 남자 세 명이 더 있었다. 그 세 명은 "너무 그러지 마라" 하고 말쑥하게 생긴 청년을 만류하고 있는 듯했다.

그들은 정령여왕의 등장으로 인해 요즘 들어 소환술의 인기가 오르고 있다는 뉘앙스의 말을 하고 있었다. 하지만 말쑥하게 생긴 남자의 폭주는 멈추지 않았다.

"하, 뻔하지. 우연히 그 대결전에 참가했다가 유명해진 것뿐이라고. 뭐, 꽤 귀엽다고는 하던데. 밤일 상대 정도로는 써먹을 수 있겠네. 아아, 그래. 소환술사라도 여자라면 도움이 되겠어!"

어지간히도 흥이 오른 모양인지. "그만 좀 해" "너무 취했어" "그쯤 해둬" 다른 세 사람이 어이가 없다는 얼굴로 주의를 주어도 말쑥하게 생긴 청년은 신이 나서 웃어댔다.

'호오…… 성형수술이 아니라 거세가 필요할 것 같군.'

학스트하우젠에서 만나 소환술을 지도해주었던 레이라에 리나, 그리고 알카이트 학원에 있는 에밀리아와 학생 일동. 소환술의 미래를 짊어질 그녀들에 대한 모욕이라고 판단한 미라는 분노가 가득한 눈으로 청년에게 다가갔다.

바로 그때.

"이봐, 거기 너. 안 좋은 소리는 안 하마. 지금 당장 그 입을 다물어라."

청년들의 테이블에서 그리 멀지 않은 장소에서 그런 위협적인 목소리가 들려왔다. 고개를 돌려보니 척 보아도 숙련된 전사 같은 풍채를 지닌 남자가 있었다.

〈8〉

전사로 보이는 남자가 소환술을 모욕하는 말을 내뱉던 청년에게 미라보다 먼저 호통을 쳤다. 실로 듬직한 체구를 지닌 그는 말을 함과 동시에 자리에서 일어나, 그대로 청년이 있는 자리 앞까지 걸어갔다.

분명 그 남자의 앞에 서면 엄청난 박력이 느껴질 거다. 게다가 체격부터 분위기에 이르기까지 모든 면에서 전사로 보이는 남자가 앞서 있었다.

하지만 청년 역시 허세를 부리고 싶은 나이대였다. 그 입을 다물라고 말한들 순순히 다물 리가 없어서 천천히 일어서서는 "아앙? 뭐야, 아저씨는" 하고 시비를 거는 말투로 대꾸했다. 실로 뻔한 반응이었다.

하지만 아저씨는 그런 청년의 태도에 핏대를 세우기는커녕 "뭐어, 일단 진정하고"라고 부드러운 투로 말했다. 그러면서 오른손 하나로 청년을 제지해 그대로 자리에 앉혀 실력 차이를 명확하게 내보였다.

'오오, 저자, 제법이로군.'

그 남자의 등장으로 우선 분노를 가라앉힌 미라는 관전모드로 이행하여 두 사람의 대화를 지켜볼 태세를 갖추었다.

"뭐, 뭐야."

실력차가 난다는 것을 깨달았는지 반항하는 청년의 목소리가 다소 약해졌다. 하지만 자존심까지는 못 굽히겠는지 그 눈빛은 아직도 반항적이었다.

전사로 보이는 남자는 그런 것은 신경도 쓰지 않고 진지한 눈빛으로 청년을 똑바로 바라보았다.

"잘 들어라. 적어도 지금 이 도시에 있는 중에 소환술사를 헐뜯는 건 삼가도록 해라. 이건 널 위해서 하는 말이다."

청년의 눈빛을 가볍게 흘려 넘기며 남자는 마치 타이르듯 조용한 말투로 그렇게 충고했다. 그리고 동시에 약간 겁에 질린 기색을 내비쳤다.

"무슨 소리야, 그게. 그러면 왜 안 되는데?"

시비조로 고함을 내지르는 게 아니라 다정함마저 느껴지는 그 말에 청년은 기세가 꺾인 듯했다. 지금까지의 건방지고 미숙하고도 표독스러웠던 태도는 자취를 감추었다. 하지만 이유를 알 수 없다는 점이 신경 쓰였는지, 청년은 약간 둥그레진 눈으로 남자를 올려다보았다.

그러자 남자는 주변을 흘끔흘끔 둘러보고서 말을 이었다.

"이유는 간단하다. 지금 이 도시에는 탑에 소속된 소환술사가 있거든."

그 말과 동시에 주변에 있던 이들이 모두 갑자기 술렁거리기 시작했다. 물론 미라도 그 내용에 반응했다.

'뭣이라고?'

탑에 소속된 술사란 은의 연탑에 속한 연구원을 말한다. 설마 자신의 정체가 들통 난 걸까. 미라는 순간적으로 그렇게 생각했지만 아무래도 그런 뜻이 아닌 듯했다. 남자가 설명을 할수록 술렁거리는 이들의 목소리는 차츰차츰 공포와 놀라움으로 물들었다.

남자는 말했다. 술사들의 성지, 대륙 최대의 술법 연구 기관인 은의 연탑에 소속된 연구원들은 대부분 상식이 안 통한다고.

그러면서도 술사로서의 실력은 대륙 최고봉인 데다 술법에 관련된 일이라면 물불을 가리지 않는 이가 많다고. 그런 술법 지상주의인 녀석들이 술사의 험담을 들으면 어떻게 할까.

"최악의 경우에는 실험동물이 되어 제거될 거다……. 아니, 나 역시 상당히 해서는 안 될 말을 해버린 것 같군……."

말을 마친 직후, 남자는 몸을 부르르 떨고서 쭈뼛거리며 다시 한번 주변을 두리번거리기 시작했다. 그리고 우연인지 필연인지, 미라와 남자의 시선이 마주쳤다.

그 순간, 남자의 얼굴이 굳어졌다. 아무래도 유명한 상급 모험가에 관한 정보를 그럭저럭 파악하고 있는 듯했다. 미라의 특징이 정령여왕의 그것과 일치한다는 사실을 알아챈 눈치였다.

또한 위치 관계상 대화를 듣고 있었다는 사실도 알아챘는지 얼굴에는 긴장한 기색이 역력했다.

'뭐, 물불을 가리지 않는 자가 많다는 건 동감한다만. 하지만 그렇다고 제거될 거라니, 남들이 들으면 오해할 소리를. 다소 혼쭐을 내줄 뿐이건만.'

바로잡아주고 싶은 부분도 있기는 했지만 그로부터 30년이나 지났다. 그런 일은 절대 없다고 단언할 수가 없어서 미라는 어쩐지 눈치를 살피는 듯한 눈빛을 하고 있는 남자를 향해 계속하라는 듯 미소를 지어주었다.

직후, 그것을 용서의 뜻으로 받아들인 것인지 남자는 안도한 표정을 짓고서 눈을 내리깔더니 청년 쪽으로 다시 고개를 돌렸다.

"뭐, 그런고로. 네가 모를 뿐, 어지간한 곳에는 다 있다. 허튼 소리는 않는 게 좋을 거다. 한 번 찍히면 어떻게 될지 모를 일이니까."

뒤에 있는 사람에게 들리도록 탑에 속한 소환술사도 마찬가지라고 충고한 후, 남자는 요즘 들어 소환술은 엄청난 기세로 다시 성장하고 있다고 치켜세우듯 말을 이었다.

"당신이 경계하는 이유는 알겠어. 하지만 그래 봐야 소환술이 싫어. 다시 성장하고 있다고 한들 말이지. 실제로 두 명 정도 본 적이 있지만...... 영 시원찮던데."

습득 조건이 빡빡한 탓에 소환술사가 되는 문은 좁았고, 자신과 소환을 모두 단련할 필요가 있기에 성장을 위한 길 또한 험난하다. 따라서 젊고 강한 소환술사는 매우 적었다.

현시점에도 우수한 소환술사는 있다지만 안 그래도 적은 소환술사 중에서도 극소수뿐이다. 만나는 일 자체가 기적에 가까운 것도 사실이다. 청년이 보았다는 두 사람은 제대로 가르침을 받지 못한 자들일 것이다.

그런 탓에 청년은 소환술을 그 정도라고 판단하고 만 거다.

'끄응...... 답답하군그래......'

최근에는 알카이트 학원과 미라의 활약 덕에 과거의 절망적인 이미지는 불식되고 있었다. 하지만 그 영향으로 소환술사가 된 자들이 세상에 나오려면 아직 시간이 더 필요할 것이다.

미라는 현재의 상황에 어깨를 늘어뜨릴 따름이었다.

"뭐, 확실히 그다지 알려져 있지 않기에 기준이라는 걸 알기가 어렵지."

애초에 탑에 속한 술사의 실력은 어느 정도인가. 그것을 모르니 판단을 내리기도 어려울 것이라며 남자는 자신이 아는 바를 말하기 시작했다.

"그럼 간단하게 이야기해주지. 우선 탑에 들어가는 조건을 말하자면, 계통과 상관없이 일률적이라고 하더군. 요컨대 어느 탑이 되었건 거기 소속된 술사는 일정 이상의 실력을 가지고 있다는 뜻이다. 그리고 그 실력이 어느 정도인가 하면―― 너는, '뇌추전부(雷鎚戰斧)'라 불리는 마술사를 아나?"

"엄청난 유명인인데 모를 리가 없잖아. 요전에 A랭크의 상위에 들었다고 하던데. 모험가라면 모르는 녀석이 없을 걸."

남자가 확인을 하듯 묻자 청년은 당연하다는 얼굴로 답했다. '뇌추전부'. 아무래도 모험가 업계에서는 유명한 이명인 모양이다. 하지만 A랭크 모험가일 터인 미라는 역시나 당연하다는 듯한 얼굴로 "모르겠는데……"라고 중얼거렸다.

"알고 있다니 잘 됐군. 소문에 의하면 과거 뇌추전부는 탑의 시험에서 떨어졌다더군."

"진짜로……?"

남자가 말하려는 바가 무엇인지 알아챘는지, 청년은 눈에 띄게 놀란 표정을 지었다.

모험가 종합조합에는 랭크 판정 기준이 엄격하게 정해져 있다.

그 때문에 A랭크의 상위쯤 되면 누가 보아도 엄청난 실력자라 할 수 있었다.

그렇다면 은의 연탑에는 그런 인재가 떨어질 정도의 시험을 통과한 자들만 있다는 뜻이 된다. 청년은 그 너무도 알기 쉬운 판단 기준으로 인해, 그제야 자신이 실언을 했음을 알아채고 얼어붙었다.

"그래, 진짜다. 지금은 모험가로서 유명하지만 당시에도 천재 마술사로 유명했던 녀석이 발도 못 붙여본 장소란 말이지. 다시 말해서 은의 연탑이란 곳에는 뇌추전부 같은 술사가 널렸단 뜻이다. 젊은 너는 상상도 안 되겠지만, 그 수준의 소환술사는 누구 할 것 없이 엄청난 괴물을 소환한다. 그러니 다시 한번 말하지. 안 좋은 소리는 안 하마. 적어도 이 도시에서 소환술을 헐뜯는 건 그만둬라."

잘 타이르는 듯한 투로 남자는 그렇게 설명을 마무리했다.

"그래, 알겠어, 충고해줘서 고마워."

"알아들었으면 됐다. 실례가 많았군."

얼마나 위험한 짓을 했는지 이해한 눈치였다. 청년이 순순히 답하자 남자는 그거면 됐다며 고개를 끄덕이고서 그의 어깨를 턱, 하고 두드렸다. 그리고 눈치를 살피듯 미라가 있는 쪽을 흘끔거렸다. 미라가 말없이 고개를 끄덕여 답하자 그는 안도한 듯한 얼굴로 살며시 고개 숙여 인사하고서 자리로 돌아갔다.

"저렇게 강해 보이는 녀석이 저런 소리까지 할 정도라니, 정말 엄청난가 보네."

청년은 마음을 고쳐먹은 모양인지, 동료들과 유명한 모험가에 관해 이야기하기 시작했다. 더는 소환술에 대한 험담을 하지 않을 듯했다.

하지만 그에게는 저지른 죄가 하나 더 있었다. 그렇다, 여성을 모욕했던 것이다.

남자의 설교가 끝난 후, 청년은 여성 점원과 가게의 여주인에게 둘러싸여 있었다. 그리고 그녀들의 손에 의해 호된 벌을 받았다. 여성 또한 탑에 속한 술사만큼 무서운 존재다. 청년은 짧은 시간에 소중한 교훈을 두 개 배웠다.

'그나저나 참, 꽤나 겁나는 이미지로군.'

남자의 설교와 여자들의 징벌이 이루어지는 모습을 시종일관 지켜보고 있던 미라는 씩씩한 여성들의 모습에 벌벌 떪과 동시에, 취미에 몰두해 때때로 폭주하는 자들이 실력 있어 보이는 모험가로 하여금 저런 소리까지 하게 할 정도로 인식되고 있다는 사실에 놀랐다.

미라가 보기에 탑에 있는 이들은 모두 연구 바보였다. 하지만 외부인들의 눈에는 누구 할 것 없이 A랭크 모험가에 견줄 만한 실력자인 동시에 존경하고 두려워할 정도의 존재였던 모양이다.

그렇게 생각지 못한 곳에서 탑에 대한 외부의 인식을 알게 된 미라는 그 이야기에 등장한 소환술사에 흥미가 생겼다.

조금 전에 보았던 남자의 이야기가 사실이라면 이 도시에, 탑에 소속된 소환술사…… 다시 말해서 부하에 해당하는 인물이 있다는 뜻이 된다.

미라가 아직 덤블프였던 시절에는 소환술의 탑도 다른 탑에 뒤지지 않을 만큼 북적거렸다. 하지만 현재, 탑에 남은 연구자는 세 명뿐이라 매우 허전해졌다.

우두머리가 덤블프였던 이유도 한 몫 거든 것인지 소환술의 탑의 연구자 중에는 나이 많은 술사가 많다는 특징이 있었다.

그 때문에 루나마리아가 툭하면 '은의 연탑이라는 이름이 제일 잘 어울리는 탑이라니까'라며 웃고는 했다.

그런 사정 때문인지 크레오스의 이야기에 따르면 연구원 중 절반 이상은 노쇠하여 사라졌다고 한다. 거기에 신입 술사들까지 부족해졌으니, 지금과 같은 상황이 될 수밖에 없었다고 해도 과언이 아니었다.

하지만 크레오스는 이렇게 말하기도 했다. 남아 있는 연구원 중 몇은 대륙 곳곳에 흩어져 있다고.

그자들은 소환술 무사 수행을 함과 동시에 소환술을 가르치고 전파하기 위한 활동에도 힘을 쏟고 있다는 듯했다. 현재, 부흥이 시작된 알카이트 학원의 소환술과도 그들이 각지에서 유능한 인재를 학생으로 스카우트한 덕분에 존재하는 것이라고 크레오스는 말했다.

다시 말해서 이곳에 있다는 소환술사는 그중 한 명인 것이다.

미라에게 그자는 뜻을 함께 하는 동지였다. 꼭 만나보고 싶다고 생각한 미라는 뭔가 알고 있을 듯한 인물에게 직접 물어보기로 했다.

"이봐라, 뭣 좀 물어도 되겠느냐?"

미라는 그 인물, 조금 전에 보았던 남자에게 다정한 투로 말을 붙였다. 청년에게 설교를 한 후, 천천히 다시 술을 마시고 있었던 남자는 다소 취한 상태로 "음, 뭐지?" 하고 고개를 돌렸다.

"──윽?! 무, 무슨 일이십니까?"

직후, 미라의 모습을 발견한 남자는 매우 당황해서 자세를 바로 하고 앉았다. 그러자 조금 전에 있었던 일 때문인지 뻣뻣해진 남자의 모습이 주목을 끈 듯했다. 개중에는 그곳에 있는 미라가 정령여왕이라는 걸 알아챈 자도 있는지 자연스럽게 주변에 긴장감이 퍼졌다.

탑에 속한 술사에 관한 이야기를 한 탓에 선입관이 생기고 만 모양이라 주변이 술렁대기 시작했다. 특히 실언을 했던 청년은 막 충고를 받은 참이라 눈에 띄게 당황하고 있었다. 하필이면 충고를 해주었던 이가 A랭크에게 붙들려 버리다니.

"아니 무얼, 좀 전에 이야기했던 탑에 소속된 소환술사라는 자에 관해 묻고 싶어서 말이다."

그렇게 운을 뗀 미라는 그 자에게 흥미가 있으니 어디 있는지 안다면 알려달라고 부탁했다. 해를 입힐 생각은 없고 순수한 호기심으로 묻는다는 뉘앙스를 담아서.

그러자 곧바로 미라 주변의 분위기가 확 바뀌었다. 선입관이 불식된 것이다. 그러고는 다들 저마다 요즘 소문이 자자한 미소녀 소환술사에 관해 소곤거리기 시작했다.

"그런 거라면 얼마든 대답해드리지요."

사람들이 진짜일지 아닐지를 두고 소곤대기 시작한 가운데, 남자는 탑에 소속된 소환술사가 묵고 있다고 들은 여관이 있다며 흔쾌히 그 장소를 알려주었다.

　미라가 떠나간 후, 가게 안은 당연히 정령여왕에 관한 이야기로 떠들썩해졌다.
　어떤 이가, 조금 전에 보았던 미소녀가 바로 진짜 정령여왕이라고 단언한 것이 계기가 되었다.
　그 사람은 키메라 클로젠과의 결전이 있었던 그 날, 마침 세인트 폴리에 머무르던 중이어서 하늘에 떠오른 미라의 모습을 똑똑히 보았노라고 이야기했다. 그리고 당연히 정령왕의 모습도 보았다고 했다.
　일부 모험가들은 A랭크 모험가를 본 건 처음이라며 기뻐했다. 그리고 귀여웠다며 흑심을 내비치는 자며 정령왕이란 건 얼마나 굉장한 존재냐고 묻는 자 등, 미라를 중심으로 이야기가 돌고 돌았다.
　그런 가운데, 미라와 직접 대화를 나눈 남자는 복잡한 심정을 얼굴에 내비치고 있었다.
　"어째, 탑에 속한 술사와 분위기가 비슷한 것 같았는데……."
　과연 우연인지 직감인지. 남자는 미라의 깊숙한 곳에 자리한 기운 같은 것을 느낀 듯했다. 하지만 그것은 확신에 다다르지 않고 이내 안개처럼 흩어지고 말았다. 하지만 그가 한 청년을 구해냈다는 사실만은 모든 이가 인정할 공적이 분명했다.

〈9〉

술사 전용 여관 '캐스터즈 생추어리'.

그곳에서 하룻밤을 묵은 미라는 아침 식사로 나온 푸딩 토스트를 먹고서 여관을 뒤로 했다.

어젯밤. 탑에 속한 술사가 숙박하고 있다는 이야기를 듣고 찾아온 곳이 이 여관이었다.

하지만 간신히 알아낸 정보에 따르면 그자는 아침에 체크아웃을 했다고 한다.

접수원의 말로는 수도로 향했다는 듯했다.

따라서 이날은 탑에 속한 술사를 찾는 일을 단념하고, 이왕 온 김에 고급 여관이기도 한 '캐스터스 생추어리'에 묵기로 한 것이다.

그렇게 스톨라에서 날아올라 가루다 왜건으로 몇 시간을 날아간 끝에, 미라는 니르바나 황국의 수도인 라트나트라야에 도착했다.

도시 앞에 미라처럼 비행수단을 지닌 이를 위해 준비된 이착륙장에 착륙한 미라는, 그곳에서 문을 지나 수도에 들어서자마자 곧장 대회장을 향해 걸어 나갔다.

과거에도 규모가 상당했지만 30년이 지나서 보니 그 면적이 더욱 넓어졌다. 이곳만 해도 인구가 오십만은 넘지 않을까 싶을 정도의 대도시가 되어 있었다.

말끔하게 정비된 길과 밤에도 안심할 수 있게 배치된 가로등. 벽돌로 된 마을 풍경은 1800년대 후반의 런던에 가까워 보였다.

꼭 어딘가에서 홈즈가 걸어 나올 것만 같은 분위기다.

그런 거리를 지나 회장에 도착해 보니 또다시 분위기가 바뀌어, 척 보아도 콜로세움 같은 광경이 펼쳐졌다.

실로 커다란 축제임을 실감케 하는, 활기 넘치는 공간이었다.

"자아, 어디에 있으려나."

미라는 곧바로 주변을 탐색하기 시작했다. 어디에 있을지 모를 메이린을 찾는 게 우선이다.

예선 개최까지는 아직 어느 정도 여유가 있다. 그 정도면 분명 여기 와있을 그녀를 찾아낼 수 있을 터다.

심지어 상당히 강해 보이는 자들로 북적이는 장소인 탓에 곳곳에 자리한 소규모 무대 위에서는 길거리 싸움 형식의 시합이 이루어지고 있었다.

메이린이라면 어딘가에서 백 명 쓰러뜨리기 도전 같은 걸 하고 있을 가능성도 높다. 그렇게 예상한 미라는 혈기왕성하고 시끄러운 사람들이 많은 장소를 중심으로 회장을 둘러보았다.

'이것 참, 이토록 떠들썩한 분위기는 정말이지 오랜만이로군.'

수많은 노점과 특설 무대. 개중에는 프리마켓 광장까지 있었다.

프리마켓에서는 때때로 생각지 못한 보물이 발견될 때도 있다. 어쩌면 사정을 모르고 팔려고 내다놓은 정령가구 등, 의외의 보물이 거래되고 있을지도 모른다.

메이린을 설득한다는 최우선 목표를 달성하면 철저하게 뒤져보실까. 그런 생각을 하며 미라는 계속해서 회장 안을 돌아다녔다.

보면 볼수록 회장 안은 가지각색의 행사로 가득했다. 간단한 격투시합뿐 아니라 퀴즈 대회부터 패션쇼, 오케스트라 연주와 같은 것까지 행해지고 있었다.

그러한 것들을 한꺼번에 즐길 수 있는 이 회장은 오락의 정수가 모여 있다 해도 과언이 아닐 정도로 떠들썩했다.

그렇다 보니 강한 결의를 품고 있어도 저도 모르게 눈이 갈 수밖에 없었다.

'흐음…… 구경거리로는 최고로구나!'

어느 특설 무대 앞. 그곳에 밀가루 요리가 얹어진 종이 접시와 과일 칵테일을 손에 든 미라의 모습이 있었다. 그리고 그런 미라의 눈앞에서는 '매지컬 나이츠'의 가을 신작 마법소녀풍 의상의 발표회가 이루어지고 있었다.

그뿐 아니라 마법전희(戰姫)라는 전위용 새 브랜드까지 발표되어 회장이 흥분의 도가니에 빠져 있었다. 기능적이면서도 귀여운 인상을 주는 디자인으로, 새로운 고객층을 공략하기 위한 브랜드인 듯했다.

'아~ 이건 루미나리아가 좋아할 것 같군그래.'

척 봐도 여자 기사 같다. 그런 생각을 하며 미라는 패션쇼를 끝까지 구경했다.

"아, 역시 미라였어!"

매지컬 나이츠가 주최한 패션쇼도 끝나 '어이쿠, 메이린을 찾아야지' 하고 일어섰을 즈음. 문득 그런 목소리가 옆에서 들려왔다. 심지어 아무래도 면식이 있다는 투의 목소리였다.

흐음, 누구일까. 그렇게 생각하며 고개를 돌려보니 그곳에는 마법소녀풍 의상을 차려입은 금발머리 여성이 있었다.

"음…… 그대는 분명……."

어쩐지 낯이 익다. 하지만 다른 사람의 얼굴을 기억하는 게 서툰 탓에 미라는 말을 이을 수가 없었다. 분명 만난 적은 있지만, 어디에서 만났더라.

그런 생각에 미라가 입을 다물자, 왜 그러는 것인지 알아챘는지 상대 여성은 기억해낼 수 있도록 힌트를 입 밖에 냈다.

"왜, 대륙철도에서 같은 자리에 앉았던 이 매지컬 나이츠의…… 이렇게 사진도 찍었잖아."

여성은 카메라를 들고 당시의 상황을 재현해 보였다. 그러자 그러한 힌트들에 힘입어 미라는 "오, 오오! 그래, 그때 그!"하고 겨우 언제 만났는지를 기억해냈다.

하지만 이름까지는 기억이 나지 않아서 슬그머니 **조사를 해본 후에** "테레사로구나!" 하고 다 기억하고 있었다는 투로 말을 이었다.

"우와아, 기뻐라. 기억하고 있었구나, 미라!"

테레사는 만면의 미소를 띤 채 기뻐하더니 "그런데——" 하고 운을 떼며 슬그머니 얼굴을 들이댔다. 그리고 세인트 폴리며 학스트하우젠에서 활약을 펼친 정령여왕이 미라가 맞느냐고 물었다.

"음, 이 몸이 맞다."

딱히 숨길 일도 아니라 생각한 미라는 약간 의기양양하게 답했다. 그러자 테레사는 "역시 그랬구나!" 하고 더더욱 환해진 얼굴로 말하더니 "사진을 촬영하게 해주세요!"라고 사정을 하기 시작했다.

듣자 하니 한 달 정도 전. 대륙철도에서 찍은 사진이 우연히 부장의 눈에 띄어, 이건 정령여왕이 아니냐고 물어왔다는 모양이다.

그리고 만약 그렇다면 안면을 튼 사이라는 점을 살려 표지를 장식할 사진을 찍어오라는 무리한 명령을 내렸다는 듯했다.

다름이 아니라 매지컬 나이츠가 발행 중인 잡지 '리리컬 나이츠'에 실을 사진을.

"나는 그냥 홍보 담당인데……."

테레사는 그렇게 푸념을 하며 도와달라고 애원을 했다.

그러자 미라는 잠시 생각한 끝에 "10분 정도라면 괜찮다"라고 답했다. 귀찮기는 했지만 그녀를 돕고자 한 말이었다.

"고마워, 미라야!"

테레사는 말 그대로 뛸 듯이 기뻐했다.

모델용으로 준비된 탈의실 겸 촬영 공간이 있다고 해서 테레사는 미라를 안내해 매지컬 나이츠의 특설 오두막에 들어갔다.

미라는 못 이기는 척 뒤를 따랐다.

한편 그 즈음, 근처에서 미라와 테레사의 대화를 우연히 듣고 있던 자가 있었다.

그자는 곧바로 의기양양한 투로 지인에게 말했다. 정령여왕이 와 있다고.

"고마워, 미라야! 덕분에 부장님한테 칭찬받을 수 있을 것 같아."

10분 정도에 걸친 사진 촬영이 끝나자 테레사는 어딘가로 연락을 취하더니 안심한 듯이 미소를 지어 보였다.

아무래도 그 부장에게 촬영을 하는 데 성공했다는 보고를 한 듯했다. 그리고 다음 달 리리컬 나이츠의 표지 그라비아 모델로 쓰겠다는 확약을 받았다며 좋아했다.

지금까지 어지간히 달달 볶였는지, 그보다 좋은 상이라도 받기로 했나 싶을 정도로 기뻐했다.

표지 그라비아. 이 세계에는 플레이어 출신자들이 전파한 기술과 문화가 곳곳에 퍼져 있다. 그런 단어가 테레사의 입에서 자연스럽게 나온 걸 통해 미라는 잡지라는 문화가 상당히 널리 퍼져 있음을 알 수 있었다.

또한 주로 보는 입장이었던 자신이 설마 표지 그라비아 모델이 될 줄은 몰랐다는 생각에 쓴웃음을 지었다.

"뭐, 기뻐해 줘서 다행이구나."

어쨌든 지인이 기뻐 보이니 그거면 충분하다. 미라는 계속해서 축제 구경…… 아니, 메이린 탐색 임무로 복귀하기 위해 작별 인사를 입 밖에 내려 했다.

그때.

"아, 잠깐만!"

갑자기 뭔가가 떠올랐는지 테레사가 소리쳤다.

"음, 무어냐? 덜 찍은 사진이라도 있더냐?"

10분이라는 촬영 시간 동안 이 몸의 귀여움을 모두 담아낼 수 있을 리 없지. 미라는 그런 근거 없는 자신감에 젖어 물었지만 그 이전의 문제에 관한 답변이 돌아올 따름이었다.

"내 정신 좀 봐, 미라를 만나서 흥분하는 바람에 깜박했어. 그게, 모델료 말인데——."

사진 정도는 공짜로 찍어줄 수 있다. 그런 생각으로 어울려주었던 미라에게 테레사는 무려 오십 만 리프라는 거금을 제시했다.

"모험가들의 경우에는 늘 조합으로 송금하고 있는데, 그러면 될까?"

테레사가 그렇게 설명을 이어나가자, 미라는 익숙한 일이라는 듯한 투로 "음, 그렇게 하거라"라고 답했다.

또한 모델료는 일주일 후에 송금된다는 듯했다.

그러고 있는 동안 다음 이벤트 쇼의 준비가 시작되었다. 스태프들이 분주해진 게 느껴졌다.

"그럼 안녕, 미라. 또 보자. 난 대회 중에는 거의 여기 있을 테니 언제든 와 줘."

"음, 조만간 또 보자꾸나."

탈의실을 겸하고 있는 곳이라 촬영 공간에 모여든 여성들이 옷을 갈아입기 시작했다. 두 사람은 그런 가운데 작별 인사를 나눴다. 그러고 나자 이 자리에 더 머무르는 건 부자연스러워 보일 것 같다는 생각이 들었다.

그래서 미라는 아쉬움을 뒤로 하고 그 자릴 떠났다.

'어째, 시선이 느껴지는군.'

매지컬 나이츠의 특설 무대 회장에서 나와 십여 분 남짓 메이린을 찾아다녔을 즈음. 미라는 문득 위화감을 느끼고 주변 환경을 관찰했다.

어쩐지 매지컬 나이츠의 회장을 나섰을 즈음부터 자신을 바라보는 시선이 많아진 듯 느껴졌다.

하지만 그 의문은 얼마쯤 지나 풀렸다. 부모님을 데리고 나타난 소녀가 반짝반짝 빛이 나는 듯한 얼굴로 달려와 "정령여왕님이에요?"라고 물었기 때문이다.

"음, 그렇단다~."

미라는 환한 미소를 지으며 소녀의 머리를 쓰다듬었다. 그러자 주변에서 눈치를 살피던 자들이 갑자기 흥분하기 시작했다.

그 소녀도 정령여왕 미라의 활약상을 듣고 팬이 된 듯했다.

미라는 정령여왕을 만났다며 좋아하는 소녀를 페가수스에 태워주어 더욱 기쁘게 해주었다. 그리고 헤어지며 "소환술은 참 좋지 않으냐?" 하고 빈틈없이 소환술의 좋은 이미지를 심어 넣는 것도 잊지 않았다.

하지만 그 바람에 정체가 밝혀져 주목도가 비약적으로 치솟았다. 소녀와 헤어진 후, 말을 걸어오는 사람들이 늘어났고 그때마다 걸음을 멈추는 시간도 길어졌다.

'흐음, 슬슬 변장을 해야 할 것 같군그래.'

소환술을 선전하는 건 좋지만, 이대로는 움직이기가 힘들어 메이린을 찾는 데 지장이 생길지도 모른다.

유명인은 참으로 괴롭다. 히죽히죽 웃는 얼굴로 그런 생각을 하며, 미라는 어디서 변장을 할까 하고 주변을 둘러보았다.

이럴 때를 위한 준비는 완벽했다. 드디어 솔로몬에게 받은 그 염색약을 쓸 때가 온 것이다.

하지만 아쉽게도 한 가지 오산이 있었다.

"끄응······."

변장을 할 만한 장소가 보이지 않았던 것이다.

이런 경우, 가장 먼저 떠오르는 장소는 공공시설인 화장실 등이지만 그곳은 어디까지나 화장실이고 볼일을 보는 장소다. 탈의실로 쓰는 건 매너에 어긋난다.

다음으로 떠오른 것은 옷 가게의 탈의실이었지만, 이 역시 마찬가지였다. 손님을 위해 마련된 그것을 손님이 아닌 자가 쓸 수는 없는 일이다.

그렇게 다다른 세 번째 방법은 자신의 왜건을 탈의실로 쓰는 것이었다. 그러나 앞서 생각난 두 가지에 비해 현실적이기는 했지만 한 가지 결점이 있었다.

그것은 이렇게나 주목을 받고 있는 상태에서는 왜건에서 몰래 변장을 할 수가 없다는 것이다. 변장을 한들 나오는 모습을 다른 이들이 보면 변장하는 의미가 없다.

흐음, 어찌한다. 그렇게 고민한 끝에 미라는 발걸음을 돌렸다. 그리고 현재 상황에서 가장 적합하다고 생각되는 장소를 향해 걸어 나갔다.

"어라, 미라잖아? 한 시간만이네~."

조금 전에 헤어졌던 테레사가 그렇게 말하며 달려왔다.

그렇다, 미라의 머릿속에 떠오른 변장을 하기에 적합한 장소는 바로 매지컬 나이츠의 특설 회장 뒤에 위치한 촬영 공간이었다.

"미안하지만 옷을 갈아입을 장소를 잠시 빌릴 수 있겠느냐."

그렇게 운을 뗀 미라는 변장이 필요해진 이유를 설명했다. 그러자 테레사는 "뭐야 그거, 재미있겠다"라고 하더니 흔쾌히 승낙해 한 사람이 쓸 공간을 확보해 주었다.

또한 정령여왕이 어떻게 변장을 할지 궁금한지 "필요하다면 도와줄게"라면서 당연하다는 듯이 그 공간에 따라 들어왔다.

"우선은, 이것부터로구나."

어찌되었건 차분하게 변장을 할 수 있게 되었다. 미라는 곧바로 염색약을 꺼내서 거울로 향했다. 페트병 정도 되는 크기의 용기에 든 그것의 색은 검었다. 한 번 사용해보기는 했지만 그때는 루미나리아가 염색해 주었던 탓에 약간 불안했다.

"아, 그거 혹시 검은색 '지나슬린'이야?! 굉장해, 역시 미라야!"

그럼 염색해 볼까, 하던 찰나 뒤에 있던 테레사가 흥분한 투로 소리쳤다. 아무래도 그녀는 미라가 들고 있는 염색약에 관해 아는 듯했다. 아닌 게 아니라 상당히 잘 아는 눈치였다.

"호오, 그런 이름이었나."

미라가 그렇게 말하자 테레사는 가장(假裝) 마니아—— 다시 말해서 코스플레이어라면 모두가 동경하는 브랜드라고 말했다.

발색부터 색깔의 종류, 냄새와 사용감 등, 모든 면에 있어 완벽한 염색약이라는 모양이다.

결점은 비싸다는 것뿐인데, 미라가 들고 있는 크기의 것은 무려 십만 리프는 한다는 듯했다.

"그렇게 비쌌을 줄이야……."

가격을 알게 된 순간, 타고난 가난뱅이 근성이 고개를 들어 손동작이 느려졌다. 하지만 그렇다고 머리카락 색을 바꾸지 않으면 변장의 효과가 반감될 것이다.

결심을 굳히고 다시 염색을 하고자 거울 쪽으로 고개를 돌린 순간 미라는 알아챘다.

솔로몬은 머리에 묻히기만 하면 된다고 설명했지만 애초에 어떻게 묻히란 걸까. 루미나리아는 어떻게 묻혔더라?

핸드크림처럼 하면 되나? 잘 생각해 보니 완전히 남에게 맡겨두었던 탓에 어떻게 하는지 자세히 봐두지 않았던 것 같다.

염색약의 뚜껑을 열고 젤 상태의 그것을 확인한 미라는 고민에 빠져 몸이 굳어버렸다. 그러자 그때.

"미라야, 그거 내가 해줄게!"

뒤에 있던 테레사가 도와주겠다고 나섰다. 아무래도 어떻게 사용하는지 몰라 고민에 빠진 미라를 배려해서 나선…… 것은 아닌 듯했다.

테레사는 잽싸게 옆으로 다가와서는 그 고급 염색약의 사용감을 알고 싶다고 뜨거운 열의를 담아 말했다. 나아가 자신은 그 방면의 프로라고 반짝이는 눈으로 어필해 왔다.

코스플레이어인 테레사는 나름대로 경험이 많아서 머리를 물들여 본 경험도 수십 번은 된다는 듯했다. 나아가 '지나슬린'의 제품은 언젠간 이런 날이 올 거다, 분명 올 거다, 라는 생각에서 빈틈없이 사용법을 예습하고 있었다는 모양이었다. 그렇게 호소한 후, 테레사는 완벽하게 염색해 보이겠노라고 호언장담을 했다.

"음, 정 그렇다면 부탁하도록 할까."

테레사의 열의에 못 이겨 선심이라도 쓰듯이 미라는 승낙했다.

"고마워, 미라야!"

테레사는 펄쩍 뛰며 기뻐하더니 "도구 가져올게!"라고 말하더니 곧바로 어딘가로 뛰쳐나갔다. 그리고 얼마쯤 지나, 우당탕탕 소란스럽게 돌아왔다. 심지어 머리를 물들이는 것뿐이건만 어째서인지 커다란 가방을 두 개나 가지고 왔다.

"이것 참, 많이도 가져왔구나……."

"미라의 머리를 '지나슬린'으로 염색하는 건 일생일대의 사건이니까!"

테레사는 가방에서 차례로 도구를 꺼내 늘어놓으며 의욕을 가득 실어 말했다. 아무래도 생각했던 것보다 훨씬 본격적인 작업이 될 것 같다.

"그럼 해볼까!"

미라에게서 조심스럽게 '지나슬린'을 건네받은 테레사는 기합을 잔뜩 넣고 작업에 돌입했다.

"우와아, 엄청 좋은 냄새가 나!" "생각했던 것보다 훨씬 걸쭉하구나." "아, 뭐야 이거, 엄청 늘어나!" "흡수되는 속도가 장난 아니야!" "이렇게 예쁘게 발색되는 건 본 적이 없어!" "아아…… 이게 '지나슬린'이구나……."

테레사는 각 도구를 능숙하게 다루어 머리를 염색해 나갔다. 그 실력은 본인의 말대로 프로 수준이라 색이 들쭉날쭉한 부분도 전혀 없을 정도로 완벽했다.

"흠, 이제 못 알아보겠지."

테레사가 완벽하게 물들인 검은 머리를 거울로 확인한 미라는 지금까지의 자신인 동시에 자신이 아닌 듯 보이는 그 분위기에 만족스럽게 고개를 끄덕였다.

백금처럼 반짝이던 미라의 머리카락은 이제 흑요석처럼 반지르르했다. 학원에서도 그랬듯, 이 정도면 바로 알아볼 이는 없을 거다. 머리카락 색 하나만으로 그렇게 확신할 정도로 인상이 바뀐 것이다.

"이 몸이 했다면 이렇게는 안 되었겠지. 그대에게는 고마운 마음뿐이다."

미라는 만족하며 자리에서 일어나 테레사에게 감사 인사를 했다. 그러자 테레사 역시 만족스러운 투로 "내가 할 말이야" 하고 답했다. 그러고는 귀중한 체험을 했다면서 사람들한테 자랑해야겠다며 미소를 지었다.

"자아, 남은 건 옷이로군."

다시 한번 거울로 자신의 모습을 확인한 미라는 이제 옷을 갈아입으면 더욱 사람들의 이목을 끌지 않고 메이린 수색 작업에 집중할 수 있겠다고 확신했다. 그리고 준비해둔 변장용 의상을 꺼냈다.

그 의상은 미라가 직접 준비해온 것이었다.

변장을 위한 옷이라 어쩔 수 없었다. 릴리 일행이 이래저래 암약을 펼치고 있기는 했지만, 그녀들에게 맡기면 변장용 옷조차도 세상에서 하나밖에 없는 근사한 물건으로 완성될 게 뻔했다.

변장에 필요한 요소는 일반인들 속에 숨어들 수 있을 정도의 평범함이다. 때문에 미라는 직접 흔한 옷 가게로 향해 지극히 평범한 옷을 골라 사 온 것이다.

"이러면 분명 아무도 이 몸이란 걸 못 알아보겠지."

미라는 그 자리에서 홀렁 벗은 후, 잽싸게 변장용 옷으로 갈아입었다. 하지만 그걸로 끝이 아니었다. 패션 안경을 꺼내든 것이다. 그리고 안경을 쓴 모습을 거울로 확인하고는 완벽하다며 의기양양한 미소를 지었다.

"어떠냐, 이 몸이라는 걸 알아보겠느냐?"

미라는 자신만만하게 몸을 돌려 테레사에게 의견을 물었다.

그러자 그 순간, 테레사는 어쩐지 현실을 외면하려는 듯한, 말하기 껄끄럽다는 듯한 표정을 지었다. 하지만 그것도 잠시뿐. 그녀는 마음을 다잡듯…… 뺨을 실룩거리면서도 미소를 지은 채 "응, 절대로 못 알아볼 거야"라고 대답했다.

"암, 그렇고말고!"

테레사가 저렇게 말했으니 틀림없을 거다. 이로써 당당하게 밖을 돌아다닐 수 있을 것 같다. 그렇게 자신감을 갖게 된 미라는 "신세가 많았구나"라고 말하고서 걸음을 뗴었다.

테레사는 크게 당황한 채 그 뒷모습을 바라보았다. 그 원인은 바로 미라가 입은 옷이었다.

솔직히 말해서, 그 옷이 놀라 자빠질 정도로 촌스러웠기 때문이다. 정령여왕이라는 사실을 들키고 말고를 떠나서, 저렇게 입고 다니면 불쌍한 여자애처럼 보일 거라고 테레사는 생각했다.

"잠깐만, 미라야!"

그래서 테레사는 불러 세울 수밖에 없었다. 그리고 불러 세우고서 뭔가 좋은 수는 없을지 최선을 다해 궁리하기 시작했다. 센스에 관한 이야기로 미라를 상처 입히지 않으면서도 제대로 된 옷으로 갈아입게 하기 위한 방법은 없을지를.

"음? 왜 그러지?"

어쩐지 박력이 느껴지는 그 목소리에 미라는 돌아보았다. 테레사는 환한 미소를 얼굴에 고정시킨 채 부드러운 말투로 말을 이었다.

"실은 있잖아. 지금 새로운 시리즈를 개발 중인데 그 테마가 '일상'이라, 지금의 미라가 추구하는 것과 딱 맞아. 그래서 말인데, 이왕 만난 김에 가져올게! 잠깐만 기다려, 미라야. 꼭 기다리고 있어야 해?!"

테레사는 이유를 말한 후, 여기서 기다려 달라는 말을 반복하며 방에서 뛰쳐나갔다.

"흐음……. 어떤 물건일는지."

마법소녀풍 의상의 선구자인 매지컬 나이츠가 개발 중인 신작. 그중에서도 일상을 테마를 한 의상은 어떠한 물건일까. 조금 궁금해진 미라는 테레사의 말에 따라 순순히 그 자리에서 기다리기로 했다.

"미라야, 기다렸지?!"

테레사는 얼마쯤 지나 또다시 허둥지둥 소란스럽게 돌아왔다. 그녀는 의상용 케이스 하나를 품에 끼고 있었는데, 돌아오자마자 곧장 그 케이스를 열어 안에 들어있던 옷을 꺼내 보였다.

"짜잔~. 이거랍니다~."

그 옷은 매우 심플한 디자인인 듯 보였다. 리본으로 악센트를 준 블라우스에 검은 스커트로 구성되어 있어, 패션쇼 회장에서 선보이던 그것과는 인상이 사뭇 달랐다.

"호오…… 뭐라고 해야 할지, 확실히 일상적인 느낌이로군그래."

마법소녀풍 의상과 달리 튀지 않으면서도 귀엽고 일반 대중에 녹아들 정도의 유연성을 겸비한 옷이었다. 매지컬 나이트의 것이면서도 그런 인상을 주는 게 의외라 미라는 감탄한 듯한 얼굴로 그것을 쳐다보았다.

하지만 다른 브랜드도 아니고 매지컬 나이츠다. 이러한 의상에도 뭔가 포인트가 있을 것이라는 의심이 싹터서, 미라는 그 점에 관해 테레사에게 물었다.

"으음…… 이건 아직 대외비라 자세히는 말해줄 수 없지만——."

그렇게 운을 뗀 테레사는 가져온 옷에 관한 이야기를 조금 풀어놓았다. 이 옷은 일상을 테마로 한 신작 디자인 심사회에 제출되었지만 낙선된 물건이라고.

"디자인 단계에서 뢰짜를 맞은 거라 평범한 옷이야. 그래서 말인데, 미라야. 이대로 아무도 입어주지 않는 건 좀 불쌍하지 않을까 싶어서……."

테레사는 웃는 얼굴로 낙선하기는 했지만 열심히 만든 물건이라고 설명했다. 미라를 지금의 옷차림새로 밖에 내보낼 수 없다는 게 가장 큰 이유였지만 이 옷이 빛도 보지 못하고 사라지게 두는 건 불쌍하다는 이유도 분명 있었다.

이왕이면 미라가 입어줬으면 좋겠다. 소심하게 그렇게 주장하는 테레사의 눈에는 희미한 기대감이 떠올라 있었다.

"음, 알겠다. 그런 이유라면 기꺼이 입도록 하마."

그런 그녀의 마음을 받아들여 미라는 저항하지 않고 그 부탁을 수락했다. 의상의 디자인도 훌륭했지만 왕성의 시녀들에 비해 너무도 소극적인 테레사의 태도에서 호감을 느꼈기 때문이다.

"고마워, 미라야!"

테레사가 순수하게 기뻐하자 미라는 미소를 띤 채 "되었다, 되었어"라고 답하며 곧장 옷을 갈아입기 시작했다.

원래부터 그 옷은 소녀용으로 제작된 것인 듯했다. 테레사의 솜씨도 좋아서 치수 조정 등은 10분도 채 되지 않아 끝났다. 그렇게 미라는 센스라고는 찾아볼 수 없는 옷차림새에서 평범하면서도 귀여운 차림새로 진화할 수 있었다.

또한 테레사가 대외비라며 감춘 비밀은 이 '일상' 시리즈의 완성형에 관한 것이었다.

그 내용은 바로 일상 상태에서 마법소녀풍으로 변화하는……
요컨대 '변신'이라는 마법소녀스럽고도 놀라운 기믹이 탑재될 예
정이라는 것이었다.

11

머리카락을 검게 물들이고 안경을 쓰고 옷도 갈아입었다. 이러면 분명 정령여왕이라는 걸 못 알아볼 거다.

테레사의 배웅을 받으며 매지컬 나이츠의 부스를 뒤로 한 미라는 자신만만하게 메이린을 찾기 시작했다.

우선은 전투다 도전이다 해서 떠들썩한 무대를 주로 확인했다. 하지만 한두 시간을 확인해 보아도 메이린으로 추측되는 이의 모습은 찾아볼 수 없었다.

그래서 미라는 가끔씩 보이는 싸움이 난 현장에도 얼굴을 들이밀어 보았다. 혈기왕성한 자들이 모이면 이런 작은 싸움도 곳곳에서 벌어지기 일쑤라 경비원들도 분주해 보였다.

"으음…… 아무리 그래도 싸움은 안 하고 있으려나."

열 곳은 될 법한 싸움 현장을 찾아보았지만 결국 싸움은 싸움이었다. 아무리 전투를 좋아한다지만 무도가다운 면이 있는 메이린이 이유도 없이 싸움을 하고 있을 것 같지는 않았다.

그렇게 생각을 고친 미라는 다시 격투 시합 등을 진행 중인 특설 무대를 중심으로 둘러보기 시작했다.

복싱 스타일이며 발기술만 사용하는 등의 시합 형식 말고도 죽도를 사용한 검술 시합부터 눈싸움을 하듯 구슬을 던지는 것까지, 승부를 겨루는 무대도 그 종류가 다양했다.

그러한 것들까지 모두 염두에 두고 한 시간, 두 시간, 세 시간,

확인을 계속했다. 때때로 이명을 지닌 모험가가 등장하거나 해서 무대의 분위기가 확 달아오르기는 했지만 탐색 상대인 메이린은 보이지 않았다.

그렇게 시간은 흘러, 정신이 들어보니 해가 저물고 달이 하늘에서 빛나기 시작하는 시각이 되어 있었다.

폐장 시간이 다 되었는지 그토록 붐볐던 많은 특설 무대에서는 정리가 시작됐다. 방문자들도 우르르 돌아가고 있다.

아무래도 오늘은 더 찾을 방법이 없을 듯하다.

'분명 와 있을 터인데…… 설마 이렇게까지 넓을 줄이야.'

중간에 이런저런 일이 있어서 잠깐씩 한눈을 팔기는 했지만 결국 전부 다 살펴보지는 못했다는 생각에 미라는 쓴웃음을 지었다.

투기 대회의 개최장으로 만들어진 이 부지는 말 그대로 대형 테마파크에 필적하지 않을까 싶을 정도로 넓었다. 그런 부지 내에 여러 가지 특설 무대가 놀이기구처럼 흩어져 있는 것이다.

메이린의 움직임이 예측하기 쉽다고는 해도 이토록 넓어서는 간단히 찾을 수 있을 것 같지가 않다고 미라는 생각을 고쳤다.

하지만 돌아다니며 확인한 결과, 변장의 효과는 대단하다는 것이 증명되었다. 현재의 차림새가 되고서 정령여왕이라는 사실이 들통 나는 일이 사라졌기 때문이다.

하지만 그 대신 경박해 보이는 외모의 남자들이 말을 붙여오고는 했다.

지금까지는 정령여왕이라는 칭호와 어쩐지 초연한 미소녀 같은 분위기 덕에 그런 일이 없었지만 평범한 미소녀가 되자 말을 붙여오기가 조금은 쉬워진 모양이었다.

"거기 너, 지금부터 나랑 식사라도 같이 안 할래?"

"아니, 예정이 있어서 말이다. 사양하도록 하지."

미라는 그렇게 헌팅남의 말을 가볍게 흘려 넘겨, 붙잡히기 전에 냉큼 철수했다. 이제는 아주 능숙해 보였다.

오늘의 메이린 탐색은 마치기로 한 미라는 느긋하게 투기대회장의 출입구로 돌아와 있었다.

그곳에서는 아직 대회 출전 접수를 받고 있는 모양인지, 아직도 밝고 떠들썩했다.

'내일은 어떻게 찾아볼까.'

이렇게 넓은 곳에서 오늘과 같은 방법으로 찾는 건 비효율적이라는 사실은 알았다. 그렇다면 이제 어떻게 할까. 내일 예정에 관해 생각하던 그때.

"어? 체류 장소도 적으라고? 큰일이네…… 전부 다 만실이라 아직 방을 못 잡았는데."

"아아, 그렇다면 대회 협찬 여관을 소개해드리겠습니다. 이 표를 여관 주인에게 건네시면 이쪽에서 대응하겠습니다."

그런 말소리가 들려왔다. 고개를 돌려보니 그것은 대회 접수대에서 들려온 대화인 듯했다.

'체류 장소를 적는다고……?'

그 말에서 가능성을 찾은 미라는 근처에 있던 담당자에게 슬그머니 물어보았다. 대회 출전 접수에 필요한 사항이 무엇이냐고. 그러자 담당자는 미라의 모습을 보고 조금 당황하기는 했지만 자세한 내용을 알려주었다.

듣자 하니 대회 접수에는 여러 가지 규약이 있는데, 우선 출전 희망자는 전용 용지에 이름과 나이, 클래스, 그리고 체류 장소까지 기입할 필요가 있다는 듯했다.

어째서 체류 장소까지 적는 것이냐고 집어서 묻자, 숙박 시설의 상황을 파악하기 위해서라고 했다.

이번 행사는 출전자와 관객이 수만 명 단위로 모여드는 최대 규모의 투기 대회. 숙박 시설의 관리와 손님 분배, 그리고 안내 등을 원활하게 진행할 필요가 있다. 때문에 그런 기입란이 있다는 것이다.

'오호라…… 요컨대 그 명부를 보면 메이린의 체류 장소를 알 수 있을지도 모른다는 거군.'

그녀라면 분명 대회 출전 접수는 진작 해뒀을 것이다. 이런 경우, 메이린의 성격상 반드시 출전하기 위해 우선적으로 수속을 마쳐두려 할 게 뻔하기 때문이다.

이로써 다음 작전의 내용은 대회 출전자 명부를 확인해서 메이린을 찾는 것으로 결정됐다.

메이린은 무술 바보…… 머릿속에 무술밖에 없기는 하지만 조금은 자신의 이름이 지닌 영향력이 어느 정도인지 알고 있을 것이다. 분명 이름 쪽은 가명을 썼으리라.

하지만 그녀라면 분명 메이메이나 린린이나 린메이 같은, 알기 쉽고 단순한 가명으로 기재했을 게 뻔하다. 그런 이름을 찾으면 그럭저럭 명단을 추려낼 수 있을 것이다.

나이 쪽은 메이린이 꼬박꼬박 세고는 있을지 모를 일이라 참고가 안 될 거다.

그리고 클래스, 이것이 가장 큰 판단 재료가 될 거라고 미라는 확신했다. 설령 모종의 이유로 전혀 예상치 못한 가명을 썼다 해도 이 클래스 기입란만으로 예상자 명단을 크게 줄일 수 있을 것이다.

과거 메이린에게 무술 지도를 받을 때, 잡담으로 이런 이야기를 한 적이 있었다. 현실에서 무도가니 이쪽에서는 무도 선술사를 해보는 게 어떠냐, 라는 내용의 가벼운 잡담이었다. 그러자 메이린은 그 제안이 무척 마음에 들었는지, 그날부터 자신은 무도 선술가라고 말하고 다니기 시작했다. 메이린의 말에 의하면 무도와 선술, 양쪽 모두 통달하고 말겠다는 뜻이라는 듯했다.

그런고로 분명 명부에도 그렇게 기입했을 것이다. 따라서 선술사 출전자가 아무리 많다 해도 그 점에 주목하면 어렵지 않게 찾을 수 있을 거다.

문제는 그 명부였다. 보여 달라고 한들 보여줄 리가 없기 때문이다.

하지만 이곳이 니르바나 황국인 탓에 가능성은 충분히 남아 있었다.

"헌데 정보량이 상당할 터인데, 관리 쪽은 괜찮은 것이냐?"

시험 삼아 담당자에게 그렇게 묻자, 정확히 알고 싶었던 정보를 알려주었다.

투기 대회의 운영위원회가 책임지고 보관하고 있으니 걱정할 것 없다는 것이다. 다시 말해서 출전자 명부는 그 운영위원회에 있다는 소리다.

"그렇다면 안심이로구나. 불러 세워서 미안하다."

필요한 정보는 얻었다. 담당자에게 감사 인사를 하고서 그 자리를 뜬 미라는 다음 목적지를 향해 걸어 나갔다.

이 투기 대회는 국가의 일대 이벤트로 개최되고 있다. 그 운영위원회라는 것도 나라가 관리하고 있을 것이다.

그렇다면 권력을 동원할 수 있다.

'이 몸이 이 몸이라는 걸 밝혀야 하지만, 뭐 이미 들통났으니 말이지. 잠깐의 수치 정도는 기꺼이 받아들일 수 있고말고.'

명부를 확인하려면 운영위원회의 허가가 필요하다. 그것을 받으려면 나라의 상층부와 접촉해 힘을 빌리는 게 빠르다.

그리고 그 상층부의 인원을 미라는 대부분 알고 있었다. 심지어 이번 투기 대회에 출전자로서가 아니라 해설자로 초대한 것으로 미루어, 그 지인들은 미라가 덤블프라는 사실을 알아챈 게 분명하다.

그건 그것대로 잘된 일이라 할 수 있었다.

'겸사겸사 묵을 곳을 제공받는 것도 괜찮겠군그래.'

조금 전 접수처에서 들은 이야기로 미루어 볼 때, 교섭 후에 여관을 찾으려면 고생이 이만저만 아닐 듯했다. 하지만 일단은 해설자로 초대했으니 객실 정도는 준비해줄 거다. 그렇게 생각하며 미라는 곧장 왕성을 향해 걸어 나갔다.

왕성 인근에 자리한 주택가. 번듯한 석조 저택과 섬세한 무늬가 조각된 돌바닥. 그리고 가로수가 기품 있게 늘어선 길. 가로등이 같은 간격으로 늘어서서 주변을 밝히고 있는 그곳은 귀족 저택이며 공영 시설이 모여 있는 구획으로, 30년이 지난 지금도 당시와 거의 변함이 없었다.

늦은 시간이라 그런 주택가의 주요 도로에도 거의 다니는 사람이 없었다. 때때로 사용인으로 보이는 사람과 순찰을 도는 병사가 다닐 뿐이다.

"좋아…… 간 것 같군."

순찰 중인 병사가 지나가기를 기다렸다가 나무숲에서 모습을 드러낸 미라는 그런 주택가를 슬금슬금 거닐었다. 늦은 밤이 된 이 시간에 이런 장소를 혼자서 걸어 다니다가는 경비병들이 보호를 한다는 명목으로 끌고 갈지도 모르기 때문이다.

되도록 다른 사람과 마주치지 않도록, 특히 순찰병들에게 발각되지 않도록 길을 나아가는 미라는 마치 좀도둑처럼 보였다.

'그러고 보니 일단 솔로몬에게 보고를 해두어야겠군.'

성에 다가가던 중에 미라는 문득 그런 생각이 들었다.

분명 출전자 명부를 보여 달라고 부탁하면 그 이유를 물을 것이다.

그러면 메이린을 찾기 위해서라고 대답해야겠지만, 미라가 메이린을── 아홉 현자를 찾고 있다는 것은 국가기밀인 것으로 되어 있었다.

잘 아는 상대라지만 일단은 다른 나라다. 그러니 솔로몬에게 귀띔이라도 해두는 게 좋을 것이다.

그렇다면 왜건에 있는 통신 장치가 등장할 차례다. 그렇게 곧 장 연락을 취하려던 미라는 문득 생각했다. 귀족들도 있는 이 저택가에서 길거리 주차를 하듯 왜건을 꺼내 놓으면 분명 순찰병들이 수상하게 여길 것이라고.

그렇게 되면 귀찮아질 거라고 생각을 고친 미라는 눈에 띄지 않는 장소로 이동해 왜건의 통신 장치를 쓰기로 했다.

'분명 근처에 공원이 있었을 터인데.'

당시와 달라진 곳이 없다면, 기억에 있는 커다란 공원도 그대로 있을 것이다. 그렇게 생각한 미라는 곧바로 그 공원으로 향했다.

왕립 상록수 숲 공원. 그곳은 마치 숲을 그대로 옮겨놓은 듯한 장소였다.

도시 한복판에 자리 잡은 넓이 1제곱킬로미터의 공원은 중후한 거리 풍경 속에 당당하게 펼쳐져 있었다.

낮에는 산책 코스로, 휴일에는 데이트 장소로도 유명한 매우 기분 좋은 장소다.

하지만 밤에 찾아오면 그 분위기가 확 달라진다.

입구로 들어서면 녹음으로 가득한 벚꽃 나무길이 방문자를 맞이해준다. 아침이면 나무들 틈새로 들이친 햇살이 매우 기분 좋은 광경을 연출한다. 거기에 봄이었다면 흐드러지게 핀 벚꽃이 주변을 감싸 마음까지 정화해주었을 거다.

하지만 지금은 가을을 코앞에 두고 있는 시기의 밤이다. 울창한 나무들은 짙은 어둠을 자아내고 있어, 곳곳에 밝혀진 가로등의 빛조차 집어삼키고 있는 듯 보였다.

'담력시험에는 제격일 듯한 분위기로군.'

가로수길을 걸으며 그런 생각을 하고 있던 참에 미라는 전방에서 가로등과는 다른 빛이 흐느적거리며 나타나는 바람에 어깨를 흠칫했다. 하지만 그것도 잠시뿐, 자세히 보니 정체를 알 수 있었다.

순찰병이었다. 공원 안까지 꼼꼼하게 둘러보고 있는 듯했다.

"이것 참, 성실하기도 하군그래."

그렇게 푸념을 하며 미라는 순찰병들이 자신을 발견하기 전에 가로수길에서 벗어나 몸을 숨겼다. 그리고 '생체감지'를 통해 완전히 지나가, 근처에서 멀어진 것을 확인하고서 이동을 재개했다.

'좀 더 깊숙이 들어가는 게 좋을 것 같구먼.'

순찰병은 공원 안을 꼼꼼히 살피고 있었지만 아무리 그래도 코스에서 벗어난 깊숙한 곳까지 확인을 하지는 않는 듯했다. 하지만 산책 코스에서 보이는 범위는 피하는 게 좋을 것 같다. 그 사실을 깨달은 미라는 그대로 나무들이 울창하게 자라난 숲 깊숙한 곳으로 들어갔다.

공원에 있는 나무들은 인공적으로 관리되고 있어서 자연스러우면서도 질서 정연하게 자란 데다 곳곳에 어느 정도 길이 나 있었다. 그 때문에 숨기 적절한 장소를 찾는 데 꽤나 애를 먹었다.

'흐음…… 이쯤이 좋겠군.'

미라는 그런 인공 숲 깊숙한 곳에서, 관리 오두막 뒤라는 절묘한 사각 지대를 찾아내는 데 성공했다.

산책 코스에서 벗어나 짐승이 지나는 길 같은 통로를 따라 들어간 곳에 자리한 관리 시설이다. 오두막 말고도 폐자재며 이런저런 것들이 놓여 있어, 몸을 숨기는 데는 부족함이 없었다.

미라는 곧장 왜건을 꺼내기 위해 아이템박스를 열었다.

하지만 상자에서 꺼낼 때 술식이 발동해 빛이 나는 탓에 만약을 위해 '생체감지'로 순찰병이 근처에 있는지를 확인했다.

'음……! 누가 있군그래!'

그런 오두막을 사이에 끼고 자리한 우측 앞쪽. 20미터는 떨어진 장소였다. 커다란 반응이 둘 감지됐다. 그것도 동물의 것이 아니라 명백하게 인간의 것인 듯한 반응이었다.

순찰병일까. 미라는 순간적으로 그렇게 생각했지만 아무래도 아닌 듯하다는 사실을 알아챘다.

생체 반응을 관측하던 도중, 범위 밖에서 나타난 또 하나의 반응이 그 둘과 합류했기 때문이다.

새로 나타난 반응. 그것의 움직임은 명백하게 순찰병의 그것과 달랐다. 마치 조금 전의 미라처럼 무언가로부터 몸을 숨기려는 듯이 움직이며 다가왔기 때문이다. 그리고 합류하고서도 어디론가 이동할 낌새는 없었다.

동료인 듯했다. 이 셋의 정체는 대체 무엇일까. 이 늦은 시간에 이렇게 눈에 띄지 않는 곳에서 무엇을 하고 있는 것일까.

'혹, 좀도둑 같은 것인가?'

낮에는 붐비지만, 밤에는 쥐 죽은 듯 조용한 공원. 그 주변에는 국가 시설이며 귀족과 같은 부유층이 사는 저택이 늘어서 있다. 그런 곳 한복판에 위치한, 공원의 눈에 띄지 않는 장소에 조심조심 모여든 일행.

미라는 본인도 같은 입장이란 것은 잊고 이런 곳에서 작당을 하다니 수상한 녀석들이라고 생각하며 세 사람에게 의식을 집중했다.

슬그머니 오두막 뒤에서 그쪽을 훔쳐보았지만 깜깜해서 아무것도 보이지 않았다. 아직 거리도 멀어 어떤 대화를 하고 있는지도 알 수 없었다.

'이거, '녀석'에게 도움을 요청해야겠군.'

그밖에도 여러 가지 가능성이 있을 듯했지만, 상황과 분위기만으로 세 사람을 악당으로 단정한 미라는 본격적으로 행동을 개시했다.

지인과 친구가 다스리는 나라에서 어둠에 숨어 악행을 획책하는 녀석들을 내버려둘 수는 없다고 생각한 것이다.

그렇게 기합을 다시 넣은 후, 미라는 눈에 띄지 않게 오두막 뒤에 숨어 몰래 소환술을 발동했다.

어둠 속에 떠오른 고양이 눈 모양의 마법진에서 검은 닌자 복장을 입은 캐트시, 단원 1호가 등장했다.

"핫토리 냥조, 대령했습니다냥. 닌닌."

늘 어디서 구하는 것인지, 닌자처럼 차려입은 단원 1호—— 아니, 핫토리 냥조는 수인(手印)이라도 맺듯 두 손을 모은 채 자세를

취하고 있었다. 하지만 정확하게 수인을 맺을 만큼 손가락이 길지 않은 탓에 그냥 공손하게 손을 모아 부탁하는 포즈로만 보였다.

"자아, 핫토리 냥조여. 실은 저쪽에서 말이다——."

늘 그랬지만 긴장감이 누그러드는 소환체라는 생각이 들기는 했지만 마음을 다잡은 후, 미라는 상황을 간결하게 전달했다.

12

"──그렇게 되어서 말이다. 분명 뭔가 나쁜 짓을 꾸미고 있을 게다."

인적 없는 공원 구석에 숨어든 3인조에 관해 미라는 자신만만하게 이야기했다. 그러자 핫토리 냥조는 "확실히 수상합니다냥. 사건의 냄새가 풀풀 납니다냥" 하고 말해 동의했다.

"그래서 말이다만. 지금부터 그대가 은밀히 목표에게 접근해 주어야겠다."

미라는 그대로 작전 개요를 설명했다. 하지만 내용은 말처럼 복잡하지 않았다.

핫토리 냥조의 임무는 3인조에게 들키지 않고 대화가 들릴 거리까지 접근하는 것. 그뿐이었다.

미라는 이번 작전을 이용해 탑에서 지낼 때 특훈했던 '의식동조'의 다음 단계인 청각 공유를 시험할 생각이다. 은신 기술에 능한 핫토리 냥조를 대상에게 접근시켜 그 귀를 통해 정보를 훔쳐 듣는 방법을 쓰려는 것이다.

이 도청 방법을 사용하면 직접 목소리를 들을 수 있으니 보고를 받는 것보다 내용을 자세히 파악할 수 있다. 나아가 핫토리 냥조 본인은 듣기보다는 주변을 경계하는 데 집중할 수 있어서 보다 은밀성을 강화할 수 있다는 이점도 있었다.

"자아, 핫토리 냥조여. 부탁하마."

"완벽히 이해했습니다냥."

미라가 지시를 내리자 핫토리 냥조는 정말로 어둠에 숨듯이 모습을 감췄다. 이러니저러니 해도 정말이지 대단한 은신 기술이다. 하지만 자세히 보니 저 앞에 하얀 무언가가 흔들리는 것이 보였다.

팻말이다. [은밀 행동 중]이라 적힌 그것이 어둠 속에서 희미한 빛을 받아 떠 있는 것처럼 보였다.

그 사실을 미라가 알려주자 핫토리 냥조는 허둥지둥 팻말을 집어넣었다. 하지만 잠시 후, 또다시 팻말을 짊어졌다. 거기에는 검은 바탕에 하얀 글씨로 같은 문장이 적혀 있었다. 아무래도 팻말을 짊어지지 않는다는 선택지는 없는 모양이다.

그런 쓸데없는 짓을 하는 동안에도 핫토리 냥조는 부지런히 걸음을 옮겨, 드디어 3인조의 목소리가 들리는 범위에 도달했다.

미라가 오두막 뒤에 몸을 감춘 채 의식을 집중해서 핫토리 냥조에게 동조하기 시작했다. 특훈의 성과로 3초 정도 만에 동조하는 데 성공했다. 이제는 익숙해진 감각과 함께 3인조의 목소리가 핫토리 냥조의 귀를 통해 들려왔다.

"——너도냐. 이봐, 정말로 '무녀' 같은 게 있는 거야?"

"있었다면 일이 이렇게 되지는 않았겠지."

"하지만 이렇게까지 했는데 정보 하나 잡히지 않는다니, 뭐가 어떻게 된 건지."

목소리로 미루어 그 3인조는 남자인 듯했다. 그럭저럭 경계는 하고 있는지 목소리를 죽여 속삭이는 정도의 크기로 대화하고 있었다.

하지만 핫토리 냥조의 귀는 그런 목소리라도 구분할 수 있을 정도로 밝아서, 그 뒤로 이어진 대화도 모두 미라에게 전해졌다.

중간부터이기는 했지만 3인조가 나누는 대화를 들어보니, 그들의 목적은 '무녀'라 불리는 인물인 듯했다.

흐음, 그 '무녀'라는 인물을 찾아서 어찌하려는 것일까. 대화를 계속해서 들어보니 니르바나에 있다는 정보 말고는 아무것도 없다느니, 겉모습뿐 아니라 이름도 연령도 성별마저도 알려진 게 없다느니, 심지어 기한도 짧다느니. 세 사람은 푸념 같은 말을 토해내기 시작했다.

"하다못해 인원이라도 좀 넉넉하게 풀 것이지. 왜 우리만 보낸 건데. 중요한 임무 아니야?"

"어쩔 수 없잖아. 인원을 늘리면 그만큼 발각될 확률도 높아질 테니. 게다가 지금은 투기 대회인지 뭔지 때문에 감시의 눈이 늘어나기도 했고."

"그래. 게다가 여긴 그 유명한 니르바나야. 발각돼서 십이사도가 나오기라도 하면, 조직에까지 영향이 갈걸."

일이 도통 잘 풀리질 않는지, 세 사람의 입에서는 자꾸만 불만이 터져 나왔다. 하지만 그런 대화 속에서 그들의 정체를 추측할 수 있는 단어가 튀어나왔다.

"그나저나 그 '무녀'란 걸 처리하는 것 말고 다른 방법은 없는 건가?"

"온갖 방법을 시험해 봤는데 해결이 안 돼서 우리한테 임무가 내려진 거겠지. '무녀'의 능력이 눈엣가시라면서 말이야."

"분명 미래를 내다보는 능력이라고 했던가. 그것 때문에 모든 거래가 날아간 탓에 보스가 잔뜩 화가 나셨지. 실패하면 우리의 목도 무사하지 못할지 몰라……."

세 사람은 그런 대화를 나누더니 성가신 임무를 맡았다며 한숨을 내쉬었다.

'이거 보아하니, 좀도둑 따위가 아니었던 것 같군…….'

공원 안의 눈에 띄지 않는 장소에서 발견한 수상쩍은 남자들. 처음에는 부유층을 노리는 도둑인 줄 알았지만, 이야기를 들어보니 그런 게 아닌 듯했다. 그들은 모종의 조직에 소속된 암살자였던 것이다.

니르바나에 존재하는 '무녀'라는 존재. 그자는 미래를 내다보는 능력을 지녔고, 그 능력을 사용해 그들이 소속된 조직과 관련된 모든 거래를 방해했다. 그 결과, 조직이 암살자를 보낸 것이다.

하지만 니르바나도 보통내기가 아니라 암살자들은 '무녀'의 소재조차 알아내지 못했다. 그것이 세 사람의 푸념을 통해 판단할 수 있는 현재의 상황이었다.

'흐음……. 과연. 그나저나 '무녀'란 건 또 무슨 소리지……?'

세 사람의 사정은 알겠다. 하지만 미라는 '무녀'란 존재가 무엇인지 궁금해졌다. 30년 전 니르바나에 그러한 능력을 지닌 자는 없었다. 그럼 대체 누구를 말하는 것일까.

그런 생각이 들기는 했지만 할 일은 이미 정해져 있다. 저기 있는 것은 '무녀'라는 이의 목숨을 노리는 암살자들이다. 그렇다면 이대로 내버려 둘 수 없다.

그렇게 미라가 세 사람을 체포하기로 결심한 순간. 푸념이 끝난 듯한 남자 중 한 명이 이러한 말을 입 밖에 냈다.

"일단 오늘은 돌아가서 보스에게 보고하는 게 좋을 것 같아. 이만큼 조사했는데 단서 하나 찾지 못했잖아. 방법을 바꿀 수 없을지 상의해 보자."

그 말로 미루어 아무래도 어딘가에 그들의 은신처가 있고, 그곳에 보스라 불리는 자가 있는 듯했다.

나머지 두 사람은 또 불호령이 떨어질 거라느니 하루만 더 해 보자느니 하는 소리를 하며 난색을 표했다. 보스라는 이가 꽤나 무서운 모양이다.

'이거 은신처까지 안내하게 두는 게 좋을 것 같군.'

이 자리에서 세 명을 잡기보다는 미행해서 은신처를 특정해내 그곳에 있는 보스란 자까지 일망타진해버리는 게 좋을 것 같다.

그렇게 생각한 미라는 일단 '의식동조'를 풀었다. 그리고 잽싸게 로사리오 소환진을 전개해 정적의 정령 워즈랑베르를 소환했다. 확실하게 은신처까지 미행하기 위해서다.

"그런고로 기척 차단과 광학 미채를 부탁할 수 있겠느냐."

소환하자마자 미라는 그렇게 부탁했다. 이 또한 특훈의 성과였는데, 이전과 달리 두 종류의 효과를 동시에 발동할 수 있게 되었다. 그 덕분에 보다 은밀성이 좋아져, 시간제한이 엄격한 완전 은폐를 쓰지 않고서도 활약할 기회를 늘릴 수 있었다.

"으음, 알겠습니다."

워즈랑베르는 그렇게 답하고서 잽싸게 은폐 영역을 전개했다. 그런 다음, 깜깜한 공원을 둘러보며 "그래서 어떤 상황입니까?"라고 말했다.

"어이쿠, 그러했구나——."

탑에서 '의식동조'의 특훈을 하다가 판명된 사실이지만, 의식동조를 하는 동안 견학 중인 정령왕과 마텔에게는 아무것도 전달되지 않는 듯했다.

따라서 조금 전까지 미라가 들었던 대화는 실황 중계되지 않아, 워즈랑베르는 상황을 전혀 모르고 있었다.

그런 그에게 상황을 간결하게 설명해주며 미라는 핫토리 냥조와 합류했다.

"성과를 올리지 못한 채 시간이 지나도 마찬가지야. 다소 벌을 받는 정도에서 끝날지도 몰라. 게다가 보스는 특히나 보고와 연락을 중요하게 생각하잖아. 뒤로 미뤄봐야 달라질 건 없어."

아무래도 아직 은신처로 돌아갈지 말지를 두고 다투고 있는 듯했다. 세 사람 중 두 명은 보스를 만나기가 그렇게나 겁이 나는 모양이다.

'그런 건 아무래도 좋으니 어서 안내나 하지 못할까.'

암살자 세 명이 보스란 작자에게 벌을 받든 말든 관심이 없는 미라는 움직일 생각을 않는 세 사람을 보며 마음을 졸였다.

"알겠어. 그럼 이렇게 하자."

얼마쯤 지나 처음에 돌아가자는 소리를 꺼낸 남자가 타협안을 내놓았다. 보고는 자기 혼자 할 테니 둘은 따라오기만 하라고.

분위기를 보아하니 아무래도 그는 두 사람의 선배 같은 입장인 듯했다. 자신이 앞장서겠다고 하는 걸 보면 선배는 꽤나 후배를 아끼는 모양이다. 하지만 암살자인 이상 미라의 마음에 봐주자는 생각이 싹틀 리가 없었다.

그렇게 이야기가 마무리되자 3인조는 이동을 개시했다. 미라와 워즈랑베르는 너무 가깝지도 멀지도 않게 거리를 두고 뒤를 쫓았다. 또한 하늘에서는 구구와이즈가 눈을 빛내고 있었다. 절대로 도망칠 수 없는 완벽한 포진이다.

그리고 그들과 다른 방향으로 달려가는 그림자도 있었다. 핫토리 냥조다. 그는 새로운 임무를 맡고 완전히 다른 방향인 거리의 중심지에 자리한 왕성으로 향하고 있었다.

그 목적은 니르바나에 있는 친구에게 암살자에 관해 전달하는 것이다.

특별한 능력을 지닌 '무녀'라는 존재. 그를 걸림돌로 여기는 조직과 그들이 보낸 암살자. 이는 이미 국가와 관련된 안건이었다.

그들과 접촉하려는 것이니 미리 이야기를 해두는 것이 도리이다.

그래서 핫토리 냥조를 보낸 것이다. 미라는 전언과 함께 훈장을 그에게 들려 보냈다. 그것은 솔로몬이 수여한 것으로 솔로몬 직속이란 사실을 증명하는 물건이었다.

왕성이라는 장소에, 그것도 밤에 찾아온 이상한 캐트시라 해도 그 훈장이 있으면 함부로 대하지 못할 것이다. 그리고 지인인 그들이라면 분명 핫토리 냥조의 이야기를 들어줄 거다.

그렇게 미리 이야기를 해두면 조금 날뛴다 해도 분명 어떻게든 해줄 것이다. 그러면 마음 놓고 암살자들의 은신처를 덮칠 수 있다.

새로운 기술을 실전에 투입하고 싶어 안달이 나 있던 미라는 어느 것부터 시험해볼까, 라는 생각에 의기양양한 미소를 지은 채 밤의 거리를 나아가는 암살자들을 미행했다.

워즈랑베르의 힘은 역시나 우수해서 세 사람은 미행이 붙은 줄은 꿈에도 모르는 눈치였다.

미행을 20분 정도 계속했을 즈음. 신시가지의 뒷골목을 걷던 중, 암살자들이 움직였다. 문득 주변을 경계하는가 싶더니만 잠입이라도 하듯 저택의 부지로 몸을 날린 것이다.

'아무래도 도착한 것 같군그래.'

분위기로 미루어 저 저택이 저들의 은신처일 것이다. 심지어 '생체감지'로 조사해 보니 스무 명도 더 되는 인원이 있었다. 상당히 식구가 많은 모양이다.

세 명의 암살자로부터 10미터 정도 떨어진 장소에 있던 미라와 워즈랑베르는 잽싸게 그 뒤를 쫓아 저택 부지에 발을 들였다. 또한 구구와이즈는 저택이 보이는 높은 위치에서 대기 중이다.

'꽤 번듯한 저택이로군.'

부지는 꽤 넓어서 담장부터 저택까지 20미터는 떨어져 있다. 하지만 그사이에는 차폐물이 하나도 없어서 담장을 넘어 침입하면 곧장 발각되도록 되어 있었다.

하지만 워즈랑베르의 힘 앞에서는 그것도 무의미해서, 세 사람의 뒤를 따라 간단히 현관 앞까지 도착했다. 문은 잠겨 있지 않아서 일시적으로 완전은폐로 전환하는 방법을 사용하여 당당하게 문을 통해 저택 안까지 들어가는 데 성공했다.

"아, 돌아왔군요. 어떻게 됐습니까?"

"공쳤어. 가서 보스한테 혼나고 올게."

"저런…… 그랬나요. 무사하길 기도하겠습니다."

"그래, 고맙다."

세 명의 암살자는 이 저택에서도 상당한 지위에 있는 모양인지, 어딘가로 향하던 도중에 만난 이들이 고개 숙여 인사하며 한두 마디씩을 건넸다. 그리고 아무것도 알아채지 못한 채 미라 일행의 옆을 지나쳐갔다.

정적의 힘을 사용하자 적진 한복판에 있어도 알아채는 이가 전혀 없었다. 그것은 전적으로 이러한 일을 할 수 있는 정적의 정령이라는 존재가 거의 알려지지 않았기 때문일 것이다.

그렇게 저택 안으로 깊숙이 들어가자 창고로 보이는 방에 도달했다. 잡다한 물건이 난잡하게 놓인 방이다.

"그럼, 가자."

"네."

"제발 술에 취해 잠드셨기를……."

그런 말을 한 후, 암살자 리더가 방의 구석에 자리한 사자 모양 석상의 입에 손을 넣었다. 그러자 놀랍게도 딸칵, 하는 작은 소리와 함께 바닥이 열리기 시작했다.

'또 비밀방인가. 이런 저택에는 기본 옵션으로 딸려있기라도 한 겐가.'

여러 곳에서 이러한 장치를 보아온 미라는 그런 생각을 하면서도 계속해서 세 사람의 뒤를 쫓으려 했다. 하지만 그 순간 워즈랑베르가 제지했다.

"미라 씨, 시간이 거의 다 됐습니다."

"어이쿠. 그럼 일단 이 근처에 숨도록 할까."

워즈랑베르의 말을 들은 미라는 세 사람의 뒤를 쫓는 걸 중단하고 방구석에 자리한 엄폐물 뒤에 몸을 숨겼다. 그리고 은폐 효과를 중단시켰다.

워즈랑베르가 말한 시간. 그것은 정적의 힘을 동시 발동할 수 있는 시간을 뜻했다. 매우 우수하고 편리한 능력이기는 하지만 그에 걸맞은 제한과 약점이 존재했다.

현재 동시 발동을 지속할 수 있는 것은 30분 정도에 불과하다. 다시 사용하려면 10분 정도 쉴 필요가 있었다.

이 비밀 통로 끝을 '생체감지'로 조사해 보니 조금 전까지 쫓던 암살자를 비롯해서 열 명 정도의 반응이 감지되었다. 그중에 보스라는 작자도 있을 것이다. 만약 상당한 실력자라면 광학 미채만으로는 간파당할 우려가 있다.

또한 상대 중에 선술사와 같이 색적에 능한 자가 있을 경우, 무언가가 숨어있다는 사실을 감지하는 순간 소재가 들통나고 말 것이다.

미라와 마찬가지로 '생체감지' 등을 사용할 수 있기 때문이다.

때문에 그럴 계기를 내어주지 않으려면 광학미채와 기척 차단을 동시 발동할 필요가 있었다.

"잠시 상황을 지켜봐야겠구나."

동시 발동이 다시 가능해질 때까지 '생체감지'로 아래에서 일어나는 움직임을 살피며 기다리기 시작했다.

세 사람의 반응이 느껴지는 곳 앞에 있는 또 하나의 반응. 분명 그게 보스일 것이다. 반응만으로는 자세히 알 수 없었지만 세 사람에 비해 상당히 몸집이 크다는 건 알 수 있었다.

그렇게 기다리던 중에, 왕성으로 향한 핫토리 냥조가 연락을 해왔다.

13

『주군, 맡기신 일을 무사히 완료했습니다.』

핫토리 냥조의 보고 내용은 이러했다.

아무 일 없이, 무사히 왕성 앞에 도착. 그 후 공략하는 보람이 있는 성을 앞에 두자, 손이 근질근질해서 잠입을 시도했지만, 그 즉시 경비병에게 붙잡혔다. 하지만 심문관에게 끌려간 참에 훈장을 알아봐 주어 무사할 수 있었다.

얼마쯤 지나 십이사도 에스메랄다와 접촉하는 데 성공. 그리고 방금 전, 암살자에 관한 이야기를 모두 전달한 참이다.

『뭔가 중간에 필요 없는 과정이 있었던 것 같지만, 뭐 됐다. 고생 많았다.』

왕성에 도착해서 경비병에게 훈장을 보여주기만 했어도 되었을 텐데 왜 그런 쓸데없는 짓을. 그런 생각에 쓴웃음이 지어지기도 했지만, 그것 말고는 예정대로 되었기에 미라는 깊이 추궁하지 않고 계속해서 보고하라고 재촉했다. 그래서 나라 쪽은 어떻게 움직일 예정이냐고.

『깜박했습니다냥. 제압부대를 보내겠다고 했습니다냥.』

『끄응, 제압부대라.』

핫토리 냥조의 말에 따르면 현재, 급히 제압부대 편성이 이루어지고 있다는 듯했다. 그리고 준비가 되는 대로 핫토리 냥조의 안내에 따라 이곳으로 오기로 되어 있다고 한다.

미라는 그 보고가 조금 불만스러웠다. 가능하면 그대로 제압해 버리라는 허가를 받고 싶었기 때문이다.

지금 당장 움직일 수 없다는 게 아쉽기는 하지만 이곳은 그들 의 나라라 어쩔 수 없었다.

『냐냥, 그리고 말씀드릴 게 하나 더 있었습니다냥. 이쪽 부대가 도착하기 전에 도망칠 낌새가 보이면, 먼저 제압해달라고 했습니 다냥.』

핫토리 냥조가 그렇게 덧붙여 말했다. 그 내용으로 미루어, 저 쪽은 정말로 미라의 정체를 알아챈 듯했다.

A랭크라고는 해도 일개 모험가에게 암살자들의 은신처를 제압 하라는 주문을 할 리가 없기 때문이다.

이곳에 있는 게 아홉 현자의 일원인 '군세의 덤블프'라는 걸 알기에 할 수 있는 무모한 요청이었다. 하지만 그것은 미라가 기 대하고 있던 답변이기도 했다.

『음, 알겠다. 그때는 그렇게 하겠다고 전하거라.』

의기양양한 미소를 지은 채 대답한 후, 미라는 그 '도망칠 낌새' 란 걸 어떻게 연출해낼지를 궁리하기 시작했다.

몰래 다크나이트를 날뛰게 해볼까. 알피나 일행을 눈에 띄는 곳에 배치해서 압박해볼까. 정적의 힘을 응용해서 괴이(怪異) 현 상 같은 걸 연출해볼까. 그렇게 조금이라도 가능성이 있을 듯한 방법을 모색했다.

그런 생각을 하던 중에.

『누가 저택으로 들어갔어~. 엄청 빨리 달려왔어~.』

밖에서 감시하고 있던 구구와이즈가 그런 보고를 해왔다. 빠르게 달려왔다니, 뭔가 서두를 이유라도 있었던 걸까.

세 사람이 저택에 들어갈 때 보였던 신중한 모습을 떠올리며 미라는 그 차이점에 의문을 품었다.

그러자 몇 초 후. 우당탕탕 다급한 발소리와 함께 웬 남자가 미라가 숨어 있는 방으로 뛰어 들어왔다. 분명 구구와이즈가 보고한 남자일 것이다.

'어이쿠, 이 녀석이로군. 이곳까지 곧장 온 모양이야.'

뭐가 그렇게 급한 것인지 남자는 숨을 헐떡거리며 무언가에 쫓기기라도 하듯 비밀 계단을 나타나게 하는 장치를 조작해 또다시 우당탕탕 달려나갔다.

'보스가 있는 곳까지 일직선으로 가는군.'

그 움직임을 '생체감지'로 추적한 미라는 남자가 조금 전 보았던 세 사람과 같은 방으로 뛰어든 것을 확인했다. 그렇게 급하게 보고할 일이 있었던 걸까.

대체 상황이 어떻게 돌아가고 있는 걸까. 슬슬 지하로 돌입할까. 미라가 그렇게 생각하기 시작한 참에 또다시 움직임이 일어났다.

조금 전 내려갔던 남자가 방향을 돌려 지하에서 뛰쳐나와서는 "서둘러 짐을 정리해라! 제압부대가 이리로 올 거다!"라고 말하며 돌아다니기 시작한 것이다.

'이거이거…… 혹 저쪽에 첩자라도 숨어있었던 겐가? 정보가 빠르군그래.'

핫토리 냥조에게서 중간중간 들어오는 중간보고에 따르면 제압부대는 이제 막 편성이 완료된 참이라고 한다. 아직 성에서 출발도 하지 않았다.

그럼에도 남자가 제압부대의 출동 계획을 아는 것은 내부에서 정보가 유출되고 있기 때문으로 보였다.

'뭐, 그런 부분은 그 녀석들의 문제니까.'

니르바나 국내의 사정은 니르바나의 높으신 분들에게 맡겨두면 그만이다.

하지만 그 대신 부탁을 받은 대로 도망치는 낌새를 보인 이 암살자 집단은 책임지고 제압해 두어야겠다.

그렇게 대의명분을 얻은 미라는 곧장 행동을 개시했다.

우선 '의식동조'로 구구와이즈의 시각을 공유한 미라는 다시 한번 탑에서 계속했던 특훈의 성과를 유감없이 발휘하기 시작했다.

소환술을 발동하기 위해 필요한 요소 중 하나인 소환 지점. 지금까지 미라는 자신을 중심으로 눈에 보이는 일정 범위에 자유롭게 배치할 수 있었다.

하지만 지금은 그 토대를 더욱 확장시켰다. 특훈을 통해 '의식동조'를 병용하여 배치하는 방법을 습득한 것이다.

이로 인해 미라는 저택 안에 숨은 채로 구구와이즈의 시야를 통해 저택 밖에 소환 지점을 배치할 수 있게 되었다. 그리고 다음 순간, 45기에 달하는 홀리나이트와 5기의 잿빛 기사로 저택을 포위하는 데 성공했다.

'오~ 오~ 벌써 사냥감이 걸려들었구나.'

어지간히도 급했는지 한 남자가 간단한 짐만 손에 들고 가장 먼저 뛰쳐나왔다. 하지만 남자는 그 직후, 그곳에서 대기하고 있던 홀리나이트의 통렬한 실드 배시를 맞고 튕겨져 저택 안으로 되돌아갔다.

얼마쯤 지나 강렬한 충돌음이 울렸다.

구구와이즈에게 현장이 잘 보이는 위치로 이동하라고 지시를 내리고서 살펴보니 벽에 충돌한 남자의 모습이 보였다. 축 늘어진 채 쓰러져 있는 걸로 보아 완전히 정신을 잃은 듯했다.

충돌음이 상당했던 탓인지 사람들이 우르르 몰려들어 쓰러져 있는 남자를 발견했고, 이어서 열려 있는 문 너머에 자리한 홀리나이트를 발견했다.

그 직후, 불길이 번지듯 소란이 커졌다.

"어떻게 된 거야! 벌써 왔잖아!"

"도착하려면 아직 시간이 남은 것 아니었어?!"

"말도 안 돼. 벌써 포위되어 있잖아!"

아무래도 저들은 홀리나이트들을 제압부대라고 착각한 듯했다. 어떻게 도망치면 좋을지를 두고 소란을 피우는 가운데, 조금 전 저택으로 뛰어 들어온 남자에 대한 비난이 시작되었다.

"그럴 리가……. 난 정보를 입수하자마자 바로 온 거야! 아직 시간적 여유는 있었을 거라고!"

"그럼 벌써 저택 부지 안에 있는 저 녀석들은 뭔데! 빠져나갈 틈도 없잖아!"

그렇게 말다툼을 벌이는 가운데, 아직 출발도 안 했을 것이라고 주장하던 남자는 그제야 홀리나이트의 모습을 보고 놀란 얼굴로 말했다.

"뭐야, 저 녀석은…… 저건 제압부대가 아니야……. 저런 건, 이 나라의 군부에서 본 적이 없다고……."

어떻게든 빈틈을 찔러 보려는 자, 과감하게 돌진해 강행돌파를 해보려는 자. 저택에서 도망치려 하는 자들을 홀리나이트가 가차 없이 때려눕혀 나갔다.

하지만 거기서 끝이 아니었다. 퇴로를 막은 채 다섯 기의 잿빛 기사가 각각 저택으로 진입한 것이다.

궁지에 몰리자 반격에 나선 자, 선 채로 굳어버린 자, 안쪽으로 도망치는 자. 잿빛 기사가 그들 모두를 차례로 제압해 땅바닥에 눕혀 나갔다.

서둘러 소식을 전하러 온 남자 역시 처음 보는 기사의 앞에서 저항 한 번 해보지 못하고 동료들과 함께 순식간에 의식을 잃었다.

'자아, 다음은 이쪽으로군.'

저택 밖은 문제없을 것 같다. 그렇다면 남은 일은 지하에 숨은 자들을 일망타진하는 것뿐이다.

그렇게 판단한 미라는 '의식동조'를 끊고 방구석에 자리한 사자 석상의 입에 손을 쑤셔 넣었다. 그리고 손가락에 닿은 작은 고리를 잡아당겼다. 그러자 비밀문이 열리고 지하로 들어가는 계단이 나타났다.

"그럼 가보실까."

"네, 가시죠."

그렇게 가볍게 말을 나눈 후, 워즈랑베르가 광학미채와 기척 차단을 동시에 발동시켰다. 그것을 확인하고서 미라는 곧장 지하에 발을 내디뎠다.

암살자들의 은신처에 자리한 지하 공간은 긴 복도로 되어 있고 군데군데 문이 있었다. 문의 숫자로 미루어 방이 열 개는 될 듯했다.

희한하게도 지하 공간은 현란하기 그지없었다. 분명 이 지하 공간은 간부급에 해당하는 자들의 전용 공간이었을 거다. 복도에 불과함에도 오도카니 놓인 집기품은 귀족 저택의 그것과 비교해도 손색이 없을 정도로 반짝반짝했다.

'이거 꽤나 호화스럽구나.'

그것들은 모두 이곳에 있는 암살자들의 소유물일 것이다. 그렇기에 제압 후 어떻게 처분될지는 뻔했다. 이 저택은 국가의 이름으로 봉쇄될 테고 이러한 귀중품들은 그대로 소유자가 없는 물건으로 분류되어 국고로 환수될 거다.

그렇다면 한두 개 정도는 슬쩍해도 되지 않을까. 앞으로 가구 정령 등을 찾을 때도 그렇고 여러모로 돈이 필요할 테니.

미라는 그렇게 생각했지만 행동에 나서기 직전에 멈췄다. 어떤 이유가 되었건 결국 그것은 도둑질이란 걸 깨달았기 때문이다.

'정직하게 벌어야 성실하게 살아갈 수 있는 법이지.'

팔면 분명 천만 리프는 될 호화스러운 집기품의 유혹을 이겨낸 미라는 포상금 정도는 주지 않으려나, 따위의 생각을 하며 지하실의 상황을 살폈다.

"이것 봐, 외뿔. 그런 것까지 가지고 나갈 셈이야?"

"내 마음이지, 무슨 상관이야. 그러는 일곱 손톱이야말로 보석 거북의 등껍질 같은 걸 챙기다니, 제정신이야?"

복도 중간에 살짝 열린 문 너머에서 그런 말소리가 들려왔다.

안을 들여다보자 그곳에는 악취미에 가까운 취향의 항아리를 끌어안은 남자와 어이가 없다는 표정을 지은 남자가 있었다. 심지어 그 두 사람은 기분 나쁘게 생긴 가면을 쓰고 있다. 이 역시 악취미에 가깝다고 할 수 있는 가면이었다.

위에 있는 저택은 현재 미라가 소환한 무구정령에 의해 아비규환이 되었건만, 지하의 분위기는 느긋하기 그지없었다.

베개가 바뀌면 잘 수가 없다느니, 이제 곧 싹을 틔울 예정이라느니, 최대한 돈이 될 만한 걸 챙기라느니. 다른 방도 들여다보았지만 모두가 아주 여유롭게 철수 준비를 진행하고 있었다.

혹시 위쪽 상황이 전달되지 않은 걸까. 미라는 그렇게 생각했지만 그렇지가 않은 듯했다.

"예정보다 꽤 빠르게 도착했지만, 뭐 문제는 없을 것 같군."

"그렇죠. 이곳을 알아채려면 한참 시간이 걸릴 테니까요."

복도의 가장 깊은 곳. 커다란 방에 한 명씩 차례로 모여든 간부들. 그들 중 두 명이 그런 대화를 나누고 있었다. 위쪽이 어떻게 되건 자신들은 도망칠 수 있다. 그 말투에서는 그렇게 믿어 의심치 않는 듯한 태도가 엿보였다.

그들의 말대로 보통은 지하에 진짜 은신처가 있다는 사실을 알아채려면, 그리고 비밀 계단을 여는 방법을 알아내려면 상당한 시간이 필요할 것이다. 그리고 그 시간이면 충분히 도망칠 방법이 마련되어 있는 듯했다.

또한 그 대화에 의해 그들이 간부급이 틀림없다는 것도 판명되었다.

간부들은 모두 저마다 가면을 쓰고 있었는데 그 가면의 특징으로 서로를 구분하여 부르고 있다는 것도 알 수 있었다.

'흐음……. 과연 비밀 지하실답군. 어딘가에 도주로 정도는 있지 않을까 했다만…… 아무래도 이 방인 모양이야.'

미라는 슬그머니 방 안으로 침입하여 구석에 숨어 상황을 살폈다. 비밀 통로로 한 명도 도망치지 못하도록, 그리고 일망타진하기 위해 나머지 간부가 모이기를 기다리기로 한 것이다.

그렇게 관찰을 하다 보니, 간부들의 장비며 몸동작, 그리고 몸에 두른 마나의 질 등을 통해 어느 정도 역량을 헤아릴 수 있었다.

실제로 싸워봐야 자세히 알 수 있겠지만, 간부답게 모두가 최소한 상급 모험가에 필적하거나 그 이상의 실력을 지닌 듯했다.

그렇게 미라가 적들을 분석하던 중에 방 안쪽에서 움직임이 있었다.

그곳에는 아까 전에 미행했던 암살자 3인방인 암살자 A, B, C가 있었다. 그들은 이 아지트의 보스인 갈리디아족 남자의 지시에 따라 벽지를 벗기기 시작했다.

"아, 이 레버로군요."

"빨리 도망치죠!"

세 사람이 무엇을 하고 있는지는 금방 알 수 있었다. 벽지를 벗긴 곳에 홈이 패여 있고, 레버처럼 생긴 것이 있었던 것이다.

분명 비밀 도주로를 열기 위한 것이리라. 자세히 보니 세 사람은 간부들과 달리 불안한 얼굴로 레버 근처에 모여 있었다.

"이봐, 아직 당기지 마라."

보스가 그런 A, B, C에게 충고했다. 듣자 하니 레버를 당기면 도주로의 문은 열리지만, 그로부터 3분 정도 후에 입구가 붕괴하도록 되어 있다는 듯했다.

'흐음…… 3분이 지나면 추적이 어려워진다 이거로군.'

저 장치 덕분에 다른 방으로 도망칠 걱정은 안 해도 될 것 같다. 잘된 일이다. 미라는 씨익 미소를 지은 채 나머지 간부들이 모이기를 기다리며, 절호의 타이밍을 호시탐탐 엿보고 있었다.

"나한테도 조자의 팔찌가 있었더라면."

"전에 박탈당했다며? 그럼 포기해."

그러고 있자 커다란 짐을 짊어진 자들이 한 사람씩 차례로 들어왔다. 남겨진 고급 집기품에 대한 미련이 큰지, 푸념이 멈추지 않았다. 하지만 그래도 제압부대를 상대하는 건 위험하다고 판단한 것인지 도망치는 데 주력하고 있었다.

"일단 입구를 막고 오기는 했지만 위쪽에서는 대참사가 벌어졌더군. 제압부대의 전력이 소문으로 들은 것보다 훨씬 대단해. 특히 안까지 침입해온 잿빛 녀석이 엄청났지. 이전에 보고했던 녀석은 대체 뭘 본 거야."

방에 들어오자마자 어쩐지 지적인 분위기를 풍기는 남자가 그렇게 푸념을 쏟아냈다. 실제로는 어떨지 모르겠지만 굳이 말하자면 보스의 오른팔 같은 오라를 두르고 있었다.

"빨리 도착한 데다 전력차까지 나다니. 녀석들이 우리에게 거짓 정보를 쥐어준 것이로군."

조용히, 하지만 지긋지긋하다는 듯 분노한 표정을 짓고 있던 보스는 이내 대담한 미소를 지으며 "이 빚은 반드시 갚아주마"라고 말을 이었다. 그리고 오른팔인 듯한 남자 또한 "우리를 진지하게 만든 걸 후회하게 해주죠"라고 맞장구를 치며 입꼬리를 치올렸다.

'미안하게 됐구나. 분명 원래는 그 제압부대에 대한 정보가 맞을 게다.'

미라가 소환한 무구정령들을 간부들은 제압부대로 착각하고 있다. 그들은 "다음에는 가차 없이 해치워 버리죠"라느니 "다음에는 제가 정찰을 가겠습니다" 따위의 소리를 하며 흥분해서 다음 작전 계획을 세워나갔다.

'다시 한번 미안하게 됐구나. 그대들은, 여기서 끝이다.'

한 남자가 기다리게 해서 미안하다고 말하며 들어왔다. 그게 마지막 간부였던 모양인지, 보스가 "그럼 탈출하지"라고 말하더니 레버를 당기라고 지시했다.

만약을 위해 '생체감지'로 확인해 보니 확실히 지하에 있는 모든 인원이 이 방에 집합에 있었다.

조건은 갖춰졌다. 드디어 움직일 때가 왔구나 싶어 의욕을 불사르며 방 전체를 둘러보고서 살며시 문을 열었다.

"응? 어째 문이 저절로 열린 것 같은데……."

일동의 시선이 레버를 당기는 세 사람에게 집중된 순간, 아주 작은 소리를 들은 남자가 고개를 돌렸다. 그리고 약간 틈새가 벌어진 문을 보고 의아해했다. 그 순간.

'자아, 이 몸이 주는 선물이다.'

워즈랑베르와 함께 스르륵 문밖으로 나간 미라는 신이 난 듯 웃으며 손에 들고 있던 여러 개의 마봉폭석을 방 안으로 집어던 졌다.

"뭐야?!"

광학미채의 범위 밖으로 나가자 마봉폭석이 눈에 보이게 되었 다. 그것을 가장 먼저 발견한 남자의 당황한 목소리가 울린 순간, 무슨 일이냐는 다른 이들의 목소리가 모두 지워질 정도의 굉음이 울리더니 묵직하고도 큰 진동이 지하실 전체를 뒤흔들었다.

14

"어디 보자…… 효과가 어느 정도인지 확인해보실까."

특수부대가 현장을 덮치기 전에 스턴 그레네이드를 던지는 장면을 마봉폭석으로 재현한 미라는 다시 문을 열고 내부 상황을 확인했다.

우선 집기품이 산산이 박살 나고 챙겨온 짐들이 흩어져 있는 게 눈에 들어왔다. 다음으로 레버 앞에 쓰러진 암살자 A, B, C가 보였다.

이번에 사용한 마봉폭석은 스턴 그레네이드 같은 미적지근한 게 아니다. 상대가 실력 있는 암살자라는 사실을 알았기에 그럭저럭 위력이 있는 돌을 골라 처음부터 아낌없이 선사한 것이다.

하지만 그 폭심지에 있었으면서도 그들은 한 사람씩 휘청대며 일어나기 시작했다. 그렇다, 직격을 받았음에도 불구하고 보스를 비롯해서 대부분의 간부들이 경상만 입고 견뎌낸 것이다.

하지만 A, B, C와 보스의 오른팔로 보이는 남자는 완전히 뻗은 모양인지 일어난 낌새도 보이지 않았다.

'호오…… 그걸 견뎌낸 건가. 역시 보통내기가 아닌 것 같군…….'

니르바나라는 대국에 숨어있던 암살자 집단. 그 간부답게 다들 정예 멤버였던 모양이다. 미라는 문틈으로 고개를 내밀고 주의 깊게 상태를 살폈다.

"거기 입구에 있는 녀석, 이건 네놈이 한 짓이냐?"

간부들도 상당했지만 보스의 실력은 그보다 위인 듯했다. 방어 자세를 풀더니 문밖에서 안을 살피던 미라를 찌를 듯한 눈빛으로 노려본 것이다.

마봉폭석을 던질 때 풀었던 은폐 효과는 문 뒤에 숨었을 때 다시 걸려 있었다. 그 효과는 확실해서 간부들은 보스의 시선을 좇았음에도 미라를 인식하지 못한 눈치였다.

하지만 보스는 완전히 미라를 포착한 듯 보였다. 실내에 들어선 미라의 움직임까지 계속해서 눈으로 좇고 있었기 때문이다.

'지각능력도 뛰어난 것 같군그래……. 더 이상 숨기는 어렵겠어.'

어쩔 수 없다고 판단한 미라는 은폐를 해제하고 그 자리에 모습을 드러냈다.

"뭐야……?!"

"대체 어디에서?!"

아무도 없던 장소에 느닷없이 소녀가 출현했다. 눈앞에서 그런 현상이 일어나자 간부들은 술렁거렸다. 그런 가운데, 보스는 한 걸음씩 앞으로 나와 언짢은 듯 얼굴을 일그러뜨렸다.

"계집애였을 줄이야. 네놈, 정체가 뭐냐."

자신의 직업 탓에 보스에게는 적도 많았다. 그렇기에 기습 등도 일상다반사였지만, 자신을 치러 온 상대의 정체가 소녀인 것을 알고는 더욱더 불쾌한 표정을 지어보였다.

그것은 소녀를 이런 곳에 보낸 녀석은 인간적으로 잘못됐다거나 그런 이유 때문이 아니라, 소녀를 보내오다니 내가 우스운 건가, 라는 생각 때문이었다.

"글쎄…… 과연 무엇일까."

미라는 대담한 미소를 지은 채 시치미를 떼어 보였다.

악을 처단하러 온 정의의 소환술사다, 하고 라스트라다처럼 히어로인 척을 하며 소환술을 선보일까도 싶었지만 상대는 암살자다. 그런다고 움츠러들 것 같지는 않아서 그냥 말을 집어삼켰다.

"현상금 사냥꾼……은 아닌 것 같군……. 그렇다면 상황상 제압부대의 첨병일 듯하지만, 너 같은 자가 있다는 이야기는 못 들었다. 하지만 위쪽에서 벌어진 상황으로 미루어, 그때의 조사 보고도 정확하다고 하기는 어려울 것 같군. 정말이지, 생각보다 성가신 나라야."

미라를 물끄러미 관찰하듯 쳐다보던 보스는 니르바나의 정보 조작에 당했다며 쓴웃음을 짓더니, 곧이어 분노로 얼굴을 물들이기 시작했다.

사실 조사원은 충분히 자신이 맡은 일을 했을 테지만, 위에서 날뛰고 있는 무구정령들로 인해 정보가 완전히 뒤엉킨 모양이다.

"어쨌든 이곳을 알아낸 건 칭찬해주마. 그 잠복 기술은 훌륭했다. 그 일격이 있을 때까지 못 알아챘을 정도니. 하지만 마음이 급했던 건가? 방금 전 그건 어리석은 짓이었다. 네놈의 존재를 내게 밝히는 꼴만 되었으니 말이야."

설마 은신처의 중추까지 들어와 있을 줄이야. 미라를 주의 깊게 바라보며 그렇게 말을 이은 후, 보스는 그대로 얌전히 있는 게 상책이었을 거라며 미라를 비웃었다.

실제로 보스뿐 아니라 대부분의 간부는 건재하다. 머릿수로 따지면 미라 쪽이 압도적으로 불리한 상황이었다.

그에 반해 당사자인 미라는 그런 보스의 말을 들으며 완전히 다른 생각을 하고 있었다.

'흐음…… 아무래도 이 녀석들은 이 몸이 누구인지 모르는 것 같군.'

최근 들어 거리를 걸으면 그럭저럭 정령여왕이라는 것을 알아채거나, 그렇지 않을까 하고 사람들이 수군거리는 일이 많았다.

하지만 보스를 비롯해서 간부들까지도 그 사실을 모르는 눈치였다. 아닌 게 아니라 정령여왕의 '정'자조차 나오지 않을 뿐 아니라 제압부대의 첨병이라 생각하고 있을 정도였다.

이런 지하에 틀어박혀 있는 탓에 최근 정보에 어두운 것일까. 미라는 그런 예상을 하던 중에 겨우 그 원인이 무엇인지 기억해 냈다.

'아, 그러했지. 그러고 보니 변장을 한 상태였어.'

머리를 물들이고 안경을 쓰고 옷도 갈아입은 탓에 지금은 귀엽지만 평범한 마을 소녀로 보일 거다. 외모의 방향성이, 소문이 자자한 정령여왕과 전혀 다르니 못 알아보는 것도 당연하다 할 수 있었다.

그리고 그런 탓에 그들은 미라가 잘 다루는 술법이 무엇인지 짐작도 못 하고 있는 듯했다.

"훗훗후. 이 몸을 우습게 보면 곤란하지. 이 몸이 바로 제압부대의 잠입원 겸, 검은 머리 돌격대장이시다! 다들 얌전히 오랏줄을 받거라!"

착각해 주고 있으니 오히려 잘 됐다. 미라는 그대로 제압부대의 일원이라고 사칭을 한 후, 도발이라도 하듯 간부들을 둘러보았다.

"흥…… 잠입과 돌격이라. 대단한 역할을 떠맡았군. 심지어 이런 상황에 빠졌음에도 꿋꿋하기까지 하다니. 간이 큰 건지, 그냥 허세를 부리는 것인지. 계집애 혼자서 이곳까지 온 것 자체도 용하기는 하다만."

보스는 당당하기만 한 미라를 보고 여유로운 표정을 지어 보였다. 동료들의 힘과 자신의 실력에 상당히 자신이 있는 듯했다. 그리고 확실히 그의 능력은 간부들보다 특출하게 뛰어났다.

"아니, 아니군. 혼자……—."

순간, 보스는 미라에게서 약간 떨어진 장소를 노려보더니 그 시선 끝을 향해 주먹을 내질렀다. 그러자 마나가 소용돌이침과 동시에 충격파가 되어 그곳을 꿰뚫었다.

"어이쿠, 이건……!"

그렇게 말한 것은 워즈랑베르였다. 강렬한 충격음이 울리고 벽에 금이 간 곳 옆에서, 그가 몸을 날려 회피 행동을 취하고 있었다. 은폐 효과를 해제한 것은 미라뿐, 그는 아직 숨어있었다. 하지만 보스는 그것을 간파해낸 것이다.

"—혼자가 아니라 둘. 어떠한 힘으로 모습을 감추었는지는 모르겠다만, 기회를 엿보다 칠 생각이었지? 그게 너희의 비장의 수였나? 하지만 아쉽게도 내게는 안 통한다."

워즈랑베르는 눈 깜짝할 새 몇 명의 간부들에게 포위되어 풀이 죽어서 "들켜버렸군요"라고 말했다. 보스는 그 모습을 보고 씨익 웃었다.

"흐음…… 과연 암살자들의 우두머리답군그래."

그자의 실력은 진짜배기였다. 분명 어지간한 A랭크 모험가들은 상대도 되지 않을 거다. 저토록 자신만만하게 떠들어대는 것도 납득이 될 정도다.

하지만 조금 전의 일로 보스가 선술사라는 사실이 판명되었다.

내지른 일격의 정체는 '충파'. 그리고 숨어있던 워즈랑베르를 간파한 기술은 분명 '생체감지'였을 것이다. 보아하니 두 기술 모두 상당히 단련한 듯했다.

"얌전하게 굴면 괴롭지 않게 죽여주마. 하지만 저항한다면…… 후회하게 될 거다."

자마다르—— 브라스 너클에 날이 붙은 듯한 무기를 겨누며 그런 말을 내뱉는 보스의 목소리는 싸늘했다. 지금까지 같은 일을 아무렇지 않게 해왔다는 것이 느껴질 정도로 담담한 목소리였다.

살이 저릿저릿한 살기가 주변 일대를 가득 메우기 시작했다. 그런 가운데, 간부 중 한 명이 불쑥 앞으로 나섰다.

"보스, 잠시 실례하겠습니다. 이 일은 제게 맡겨주시면 안 되겠습니까?"

그 남자는 척 보아도 냉혹한 암살자 같은 보스와 대조적으로 히죽히죽 작위적인 미소를 띤 채 미라의 온몸을 훑어보기 시작했다.

"차림새는 시원찮은 계집이지만, 보면 볼수록 맛있어 보이는 상등품이군요, 저거."

남자는 짧은 곤봉을 든 채 매우 음흉한 얼굴로 그렇게 말하더니 산 채로 잡자고 제안했다.

"호오, 이 몸의 귀여움을 알아보다니 제법 안목이 있군. 뭐 그대 같은 변태가 알아본들 기분 나쁠 뿐이지만 말이다."

남자는 한 걸음씩 다가오며 발끝부터 머리끝까지 미라를 훑어보는 남자를 향해, 미라는 명백하게 혐오감을 드러냈다. 하지만 남자에게는 그런 미라의 반응마저도 감미롭게 느껴지는지, 더더욱 그 표정을 징그럽게 일그러뜨렸다.

"나 참. 저 녀석, 병이 또 도졌구만. 저렇게 되면 아무도 못 말리지."

"심지어 녀석 때문에 같은 부류로 엮인 적까지 있는데, 우릴 봐서 좀 참을 순 없는 거야?"

간부 중 한 명이 어이가 없다는 듯 중얼거리자 또 한 명이 동의했다. 아무래도 눈앞에 있는 남자의 변태성을 다른 간부들은 좋게 여기고 있지 않은 듯했다. 하지만 그럼에도 이 자리에 있다는 것은 그가 상응하는 실력을 갖추었기 때문일 것이다.

"그러냐. 네가 그렇다면 충분히 수요가 있다는 뜻이겠지."

변태 남자의 말을 들은 보스는 그렇게 말하더니 "그렇다면 산 채로 붙잡아 상품에 넣기로 하지"라고 말을 이었다.

그러자 변태 남자는 놀란 얼굴로 한탄하기 시작했다. 상품에 흠집을 낼 수는 없으니, 저 소녀로 마음껏 재미를 볼 수 없지 않으냐면서.

"아아, 이럴 수가……. 내가 먼저 눈독을 들였는데……. 뭐, 보스가 그러시다면 어쩔 수 없죠. 하지만 하다못해 맛은 제가 먼저 보게 해주십쇼……."

흑심으로 가득한 눈을 한 채 변태남이 휘청거리는 발걸음으로 접근해 왔다. 천박한 미소를 지은 채 곤봉을 쥐고 입맛을 다시는 그 모습은 변태성의 결정체라 해도 과언이 아닐 정도였다.

'이거 원…… 아무리 이 몸이라도 저렇게까지 쓰레기 같은 눈빛으로 바라보니 불쾌하기 그지없군.'

다소의 흑심은 지금까지 몇 번이나 느낀 바가 있었다. 자신도 모르게 눈길이 가는 일도 있기 마련이니. 그런 남자의 마음을 이해하기에 다소의 흑심은 못 본 척을 해왔지만, 언젠가 보았던 남작도 그렇고 이토록 노골적이니 불쾌하기 짝이 없다는 생각이 들어서 미라는 혐오감을 드러냈다.

"자아, 얌전히 잠들어주라. 다음에 눈을 떠보면 모두 다 끝나 있을 테니까."

변태 남자가 입이 찢어질 듯 짙은 미소를 띤 채 천천히 자세를 낮췄다. 그의 성적 기호는 크게 비뚤어져 있지만, 그 실력은 진짜배기였는지. 전투 자세를 취한 그에서는 조금의 빈틈도 찾을 수 없었다.

언제 어느 타이밍에 움직일지. 어떤 방법으로 공격해올지. 음흉한 미소를 지은 채 심상치 않은 기운을 풍기며 변태 남자는 한 걸음씩 거리를 좁혀왔다.

미라는 방심할 수 없겠다는 생각에 그를 주시했다. 순간——조용히, 소리도 없이, 그러면서 쏜살같이 날카롭게 움직인 그림자가 있었다. 심지어 완벽한 사각지대인 대각선 후방에서 미라를 덮쳤다.

그것은 정확성을 중시한 그들의 작전 중 하나였다. 과연 연기였는지, 아니면 진심이었는지는 모르겠지만. 변태 남자가 대놓고 변태성을 내보여 무시할 수 없는 위태로움을 자아내고 상대의 혐오감을 이끌어내, 필요 이상으로 경계하게 한 후 사각지대에서 진짜 공격을 가한 것이다.

이때 미라는 변태 남자에게 최대급의 혐오감을 품고 있었다. 그리고 간부 중 한 명이 그 마음의 흔들림을 감지하고 완벽한 타이밍에 움직인 것이다.

간부의 손이 미라의 목덜미를 향해 뻗어 나간다. 심지어 몇 미터 남은 순간 한층 더 가속했다. 그리고 눈 깜짝할 새에 미라를 포착──한 듯 보인 찰나, 뻗어 나간 간부의 손은 놀랍게도 그 목을 통과했다.

"뭐라고……?!"

모든 조건이 완벽한 상황에서 성공을 확신했던 간부들이 놀라서 외쳤다. 하지만 그러한 현상이 분명히 일어났다. 그가 소녀라고 믿고 손을 날렸던 상대는, 환영. '미라주 스텝'으로 만들어낸 허상으로, 애초에 미라는 한순간도 방심하고 있지 않았던 것이다.

미라는 환영의 후방인 한 걸음 뒤에 있었다. 공격이 살짝 빗나갈 정도로만 회피를 했기에 간부의 몸은 현재, 절호의 공격 범위 안에 있었다.

"아쉽게 됐구나."

그러한 말과 함께 미라의 손이 사냥감을 잃은 간부의 팔을 붙잡았다. 간부는 순간적으로 그걸 뿌리치려 했지만 이미 때는 늦었다.

직후, 강렬한 파열음이 울리더니 보라색 빛이 공간을 가로질렀다. '자전일악'. 강렬한 전격을 맞은 간부의 몸은 그대로 힘을 잃고 축 늘어져 바닥에 쓰러졌고, 낙뢰와 비슷한 색을 띤 빛의 잔향만이 그 자리를 가득 메웠다.

짧은 침묵이 흘렀다. 간부들은 순식간에 일어난 일을 보고 숨을 죽였다.

중간까지는 의도대로 일이 흘러갔다. 하지만 마지막 순간에 모든 것이 뒤집혔다. 심지어 상상도 못 했던 힘 앞에 무릎을 꿇는 모양새로.

"이것 참, 말괄량이가 따로 없군. 맛을 볼 때가 더더욱 기대되는걸."

가장 먼저 입을 연 것은 변태 남자였다. 역시 그의 그것은 연기가 아니었는지, 그는 조금 전보다 더욱 징그러운 표정을 짓고 있었다.

하지만 미라의 실력도 얕볼 수 없다고 생각한 것인지 거리는 약간 벌어진 상태였다.

"뭣 하면 지금 당장 맛보여줄 수도 있다만?"

미라는 간부 중 한 명을 처치한 그 손을 내밀며 눈웃음을 지었다. 그리고 "다음은 또 누가 속임수를 쓸 예정이냐?"라고 말하며 늘어선 간부들을 바라보았다. 그 태도에서는 어떻게 기습을 하건 때려눕힐 수 있다는 확신이 느껴졌다.

그렇게 자신감으로 가득한 표정과 태도를 취해 보이자 간부들은 동요하기 시작했다.

그러던 가운데 한 사람이 앞으로 나섰다.

"아무래도 너도 선술사인 것 같군……. 그래서 사각지대에서의 움직임에도 대응할 수 있었던 건가."

보스가 변태 남자의 어깨를 잡아 비키라는 듯 뿌리쳤다. 그는 한 걸음씩 미라에게 다가가더니 그대로 시선만 돌려 전투 불능 상태가 된 간부를 흘끔 쳐다보았다.

"심지어 이 정도 위력이라니. 겉모습에 속으면 이렇게 되는 것인가. 과연…… 첨병이란 말이 허세는 아니었군."

보스는 희미하게 쓴웃음을 지은 채, 분하다는 듯 미라를 쳐다보았다. 그러자 미라는 "뭐, 이 정도 집단이라면 속일 필요도 없었을 것 같지만 말이다"라고 말하며 웃음으로 답했다.

"흥…… 그렇게 속이 훤히 보이는 도발을 하다니……. 하지만 재미는 있군."

간부들뿐 아니라 보스가 앞에 있음에도 미라는 '속일 필요도 없을 것 같다'고 말했다. 실로 알기 쉬운 도발이었지만 보스에게도 나름의 자존심이 있었는지 노골적으로 분노를 얼굴에 드러내지는 않았다.

"그런 말까지 듣고 가만히 있을 수는 없지. 이렇게 된 거, 선술사끼리 일대일로 승부해 보지 않겠나."

보스는 그렇게 제안하더니 그 증거라는 듯 간부들에게 무기를 내려놓고 물러나라고 명령했다. 그러자 간부들은 그 명령에 따라 무기를 버리고 물러났다. 그와 동시에 그 말이 진심임을 나타내듯 워즈랑베르를 둘러싸고 있던 포위망도 해제되었다.

"흐음…… 좋아. 도전에 응해주마."

상대는 정정당당함과는 거리가 먼 암살자지만 이렇게까지 명석을 깔아주면 거절하기가 어렵다. 동시에 애초부터 거절할 생각이 없었던 미라는 그 제안을 흔쾌히 받아들였다.

미라와 넓은 방의 중심으로 걸어 나갔다. 그에 반해 간부들은 구석 쪽으로 이동했다. 워즈랑베르 역시 출입구 근처까지 물러났다.

그렇게 결투의 무대가 갖춰지고 두 사람이 마주했다. 미라가 보스를 똑바로 바라본 채 자세를 취했다. 그러자 보스는 어지간히도 자신이 있는 것인지, 아니면 미라에게 맞춰주려는 것인지 자마다르를 버리고 도수공권으로 자세를 취했다.

장중에 팽팽한 긴장감이 퍼졌다.

"이봐, 개시 신호를 보내라."

보스가 그렇게 말하자 변태 남자가 나왔다. 그러더니 "그럼 이걸로"라고 말하며 은화 한 닢을 꺼내 보였다. 낮에 보았던 길거리 싸움 등에서도 이런 방식의 신호를 사용했던 것 같다.

변태 남자가 은화를 손가락으로 핑, 하고 높이 튀겼다. 그것이 바닥에 떨어지면 결투 개시다.

두 사람은 눈싸움을 벌였다. 보스는 천천히 중심을 낮추어 보다 높은 순발력을 발휘할 수 있는 자세를 취했다. 그에 반해 미라에게는 변화가 없다. 평소처럼 자연스러운 자세로 보스의 움직임을 관찰하고 있었다.

그 짧은 시간 동안 은화는 높이 떠올랐다. 그리고 궤도가 최고점에 달해 낙하를 개시한 그 순간.

그것을 신호 삼아 소리도 없이, 번개와도 같이, 간부들이 일제히 움직였다. 심지어 숨기고 있던 무기까지 빼 들고 미라에게 덤벼들고 있었다.

그것은 명백한 두 번째 기습이었다. 코인 토스를 통한 신호는 오히려 간부들을 위한 것이었다.

한 명으로는 실패했지만 간부들이 다 같이 동시에 치면 어떨까.

현재 미라는 완전히 포위된 상태다. '생체감지'로 그 움직임을 감지할 수 있다 해도 이만한 머릿수를 동시에 상대하는 건 불가능하다. 일련의 행동에서는 간부들의 그러한 생각을 엿볼 수 있었다.

순간, 보스의 입꼬리가 올라갔다. 도발에 응해 제 발로 기습하기 좋은 위치까지 나온 미라를 비웃기라도 하듯.

하지만 그런 상황에서도 미라의 얼굴에는 놀란 기색 하나 없었다. 아닌 게 아니라 미라는 보스와 거의 동시에 대담한 미소를 짓기까지 했다.

간부인 만큼 그들의 실력은 확실했다. 행동에 나선 속도는 경이로울 정도여서, 보고서 반응을 했다면 모든 대응이 한발 늦고 말았을 거다.

하지만 이번에는 그렇지 않았다. 간부들이 움직이기 시작한 순간, 숨기고 있던 무기를 빼듦과 동시에 커다란 그림자가 그들의 머리 위를 뒤덮었기 때문이다.

"뭣……?!"

"이건……?!"

아무 것도 없었던 간부들의 등 뒤에서 나타난 그것은, 등줄기가 얼어붙을 듯한 기운을 두른 검은 기사들이었다.

그렇다, 미라의 소환술로 불러낸 다크나이트다. 심지어 이번에는 실로 흉흉하게 생긴 전투 망치를 장비하고 있었다. 그들이 간부들을 제압하기 위해 각각 등 뒤에서 튀어나온 것이다.

미라와 워즈랑베르를 노렸던 간부들은 인식 범위 밖에서 갑자기 나타난 다크나이트에게 허를 찔렸다. 공격에 나선 직후라 아무리 실력이 좋아도 결코 대응하지 못할 절묘한 타이밍. 다크나이트는 보기 좋게 그 타이밍을 찌른 것이다.

한 명은 다크나이트가 지닌 전투 망치를 얻어맞고 쓰러졌다. 또한 명은 두 다리가 박살났다. 잠시나마 반격하려는 듯한 동작을 취했던 한 명은 벽에 온몸을 격렬하게 부딪치고 침묵했다. 뼈가 찌부러지는 둔탁한 소리와 고통 어린 목소리만이 울려 퍼졌다.

동시에 움직인 탓에 끝난 순간도 같았다. 간부들은 그렇게 사이좋게 전투 불능 상태가 되어 바닥에 널브러졌다.

"훌륭하십니다."

상대의 기습을 역이용한 기습이 보기 좋게 성공하자 워즈랑베르는 그렇게 칭찬했다.

"흠, 생각했던 것보다 효과가 좋군. 역시 근사한 능력이야."

보스의 움직임을 경계하고 있던 미라는 일이 끝난 주변의 상황을 확인하고서 그렇게 답했다.

그것을 가능케 한 것은 새로운 소환법이었다. 워즈랑베르를 소환 중일 때만 가능한 신기술, '은폐소환'. 소환술의 발동을 은폐하는 것은 물론이고 움직일 때까지 소환체가 광학미채와 기척 차단 상태가 되는 기술이었다.

방금 전에는 이 '은폐소환'을 사용해 일찌감치 넓은 방을 에워싸는 모양새로 다크나이트를 배치해 두었다. 그 결과, 간부들의 움직임에 맞춰 신속하게 대응할 수 있었던 것이다.

"이놈······!"

간부들이 전투 불능 상태가 된 가운데, 유일하게 보스만이 서 있었다. 기습을 간부들에게 맡기고 자신은 상황을 살피고 있었던 탓에 큰 빈틈은 생기지 않았고, 더불어 나름의 실력도 갖추었기에 다크나이트의 기습을 회피하는 데 성공했던 것이다.

이 정도 수준의 암살자들을 이끄는 보스답게 그의 역량은 A랭크 모험가 중에서도 상위에 들 정도인 듯했다. 그는 세 기의 다크나이트를 상대하면서도 움직임에 아직 여유가 있어 보였다.

최근 들어 다크나이트도 더욱 성장한 상태였다. 하지만 보스는 그 이상의 실력을 갖추고 있어서 세 기가 한꺼번에 덤벼도 정면으로는 상대가 되지 않았다.

다크나이트는 묵직한 전투 망치를 가볍게 휘둘러 날카로운 일격을 가했다. 하지만 보스는 훌륭하게 반응하여 그 일격을 최소한의 움직임으로 흘려보내고, 지체 없이 카운터를 내질러 보였다. 심지어 선술이 가미된 강력한 공격이었다.

이어서 두 기의 다크나이트가 파상 공세를 펼쳤지만 보스의 움직임은 그보다 한 수 위였다. 선술을 사용해 맹공을 버텨내고 필살의 일격을 가했다.

그렇게 장갑을 관통당한 다크나이트는 이어진 보스의 두 번째 공격을 맞고 터져나가고 말았다. 보스는 전투 기술뿐 아니라 선술 실력도 일류인 듯했다.

하지만 그 직후. 세 기의 다크나이트를 압도해 보인 보스의 얼굴이 놀라움으로 물들었다.

"이 몸의 다크나이트는, 위압감이 상당하지 않으냐?"

미라는 보스의 등에 손을 가져다 대며 자신만만하게 말했다.

커다란 몸집과 흉악해 보이는 무기, 묵직한 일격, 그리고 거기서 뿜어져 나오는 존재감. 그런 성가신 적이 눈앞을 막아서면, 정반대의 외모를 지닌 미라가 순간적으로 의식 밖으로 사라져 버릴 수밖에 없다.

미라는 그렇게 생겨난 빈틈을 완벽하게 찔러, 손이 닿을 범위까지 접근하는 데 성공했다.

그 상황에서 이미 승패가 정해진 것이나 다름없었다. 선술에는 손을 댄 상태에서 발동이 가능한 필살의 일격이 수도 없이 존재한다. 이 정도 수준의 선술 실력을 지닌 보스가 현재의 상태가 목에 칼을 들이댄 것과 같다는 사실을 모를 리가 없었다.

"과연…… 이렇게 쉽게 뒤를 빼앗기다니. 항복이다."

그렇게 답하며 보스는 두 손을 들었다. 하지만 미라의 위치에서는 보이지 않는 그 얼굴은 체념한 자의 그것이 아니었다. 항복

하는 자세를 취해 보인 후, 상대가 포박하기 위해 움직이는 순간을 노린다. 그것이 항복 이후 노릴 수 있는 유일한, 그리고 확실한 반격 기회이기 때문이다.

"감촉을 통해 알았다. 방금 그건 소환술이었지? 다시 말해 너는 선술뿐 아니라 소환술도 쓸 수 있었던 거다. 나 원, 완전히 속았군. 소문은 들었다. 정령여왕이라는 엄청난 실력의 모험가가 있다는 소문은."

보스는 그런 소리를 하며 날카로운 시선으로 주변을 훑었다. 이 상황을 타파하는 데 써먹을 만한 비장의 카드를 찾기 위해서.

그리고 찾아냈다. 비밀 통로의 입구를 여는 레버를. 레버를 당기면 비밀 통로를 열고서 3분이 지난 후 입구를 붕괴시키는 장치가 작동한다. 그것은 장치된 폭약으로 인해 이 저택이 통째로 무너진다는 것을 의미했다. 또한 장치는 단순한 구조로 되어 있어서 레버를 당기지 않고 강한 충격 등을 가하면 곧바로 폭약에 불을 붙일 수 있다.

그것은 위험성이 큰 도박이었다. 하지만 보스가 현재의 상황을 타파할 방법은 그것뿐이다.

"설마 소환술 따위에 이렇게까지 호되게 당할 줄이야."

아주 짧은 시간 동안 그런 타개책을 생각해낸 보스는 자신의 작전을 들키지 않도록 상관없는 말을 입 밖에 내며 미라가 다시 움직일 순간을 기다렸다.

하지만 모두 다 부질없는 짓으로 끝났다. 미라는 겉모습을 통해 보스가 느낀 인상보다 훨씬 무자비했기 때문이다.

【선술 지 : 자전일악】

　미라는 보스의 등에 손을 댄 채 조금도 봐주지 않고 마지막 일격을 가했다. 천둥소리가 울리고 섬광이 터졌다. 미라도 당연히 알고 있었다. 포박하기 위해 움직이는 순간이 절호의 반격 기회라는 것을. 상투적인 수법이기에 신중해질 필요가 있는 순간이었다.

　하지만 상대는 봐줄 필요 따위 없는 잔학무도한 암살자다. 그렇다면 완전히 침묵시키고서 멍석말이를 하는 편이 여러모로 일처리를 하기에 쉬울 것이다.

　"소환술 따위라니, 흘려들을 수 없는 말을 하는군."

　아니, 그 말이 동기가 되었을지도 모르겠다.

　탄 냄새가 희미하게 퍼지는 가운데, 보스의 커다란 몸이 휘청기울어져 두 손을 든 채 땅바닥에 엎어졌다.

"자아, 일단 이 정도면 되겠지."

암살자들의 거점에 있던 비밀 지하실. 그곳에 있던 보스와 간부들을 포박포로 모두 구속한 미라는 한 건 끝냈다는 듯 말차 오레를 들이켰다. 찻잎 생산 산업이 번성한 니르바나의 대표 음료다.

포박을 완료한 후, 수고했다는 말과 함께 워즈랑베르를 송환하고 나자 지하실에서 움직이고 있는 것은 한 사람뿐이었다. 그렇게 혼자 남은 미라는 이어서 방에 흩어진 꾸러미를 펼쳐 안을 검사하기 시작했다.

"……좀 살살할 걸 그랬나……."

거점을 버리고 도망쳐야 하는 상황에서 간부들이 가지고 가려 했던 물건들은 그럴 가치가 있을 정도로 고급스러워 보였고, 그중 절반 이상은 눈 뜨고 봐주기 어려울 정도로 무참한 상태가 되어 있었다.

처음에 방에 던져 넣었던 마봉폭석에 날아간 물건들이 그랬다.

하지만 피해를 입지 않은 물건들도 조금은 있었다.

튼튼하게 만들어진 일급품 무구며 간부가 순간적으로 감싼 예술품 등이었다.

그것들은 모두 대충 보아도 하나에 수백만 리프는 될 듯한 일품이었다.

분명 남은 것들만 해도 다 합치면 가볍게 억 단위를 넘길 것이다. 거기에 그들이 반출을 포기한 물건까지 합치면 그 배는 될지도 모른다.

미라는 히죽히죽 웃는 얼굴로 각 방을 둘러보며 머릿속으로 그런 계산을 하고 있었다.

개중에는 도난품도 있을 것이다. 하지만 전리품으로, 혹은 사례금으로 어느 정도는 받을 수 있지 않을까. 그런 타산적인 생각이 멈추지 않았다.

그렇게 지하를 돌아보던 참에 미라는 중대한 사실을 알아챘다.

"흠…… 그러고 보니 이곳에서는 무슨 수로 나간다?"

간부 중 한 명이 '입구는 막고 왔다'는 소리를 했었다. 그 말은 사실이라 지하실로 내려올 때 썼던 계단의 위쪽이 빈틈없이 막혀 있었다.

그 광경을 본 미라는 그제야 자신이 지하에 갇힌 상태임을 깨달았다.

일단 탈출구는 있다. 보스들이 사용하려 했던 그 레버를 당기면 나타나는 통로다. 하지만 어디로 이어져 있는지도 모르는 데다 이 장소가 붕괴한다고 들었다.

'이런 곳에는 탈출과 동시에 침입자들을 몰살시키기 위한 장치도 있으니 말이지.'

비밀기지에서 탈출함과 동시에 증거를 은멸하는 것은 스파이 영화 등에서도 상투적으로 쓰이는 수법이었다. 붕괴가 어느 정도의 규모로 일어날지는 모르는 현재, 섣불리 손을 대는 건 위험할 것이다.

'그렇다면, 위로 가야 하려나.'

천장을 파괴하고 탈출하는 방법도 있었다. 보아하니 천장은 돌로 된 듯하니 딱히 불가능할 것 같지는 않았다.

하지만 보아하니 상당히 튼튼하게 되어 있는 듯했다. 어지간한 폭탄 정도로는 꿈쩍도 안 할 거다.

그렇다면 상응하는 파괴력이 필요한데, 미라는 천장에 구멍을 내는 데 알맞은 수단이 좀처럼 생각나지 않았다. 떠오르는 방법들이 모조리 천장뿐 아니라 그 위까지 날려버릴 것만 같았기 때문이다.

그런 짓을 했다가는 나중에 일이 귀찮아질 것 같다.

어쩌면 좋을까. 이왕 나선 김에 저택 쪽을 물색…… 아니, 쓰러뜨리지 않은 자가 없는지 확인하고 싶은데. 그런 생각을 하던 그때.

『주군, 잠시 후면 원군이 도착합니다냥~!』

그렇다, 반쯤 잊고 있었던 핫토리 냥조의 목소리가 머릿속에 울린 것이다. 드디어 진짜 제압부대가 도착한다는 모양이다.

『오오, 그래 그러냐. 그럼 그 자들에게 전해주겠느냐——』

위쪽에 제압부대가 있으면 더더욱 강행돌파를 할 수가 없다. 여러 가지 증거까지 날려버리는 광경을 그들이 목격하게 될 것이기 때문이다.

때문에 미라는 현재 상황을, 핫토리 냥조를 통해 자세히 전달하기로 했다.

"그렇게 되었다고 합니다냥."

신시가지의 대로를 군마에 타고 질주하는 집단이 있었다. 나라에서 파견된 제압부대다.

핫토리 냥조는 그 선두에서 부대를 이끌 듯 앞장선 기사의 등에 달라붙어 있었다.

"이미 괴멸시켰다니…… 근사한 솜씨군요. 과연 정령여왕이라 불릴 만 하십니다."

그렇게 답한 기사의 이름은 세실리아. 젊은 나이에 제압부대의 대장을 맡은 천재인 동시에 니르바나가 자랑하는 십이사도 직할 부대의 일원이기도 했다.

'하지만 일개 모험가일 텐데, 에스메랄다 님이 그렇게까지 당황하시다니. 대체 어떤 분이시기에…….'

핫토리 냥조가 찾아왔을 때, 마침 그 옆에 있던 세실리아는 그때의 상황을 떠올리며 어쩐지 불안한 표정을 지었다. 십이사도 에스메랄다를 당황케 할 정도의 모험가가 어떤 존재일지, 감히 짐작도 되지 않았기 때문이다.

하지만 이미 그 모험가는 암살자들의 거점을 괴멸시켰다고 한다. 그것도 혼자서.

'정중하게, 정중하게…….'

정중하게 왕궁으로 모시라는 에스메랄다의 지시를 다시 한번 속으로 되뇌면서 세실리아는 긴장된 표정을 지었다. 거점 제압뿐이라면 모를까, 귀한 손님의 영접까지 겸임하게 된 그녀는 시골 출신인 탓에 아직 어색하기만 한 예의범절에 관해 곱씹어 보며 조용히, 그러나 서둘러 현장으로 향했다.

니르바나 황국의 수도, 라트나트라야의 신시가지 끄트머리. 밤이 깊어진 시각.

주변에 자리한 집의 창문에서는 드문드문 불빛이 새어 나오고 있다. 얼핏 한적해 보이는 그 주택가에 소란이 일어났다. 무슨 일인가 하고 고개를 내민 이들이 군데군데 보이는 상황이다.

한적한 주택가이기도 한 그곳을 소란스럽게 한 것은 그리 큰 소문이 난 적이 없는 장소였다.

밤마다 수상쩍은 의식을 하고 있는 집이나 때때로 이상한 소리가 들리는 집, 척 보아도 눈매가 사나운 남자가 들락거리는 집, 사람이 살고는 있을 텐데 집주인을 본 적이 없는 집 등. 그밖에도 문제가 될 듯한 장소가 널리고 널린 가운데, 넓은 부지 말고는 눈에 띄는 요소가 없는 저택에 현재 터무니없는 일이 일어나고 있었다.

대체 무슨 일이 일어나고 있는 건가, 하고 주변 주민들이 관심을 가지고 바라보고 있는 저택. 울타리에 둘러싸인 그 부지 안에는 으스스할 정도로 고요한 저택과 그곳을 포위한 하얀 기사들이 있었다. 심지어 하얀 기사들은 범상치 않은 기운을 내뿜고 있었다.

집의 2층 등에서 그 광경을 목격한 사람들은 다소 겁에 질렸다. 때문에 무슨 일일까, 하고 수군거리면서도 다가가지 못한 채 멀찍이서 바라볼 수밖에 없었다.

그리고 어느 순간을 경계로 좀 전과 다른 이유로 술렁거리기 시작했다. 그런 소동의 중심부로 제압부대가 쏜살같이 달려왔기 때문이다.

"오오, 저건 기사 세실리아가 아닌가."

망원경을 들여다보고 있던 미인을 좋아하는 신사가 놀란 목소리로 외쳤다.

"이거 굉장하군…… 무슨 부대지? 전부 다 정예잖아!"

또한 군사 마니아 남자가 쌍안경으로 부대를 둘러본 후, 흥분해서 외쳤다. 제압부대는 니르바나군에 있는 각 부대 중에서도 우수한 자들로 편성되었다. 그 구성 멤버는 마니아의 마음에 불을 지피기에 충분했다.

평소에는 이렇다 할 자극 요소가 없는 한적한 주택가이다 보니, 심상치 않은 분위기임에도 불구하고 주민들의 흥분감은 계속해서 달아오를 따름이었다.

『음, 그러하다. 거기서 조금 더…… 거기다, 그 아래가 입구다!』

장소를 옮겨 저택 지하. 미라는 자신의 힘으로 탈출하기를 단념하고 제압부대의 대장인 세실리아에게 이곳에서 나가게 해달라고 부탁하던 참이었다.

암살자들의 거점이었던 현장은 미라의 병력이 함락시킨 뒤였다. 때문에 제압부대의 임무는 거점의 조사와 그곳에 널브러져 있는 자들을 포박하는 것으로 변경되었다.

그렇게 지시를 마치고 할 일이 없어진 세실리아에게 미라는 핫토리 냥조를 통해 지하에 갇혀버렸다는 자신의 사정을 전달했다.

그러자 어떻게든 할 수 있을지도 모른다는 답변이 돌아왔다.

탈출하려면 파괴하는 수밖에 없지만, 자신이 하면 파괴가 지나치게 커질 우려가 있다.

하지만 책임자인 세실리아에게 맡기면 무슨 일이 생기더라도 그녀의 책임이 된다. 그런 비겁한 핑계를 생각해내고 장소를 전달한 미라는 그곳에서 어느 정도 내려와 『언제든 괜찮다~.』하고 위에 있는 핫토리 냥조에게 신호를 보냈다.

자아, 어떻게 될까. 문득 찾아온 정적 속에서 미라는 막혀 있는 입구를 바라보았다. 그리고 얼마쯤 지나서.

키잉. 작은 소리가 울렸다. 그것도 한 번이 아니었다. 두 번, 세 번, 네 번…… 반복적으로 소리가 나더니 다시 정적이 찾아온 그 직후.

입구 근처의 천장에서 무언가의 파편 같은 것이 떨어지는가 싶더니 갑자기 균열이 갔고, 그 주변의 천장이 폭삭 무너져 내렸다.

"이거이거…… 대단한 실력이로구먼……."

소리를 내며 무너져 내린 것은 미라가 전달한 장소뿐이었다. 다시 말해서 지하와 이어진 입구가 있던 지점만 깔끔하게 무너진 것이다. 심지어 조각난 천장의 잔해를 확인해 보니 파괴한 것이 아니라 칼로 벤 듯이 일정한 크기로 되어 있었다.

아무래도 돌로 된 천장을 검으로 벤 것인지 절단면이 아주 깔끔했다. 그 잔해만 보아도 세실리아의 검술 실력이 어느 정도인지 알 수 있을 듯했다.

위험한 조직을 상대하기 위한 제압부대의 수장을 맡은 동시에 니르바나라는 대국에 종사하는 자답게 그 실력도 출중한 것 같았다.

"자자, 이쪽입니다냥."

미라가 감탄하고 있자 뚫린 천장에서 핫토리 냥조가 내려왔다. 그리고 그 목소리를 따라 짙은 청색 갑옷을 걸친 여성이 가볍게 내려왔다.

그 여성은 지하에 내려서자마자 정면에 있던 미라의 모습을 보고 달려왔다.

"이번 일에 협조해주셔서 감사합니다. 당신이…… 그게……."

고개 숙여 인사한 후, 여성은 미라를 똑바로 쳐다보더니 다소 당황한 듯한 표정을 지었다.

얼핏 보기에는 소박한 인상을 풍기는 여성 같았지만, 갑옷을 걸친 덕에 지금은 어엿한 기사로 보였다. 그런 그녀가 동요하는 모습은 어쩐지 귀엽게 느껴졌다.

"무어냐, 뭐 잘못되었느냐?"

"아, 죄송합니다. 그게, 정령여왕님이라고 들었습니다만 그게, 소문으로 들은 것과 인상착의가 달라서……."

어째 분위기가 이상하다 싶어서 미라가 묻자 여성은 자세를 바로 하고 그렇게 답했다. 소문으로 들었던 인상착의란 분명 은발에 마법소녀풍 의상을 입고 있다는 것이리라. 하지만 지금의 미라는 변장을 하고 있어서 검은 머리에 수수한 마을 처녀 같은 차림새를 하고 있었다. 그래서 그 차이에 당황한 모양이었다.

"오오, 이것 말이로군. 잠입을 해야 해서 이번에는 살짝 변장을 했다. 그 결과, 녀석들은 이 몸의 정체를 알아채지 못한 채 소환술의 먹잇감이 되었지."

미라는 아무것도 아니라는 투로 말하면서도 의기양양한 미소를 지어 보였다. 실제로 결과가 달라지지는 않았을 테지만, 정령여왕이라는 사실을 알아챘다면 보스 일행도 조금은 다르게 대응했을 것이다.

"오오, 그것참 훌륭하군요."

여성은 미라의 시답잖은 자랑에도 성실하게 대꾸해준 후, 문득 생각이 났다는 듯 자세를 바로하고 "다시 인사드립니다. 제압부대 대장 세실리아라 합니다"라고 인사말을 입 밖에 냈다.

"음, 이 몸은 미라다. 알다시피 정령여왕이라 불리고 있지."

그렇게 자기소개를 한 미라는 핫토리 냥조에게서 훈장을 돌려받아 아이템박스에 넣었다. 그것은 그녀가 본인이 맞다는 증거라 할 수 있는 행동이었다.

"그럼 본론으로 돌아가서, 이곳의 간부들은 어디에 있습니까?!"

핫토리 냥조가 "그리고 본인이——"라고 입을 뗀 것을 무시하고 세실리아는 진지한 얼굴로 물었다.

무엇보다도 중요한 것은 확실하게 간부들을 체포하는 것이다. 성실한 세실리아는 미라가 "저기 안쪽에 있는 방이다"라고 말하자마자 "실례합니다"라고 대꾸하더니 확인을 하러 갔다.

"성실하기도 하군그래."

기특하다는 듯이 고개를 끄덕이며 미라도 그 뒤를 따랐다. 그리고 그 뒤에서는 말을 들어주는 이가 없어진 핫토리 냥조가 소곤소곤 뭐라고 중얼거리고 있었다.

"때로는 사자(使者), 때로는 괴도. 하지만 그 정체는, 어둠에 살고 어둠에 죽는 그림자와 같은 닌자, 입니다냥……."

마스터 닌자의 옷으로 갈아입기까지 했건만 보는 이는 아무도 없었다. 핫토리 냥조는 [그야말로 그림자 같도다]라고 적힌 팻말을 손에 들고 터벅터벅 미라 일행의 뒤를 쫓았다.

"끼야아아악!"

조용한 지하에 비명이 울렸다. 세실리아의 목소리다. 포박한 간부들을 확인하러 안쪽 방으로 향했는데, 그곳에서 무슨 일이 있었던 걸까.

"무슨 일이냐?"

그렇게 물으며 미라가 고개를 들이밀자, 그곳에서는 세실리아가 다크나이트들을 앞에 두고 검을 뽑고 있었다. 하지만 딱히 다른 일이 벌어지지는 않아서, 세실리아는 검을 뽑은 자세로 겸연쩍은 표정을 지었다.

그러한 광경을 보고 미라는 모든 사정을 알아챘다.

그 방의 중앙에는 포박포로 구속한 보스와 간부들이 널브러져 있었다. 그리고 만일의 사태에 대비해 그들을 에워싼 채 감시하게 해두었던 여러 기의 다크나이트도 보였다.

얼핏 보면 산 제물을 바쳐 이상한 의식이라도 치르고 있는 듯한, 그런 광경이었다. 심지어 누군가가 방에 발을 들이자 경계를 위해 동시에 돌아보기까지 했을 것이다.

방에 들어서자마자 다크나이트들이 노려보니 놀랄 수밖에 없었으리라.

"으음, 그게…… 아무것도 아닙니다……."

깜짝 놀란 것은 잠시뿐이었고, 세실리아는 슬그머니 검을 집어 넣고 아무 일도 없었다는 듯이 널브러진 간부들을 확인해 나갔다.

"흠, 그러하냐."

미라 역시 그런 세실리아를 배려해서 그 이상 캐묻는 눈치 없는 짓은 하지 않았다. 하지만 눈치가 없는 자가 이곳에 한 명…… 아니, 한 마리 있었다.

"처녀의 비명은 히어로 시그널! 어떤 위기에도 즉시 등장하는 정의의 전사 캣 저스티스, 이곳에 등장했습니다냥!"

캣 저스티스. 굳이 닌자 복장에서 특촬물에 등장할 법한 히어로 슈트로 갈아입고 등장했다. 그는 잽싸게 허공을 날아 빙글 몸을 돌려 착지하고서 쿨한 히어로 스마일을 선보였다.

하지만 그렇게 달려온 직후. 히어로는 "아가씨, 무슨 일이십니까냥?"이라는 말과 함께 송환의 빛에 휩싸여 사라졌다.

무슨 반응이든 해줘야 하지 않았을까요. 그렇게 묻는 듯한 얼굴로 자신을 바라보는 세실리아에게, 미라는 말없이 고개를 가로저어 답했다.

간부들은 다크나이트의 손에 의해 곤히 잠들어 있었다. 세실리아는 그들의 얼굴과 옷, 그리고 숨기고 있던 암기(暗器) 등을 익숙하게 찾아내며 확인해 나갔다. 매우 익숙해 보이는 동작이라 말 그대로 실력 좋은 수사관 같은 분위기를 풍겼다.

"이건…… 설마, 요그?!"

간부들에 이어 다소 거칠게 잠재운 듯한 흔적이 남아 있는 보스를 조사하기 시작했을 때. 세실리아는 숨을 죽이며 그렇게 말했다.

"무어냐? 누구인지 아는 게냐?"

세실리아가 이름 같은 것을 입 밖에 낸 걸 듣고, 미라는 혹시 유명인이었나 싶어서 그렇게 물었다.

그러자 세실리아는 잠시 생각에 잠겨 있더니 "네, 이 요그라는 남자는 어느 조직에 속해 있을 것으로 추측하고 있었습니다"라고 답했다.

"조직이라? 다시 말해서 이곳은 그 조직이란 것의 거점이었다는 뜻이냐?"

아무래도 평범한 암살자 집단이 아니라 더 큰 조직의 일부였던 모양이다.

그럼 대체 그의 정체는 무엇일까. 미라가 그에 관해 물으려던 참에, 세실리아가 먼저 입을 열었다.

"이 건에 관해서는 에스메랄다 님에게 들어주시기 바랍니다. 이번에 제가 맡은 임무는 한 가지가 더 있었는데. 그것은 바로 미라 님을 에스메랄다 님께 모셔가는 일이었습니다."

세실리아가 진지한 투로 말했다. 듣자 하니 그녀는, 제압은 간단히 끝날 테니 그 후에 미라를 정중하게 왕성으로 데리고 오라는 특명을 받았다는 모양이었다.

"정령여왕님, 바쁘신 줄은 알지만 부디 동행해주시겠습니까?

분명 이번 일에 대한 보수와 만찬 등의 접대가 준비되어 있을 겁니다."

세실리아는 간부들을 조사할 때는 마치 백전연마의 수사관 같은 분위기를 풍겼지만, 지금은 그렇지가 않았다.

에스메랄다에게 하달받은 특명을 완수하지 못하면 그녀의 입장이 곤란해지는 탓인지, 갑자기 필사적으로 애원하기 시작한 것이다. 심지어 저 좀 살려달라느니, 무슨 일이든 하겠다는 말까지 해왔다.

"알겠다, 알겠어. 왕성으로 가면 되는 것이지? 괜찮다, 괜찮아."

메이린을 찾기 위해서는 명부를 빌려야 한다는 이유도 있어서 어차피 왕성에 갈 예정이었던 미라는 세실리아를 달래듯 그렇게 말해 승낙했다.

"가, 감사합니다!"

세실리아는 미라의 말에 기쁨의 미소를 지어 보이더니, 큰소리로 부대장을 불렀다. 그리고 또 하나의 임무를 위해 현장의 지휘를 맡기겠다고 말했다. 그러자 부대장 역시 어쩐지 안심한 듯한 얼굴로 "감사합니다"라고 하며 미라에게 경례했다.

에스메랄다의 특명이 어지간히도 부담스러웠던 모양이다.

세실리아와 함께 마차를 타고 얼마쯤 달려, 미라는 니르바나 성에 도착했다.

극비 임무인 탓에 두 사람은 눈에 띄지 않도록 뒷문으로 몰래 성에 들어갔다.

미라는 그대로 응접실로 안내받았다.

"그럼 즉시 도착했다고 전달하고 올 테니, 느긋하게 쉬고 계십시오."

그렇게 말하더니 세실리아는 미라가 방문했음을 전달하겠다며 달려나갔다. 말 그대로 한시라도 빨리 전달해서 조금이라도 미라가…… 아니, 에스메랄다가 기다리는 시간을 줄여야 한다는 필사적인 심정이 전해져왔다.

"그 녀석의 미소는 무서우니 말이지……."

니르바나와는 여러모로 교류가 있어서 에스메랄다하고도 아는 사이인 미라는 지금도 그녀는 여전한 것 같다는 생각에 쓴웃음을 지었다.

결코 분노를 얼굴에 내비치지는 않지만 그렇기에 무서운 기운이 배어 나오고는 했다. 반박을 허락지 않는 무언의 압력만큼 성가신 것은 없다.

그렇게 당시의 일을 돌이켜보며 커다란 소파에 편히 앉았다. 그리고 '마음껏 드십시오'라는 듯이 테이블에 놓여 있던 쿠키로 손을 뻗었다.

응접실로 안내를 받고서 5분 남짓이 지났을 즈음. 드디어 그 인물이 찾아왔다. 문을 두드리는 소리가 난 후, 응접실에 들어온 것은 미라가 잘 아는 얼굴인 '신언(神言)의 에스메랄다'였다.

"기다리게 해서 미안해~."

에스메랄다는 오자마자 그렇게 말하더니 넉살 좋게 소파에 편히 앉아 쉬는 미라를 보고 살며시 미소를 지었다.

"몰라보게 변장해서 소문과는 인상이 다르다고 들었는데……당신이 정령여왕 미라 씨 맞지?"에스메랄다가 다가오며 그런 질문을 던졌다. 그 질문에 미라는 입안에 있던 쿠키를 차와 함께 삼키며 "음, 이 몸이 미라다"라고 솔직하게 답했다.

"그러면 그게…… 자기소개는 안 해도 되지? 우린 초면이 아니니까."

미라의 앞에 서서 환한 미소를 지은 채 에스메랄다가 그렇게 말했다.

그 말은 요컨대 미라의 정체가 그 덤블프가 맞느냐는 의미를 띠고 있었다. 정령여왕인 미라로서는 초면이지만 덤블프로서는 오래 알고 지낸 사이이기에.

"음, 물론이다. 이 몸에게는 몇 개월 만이다만, 그대에게는 몇년…… 수십 년만일 테지, 에메코여."

미라는 고개를 끄덕여 긍정하고서 입꼬리를 치올리며 그렇게 답했다. 자신이 덤블프라는 사실을 증명하듯.

그 대답을 들은 에스메랄드는 더욱 환한 미소를 지었다. 하지만 그것도 잠시뿐. 금방 입술을 삐죽거리며 "나 참, 에메코라고 부르지 말라고 했잖아"라고 항의를 했다.

에스메랄다라는 이름은 길어서 부르기 힘들다면서 덤블프였던 시절부터 미라는 그녀를 '에메코'라고 불렀다. 때문에 본인 확인은 그로써 충분했던 것이다.

"으음…… 치사해. 이러면 덤지로라고 부를 수가 없잖아."

미라를 물끄러미 쳐다보던 에스메랄다는 얼마쯤 지나 토라진 투로 그렇게 중얼거렸다. 그녀는 에메코라는 호칭에 대항해 덤블프를 '덤지로'라 불렀던 것이다.

하지만 현재 미라의 모습은 당시와 크게 달랐다. 그런 호칭이 어울릴 외모가 전혀 아니라 에스메랄다는 더더욱 언짢은 듯 눈살을 찌푸렸다.

"후흐응, 아쉽게 됐구나. 얌전히 미라짱이라고 부르던가 하거라."

요즘에는 지금의 상태에도 적응이 되기 시작한 미라는 도발이라도 하듯 귀여운 미소를 지어 보였다.

요즘 들어 미라는 이왕 이렇게 된 김에 미소녀가 된 현재의 상황을 이용할 방법을 여러모로 궁리하고는 했다. 그 계기가 된 것은 찻집에서 디저트를 주문하자 귀엽다며 이것저것 덤으로 주었던 사건이다.

"우으…… 밉살스러워……."

사정을 다 아는데도 애교를 부리는 미라의 모습은 귀여웠다.

하지만 에스메랄다는 포기하지 않고 반격할 방법을 생각했다.

그 결과, "미라코…… 나도 미라코라고 부를 거야!"라는 소리를 하기 시작했다. 오히려 호칭이 길어졌지만, 그것이 에스메랄다가 할 수 있는 최대의 저항이었다.

"그래서, 미라코 씨. 이번 일에 관한 이야기랑, 부탁하고 싶은 게 하나 있어. 오자마자 미안하지만 이야기하기 전에 장소를 옮기도록 하자. 따라와 주겠어?"

오랜만의 재회를 만끽하고 약간의 장난이 끝난 참에 에스메랄다는 진지한 투로 그렇게 말했다.

이번 일. 그것은 암살자들의 거점과 그곳에 있던 요그에 관한 것이리라.

하지만 부탁하고 싶은 것이 있다는 건 무슨 소리일까.

어찌 되었건 응접실에서는 이야기할 수 없는, 상당히 중요한 안건인 듯했다.

"음, 알겠다."

미라는 그렇게 대답하고서 일어나 에스메랄다의 안내에 따라 왕성 안쪽으로 들어갔다.

니르바나 황국 행정의 중심지, 니르바나 성. 플레이어가 세운 나라 중 2위에 해당하는 국력을 자랑하는 만큼, 그 규모는 알카이트 성의 그것을 훌쩍 뛰어넘었다.

조명은 마도공학으로 만든 것인지 밤인데도 성안은 대낮처럼 밝아서, 하얀 벽이며 윤기 나는 융단을 선명하게 비추고 있다.

넓이는 물론이고 곳곳에 장식된 집기품, 지나쳐가는 관리의 숫자와 위병이 소지한 장비의 질까지, 어딜 보아도 굉장하다는 소리가 나올 정도였다.

"오오…… 참으로 기품 있는 자들이로군……."

하지만 무엇보다도 미라를 감동시킨 것은 성에 속한 시녀들이었다. 움직이는 동작 하나하나에서도 기품이 느껴지는 데다 행동거지도 산뜻했다. 미라와 에스메랄다가 지나갈 때 고개 숙여 인사하는 동작은 고상하면서도 화사하게 느껴졌다.

미라를 발견하자마자 소리 없이 다가와 신작 의상을 손에 들고 난리법석을 피우는 것도 모자라 있는 힘을 다해 애정을 쏟아부으려 드는 알카이트 성의 시녀들과는 딴판이다.

미라는 그런 생각을 한 후, 장소는 달라도 성안에서 이렇게 안심하고 걸어 다니는 게 얼마 만인지 모르겠다는 생각에 기지개를 쭉 폈다.

하지만 알카이트 성의 시녀들도 이곳에 뒤지지 않을 정도로 우수한 자들로 이루어져 있기는 했다. 뭐 미라가 미라인 이상, 그 사실을 알게 되는 날은 오지 않겠지만.

그렇게 5분 남짓 에스메랄다를 따라갔을 즈음. 정신이 들어보니 미라는 성의 상당히 깊은 곳까지 와 있었다.

그곳의 분위기는 막 응접실을 나섰을 때와 사뭇 달랐다. 정적이 흐른다기보다는 엄숙하다는 느낌에 가까웠다.

복도를 다니는 사람들의 수는 적고, 집기품 같은 것도 보이지 않는다. 그 대신 지금까지 본 것보다 좋은 장비를 장착한 위병들이 곳곳에 있었다.

'상당히 경계가 엄중하군그래.'

그러한 분위기를 통해, 이 근처는 중역들만이 드나들 수 있는 장소일 것이라고 미라는 추측했다. 쉽게 말하자면 성의 중심부에 가까워지고 있는 것이다.

지금부터 할 이야기라는 게 그렇게 중요한 것일까. 그런 생각을 하며 미라는 에스메랄다가 들어간 방에 발을 들여놓았다.

복도 막다른 길에 위치한 방. 그곳은 복도의 연장선으로 착각할 정도로 길고 좁은 구조로 되어 있었다.

그리고 그런 방 안쪽에 보이는 문에는 명백하게 보통내기가 아닌 듯한 기운을 두른 기사 두 명이 서 있었다. 두 기사는 척 보아도 숙련된 무사 같은 생김새를 하고 있어서 가만히 서 있기만 해도 강자의 풍격 같은 것이 느껴졌다.

그런 두 사람이 입구를 지키고 있는 것으로 미루어 볼 때, 문 건너편에는 상당히 높은 사람이 있는 듯했다.

"이거 에스메랄다 님이 아니십니까."

에스메랄다가 다가가자 두 기사는 그렇게 말하고서 묵례했다. 그리고 이어서 미라 쪽으로 시선을 옮기더니 "그쪽에 계신 분이 그 손님이십니까?"라고 말을 이었다.

아무래도 이 두 사람에게는 미라가 올 것이라고 이야기를 해둔 모양이다. 하지만 정령여왕이 올 것이라고 전해둔 것인지, 그들은 변장한 모습의 미라를 보고 어라, 하고 의아한 표정을 지었다.

"그래, 맞아. 지금은 변장을 했지만 이 아이가 소문이 자자한 미라코야."

에스메랄다가 그렇게 답하자 두 기사는 감탄한 듯한 투로 "훌륭한 변장이군요"라고 중얼거렸다. 또한 '미라코'라는 호칭은 슬그머니 흘려넘기기로 한 모양이었다.

"미라다. 잘 부탁하마."

만난 김에 그렇게 인사를 건네자 두 사람도 자기소개를 해주었다. 한 명은 그리즈, 나머지 한 명은 리그나라는 듯했다.

미라와 에스메랄다는 그런 두 사람이 지키고 있는 문 안으로 들어갔다. 그리고 작은 문을 몇 번이나 지나 우측으로 나아간 끝에 겨우 목적한 장소에 도착했다.

"어머, 꽤 빨리 왔네! 아직 준비가 덜 끝났는데!"

어쩐지 서민 같은 느낌이 감도는 방에는 무늬 없는 융단이 깔려 있고 중앙에는 테이블, 그리고 부엌과 냉장고처럼 생긴 상자가 있다. 그리고 방구석에는 싱글 침대가 놓여 있었다. 다섯 평 남짓한 그 방은 원룸 자취방 같은 분위기를 풍겼는데, 그곳에 있던 여성은 미라와 에스메랄다가 오자마자 그렇게 말하며 테이블에 식기를 늘어놓기 시작했다.

"오오, 누가 있을까 했더니만 그대였더냐."

마치 찻집 점원처럼 다과회 준비를 하고 있는 여성. 스웨트에 반바지 차림을 한 그 인물이 누구인지, 미라는 잘 알고 있었다. 아니, 분명 니르바나 황국에서 그녀를 모르는 이는 없을 것이다.

그렇다. 에스메랄다가 안내한 곳에 있던 이는 니르바나 황국의 정점, 여왕 아르마였다.

"에스메랄다 씨가 여기까지 데려온 걸 보니, 당신이 할배가 맞았던 거지?! 봐, 역시 내 말이 맞았잖아! 어때, 내 관찰안이? 여왕 할 만하지?!"

아르마는 식기류를 내려놓고 달려와서 미라의 모습을 물끄러미 쳐다보더니 그렇게 말하며 에스메랄다를 보고 씨익 웃어 보였다. 아무래도 정령여왕이 덤블프라는 사실을 처음 알아챈 건 그녀였던 모양이다.

에스메랄다는 그 의견에 희의적이었는지, 아르마는 아주 의기양양한 표정을 지어 보였다.

"으으…… 그렇지만, 그 덤지로가 이렇게 변했을 거라곤 생각도 못 했는걸……."

승리에 취한 아르마에게 에스메랄다는 그렇게 중얼거리며 입술을 삐죽거렸다. 그리고 미라를 흘끔 쳐다보더니 "그런 취향이었어?"라고 물었다.

"아니아니, 이 모습이 된 데에는 다 사연이——."

잘못 대답하면 덤블프로서 쌓아 올려온 이미지가 무너질지도 모른다. 갑자기 그런 위기가 찾아오는 바람에 미라가 변명을 하려던 순간. 거의 동시에 아르마가 입을 열었다.

"——나는 할배 취향이 이럴 거란 걸 알고 있었어!"

"으……!"

확실히 취향이 맞기는 하다. 미라는 말문이 막혔지만 그렇다고 이대로 있을 수는 없다 싶어서 명예를 만회하기 변명을 하기 시작했다.

"이 모습이 된 건, 지금 이 몸이 맡고 있는 극비 임무 때문이다!"

그렇게 운을 뗀 후, 미라는 각국을 돌아다니기 위한 수단으로 지금의 모습이 된 것이라고 설명했다. 덤블프는 아홉 현자의 간판으로 특히 유명했었으니 이렇게라도 하지 않았다면 자유롭게 움직일 수 없었을 거라고.

"과연…… 그런 이유가 있었구나. 그래서, 그 극비 임무의 내용은 뭔데?"

그 덤블프가 소녀의 모습이 되어서까지 수행하고 있는 임무. 에스메랄다는 그 말에 강한 관심을 보였다. 그러자 그런 그녀의 관심을 차단하기라도 하듯 아르마가 "그보다 서서 이야기하기는 좀 그러니 차부터 마시자"라고 말하며 후다닥 테이블로 돌아갔다.

"음, 그게 좋겠군."

아르마는 국가 기밀과 관련된 극비 임무라는 사실을 알아챈 눈치였다. 일국의 여왕답게 그 정도 분별력은 있는 모양이다.

미라는 곧장 제안에 동의하여 테이블로 다가갔다.

세 사람이 자리에 앉자 아르마가 부지런히 차를 우렸다. 그렇게 차와 함께 먹을 과자까지 차려놓아 티파티 준비가 완전히 끝나자…….

"자아자, 할배. 자세하게 말해줘!"

흥미진진하다는 얼굴로 아르마가 그렇게 말했다.

그렇다. 국가 기밀 같은 섬세한 문제에 관한 생각은 그녀의 머릿속에 없었다. 그냥 차분하게 앉아 이야기를 듣기 위해 테이블로 초대했던 것이다.

'뭐, 그러할 테지. 이 녀석이 그 정도로 물러날 리가 없으니.'

서민적인 동시에 호기심도 많은 아르마는 역시나 미라가 알던 시절 그대로인 듯했다.

이렇게 된 아르마는 기름때보다도 끈질겼다.

핑곗거리로 준비해둔 것은 아홉 현자 탐색이었다. 또한 이번에는 메이린을 찾기 위해 출전자 명부를 빌릴 필요가 있어서 그렇게 밝혀둘 필요도 있었다.

아무래도 국가기밀이다 보니 일단은 솔로몬에게 한 마디 해두고 싶었지만, 그 도중에 암살자 집단과 얽히는 바람에 아직 연락을 취하지 못했다.

"이야기하고 싶은 마음은 굴뚝같지만, 국가기밀이 얽힌 일이라 말이다. 그렇게 쉽게 말할 수가——."

미라가 그렇게 사정을 밝힐 수 없는 이유를 입 밖에 낸 순간. 아르마가 옆에 있던 검은 상자를 테이블 위에 턱, 하고 올려놓았다.

"그럼 지금 여기서 솔로몬 씨한테 허락을 받아버리면 괜찮은 거지?"

상자 안에는 통신 장치가 들어있었다. 과연 여왕의 방이라고 해야 할까. 비싼 물건이라고 들었는데 아주 당연하다는 듯이 놓여 있었다.

심지어 아르마는 엄청난 행동력을 발휘해서, 벌써 통신 장치로 솔로몬에게 연락을 취하고 있었다.

"음…… 뭐, 그렇기는 하다만."

그 행동력에 미라는 당황했지만, 어차피 솔로몬에게 허락을 받을 생각이었기에 순순히 수화기를 건네받았다.

『네, 솔로몬입니다.』

몇 초 후, 통신이 연결되어 솔로몬의 목소리가 통신 장치에서 들려왔다.

"이 몸이다, 이 몸."

『아~ 너구나. 그래서, 어쩐 일이야? 잘 되고 있어?』

그 목소리와 말투로 누구인지 바로 알아챈 모양인지, 미라가 대답을 하자 솔로몬은 곧장 편한 말투를 쓰기 시작했다.

"음, 그것 말이다만——."

미라는 간단하게 현재의 상황을 설명했다. 지금은 아르마의 방에서 연락을 하고 있고, 아르마 말고도 에스메랄다도 있다고. 그리고 임무 속행을 위해 그 임무 내용을 밝힐 필요가 있다고.

『그렇구나. 아르마 씨 일행이라면 이쪽 사정도 알 테니까 말해도 상관은 없어.』

미라가 설명을 마친 직후. 솔로몬은 별일 아니라는 투로 곧장 대답했다.

국가기밀임에도 그것을 아무렇지 않게 밝힐 수 있을 정도로 두 나라의 관계는 좋았고, 그만큼 신뢰도 두텁기 때문일 것이다.

『용건은 그게 다지? 그럼 계속해서 잘 부탁해.』

"——고마워~ 솔로몬 씨! 다음에 또 연락할게!"

그렇게 통신이 끊기자마자 아르마와 에스메랄다의 시선이 미라에게 집중되었다.

신속한 전개에 압도되기는 했지만, 솔로몬의 허가는 받았다. 그렇다면 더는 문제될 게 없다.

"음~ 실은 말이다——."

미라는 과자를 집어 먹으며 조용히 극비 임무의 내용에 관해 털어놓기 시작했다. 자신이 맡은 임무는 각지에 흩어져 있는 아홉 현자들을 찾아내서 나라로 돌아가는 것이라고.

그러려면 자유롭게 움직일 수 있어야만 한다. 하지만 덤블프인 상태로는 그 지위의 무게 때문에 잠깐 나라를 떠나는 것조차도 어렵다.

나라에 있어 매우 중요한 임무다. 때문에 나라를 위해, 그리고 백성들을 위해. 어쩔 수 없이 모습을 크게 바꿈으로서 이 난관을 헤쳐 나가고 있는 것이다.

미라는 그렇게 이야기했다.

사실은 최고의 미소녀 제작에 몰두했다가 예상치 못한 현실화가 이루어져 이렇게 된 것뿐이지만. 하지만 현재의 외모에 취향이 완벽하게 반영되었음을 감추고 싶은 탓에 미라는 최선을 다해 변명을 늘어놓았다.

"……."

"……."

하지만 그런 미라의 필사적인 태도가 오히려 역효과를 거둔 듯했다.

그 논리에는, 그런 이유라면 딱히 소녀가 될 필요는 없지 않았느냐는 치명적인 허점이 존재했다.

하지만 아르마와 에스메랄다는 필사적인 미라의 모습을 보고 딱하다고 생각한 것인지. 그 이상 캐묻지 않고 "그랬구나" 하고 고개를 끄덕였다.

"그나저나 드디어 움직이기 시작했구나! 솔로몬 씨가 어떻게 하려나~ 싶었는데, 할배가 움직이고 있다면 괜찮겠네."

진지한 투로 아르마가 말했다. 루미나리아를 제외한 아홉 현자가 자리에 없다는 사실을 걱정하고 있었던 모양이었다. 그래서인지 미라의 이야기 중 그 부분을 들은 그녀는 자신의 일처럼 기뻐했다.

하지만 그런 분위기도 잠시뿐. 아르마는 문득 기대와 불안감이 뒤섞인 듯한 표정으로 미라를 쳐다보았다.

"그래서, 그게, 어떻게 되어가고 있어? 후미카(文香) 언니…… 아르테시아 씨가 어디에 있는지, 혹시 알아?"

아르마와 아르테시아는 시누이와 올케 관계였다. 아르테시아의 죽은 남편의 여동생이 아르마인 것이다. 그 당시와 현실에서 있었던 일을 자세히 알기에, 또한 진짜 자매처럼 사이가 좋았기에 더욱 걱정이 되는 것이리라.

"음, 그래…… 아르테시아 씨는 말이다――."

이 또한 국가기밀이었다. 미라가 허가를 받은 것은 아홉 현자를 찾는 임무에 관해 말하는 것뿐이다. 그다음 내용은 별개라 할 수 있었다. 찾고 있는 도중이라는 것과 이미 귀국한 상태라는 사실이 가지는 의미는 말 그대로 천지차이다.

하지만 미라는 아르마와 아르테시아의 관계를 고려해 그 사실을 입 밖에 냈다.

아르테시아는 한 달 반 정도 전에 발견했다고. 그리고 지금은 루나틱 레이크의 신설 고아원에서 원장을 맡고 있다고. 알카이트 왕국의 건국제 때 귀환 사실을 공개적으로 발표할 것이라고. 미라는 발견 당시의 상황은 물론이고 그러한 사정까지 모두 털어놓았다.

〈17〉

"그렇구나~ 많은 아이들과 같이 있다 이거지? 행복하게 지내는 것 같아 일단 안심이야."

미라가 아르테시아의 현재 상황에 관한 말을 마치자, 아르마는 진심으로 안심했다는 듯이 웃으며 말했다.

에스메랄다도 기쁜 듯이 미소를 지으며 "다행이네"라고 말했다. 하지만 성술사로서도 무척 신경이 쓰이는지 "그 무렵보다 얼마나 실력이 늘었을까. 궁금한걸"이라고도 말했다.

아홉 현자 '상극의 아르테시아'와 십이사도 '신언의 에스메랄다'. 두 사람은 모두 성술사였지만 각각 다른 방향으로 성장하고 있었다.

아르테시아가 회복과 방어에 중점을 둔 반면, 에스메랄다는 공격과 강화 방면의 술식이 특기였다.

그러한 차이는 어떻게 보면 나라의, 그리고 동료의 차이에서 비롯된 것이라 할 수 있었다.

알카이트 팀에는 솔로몬이라는 탱커가 있다고는 하나, 그밖에는 방어력이 종잇장 같은 술사뿐이었다. 때문에 그것을 보완하기 위해 회복과 방어 위주로 발전했다.

전사 클래스가 탄탄하게 갖춰진 덕분에 니르바나 팀은 신체 강화 효과의 효율이 매우 높았다. 하지만 술사가 적은 탓에 술식에 의한 공격력이 부족했다. 그런 탓에 성술을 공격에도 활용했던 것이다.

"만날 수 없으려나……."

아르마가 문득 그런 말을 중얼거렸다. 그 목소리에는 약간의 그리움과 희망이 배어나 있었다.

"흐음~ 쉽지는 않겠지."

미라는 그런 아르마의 말을 듣고 그렇게 답했다. 에스메랄다 역시 안타깝다는 듯이 "그래. 아르마가 나라를 떠나려면 상당한 이유가 필요하니까"라고 말을 받았다.

상식적으로 보았을 때, 대국의 여왕이 사람 한 명을 만나기 위해 나라를 떠날 수 있을 리가 없다. 군이 예를 들자면 외교를 위해 알카이트를 방문해야 한다거나 하는 등의 이유가 필요하다.

하지만 지금은 국가 규모의 축제 중이라, 더더욱 떠날 수 없는 상황이다.

그렇다고 아르테시아를 부르려 해도 어렵기는 마찬가지다. 아무리 아르마가 만나고 싶어 한다고 해도, 니르바나까지 오려면 며칠이나 아이들 곁을 떠나 있어야만 하기 때문이다.

그런 상황을 아르테시아가 견딜 수 있을 리가 없다.

그리고 그러한 사정은 아르테시아를 잘 아는 아르마와 에스메랄다도 충분히 알고 있는 듯했다.

"하지만 뭐, 방법이 아주 없지는 않지."

그렇다면 만나게 해주고 싶어지는 것이 인지상정일 거다. 잠시 생각에 잠겨 있던 미라는 복잡한 표정을 한 채 그렇게 가능성을 제시했다.

"정말로?!"

아르마가 되묻자 에스메랄다도 흥미롭다는 듯 미라에게 시선을 보냈다. 그런 두 사람의 기대를 받으며 미라는 니르바나라면 어떻게든 될지도 모른다고 운을 떼고서 자세한 내용을 말했다.

"장수를 잡으려면 우선 말부터 쏘라는 속담이 있지──."

아르마의 입장상 본인이 만나러 가는 건 불가능하다. 그렇다면 아르테시아를 부르는 수밖에 없다. 그리고 아르테시아를 움직이고 싶다면, 본인이 아니라 고아원 아이들을 이 축제에 초대해 버리면 된다.

현재 니르바나는 투기 대회를 앞두고 들썩거리고 있다. 그 회장에서는 그 이외에도 많은 행사가 이루어지고 있다. 아이들도 충분히 즐길 수 있는 것들이 이곳에는 있다.

아이들이 기뻐할 거라고 하면 아이를 우선으로 생각하는 아르테시아는 반드시 초대에 응할 것이다. 그리고 당연히 따라서 올 거다.

그다음에는 적당히 시간을 맞춰서 만나면 그만이다.

"허나 초대를 할 때는 주의가 필요하겠군. 일개 고아원을 특별 취급하면 다른 이들이 좋게 보지 않을 터이니 말이야."

이것저것 설명을 한 후 미라는 그렇게 말을 끝맺었다. 니르바나라는 대국이 편애를 하면 이래저래 문제의 씨앗이 될 수도 있다. 또한 그 이유를 묻는 이도 나타날 거다.

그렇게 되면 성가신 일이 일어날지도 모른다. 그리고 아르마와 인연이 깊은 아르테시아의 존재를 알아채는 자가 나타날 가능성도 있다.

이제 막 신설된 고아원에 그러한 성가신 일의 불똥이 튈 가능성은 되도록 줄이고 싶지만 아르마의 심정을 헤아려 미라는 필요하다면 협력하겠다고 덧붙여 말했다.

미라의 제안을 끝까지 들은 후, 아르마는 그대로 가만히 생각에 잠겼다. 그리고 몇 분이 경과한 후에 눈을 번쩍 뜨더니 "이렇게 하면 가능해!"라고 외쳤다.

"호오, 뭐 좋은 수라도 생각났느냐?"

미라가 묻자 아르마는 어쩐지 자신만만한 얼굴로 고개를 끄덕였다.

"요즘 솔로몬 씨의 소개로 세인트 폴리를 지나는 교역로가 확립됐거든. 그 서쪽의 깎아지른 듯한 절벽에 항구가 생겨서 놀랐던 날로부터 수십 년 동안 아무리 교섭을 해도 안 됐는데, 솔로몬 씨 덕분에 어찌어찌 성과를 거둘 수 있었어. 그러니 그 답례로 알카이트 왕국에 초대장을 보내는 건 어떨까? 고아원 신설 기념 같은 명분도 같이 붙여서."

아르마는 그렇게 한꺼번에 말하더니 어떠냐고 묻듯 에스메랄다를 쳐다보았다.

"다소 억지스러운 듯한 느낌은 지울 수 없네. 하지만 너한테는 지금까지 고아원 관련 정책에 적극적이었던 경력이 있으니, 밀어붙이면 억지로 납득은 시킬 수 있을 거야. 또 여왕님의 평소 버릇이 나왔구나~ 라는 식으로 말이야."

에스메랄다가 그렇게 답하자 아르마는 슬그머니 시선을 피했다.

아르테시아의 영향인지, 아니면 천성이 그런 것인지 아르마 또한 아이들과 관련된 일에 적극적이었다. 하지만 아르테시아처럼 중증은 아니다. 그저 울고 있는 아이를 절대로 못 본 척하지 못하는 정도일 뿐이다.

그렇지만 그런 자가 대국의 여왕이 되면 당연히 그러한 일에 큰 힘을 휘두르기 일쑤다. 에스메랄다의 말투로 미루어 볼 때, 아르마는 과거에도 이래저래 사고를 쳤던 모양이다.

"흠, 그렇게 하면 분명 문제는 없을 게다. 하지만 한 가지 덧붙이자면, 알카이트에는 그밖에도 고아원이 있으니, 그것도 포함시키는 게 좋을 게다."

나름의 이유가 있으니 타국의 질투를 사는 일은 면할 수 있을 거다. 하지만 국내 고아원들의 취급에 차이가 있어서는 안 된다. 미라가 그렇게 말하자 "그렇다면 전부 초대할게!"라고 아르마가 즉답했다.

"뭐, 그러는 게 확실하겠다만……."

말로는 쉬워 보이지만 여러모로 비용이 들 것이다. 다른 고아원까지 모두 초대하려면 그 비용은 더욱 커질 거다.

하지만 아르마는 그러한 사정을 신경 쓰는 낌새조차 보이지 않았다.

"으음…… 알카이트까지 왕복이랑——."

아르마는 곧장 노트를 꺼내 아르테시아를 초대하기 위한 계획을 정리하기 시작했다. 그녀가 가장 먼저 정하기로 한 것은 왕복

수단이었다.

"그런데 할배. 애들이 몇 명 정도인지 알아?"

"분명 아르테시아 씨네는 백 명 정도 있었지. 허나 다른 곳은 모르겠군. 뭐, 규모로 미루어 백 명 이하겠지."

아르마의 질문에 답한 후, 미라는 아르테시아의 고아원에는 아이들을 돌보는 교사 겸 보육사 같은 자들도 열 명 정도 있었다고 덧붙여 말했다.

"흠흠…… 그 정도라 이거지이. 그럼 중형 비공선이면 충분할 것 같네──."

그렇게 척척 계획이 정해졌다. 심지어 당연하다는 듯이 계획에 비공선이 등장했다. 비공선은 상당히 값비싼, 국가 단위의 규모에서 보아도 고가의 물건이었지만 니르바나에는 있는 듯했다.

게다가 중형이 어쩌고 한 걸 보면 여러 척을 소유하고 있는 모양이었다.

'이동이 걸림돌이 될 것 같으면 또 카구라에게 부탁해볼까 싶었다만…… 전혀 걱정할 필요가 없었군그래…….'

압도적인 국력 차이에 몇 번째인지 모를 허무함을 느끼며 미라는 계획이 차례로 정해져 완성되는 과정을 지켜보았다.

니르바나라는 대국을 다스리는 여왕에게 고아원 한둘을 나라로 초대하는 것쯤은 누워서 떡 먹기였던 모양이다. 게다가 그녀가 세운 모든 계획은 국고가 아니라 그녀의 사재(私財)로 실행된다니 더더욱 놀라울 따름이다.

"──체류 장소는, 분명 신전 구획에 빈 저택이 있었지?"

"맞아, 아직 그대로 있어. 넓이도 충분하니 아이들이라면 이백 명이라도 문제없을 거야."

에스메랄다와도 상의를 해가며 눈 깜짝할 새 세운 계획에는 억이라는 금전 단위가 당연하다는 듯 등장했다. 하지만 아르마는 조금도 망설이지 않았다. 오히려 제안을 한 미라가 그렇게 쏟아부어도 괜찮은 건가 싶어서 조마조마해질 정도였다.

"——좋아, 이런 식으로 하면 되겠네. 당장 내일 아침부터 착수하자."

아르테시아와의 재회 계획은 불과 십 분 남짓 만에 완성되었다.

잡담을 하면서 솔로몬에게 들은 이야기에 의하면 아르마와 에스메랄다 역시 이 세계가 현실이 된 30년 전부터 이곳에 있었다고 한다.

그래서일까. 이만한 대국을 30년 동안 통치해온 만큼, 나라의 온갖 정보가 아르마와 에스메랄다의 머릿속에 들어있는 듯했다. 그 계획 수립 과정은 대국의 저력이 느껴질 정도로 익숙해 보였다.

"끝난 것 같군. 그럼 슬슬 본론으로 돌아가도 되겠느냐? 그 암살자들도 신경은 쓰이지만, 이 몸에게 부탁하고 싶은 게 있다고 하던데."

아르테시아 초대 계획이 세워지는 동안, 차와 과자를 만끽하고 있던 미라는 아직도 과자를 손에 든 채 그렇게 말했다.

"아, 그랬지. 미안해."

만족스러운 얼굴로 완성된 계획서를 손에 들고 있던 아르마는 그제야 기억이 난 듯 쓴웃음을 짓더니 "어흠" 하고 작위적으로 다시 분위기를 잡았다.

"있잖아, 우리 쪽에서 지금 특별한 힘을 지닌 무녀를 숨겨주고 있거든. 그래서 할배한테 그 무녀의 호위를 부탁하고 싶어."

아르마는 자세를 바로 하더니 그런 말을 입밖에 냈다. 그 말을 들은 미라는 고개를 갸웃했지만 아주 최근에 들은 이야기 같다는 생각에 기억을 더듬어보기 시작했다.

그리고 세 암살자가 '무녀'라는 인물을 타깃으로 움직이고 있었다는 사실을 기억해냈다.

아무래도 그 무녀를 말하는 것 같았다.

"그건 혹시——."

세 사람의 이야기를 기억해낸 미라는 단도직입적으로 되물었다.

"——미래를 내다보는 능력을 지녔다는 무녀를 호위해달라, 이 말이냐."

"이미 알고 있었구나."

"음, 암살자 놈들이 이야기하는 걸 들었거든."

약간 놀란 듯한 아르마에게 그렇게 답한 후, 미라는 웃으며 "무녀의 흔적조차 찾을 수가 없다며 우는 소리를 하더구나"라고 말을 이었다.

"당연하지, 철저하게 숨기고 있으니까."

아르마는 씨익 웃으며 자랑이라도 하는 듯한 투로 답했다. 그녀의 말에 따르면 무녀의 존재에 대한 정보는 국가 기밀 수준으로 봉쇄하고 있다고 한다.

"그래서 그런 능력을 지닌 무녀가 존재한다는 사실을 아는 건, 우리 쪽 상층부 중 일부를 제외하면 한 사람── '암로(暗路)의 지배자, 유그스트 그라딘'뿐이야."

그 이름을 입 밖에 낸 아르마의 눈빛은 진지하면서도 차갑고 날카로웠다. 거기에는 혐오나 원한이 아니라, 강한 적의가 담겨 있었다.

"암로의 지배자라……? 처음 듣는구나. 그자는 누구냐?"

지금까지의 대화 중 처음 나온 이름이다. 하지만 이야기의 흐름상 분명 암살자들, 그리고 그들이 소속되어 있는 집단과 깊은 관계가 있을 것이다.

그렇게 예감한 미라는 장기전이 될 것 같다는 생각이 들어 소파에 몸을 깊이 파묻었다.

그리고 에스메랄다가 차를 다시 우린 참에 아르마가 사건의 개요에 관해 자세히 말하기 시작했다.

니르바나 황국뿐 아니라 여러 나라가 계속 싸우고 있는, 사회에 만연한 어둠에 관한 이야기였다.

이전에 이스즈 연맹과 힘을 합쳐 괴멸시켰던 키메라 클로젠. 이 사회의 이면에는 그와 같은 어둠의 조직이 아직 많이 숨어있다고 한다.

그런 그들 중 하나이자 최대의 규모를 자랑하는 그 조직의 이름은 '이라 무에르테'.

아르마는 바로 이 조직이 이번 사건에 깊이 연루되어 있다고 말했다.

"그래서 말이야, 오랜 기간에 걸쳐 조사를 진행한 결과. 이 조직은 네 개의 기둥으로 이루어져 있다는 사실을 알아냈어."

그렇게 운을 뗀 아르마는 이어서 네 개의 기둥이 어떠한 것인지를 설명했다.

하나는 무구, 약과 같은 부류의 매매를 전문으로 하는 팀으로, 다루는 상품이 모두 뒤가 구린 것들이라는 점이 여느 상인들과 달랐다.

도난품은 물론이고 암기(暗器) 등, 비합법적인 일을 하는 자들이 애용하는 물건들도 다루고 있으며, 그밖에도 거래가 금지된 위법 술구와 독물 등이 상품에 포함되어 있었다.

이 팀의 상품은 하나같이 정상적으로 유통되지 않는 것들이고, 모든 상품이 암살에 강도, 그리고 쾌락 살인을 비롯한 온갖 잔학한 죽음으로 이어진다. 어지간한 죽음의 상인들도 얼굴이 새파랗게 질릴 정도로 악랄한 장사를 하고 있는 것이다.

"터무니없는 자들이 다 있군그래……."

도적이 뿌린 독으로 마을 하나가 멸망했다느니. 정의감 넘치는 귀족이 암기 앞에서 쓰러졌다느니. 위법 술구로 인해 숲과 동물들이 불타 죽었다느니. 아르마가 피해 사례들을 예로 들자 미라는 침통한 얼굴로 그렇게 잔인한 짓을 골라서 하는 것도 용하다고 말하며 고개를 푹 숙였다.

"정말, 그러게 말이야."

아르마가 투덜대듯 동의했다. 그녀의 말에 따르면 이는 극히 일부인 데다, 그나마 가벼운 편에 속한다고 한다. 대륙 각지에서 발생하고 있는 범죄 중 10퍼센트는 이 조직이 판 물건과 관련되어 있을 정도라는 말도 덧붙였다.

그것은 미라도 할 말을 잃을 정도의 영향력이었다.

"그리고 두 번째 기둥은 말이야——."

짧은 정적을 깨고 아르마는 이 역시 사명이라는 듯 말을 이었다. 이번에도 역시나 비합법적인 매매를 행하는 팀에 관한 이야기였다.

하지만 조금 전과는 취급하는 물건이 달랐다. 이 팀이 취급하는 것은 물건이 아니라 생명이었던 것이다.

"밀렵에서 그치지 않고, 유괴와 살인까지 하는 최악의 녀석들이야."

희소한 동물뿐 아니라 성수와 영수, 그리고 인간까지 매매 대상으로 삼고 있다는 모양이다.

사냥이 금지된 금렵(禁獵) 구획도 아랑곳하지 않고, 삼신국이 정한 보호법도 무시한다. 어린아이는 납치하고, 저항하는 부모는 무참하게 죽인다고 한다.

더불어 이 자들은 생명을 무가치하다고 여기고 있는 것인지 팔리지 않거나 필요 없다고 판단될 경우, 가차 없이 처분한다는 듯했다.

"흐음……. 참으로 악독한 자들이로군……."

아르마가 이야기해준 상세한 피해 내용을 듣고 미라는 심란한 표정을 지었다. 밀렵을 당할 때 부상을 입어 상품 가치가 떨어진다는 이유로 처분당한 성수의 새끼에 억지로 부모의 품에서 떼어

낸 아이까지. 이 팀 역시 쉼 없이 비극을 빚어내는 존재였다.

"하지만 좋은 소식도 하나 있어."

아르마는 그렇게 운을 떼더니 어째서인지 동정이라도 하는 듯한 투로 "그때 할배들이 한 일 덕분에 이 팀은 큰 타격을 입었거든"이라고 말했다.

"그때……? 무슨 일이 있었던가?"

흐음, 언제를 말하는 걸까. 미라가 고개를 갸웃하자 아르마는 말했다. 키메라 클로젠을 괴멸시켰을 때를 말하는 것이라고.

"이 팀은 말이야, 키메라 클로젠하고도 이어져 있었어. 정령들까지 팔려고 했거든."

아르마는 그랬던 탓에 조직은 그 사건으로 큰 타격을 입었다고 힘주어 말했다.

키메라 클로젠을 괴멸시킨 후, 이스즈 연맹은 그에 연루된 자들에게 정보를 캐내어 관계자들을 차례로 잡아들였다.

그들은 매우 우수해서, 그럭저럭 중요한 위치에 있던 인물을 붙잡아서는 더 많은 정보를 캐내어, 단숨에 조직의 깊은 곳까지 파고 들어갔을 정도라고 한다.

그런 탓에 생명을 사고팔던 팀은 조직 본체를 보호하기 위해 많은 간부와 중요한 거점을 버릴 수밖에 없었다. 결과적으로 상당한 손해를 입어, 이 팀은 크게 약체화되었다.

이스즈 연맹은 뒤로 손을 써서 모험가 종합 조합을 중심으로 움직이고 있었다.

아르마는 이를 정의의 암흑 조직이라고 인식하고 있는 모양인지, 멋진 활약이었다고 절찬했다.

"호오. 그러했느냐. 그렇다니 분발한 보람이 있었구나."

생각지 못한 곳에 영향이 미쳤다는 이야기를 들은 미라는 그것 참 잘됐다며 웃었다.

게다가 키메라 클로젠의 소멸로 인해 정령의 거래처와 거래를 행하던 거점, 간부들을 잃은 탓에 그 후의 성수와 영수, 인신매매 에도 막대한 영향이 발생했다고 한다.

행방불명자와 금렵 구획으로의 불법 침입자, 그리고 성역의 침 해 등에 따른 피해가 눈에 띄게 감소했다는 것이다. 특히 인신매 매 쪽은 그것 말고 다른 이유도 있지 않을까 싶을 정도로 대폭 감 소했다는 모양이다.

때문에 이 팀을 관리하던 자는 지금 조직 안에서도 그야말로 벼 랑 끝에 몰려 있을 것이라고 아르마는 예상했다.

"그리고 세 번째 기둥 말인데, 할배한테 부탁하고 싶은 일과 관 련이 있는 곳이 여기야——."

새삼 진지하게 그렇게 말한 후, 아르마는 '이라 무에르테'를 구 성하고 있는 세 번째 기둥에 관해 자세히 설명하기 시작했다.

그 팀이 담당하고 있는 것은 좀 전에 말한 두 개와 밀접한 관계 가 있는 분야였다.

바로 유통이다. 온 대륙에서 모아들인 무기와 술구, 그리고 동 물에 사람 등을 온 대륙으로 보내는 것이 이 팀의 일이다. 그리고 조금 전에 아르마가 이름을 거론했던, '암로의 지배자, 유그스트

그라딘'이 바로 이 팀을 이끄는 대간부라고 한다.

"아, 그 유그스트라는 인물 말인데, 상당한 악당이거든."

무녀의 존재를 알고 있다는 조직의 일원인 유그스트에 관해서는 에스메랄다가 간단히 설명해 주었다.

암로의 지배자라는 이명은 암흑가의 유통에 사용되는 통상로 중 절반가량을 그가 좌지우지하고 있기 때문에 붙은 것이라는 듯했다.

비합법적인 물건을 운반하기 위한 어둠의 통상로. 그가 개척한 그것은 온 대륙에 퍼져 있어, 지금은 대부분의 악당이 그 혜택을 누리고 있다. 때문에 큰 거래가 있을 경우, 모든 정보가 그에게로 들어가게 된다.

그 정도의 인물이다. 주물(呪物)과 금제품(禁制品) 등, 공공연하게 팔 수 없는 물건을 취급하는 암거래상이라면 모르는 이가 없을 테니, 그 키메라 클로젠의 유통에도 분명 관여했을 거다.

"하지만 우리도 할배네 못지않게 분발했어. 이건 비밀이지만, 사실 우리 쪽 군이 유그스트가 지배하고 있는 암흑 루트 중 대부분을 제압하는 데 성공했거든."

어지간히도 자랑하고 싶었는지. 아르마의 얼굴에는 대담한 미소가 떠올라 있었다. 하지만 살짝 자랑할 게 있다는 듯한 말투와 달리, 그 말에는 엄청난 내용이 담겨 있었다.

"……뭔가 가볍게 말하기는 했다만…… 사실이냐?"아르마의 자랑을 들으니 엉겁결에 그렇게 되물을 수밖에 없었다. 하지만 그럴 만도 했다. 암흑사회에서도 최상위에 군림하고 있는 '이라 무에르테'에서 중요한 유통망을 제압했다니. 심지어 대부분을 제압했다니.

그 말은 곧 '이라 무에르테'의 생명선이 끊겼다는 것과 같은 의미라 할 수 있었다. 아무리 비합법적인 상품을 모아들인들, 그것을 팔지 못하면 의미가 없기 때문이다.

무엇을 어떻게 해야 그렇게 터무니없는 일을 할 수 있는 것일까. 너무도 엄청난 이야기라 미라는 당혹스러울 따름이었다.

"응, 사실이야. 지금 현재까지…… 분명 오십억 리프 정도의 거래를 무산시켰던가? 아무튼, 그래서 더욱 할배한테 부탁을 하려는 거야."

역시나 간단히 긍정한 후, 아르마는 터무니없는 액수를 입에 담더니 드디어 무녀를 호위해달라느니 어쩌느니 했던 의뢰의 자세한 내용을 이야기하기 시작했다.

들자하니 '이라 무에르테'의 유통망을 대부분 제압할 수 있었던 것은 무엇보다도 무녀의 능력 덕분이라고 한다.

"미래를 내다보는 능력이라고 했지만, 정확히 말하자면 약간 달라. 게다가 능력이 미치는 범위도 한정적이라 지진이나 대형 사고를 예지하거나 하지도 못해. 그럼 어떤 느낌의 능력인가 하면——."

아르마는 말했다. 그것은 개인에게만 사용할 수 있는 것이고, 그렇기에 지극히 강력한 효과를 발휘한다고.

그리고 미래를 내다볼 뿐 아니라 그 인물이 무엇을 하고 있는지, 나아가 지금 **무엇을 하려고 하고 있는지**를 알 수 있는 것이

이 능력의 정확한 효과라는 듯했다.

"이 능력의 발동조건은 하나야. 대상이 애용하는 소지품이나 머리카락, 손톱 같은 것에 손을 대는 것. 그리고 일단 그것들이 손안에 있으면 몇 번이든 능력을 사용할 수 있어. ——다시 말해서 유그스트는 지금 조직을 위해 아무것도 못 하고, 어떤 일에도 관여할 수 없는 상태야."

아르마의 말에 따르면 니르바나 황실은 오랜 세월 동안 '이라무에르테'와 싸워왔다고 한다. 그리고 몇 달 전, 많은 병사와 첩자들의 노력 덕분에 어느 거점에 관한 정보를 입수. 그곳을 조사하여 중요한 단서를 회수하는 데 성공했다.

그것이 바로 유그스트의 머리카락이었다.

"이 능력의 장점은 한 번으로 끝이 아니라는 거야. 물건에 손을 대면 그 시점에서의 정보를 입수할 수 있어. 지금 손을 대면, 현재 유그스트가 하고 있는 일, 계획하고 있는 일을 모두 알 수 있는 거지. 그러니 우리 쪽에 무녀와 머리카락이 있는 한, 녀석은 조직과 관련된 일에는 얼씬도 못 해."

그렇게 단언하는 아르마의 눈빛은 자신감이 넘치다 못해 아주 의기양양해 보였다. 니르바나 황국의 힘, 그리고 많은 자들의 힘으로 그 커다란 적에게 큰 타격을 입혔다는 사실이 진심으로 자랑스러운 것이리라.

"과연……. 조직의 거래에 관한 모든 것을 알 수 있기에 그 능력이 위협이 되는 것이로군."

암흑 유통로는 유그스트가 관리하고 있다. 그 때문에 그것을

사용하는 '이라 무에르테'의 거래 내용은 모두 무녀에게 새어나가
고 있었다.

더불어 그것을 이용하고 있던 다른 악당들의 거래까지 니르바
나의 활약으로 막히는 바람에 신뢰성도 격감했다. 게다가 대책을
세울수록 니르바나 측에 손에 든 카드를 공개하는 꼴이 되고 마
는 상태다.

무녀의 능력은 조직의 중요한 기둥을 완전히 봉쇄했다. 그 결
과가 초래한 영향은 이루 헤아릴 수 없을 정도였다.

이야기를 듣고 대충 내용을 파악한 미라는 원한을 살 만 하다
싶어서 납득했다. 과연, 암살자를 보낼 만도 하다.

"헌데 문득 든 생각이다만. 좀 전에 무녀의 존재를 아는 것은 상
층부 중 일부와 그 유그스트라는 작자뿐이라고 하지 않았느냐?"

대충 사정은 알겠다. 하지만 도통 이해가 안 되는 부분이 있어
서 미라는 그렇게 말한 후, "어째서 그 녀석만 알고 있다는 걸 아
는 게냐?"라고 말을 이었다.

보아하니 무녀를 찾아다니던 암살자들은 무녀의 단서는커녕
존재하는지 어떤지도 확인하지 못한 눈치였다. 그만큼 정보 봉쇄
가 완벽하다는 뜻이다.

하지만 아르마는 좀 전에 유그스트만은 알고 있다고 단언했다.

들은 바에 의하면 무녀의 능력에 상대에게 들킬 만한 요소는 없
었다. 어딘가에 떨어져 있던 머리카락을 쓰고 있다는 생각은 그
능력의 존재를 알아야만 할 수 있을 것이다. 하지만 실제로 그 자
는 암살자를 풀었다.

어디서 정보가 샌 것일까, 어째서 들통 난 걸까. 미라는 그 점이 궁금했다.

"그건, 이 능력의 부작용이라고 해야 할지 뭐라고 해야 할지…… 효과가 강력한 만큼 결점도 있거든."

미라의 질문에 그렇게 답한 후, 아르마는 입 안을 차로 적시고 나서 결점에 관해 말하기 시작했다.

무녀가 지닌 능력. 그것은 대상의 사고를 읽어 무엇을 하고 있는지, 무엇을 하려고 하는지를 상세하게 파악할 수 있을 정도로 강력하다.

하지만 그만큼 사고 깊숙한 곳까지 파고들어 읽어내기에 누가 어떠한 의도로 보고, 읽고, 감시하고 있는지가 상대에게도 전달되고 만다는 듯했다.

"그렇단 말이지. 전에 어느 정도인지 시험해봤는데, 뭔가 굉장히 신기한 느낌이었어."

아무래도 에스메랄다는 무녀가 지닌 능력의 실험 대상이 된 적이 있는 듯했다. 그 경험에 의하면 처음에는 희미한 위화감이 느껴지는 정도였다고 한다. 하지만 몇 번인가 반복하자 무녀의 존재를 또렷하게 인식할 수 있게 되었다는 모양이다.

현재, 무녀는 유그스트를 상대로 백 번도 넘게 능력을 행사했다고 한다. 그렇다면 상대 역시 그만큼 또렷하게 느끼고 있을 것이다.

그러니 무녀를 제거하려 드는 건 당연한 일이라 할 수 있었다.

"과연……. 다시 말해서 무녀라는 자가 표적이 될 것도 예상 가능한 일이었다는 것이로군. 그렇다면 왜 굳이 이 몸에게 호위를 부탁하는 것이냐? 상황으로 미루어 호위를 맡은 자는 이미 있을 터인데."

능력을 사용하면 저쪽이 알아챈다. 하지만 아르마는 무녀의 존재가 상대에게 알려지는 위험을 무릅쓰고 '이라 무에르테'의 암흑 통상로를 봉쇄하는 방법을 택했다.

정보를 제한해 무녀가 있는 곳을 모르게 하고 있다지만, 만일의 사태가 벌어질 수도 있다. 상황상 호위를 붙이는 건 당연한 일이고, 아르마가 그 정도 대비도 안 할 인물이 아니라는 사실을 미라는 알고 있었다. 그렇기에 물은 것이다.

"저기, 그게……. 있기는 한데……."

있기는 하다. 그 말로 미루어 예상대로 무녀에게는 이미 호위가 있는 듯했다. 그리고 상황으로 미루어 볼 때 상당한 실력자──어쩌면 십이사도 중 누군가일 가능성도 있었다.

그렇다면 더더욱 미라가 나설 필요는 없을 텐데. 하지만 있기는 있다는 표현이 말해주듯, 뭔가 문제가 있기는 한 듯했다.

"무슨 뜻이냐? 똑바로 말해 보아라."

미라는 똑바로 이유를 말하라고 재촉했다. 그러자 아르마는 꺼림칙해 하며 말을 하려다가는 도로 삼키기를 반복할 따름이었다.

"대체 왜 그러는 것이야."

미라가 못마땅한 투로 그렇게 말하자 에스메랄다가 땅이 꺼져라 한숨을 내쉬었다.

"그럼 내가 말할게."

어쩔 수 없다는 듯한 표정으로 입을 연 그녀 역시 말하기가 망설여지는 듯한 눈치였지만, 이내 망설임을 걷어내고 호위가 있음에도 불구하고 미라에게 호위를 맡기자는 생각을 하게 된 경위에 관해 이야기했다.

"지금은 노인 군이 호위를 맡고 있어."

사정 설명은 그러한 말로 시작되었다. 그리고 미라는 그 이름을 듣고 더더욱 의아해졌다.

"무어냐, 더없이 든든한 호위 아니냐."

십이사도 중 한 명인 '백뢰(白牢)의 노인'. 그는 솔로몬과 같은 성기사이지만 변칙적이라 할 수 있는 솔로몬과 달리 우직하게 정도(正道)를 걷는 성기사였다.

극한까지 방어를 추구한 그의 힘은 성기사 중 으뜸이라 할 수 있을 정도라, 온 힘을 다해 방어하면 아이젠파르드의 드래곤 브레스조차 막아낼 수 있는 수준이었다.

과거 행해졌던 덤블프 대 노인의 시합은 긴 시간 동안 결판이 나지 않아 무승부로 처리되었다. 덤블프는 비장의 카드였던 아이젠파르드의 일격이 통하지 않은 탓에 제압하지 못하고 군세로 발을 묶어두는 데 그쳤다.

노인 역시 아무리 쓰러뜨리고 아무리 방어해도, 한 발짝도 전진을 허용하지 않는 군세에 가로막혀 꼼짝도 하지 못했다.

때문에 이대로는 끝이 안 나겠다 싶어 무승부로 처리한 것이다.

그런고로 노인이라면 아무리 강력한 공격이라 해도, 아무리 많은 전력을 이끌고 쳐들어와도 지켜내고 남을 실력이 있었다. 무녀의 호위로는 완벽한 인물이라 할 수 있는 것이다.

"이 몸이 나설 필요는, 전혀 없을 것 같다만."

그런데도 어째서 무녀의 호위를 부탁하려는 것일까. 대체 무엇이 문제이기에. 호위라는 분야에서는 자신이 그보다 부족하다는 사실을 아는지라 미라는 심술이라도 부리는 건가 싶어서 에스메랄다를 노려보았다.

"으음…… 그렇기는 한데, 그러지 않게 되어버렸거든."

그러자 에스메랄다는 시선을 피하며 말을 어물거리기 시작했다. 하지만 이대로는 미라를 납득시킬 수 없다는 생각에 각오를 굳혔는지, 한숨을 한 차례 내쉬고는 입을 열었다.

"실은 말이야, 그 애…… 무녀 여자애가, 남성 공포증에 걸려 버렸거든. 그래서 노인 군하고는 같은 방에 있기는커녕, 근처에 있기만 해도 정서불안 상태가 되어서……. 지금은 떨어져서 문 앞에서 지켜보고 있어. 하지만 그 상태로 두기는 좀 그렇잖아."

에스메랄다는 정말이지 난감하다는 표정을 짓고 있었다. 확실히 그런 상태로는 아무리 노인이라 해도 여차할 때 능력을 절반도 발휘하지 못할 것이다.

하지만 그 말을 들은 미라는 또다시 떠오른 의문에 눈살을 찌푸렸다.

저런 식으로 말하면 꼭 처음에는 남성 공포증이 아니었다는 식으로 들리지 않는가. 하지만 대체 왜 그렇게 된 것일까.

노인이 무슨 짓을 했을 가능성도 있기는 하다. 이러니저러니 해도 여성을 좋아하기 때문이다. 하지만 그는 그렇기에 여성이 싫어할 만한 짓은 절대 하지 않는다.

게다가 그의 외모는 어딜 어떻게 보아도 성기사답게 생겼다. 무녀가 반했으면 반했지, 남성 공포증의 원인이 될 일은 없을 터다.

"흐음…… 남성 공포증이라…… 거 참, 어쩌다 그렇게 된 것이야?"

중간부터 그렇게 됐다는 점이 신경 쓰여서 미라는 단도직입적으로 그렇게 물었다. 호위조차 못 할 정도가 되다니, 상당히 중증이 아닌가. 미라는 그 원인이 무엇인지 몹시 궁금해졌다.

하지만 에스메랄다는 말하기 거북하다는 듯한 반응을 보였다. 아르마는 아예 딴청을 피우고 있었다.

그 정도로 지독한 일이 있었던 것인가. 그렇게 짐작한 미라는, 말하기 싫다면 하지 않아도 된다고 말하려 했다. 하지만 그 직전에 에스메랄다가 결심을 굳힌 듯 말하기 시작했다.

"사실은 유그스트가…… 말이야——."

드문드문 내뱉은 말의 내용은, 미라조차도 식겁할 정도였다.

무녀의 능력 때문에 현재 상황과 모든 계획이 새어나가고 있다는 사실을 알아챈 유그스트가 취한 행동……. 에스메랄다가 얼굴을 붉히며 밝힌 그것은 모조리 어린이들에게는 차마 보여줄 수 없을 듯한 행동들이었다.

그렇다, 그는 보란 듯이, 그리고 자랑이라도 하듯 여성과 변태적인 놀이를 즐기기 시작한 것이다.

에스메랄다의 말에 따르면 무녀는 아직 열네 살이었다. 그런 민감한 시기의 소녀가 어른들의 추잡한 변태성을 직접적으로 목격했으니 남성 공포증에 빠질 만도 했다.

하지만 그렇다고 유그스트를 감시하지 않으면 그들의 술수에 넘어가는 꼴이 되고 만다. 무녀가 감시하지 않으면 그는 또다시 활발하게 사업을 벌일 게 뻔하기 때문이다.

하지만 그럼에도 무녀의 정신 위생을 위해 횟수를 줄일 수밖에 없었다는 듯했다. 그 결과, 시간이 걸리는 큰 거래의 계획은 감시할 수 있지만, 작은 것은 어려워졌다고 한다.

"허어, 아주 추잡한 변태놈이로군그래……."

무녀가 소녀라는 사실을 알아챈 유그스트가 취한 대항책은 엉뚱해 보이기는 해도 그럭저럭 효과는 거두었던 탓에 지금도 계속하고 있다는 듯했다.

과연 대항책의 일환인지, 아니면 그에게 그런 성적 기호가 있었던 것인지. 그것까지는 알 수 없지만 미라는 어이가 없다는 얼굴로 중얼거렸다. 그리고 동시에 요즘 들어 어째 변태랑 얽히는 일이 많다는 것 같다는 생각에 고뇌했다.

"이 몸에게 그러한 의뢰를 한 이유는 알겠다. 허나 애초에 남자만 아니면 된다면 그밖에도 맡길 만한 자는 있을 터인데? 아닌 게 아니라 에메코라도 상관없지 않으냐."

무녀가 남성 공포증에 빠진 탓에 속은 둘째 치고 겉모습은 여자아이인 미라가 지목되었다. 그것까지는 어찌어찌 이해가 된다.

하지만 사정이 그렇다면 십이사도에도 여성은 있으니 그중에서 선발하면 되지 않느냐고 미라는 말했다.

그러자 아르마가 그 말에 답했다.

"평소 같았으면 그렇게 했겠지만, 지금은 살짝 일손이 부족하거든."

일리 있는 의문이라는 듯 고개를 끄덕이며 아르마는 그렇게 하지 못하는 이유가 있다고 말을 이었다. 현재는 노인을 제외한 십이사도 전원이 각자 맡은 임무를 수행 중이라고.

그리고 그렇게 말한 후, 아르마는 짙은 미소를 지었다. 그 표정은 여왕이 아니라 나쁜 장난질을 하는 악녀의 그것에 가까웠지만, 그녀는 나름대로 책사 같은 표정을 지은 것이리라. 하도 자신만만해 보인 탓에 미라는 딱히 딴죽을 걸지 않고 가만히 이야기를 들었다.

"실은 있잖아, 이 투기 대회에는 목적이 있어. 다름이 아니라 이 대회는 '이라 무에르테'를 공략하기 위한 작전의 일환이거든!"

십이사도의 여성진들은 무엇을 하고 있는가. 그런 이야기를 하고 있었건만 이야기가 또다시 엉뚱한 방향으로 흘러가기 시작했다.

하지만 얼핏 보면 상관없는 것 같아도, 사실은 사건의 근간과 깊은 관련이 있는 이야기였다.

실은 니르바나 황국에서 투기 대회가 진행되는 동안, 은밀하게 '이라 무에르테'의 최고 간부들을 색출해내 괴멸시키기 위한 작전이 다수 실행 중이었던 것이다.

"——그런고로 협정을 맺어서. 우리 쪽에서 큰 무대를 준비하기로 한 거야."

상대는 온 대륙에 영향을 미치는 대조직이다. 아무리 니르바나 황국이라 해도 그들을 단독으로 상대하기는 어렵다. 때문에 몇몇 나라와 은밀히 연계를 취해 이번 작전을 실행했다는 듯했다.

내용은 단순했다. 대륙 최대 규모의 축제를 개최해서 그것을 구실 삼아 많은 사람을 움직인다. 비록 위험이 따르는 일이기는 하지만, 잘만 되면 단번에 조직의 심층부까지 파헤칠 가능성이 있는 작전이었다.

"오호라……. 그래서 다들 밖에 나가 있는 것인가."

작전 중 하나는 각국의 중역들을 니르바나로 초대하는 것이었다. 하지만 평범한 중역이 아니다. 얼핏 봐서는 알 수 없지만 조사를 하면 알아낼 수 있는 어떠한 조건에 해당하는 자들이었다.

그 조건의 내용은 '조직을 괴멸시키기 위해 각국에서 지휘를 하고 있는 자인 동시에 유그스트를 공격한 작전에도 가담한 적이 있다'는 것이다.

다시 말해서 조직의 표적이 될 만한 동기가 있는 자가, 치안이 좋은 국내의 안전한 곳에서 밖으로 나가는 것이다. 말 그대로 '노려주세요'라고 말하는 것이나 다름없는 상황이다.

또한 공격해오면 그대로 체포하는 것이 이 작전의 목적이라는 모양이다.

중역들은 그런 작전이라는 사실을 알고 동의했다고 한다. 조직에 관한 단서를 잡을 수 있다면 기꺼이 자신의 몸을 미끼로 내놓겠다면서.

"그래서 다들 밖에 나가 있거든."

당연히 그냥 미끼만 내놓은 것은 아니다. 확실하게 적들을 붙잡기 위한 대비도 되어 있었다.

그것이 바로 십이사도였다.

초대한 중역은 네 명. 한 사람당 두 명의 십이사도가 호위로 붙어 있다는 듯했다. 심지어 알아채지 못하도록 변장해, 평범한 호위 병력에 섞여 있다고 한다.

남은 십이사도는 네 명. 그중 에스메랄다를 비롯한 세 사람이 국방을 위해, 그리고 대회 감시역을 맡기 위해 남았고 나머지 한 명이 무녀의 호위를 맡았던 노인이었다.

이 네 사람 중 여성은 에스메랄다뿐이다. 하지만 수많은 사람이 모여든 대회인 탓에 부상자들이 매일 같이 발생해서 그녀가 지휘를 맡은 구호 부대는 눈코 뜰 새 없이 바빴다.

때문에 무녀의 호위를 맡을 만한 여유가 없는 것이다.

"참으로 위험한 다리를 건너고 있군……."

투기대회를 개최한 진짜 이유. 그것은 온 대륙을 좀먹는 악의 조직 '이라 무에르테'를 괴멸시키기 위한 작전이었다.

그 사실에 놀람과 동시에 미라는 어째서 무녀의 호위로 자신이 선택된 것인지 납득했다.

적은 거대한 조직이다. 지금은 무녀가 누구인지 특정하려고 애를 쓰고 있는 중인 듯하지만, 언젠가는 상당한 실력자를 보내올 것이다. 그렇다면 무녀의 호위도 그에 대처할 수 있을 정도의 실력을 지닌 자에게 맡겨야만 한다.

하지만 니르바나에서 가장 적합한 힘을 지닌 노인은 무녀의 남성 공포증 때문에 그 임무를 맡을 수 없게 되었다. 게다가 손이 비어 있는 십이사도는 없다.

그때 어슬렁어슬렁 나타난 것이 미라였다. 정령여왕으로 유명해진 지는 얼마 되지 않았지만, 애초에 미라는 십이사도와 동급으로 여겨지고 있는 아홉 현자의 일원이다.

심지어 얼마든지 병력을 동원할 수 있는 소환술사이기까지 하다.

무녀의 호위에 관한 일로 골치를 썩고 있었던 아르마에게 이러한 상황은 그야말로 하늘의 도우심이나 다름없었다.

"그리고 실은 말이야——."

설득 재료 중 하나라는 듯 아르마는 덧붙여 말했다. 대회 본선 중 무녀가 회장으로 잠행을 나갈 예정이다, 라는 정보를 이전에 슬그머니 흘려두었다고 한다.

그렇다. 이번 작전에는 무녀마저도 미끼로 동원되었다.

"그런 작전을 세운 것도 다 노인 군이 있었던 덕이지만……. 그래서 지금은 관전은 중지하자는 방향으로 이야기를 진행하고 있는데, 엄청 기대하고 있었던 모양이야……."

노인이 호위로 붙어 있으니, 과장이 아니라 대규모 레이드 전투조차도 주스와 과자를 손에 들고 코앞에서 관전할 수 있었을 것이다. 하지만 노인이 곁에 있을 수 없게 되었으니 달리 방법이 없다.

게다가 관전에 관한 정보는 이미 퍼져 나간 뒤다. '이라 무에르테'의 정보 수집력이라면 이미 정보를 입수했을 것이다.

다시 말해서 확실하게 보호할 수 있는 상태가 아니면 관전은 어렵다. 심지어 무녀는 그러한 작전이 이면에서 진행되고 있다는 사실을 모른다. 그런 탓에 상당히 침울해 하고 있다는 모양이었다.

"흐음. 뭐, 알겠다. 사정이 그렇다면 받아들여 주마."

현재 상황을 대략적으로 파악한 미라는 그렇게 흔쾌히 승낙했다.

중요한 유통망을 쥐고 있는 유그스트. 그 움직임을 제한하는 무녀를 '이라 무에르테'는 무슨 일이 있어도 제거하고 싶을 것이다.

상대는 대륙 규모라 할 수 있는 악의 조직이다. 무녀는 그런 거대한 적과 싸우는 용감한 소녀다. 그런 소녀가 침울해하고 있다는 이야기를 들은 미라가 그녀를 그냥 내버려 둘 수 있을 리가 없었다.

"고마워, 할배!"

"고마워, 미라코 씨. 덕분에 살았어."

호위는 노인으로 충분하다고 생각했건만, 예상치 못했던 상황이 벌어진 탓에 상당히 난감했던 모양이다. 아르마와 에스메랄다는 정말로 한시름 놓았다는 얼굴로 감사인사를 했다.

"그나저나, 그렇게 일이 잘 풀릴까."

무녀의 호위에 관한 사정은 이해했다. 그러나 중역과 무녀를 미끼로 암살자들을 유인해내 '이라 무에르테'의 정보를 손에 넣을 것이라고 말로 정리하면 간단해 보이지만, 그게 그렇게 쉬운 일일까 하고 미라는 의문을 제기했다.

"세상에는 돈에 눈이 멀어 그러한 일을 맡는 자들도 있지 않으냐. 그런 자들을 붙잡은들, 조직과 관련된 정보를 가지고 있지는 않을 듯한데."

니르바나라는 국가가 상대인 이상, '이라 무에르테'도 분명 상당한 수준의 자객을 보내올 것이다.

하지만 그자가 '이라 무에르테'의 정보를 가지고 있을지 어떨지가 문제다. 그냥 고용된 자라면 이렇다 할 정보를 못 알아내고 끝날지도 모른다.

"그쪽 성공률은 반반으로 보고 있어."

뭔가 이유가 있는지, 아르마는 자신만만하게 성공률은 반반이라고 답하더니 "그러니 지금 네 번째 기둥에 관해 설명할게"라고 말을 이은 후, 그 이유를 말하기 시작했다.

조직을 구성하고 있는 네 번째 기둥. 그것은 정보부인 동시에 암살 등도 담당하고 있는 팀이라고 한다.

"아, 참참. 보고를 받았는데 할배가 잡아준 요그라는 남자도 이 팀에 소속되어 있거나, 소속된 자와 연관이 있을 거라는 정보가 들어왔어. 거점까지 발견해 일망타진하다니, 정말 큰 공을 세웠어. 고마워, 할배."

"뭐, 이 정도쯤이야."

그 암살자 집단의 보스였던 요그가 이 조직의 팀과 관련이 있었던 모양이다.

또한 그 목적이 무녀였던 것으로 미루어, 아르마의 작전이 어느 정도 효과를 발휘한 듯했다.

아르마는 싱글벙글 웃으며 취조를 하면 뭔가 정보가 나올 것 같다고 말을 이었다.

"그래서 이야기를 계속하자면, 이 '이라 무에르테'란 조직은 완전 비밀주의거든. 외부와의 연결고리가 거의 없어——."

조직의 정보부에 관한 이야기였다. 정보란 것은 때때로 금보다 가치가 있다. 그것을 관리, 통괄하고 때때로 조작, 삭제하는 것이 이 팀으로 조직 안에서도 특히나 우수한 자들이 모여 있다는 듯했다.

그리고 그렇기에 절대로 실패해서는 안 되는 중요한 임무는 반드시 이 팀에 속한 자가 맡는다고 한다.

"이번 일은 특히나 엄청 중요하다고 볼 테니까. 틀림없이 조직의 높은 사람이 나설 거야."

실제로 니르바나의 무녀의 힘으로 인해 기둥 중 한 명인 유그스트가 아는 내부 정보가 모두 흘러나가고 말았다.

그것은 조직에게 있어 결코 동업자에게 들키고 싶지 않은 비밀일 것이다.

오랜 세월 동안 암흑사회의 정점에 군림하며 많은 악당들을 좌지우지해왔던 것이 바로 '이라 무에르테'였다. 영향력은 물론이고 그 절대적인 지위를 유지하고 있는 것은 바로 악당들의 신뢰 덕분일 거다. 또한 그들도 나름의 긍지가 있기에 얕보일 만한 원인을 방치해둘 수는 없을 것이다.

이번 일은 그러한 가치를 실추시키기에 충분한 사건이라 할 수 있었다.

무녀라 불리는 소녀로 인해 오십 억 리프 규모의 손해를 입고, 중요한 암흑 통상로를 모두 제압당한 것이다. '이라 무에르테'에게는 절대로 외부에 알리고 싶지 않은 실수다.

때문에 아무에게도 알려지지 않도록 확실하게 임무를 수행하기 위해, 조직 내부에서 이미 이 사실을 아는 간부급이 나설 수밖에 없을 거다. 아르마는 그렇게 추측을 늘어놓았다.

"흐음~ 참으로 복잡한 이야기 같지만, 요컨대 쉬쉬하고 넘어가고 싶을 거란 뜻이로군."

일을 맡긴 외부인이 표적인 무녀에게 무슨 말이라도 듣는 날에는 조직의 오점이 알려지고 만다. 그 때문에 사태를 파악하고 있는 정보부의 상층부가 움직일 것이라고 예상하고 있는 것이다.

"뭐, 대충 그래. 그리고 그런 높은 사람이기에 이쪽의 중요한 표적이 되기도 하는 거지. 아닌 게 아니라 조직이 관계된 여러 가지 정보를 은폐하는 것도 이 정보부의 일이니까 말이야."

이번 일처럼 조직이 불리해질 만한 요소를 조용히 배제하는 것. 정보부는 그러한 일을 담당하고 있고, 그렇기에 조직에 관한 중요 정보도 알고 있을 것이다.

아르마는 말했다. 이번 작전에서 이토록 큰 투기 대회를 개최한 것은 모두 이 정보부의 간부를 붙잡기 위해서라고.

"이거 참…… 대담하고도 조잡한 작전이로군."

미라는 그렇게 솔직한 감상을 내놓았다.

가능성은 있지만 정보부의 간부가 나오리라는 보장이 있는 것도 아니다. 또한 관전을 위해 무녀가 경비가 엄중한 왕성에서 투기장으로 나온다면 절호의 기회이기는 하지만, 정직하게 그 타이밍을 노릴 필요도 없다. 암살할 방법은 그것 말고도 많기 때문이다.

하지만 미라가 그렇게 난색을 표하자 아르마가 이렇게 말을 받았다.

"하지만 할배 덕분에 승산은 좀 더 올랐다고 생각해."

"무어냐, 그건 또 무슨 소리냐?"

이상하리만치 자신만만해 보이는 아르마에게 미라는 그렇게 물었다. 아무래도 그 자신감의 근거는 노인인 듯했다.

"노인 군의 철벽같은 방어는 외국에서도 유명하잖아. 그가 호위에 붙으면 분명 엄청 경계할 거야. 그래서 성공할 가능성은 반반이었지. 하지만 할배가 대신해주기로 한 덕분에 노인 군은 움직일 수 있게 되었어. 그 점이 포인트야."

아르마는 말했다. 감시 임무에서 자유로워진 노인이 은근슬쩍

대회 이곳저곳에 모습을 보이면 더욱 유인하기가 수월해질 것이라고.

노인의 목격 정보가 퍼지면 그가 무녀의 호위 역할을 그만두었다는 사실을 조직도 알게 될 것이다.

무녀가 남성 공포증에 빠졌다는 것은 능력을 통해 저쪽에도 전달되었을 것으로 추측된다. 그러한 상황이 된 것이 작전에 의한 것인지 어떤지는 알 수 없는 일이지만, 유그스트의 행동으로 인해 호위가 변경되었다는 사실을 알면 저쪽은 그것을 기회라 생각할지도 모른다.

"완전무결한 호위가 아니게 되었다. 심지어 그건 유그스트가 세운 공로 덕분이다. 그렇게 해석한다면 흐름상 당연히 빈틈이 생겼다고 생각하게 되지 않겠어?"

아르마는 의기양양한 얼굴로 말을 이었다. 그녀의 말도 일리는 있었다. 상대의 전력 중 최고의 호위병이 방해 공작 덕분에 교대되었다. 심지어 어쩔 수 없이 교대하게 된 만큼 분명 만전의 상태는 아니게 되었을 거라고 모두가 생각할 것이다.

"일리는 있군그래."

전임자가 노인이었던 점을 생각하면 설령 같은 십이사도 중 누군가와 교대한다 해도 호위 실력은 떨어진다고 할 수 있다. 생각이 그렇게 흘러가는 것도 납득은 된다고 미라는 고개를 끄덕이며 답했다.

"거기에다가 할배가…… 아니, 정령여왕이 새로운 호위가 되었다는 사실도 능력을 사용하면 저쪽에 전달될 테니, 그것도 포인트라고 할 수 있어. 뭐니 뭐니 해도 요즘 소문이 자자한 모험가잖아."

그 외모는 남성 공포증에 빠진 무녀의 호위를 맡기에 부족함이 없고, 소문으로 들은 바에 따르면 역량도 출중하다. 갑자기 호위를 바꿔야만 하는 상황에서의 교대로 내세우면 저쪽도 결코 의심하지 않을 거라고 아르마는 장담을 했다.

변장을 한 지금 상태로 의문의 호위 소녀가 되는 방법도 있기는 하지만, 그보다는 소환술사라는 정보가 널리 퍼져 있는 정령여왕 쪽이 '이라 무에르테'를 제어하기 쉬울 것이라는 게 아르마의 예상이었다.

"아무리 엄청난 실력을 지녔다고 소문이 났어도 결국 정령여왕은 신진기예 모험가잖아? 공략할 방법은 있을 거란 생각에 저쪽은 오히려 의욕을 불사를지도 몰라. 하지만 사실은 노인 군과 같은 차원에 있는 아홉 현자니, 그냥 실력 좋은 모험가일 뿐이라고 얕봤다가는 혼쭐만 나겠지. 어때, 완벽한 작전 같지 않아?!"

아르마는 대단한 작전이라도 내놓은 책사처럼 우쭐한 표정으로 말했다. 그러자 미라 역시 신이 나서 "재미있군그래" 하고 맞장구를 쳤다.

평범한 사람인 줄 알았더니 변장한 세계의 왕자(王者)였다는 몰래카메라 형식에 가까운 작전이다. 미라는 이거 온 힘을 다해 맞받아쳐 줘야겠다는 생각이 들어 의욕이 급상승했다.

"그렇지그렇지? 할배라면 그렇게 말해줄 줄 알았어!"

미라는 평소에도 호전적인 기질이 있었지만 사실 게임이었던 시절, 전쟁에서는 방어와 호위 역할을 맡는 일이 많았다.

그 이유는 누가 뭐래도 홀리나이트의 존재였다. 방어에 능하고 소환자가 알아차리지 못하더라도 행동을 명령해두기만 하면 자동으로 요격을 해준다. 심지어 부담 없이 소환할 수 있다. 홀리나이트를 배치해두기만 해도 방어력이 비약적으로 향상되니, 당연히 사용할 수밖에 없었다.

미라는 방어에 그럭저럭 자신이 있었다. 하지만 이번에는 그 이상의 꿍꿍이속이 있는 탓에 연신 옅은 미소를 짓고 있었다.

'이거 새로 고안한 방법을 시험해볼 절호의 기회가 될 것 같구나.'

탑에서 보낸 나날 동안, 남아도는 시간에 소환술의 활용법을 잔뜩 고안해낸 미라는 이 기회에 몇 개는 써먹을 수 있겠다는 생각에 실험할 궁리를 하기 시작했다. 하지만 그런 생각을 하고 있다는 건 내색하지 않고 자신만만하게 "이 몸이 호위를 맡은 이상, 생채기 하나 나지 않게 해주마" 하고 장담을 해 보였다.

그런 미라의 말이 믿음직했는지. 아르마와 에스메랄다는 다시 한번 고맙다고 감사 인사를 했다.

20

"헌데 호위를 맡기 전에 볼일이 하나 있는데 말이다——."

무녀의 호위 임무를 수락한 후, 미라는 그렇게 말을 꺼냈다.

분발하고 있는 무녀를 위해 받아들이기는 했지만 미라는 미라 대로 메이린을 찾는다는 임무를 위해 이곳에 와 있는 것이었다. 그것을 달성하기 전까지는 자유롭게 돌아다닐 수 있어야만 하는 것이다.

때문에 그러한 볼일을 완전히 끝내고 돌아온 후에 정식으로 호위를 맡겠다고 전했다.

"아, 그랬구나. 근데, 어떤 볼일인데?! 우리가 도울 수 있는 게 있다면 뭐든 말해!"

미라가 호위 임무를 받아들여준 것이 퍽 고마웠는지, 아르마는 얼마든지 말하라는 듯이 가슴을 펴고 말했다. 그리고 에스메랄다 역시 "그래, 내가 할 수 있는 일이라면 도울게"라고 말을 받았다.

"오오, 그렇게 말해주니 고맙구나. 그렇다면 부탁하고 싶은 게 있다만——."

두 사람의 말은 그야말로 듣던 중 반가운 말이었다. 때문에 미라는 때는 지금이라는 듯 그 말을 입 밖에 냈다.

"대회의 참가자 명부를 확인하게 해다오."

"대회의 참가자 명부?"

미라의 부탁을 들은 아르마는 고개를 갸웃했다. 그런 걸 확인해서 뭘 하려는 걸까, 라는 생각이 들어 의아한 눈치이기는 했지만 매우 흥미롭다는 눈빛을 하고 있었다.

"미라코 씨가 보고 싶다면 상관은 없지만."

에스메랄다는 왜 참가자 명부를 보고 싶어 하는지가 궁금하지는 않은 듯했다. 하지만 아르마와 마찬가지로 흥미가 동하기는 한 모양이다.

"대회 참가자는 현시점에도 수천 명은 돼. 그걸 다 확인하려고? 꽤 힘들 텐데…… 뭣하면 그쪽도 도와줄까?"

그렇게 핑계를 대더니 에스메랄다가 돕겠다고 나섰다. 요컨대 도와줄 테니 참가자 명부에서 무엇을 확인하려는 건지 알려달라는 뜻이었다.

"응응, 뭐든 다 도와줄게~."

거기에 아르마가 편승했다. 그런 두 사람의 태도에 미라는 쓴웃음을 지었다. 하지만 어차피 참가자 명부를 확인하기 위한 일손은 필요했더랬다.

"그렇다면 도움을 받도록 할까."

그렇게 답한 후, 미라는 "실은 말이다──" 하고 애초에 니르바나까지 찾아온 이유에 관해 두 사람에게 말하기 시작했다. 하지만 아홉 현자를 찾고 있다는 것은 이미 설명해두었던지라 설명은 간단하게 끝났다.

아홉 현자 중 한 명인 '장악의 메이린'을 잡으러 왔다고만 말해도 대략적인 사정은 전해질 것이기 때문이다.

"어머, 메이짱이 와 있어?! 아, 그래, 그렇겠지. 이토록 큰 대회가 열렸으니 당연히 왔겠지."

실제로 에스메랄다는 사정을 금방 파악했는지, 약간 놀라기는 했지만 납득했다는 표정이었다.

동시에 기뻐 보이기도 했다. 아홉 현자와 십이사도의 관계는 꽤 깊기도 하거니와 희한하게도 죽이 잘 맞았고, 메이린과 에스메랄다는 특히나 사이가 좋았기 때문일 것이다.

"아하, 과연……. 그렇지, 메이린이라면 분명 왔을 거야. 응, 알겠어. 두 팔 걷어붙이고 도와줄게!"

참가자 명부를 확인해서 어떻게 할 것인가. 아르마와 에스메랄다는 그 의미까지 알아챈 듯했다. 두 사람은 오늘 밤중에 지시를 내려서 내일까지 전부 준비해두겠다고 약속해 주었다.

호위니 임무니 하는 이야기가 일단락되자 자연스럽게 소녀들 (?)의 다과회가 그 자리에서 시작되었다.

게임이었던 시절의 일부터 이 세계에 오고 난 뒤에 있었던 일 등을 미라 일행은 신이 나서 떠들어댔다. 하잘것없는 이야기를 나누며 차와 과자를 우아하게 즐겼다.

"그나저나 참으로 터무니없는 대회를 개최했구나. 대체 운영비로 얼마나 쓰고 있는 게냐?"

그러던 중에 문득 미라는 호기심이 들어 그런 질문을 입밖에 냈다.

투기 대회에는 무차별급의 우승 상금이 오십억 리프라는 터무니없는 금액인 것부터 시작해서 전설급이니 뭐니 하는 고급스러운 무구가 푸짐하게 상품으로 준비되어 있었다. 게다가 거대한 투기장과 이벤트용 공간까지. 회장은 일종의 테마파크 같은 분위기로 가득했다.

알카이트 왕국에서는 절대로 실현할 수 없을 규모의 대회다. 실로 꿈과 로망으로 가득한 일대 이벤트이기는 했지만 미라는 이만한 행사를 준비하려면 돈이 얼마나 필요할지가 궁금해졌다.

그러자 아르마는 씨익 웃으며 답했다.

"2조(兆) 정도."

"조…… 라고……?"

그것은 억보다 한 자리 높은 단위였다. 개인이 손에 쥘 기회는 전혀 없을 단위로, 국가 규모로 보아도 선뜻 움직일 수 있는 액수가 아니었다.

그렇듯 알카이트 왕국에서는 국가 예산에 필적할 정도의 금액이 한 번의 이벤트에 사용된 것이다.

'플레이어 국가 랭킹 제2위라 그런지, 차원이 다르군그래…….'

만약 소국인 알카이트 왕국이 이만한 대회를 개최한다면 그날로 파산을 면치 못할 것이다.

"역시 니르바나로구나. 대회를 위해, 그만한 돈을 선뜻 내놓다니……."

그렇게 답한 후, 미라는 새삼 국력의 차이를 느끼며 쓴웃음을 지었다. 하지만 우쭐한 표정을 짓고 있는 아르마에 비해, 에스메랄다는 어쩐지 어이가 없다는 듯한 얼굴을 하고 있었다.

"나 참, 아르마. 그렇게 자랑하지 마. 있잖아, 미라코 씨. 아무리 우리라도 선뜻 내놓지는 못해. 우리 모두가 사재를 털어 채워 넣어서 겨우 마련한 거라고."

에스메랄다가 그렇게 폭로하자 아르마가 "윽" 하고 움츠러들었다.

이어진 에스메랄다의 말에 따르면, 조금씩 진행하고 있던 대회 계획을 올해 상반기 이후부터 단숨에 추진했다고 한다.

그 이유는 '이라 무에르테'의 상태 변화였다.

무녀의 힘과 더불어 다른 모종의 이유로 대폭 약체화되는 경향을 보였다는 것이다. 그래서 초조해진 '이라 무에르테'를 원래부터 계획하고 있던 대회로 유인하는 작전을 짜서 실행한 것이 지금의 투기 대회였다.

다만 이미 금년도 예산은 할당이 끝난 상태였다. 때문에 대회 준비가 가속화되며 확대된 규모에 비해, 운영비에 할애할 수 있는 자금은 적었던 탓에 초과된 예산은 모두 십이사도들이 사재를 털어 마련했다고 한다.

결과적으로 게임이었던 시절에 비축했던 재산이 모두 날아갔다는 모양이다.

그 액수는 무려 일 조 리프. 열두 명이 모았다고는 하나, 한 사람의 부담금이 팔백삼십억 리프 정도다. 이 시점에서 이미 미라에게는 터무니없는 금액으로 느껴졌다.

"그만큼 재산을 비축해놓은 것도 용하구나……. 이 몸한테는, 1퍼센트도 남아 있지 않건만."

십이사도들이 각자 그만한 재화를 모았다는 것도 놀라울 따름이었다.

아홉 현자 또한 동급의 실력을 갖췄으며 게임이었던 시절에도 비슷하게 활약을 펼쳤다. 하지만 그들 모두가 사재를 털어 모은들, 백억이나 모이면 많이 모이는 편일 거라고 미라는 생각했다.

"역시 나라라는 큰 기반의 차이 때문인가……."

어디서 그만한 차이가 생겨난 것일까. 가만히 생각해 보니 지위에 비해 급여는 그냥 그랬던 것 같다는 생각이 미라의 머리를 스쳤다. 그런 미라에게 아르마와 에스메랄다의 시선이 꽂혔다.

"그럴 수밖에 없지. 할배네는 다들 실험이다 뭐다 해서 요란하게 돈 낭비를 해댔잖아."

"나라라기보다는 개인의 차이겠지. 우리는 정해진 예산 안에서만 운용했지만, 미라코 씨네는 좀……."

두 사람은 그렇게 말하더니 요란하게 한숨을 내쉬었다. 그토록 호쾌하게 번 돈을 써댔으면서 돈이 없다고 투덜대다니, 무슨 헛소리냐는 뜻을 담아서.

"으…… 아무리 이 몸들이라도, 그렇게까지는…… 그렇게까지…… 으…… 끄으응……."

듣고 보니 실험을 그럭저럭하기는 했다. 돈도 그럭저럭 들었다. 하지만 수백억 단위의 차이가 날 정도는 아니었다. 하물며 합쳐서 조에 달할 정도로 썼을 리가 없다.

미라는 그렇게 반론하려 했지만 돌이켜보면 볼수록 그럴싸한 기억이 하나둘씩 떠올라 서서히 표정이 어두워졌다.

'그때 세웠던 신전은, 얼마가 들었더라…….'

성술들은 성스러운 유물에 손을 대거나 유서 깊은 신전에서 기도를 올려야 습득할 수 있다.

그리고 당시 누군가가 새로운 신전을 세워서 유서 깊은 장소로 만들면 성술을 습득할 수 있을까, 라는 의제를 내놓았다.

그 결과, 루나틱 레이크에서 한참 서쪽에 위치한 곳에 대성구(大聖區)라는 장소가 생겨났다. 삼신을 모시는 대신전과 수많은 신도들이 살 기숙사, 그리고 그곳으로 이어지는 길을 정비한 일도 있었다.

기억에 따르면 그 단계에서 이미 천억 리프 정도가 들었다. 또한 실험 결과는, 아직 나오지 않았다. 유서 깊은 장소로 인식되려면 시간이 필요하기 때문일 거다.

'그리고 그 녀석의 실험은 꽤나 호쾌했더랬지…….'

마술은 여러 가지 아이템을 촉매 삼아 불태움으로써 획득할 수 있다. 힘이 있는 물건에는 그 힘의 기반을 이루고 있는 무언가가 있다. 그러한 것들을 불을 통해 추출해 퍼즐처럼 조합하여, 하나의 술식으로 완성시키는 것이 마술을 습득하는 방법 중 하나였다.

하지만 퍼즐처럼 우선은 조각의 모양을 알아야만 조합 방법을 알 수 있다. 그 때문에 마술의 탑의 현자인 루미나리아는 입수 가능한 거의 모든 아이템과 무구를 모아, 닥치는 대로 불태우는 수단을 취했다. 아닌 게 아니라 명품부터 영웅급, 끝내는 전설급까지 불살랐던 것이다.

'특히 전설급은 수십 억은 했었으니, 돈이 모일 리 없었지.'

그 결과, 해명한 술식은 다섯 개 정도였다. 더불어 마술 획득을 위한 조합은 그리 단순하지가 않다는 사실도 알게 되었다.

'소울하울 녀석도, 돌이켜 보면 유품이니 뭐니 하는 것들을 모으고 있었지…….'

성인이나 영웅으로 불리는 자들은 특별한 힘을 지니고 있는 경우가 많다. 그런 자들이 생전에 애용했던, 그리고 죽기 직전에 옆에 있던 물건에는 특별한 힘이 옮겨갈 가능성이 있다.

사령술은 이러한 물건들로부터 추출한 힘을 술식에 짜 넣을 수 있었다.

힘이 센 영웅의 유품에서 '물리공격력 상승' 술식을 획득하는 식으로 말이다.

따라서 소울하울은 성인이나 영웅이라 불렸던 자나 희대의 대악당, 천재학자, 나아가 역사에 이름을 남긴 예술가에 이르기까지 수많은 저명인들의 유품을 수집했었다. 이 역시 모두 모았다면 상당한 액수가 되었을 것이다.

'다시 생각해 보니, 그것에도 꽤 많이 들었던 것 같은데…….'

이것저것 짚이는 바가 있는 일들을 돌이켜보던 중에, 미라는 자신이 열을 올렸던 대사업에 생각이 미쳤다.

그 대사업의 내용은 황폐해진 성역을 과거의 상태로 되돌려놓는 것이었다.

알카이트 왕국에서 다소 북동쪽에 위치한 산지 중턱에, 먼 옛날에는 낙원이라 불렸던 성역이 있었다. 수많은 영수가 살고 있었다는 평화롭고 풍요로운 장소다.

하지만 그곳은 먼 옛날에 일어났던 대전(大戰)의 불길에 휩싸여 소실되고 말았다.

그런 성역을 부흥시키고자 힘썼던 이가 바로 미라였다. 신비의 약부터 이런저런 것들을 사용해 숲을 부활시켜, 전쟁의 불길 따위에 휘말려 들지 않도록 주변을 보강했다.

그런 노력 덕에 다시금 성역으로서 기능하기 시작한 그 장소에는 영수와 성수 등이 조금씩 모여들게 되었다. 그리고 당연하다고 해야 할지, 과거의 덤블프는 그들과 소환 계약을 맺기 위해 뻔질나게 그곳을 들락거렸다.

심지어 그런 성역이 그밖에도 몇 군데 더 있었다. 이 모든 곳의 부흥 비용을 합치면, 역시나 상당한 액수가 될 것이다.

또한 모든 술식을 실험할 수 있도록 거대한 실험장을 은의 연탑 지하에 만들거나, 실험에 필요한 소재를 키우기 위해 성대한 치수 공사를 하는 등, 생각을 하면 할수록 얼마나 돈을 물 쓰듯이 했는지 뼈저리게 실감하게 될 따름이었다.

예산 안에서 어찌어찌 꾸려나갔던 자들과 생각나는 대로 마구 저질러버린 자들. 당연히 차이가 날 수밖에 없었다.

"여러 가지 일들이 쌓이고 쌓인 결과가 현재인 것이지. 암, 그렇고말고."

지출만 두고 한 말이 아니었다. 여러 가지 일이 있었기에 지금의 힘을 손에 넣을 수 있었다. ……라는 식으로 미라는 적당히 얼버무리려 했지만, 아르마와 에스메랄다의 시선은 여전히 냉랭하기만 했다.

21

니르바나 황국의 수도 라트나트라야에 도착한 날. 아르마 일행과 느지막한 저녁식사를 한 미라는, 당연하다는 듯이 각자 입욕하고서 안내를 받은 객실에서 그대로 잠들었다.

그리고 다음 날 아침. 잠에서 깬 미라는 아침 준비를 하고 개운한 기분으로 방을 나섰다.

"오오우?!"

방에서 나온 직후, 문 옆에서 대기 중인 시녀를 보고 어깨를 움찔했다. 성이라는 환경과 시녀라는 존재가 천적인 릴리를 연상케했기 때문이다.

"좋은 아침입니다, 미라 님. 준비가 되셨으면 식당으로 안내하겠습니다."

청초한 모습의 차분한 시녀. 그것까지는 릴리도 같았지만, 눈앞에 있는 시녀에게서는 마음 속 깊숙한 곳에서 꿈틀대는 검은 무언가가 전혀 느껴지지 않았다. 실로 맑고 투명한 기운만이 느껴질 따름이었다.

"음, 잘 부탁하마."

시녀는 다 릴리 같을 거라는 잘못된 인식이 너무도 강하게 뇌리에 박혀 있었다. 하지만 본래 시녀 중에 그러한 자가 그리 많을 리가 없다. 이것이 본래의 모습인 것이다.

이 성은 마음 놓고 쉴 수 있는 성이라는 생각이 들어 안심한 미라는 긴장을 풀고 시녀의 뒤를 따라 식당으로 향했다.

"아침부터 과식을 하고 말았군그래."

식후, 미라는 만족스러운 투로 중얼거렸다. 안내를 받은 식당은 뷔페 형식으로 되어 있었다. 본래는 손님용이 아니라 사용인들의 아침 식사로 준비된 것이라고 한다.

하지만 미라라면 귀빈용 모닝 코스보다 이쪽을 더 좋아할 테니 이쪽으로 안내하라는 아르마의 당부가 있었다는 모양이다.

그 말은 정답이었다. 좋아하는 음식을 마음껏 먹고 디저트로 입가심을 한 미라는 매우 행복해 보였다.

그렇게 아침 식사가 끝난 후, 다시 시녀의 안내에 따라 그대로 아르마의 방으로 향했다.

"그럼 실례하겠습니다."

그렇게 말하고서 물러가는 시녀에게 미라는 "안내해줘서 고맙구나"라고 감사 인사를 한 후, 고개를 돌려 아르마와 대면했다.

"좋은 아침, 할배."

"음, 좋은 아침이다."

그렇게 간결하게 인사를 나누고서 미라는 집무용 책상 위에 흩어진 서류를 보고 생각했다. 여왕님도 고생이 많구먼, 이라고.

그 후, 푹 잤냐느니, 아침 식사는 정말 맛있었다느니, 어제 미라가 펼친 활약 덕에 이런저런 것들을 알아낼 수 있을 것 같다느니, 무녀의 호위에 관해서는 어떻게 하는 게 좋겠다느니 등의 대화를 나누었다.

"좋은 아침이야, 미라코 씨."

"좋은 아침이다, 에메코."

얼마쯤 지나자 에스메랄다도 찾아왔다. 아침부터 환한 얼굴로 인사를 건넨 그녀는 어젯밤에 약속했던 대회 출전자 명부를 준비해준 듯했다. 이미 다른 방에 정리해 두었다는 모양이다.

"시간이 비면 도우러 갈게~."

그런 아르마의 목소리를 등진 채, 되도록 빨리 부탁한다고 답한 후 미라는 에스메랄다의 뒤를 따라갔다.

그렇게 찾아간 곳은 많은 선반이 늘어선 커다란 방이었다. 에스메랄다의 말에 따르면 이곳은 정보관리부의 보관실이라는 모양이다.

폭이 300미터는 되지 않을까 싶을 정도로 넓은 데다, 중앙의 뻥 뚫린 공간을 올려다보니 4층으로 이루어져 있었다. 과연 대국이라고 해야 할지, 관리되고 있는 정보의 양이 알카이트 왕국과는 비교도 되지 않는 듯했다.

"이것 참…… 대단하군그래."

"이런 곳에 있으면 가치관이 일그러질 것 같아."

그 광경 앞에서 미라가 중얼거리자 에스메랄다는 쓴웃음을 지은 채 답했다.

아무래도 그녀도 천성이 서민적인 탓인지 아직도 왕성 생활이 익숙지 않다며 웃었다.

아르마도 그렇고 에스메랄다도 그렇고 솔로몬도 그렇고, 현대에 살 때보다 긴 시간을 이 세계에서 보냈음에도 당시의 감각에서 헤어나지 못한 자가 많은 듯했다.

이 세계가 특별한 것인지, 아니면 육체에 뭔가 비밀이 있는 것인지.

이러한 현상은 세월에 따른 기억의 열화가 매우 느린 것이 원인 중 하나인 듯하다는 소리를 솔로몬이 했던 것 같다.

이야기를 하던 도중 그런 생각을 하다 보니 서류실에서도 안쪽에 있는 방에 도착했다. 주로 서류 정리 등을 하는 장소라는 듯했다.

"이것 참…… 터무니없는 양이로군."

여러 개의 테이블과 의자가 늘어선 방의 한구석, 커다란 테이블 위에 산더미처럼 쌓인 서류를 본 미라는, 보기만 했을 뿐인데 녹초가 된 듯한 목소리로 투덜거렸다. 그 산더미 같은 서류들이 모두 대회 출전자의 명부였기 때문이다.

"그러면 미라코 씨. 나도 준비를 마치고 나서 도울 테니…… 열심히 하고 있어."

안내를 마친 에스메랄다는 그렇게 말하고서 떠나갔다.

아르마와 에스메랄다는 도와주겠다고 했지만, 여왕과 십이사도라는 직책 때문에 상당히 바쁜 듯했다.

"뭐어, 이렇게 정리해준 것만으로도 충분히 고마운 일이기는 하지……."

조금 쓸쓸하다는 생각을 하며 미라는 첫 번째 서류 더미를 집어 들었다.

출전자 명부는 우선 출전할 시합별로 분류되어 있었다. 클래스나 연령별 토너먼트 같은 식이었다.

메이린의 성격을 고려하면 분명 무차별급에 참가 신청을 했을 거다. 그리고 이 대회에 관해 알자마자 부리나케 달려왔을 것이다. 그러니 등록 명부에서도 상당히 앞쪽에 있을 것으로 추측되었다.

"자아…… 찾을 수 있어야 할 텐데……."

그렇게 기도하며 미라는 무차별급 명부 중 첫 번째 권을 펼쳤다.

디지털 데이터상에서의 정보 관리는 매우 간단하다. 조건을 설정하면 일괄적으로 정렬해주는 기능 등이 있기 때문이다.

확정 정보인 '선술사'라는 클래스만 골라서 볼 수 있다면 훨씬 편할 텐데. 그런 생각을 하며 명부를 뒤져가며 30분 남짓 동안 명부를 뒤적거리면서 클래스 기입란을 확인하던 중에.

"아…… 찾았다."

놀랍게도 클래스 기입란에 보란 듯이 '무도선술사'라고 적은 인물이 있었다. 그것은 무도가인 동시에 선술사이기도 하다고 말했던 그녀가 늘 자칭했던 클래스였다. 그리고 동료들 사이에서는 유명한 호칭이기도 했다.

나아가 이름 쪽을 확인해 보니 그 인물의 이름은 '메이메이'였다.

선술의 아홉 현자의 이름은 '메이린'. 조금은 자각이 있을 테니 가명을 썼을 것이라는 예상, 그리고 가명을 썼어도 신경 써서 이름을 짓지는 않았을 것이라는 추측에 딱 들어맞는 인물이 발견된 것이다.

"설마 이렇게까지 예상대로일 줄이야. 흠…… 퍼지다이스 사건으로 이 몸 안에 잠들어 있던 탐정의 재능이 눈을 뜬 것일지도 모르겠구먼!"

메이린이라는 인물을 알고 있다면 누구나 가장 먼저 떠올릴 듯한 단순한 추리였다.

하지만 대상이 예상대로 움직인 것이 어지간히도 기뻤던 탓에, 미라는 마치 홈즈라도 된 기분이었다.

이 인물이 찾아다니던 메이린 본인이 분명하다. 그렇게 확신한 미라는 자신만만한 미소를 지었다. 그리고 너무도 어이없게 찾았다는 생각이 들어 산더미처럼 쌓인 명부를 보며 쓴웃음을 지었다.

이렇게까지 정리해줬는데 전체 분량 중 1할을 확인하기도 전에 찾아낸 것이 어째 미안하다는 생각이 들었기 때문이다.

"뭐어, 운이 좋았던 것으로 해둘까……."

그렇게 변명거리를 준비하고 있던 그때. 우당탕탕 발소리가 들리는가 싶더니 방의 문이 벌컥 열렸다.

"할배~ 도우러 왔어~!"

"어떻게 되어가?"

아르마와 에스메랄다가 그렇게 말하며 얼굴을 비췄다. 아침 공무를 잽싸게 끝내고 약속한 대로 도우러 와준 모양이다.

"오오, 와 줘서 고맙구나. 헌데……."

이미 찾은 거나 다름없는 상태라 미라는 쓴웃음을 띤 채 두 사람을 맞이한 후, 그대로 조용히 명부를 내밀었다.

"왜 그래?"

아르마와 에스메랄다는 어라, 하고 고개를 갸웃하며 그 명부를 들여다보았다. 그리고 얼마쯤 지나 그녀들도 알아챘는지 "아……" 하고 짧은 탄성을 내뱉었다.

"이건, 딱 봐도 메이린이네~."

"응, 분명 메이짱일 거야."

두 사람 역시 메이린이 틀림없다고 확신한 모양이다. 막 산더미처럼 쌓인 명부에 덤벼들려던 참에 그럴 필요가 없어졌다는 사실을 알게 되자 김이 샌 듯한 눈치이기는 했지만, 이내 찾았으니 됐다며 미소를 지어주었다.

"어디 보자, 그래서 메이린의 숙박처는……."

그토록 찾아다녔던 메이린은 분명 투기 대회를 위해 와 있었다. 거기까지는 확정된 사실이지만, 문제는 그다음이다. 메이린의 현재 위치를 알아야 하기 때문이다.

참가 신청서에는 숙소의 이름이나 가설 캠프의 번호 등을 체류 장소로 기입하는 칸이 있었다. 그것을 확인하면 늘 이리저리 쏘다니는 방랑 수행 소녀의 현재 위치를 알아낼 수 있을 것이다.

"아담스가(家)라니…… 그게 어디지?"

"어머어머, 어디일까."

기입란을 보니 그곳에는 그냥 '아담스가'라고만 적혀 있었다. 만약을 위해 라트나트라야에 있는 숙박 시설의 명부를 확인해 보았지만 '아담스가'라는 이름의 장소는 없었다.

그렇다면 가능성이 있는 건 하나뿐이다.

"이건 다시 말해서, 어느 개인의 집에 얹혀살고 있다는 뜻인가……?"

"응, 아마 그럴 거야."

"그런 뜻이겠지."

세 사람의 의견이 일치했다. 메이린은 현재 아담스라는 인물의 집에 얹혀살고 있는 듯하다.

"아담스…… 무엇을 하는 자일꼬."

숙박 시설이었다면 찾기 쉬웠겠지만, 개인의 집이라면 일이 좀 복잡해진다. 아담스는 상당히 흔한 이름인 데다 라트나트라야는 인구가 수십만 명에 달하는 대도시다. 후보가 얼마나 될지 짐작도 되지 않았다.

"우선 사회통괄부에 가서 모든 아담스 씨의 정보를 추려내 봐야 하려나."

이 이상의 정보는 없으니 아담스가를 한 집씩 돌아다녀 보는 수밖에 없다. 그러려면 나라에서 관리하고 있는 주민 정보를 조사할 필요가 있다.

아르마가 그렇게 말하자 미라는 몇 집이나 되려나, 라는 생각이 들어 질려버린 듯한 표정을 지었다.

"그나저나 개인의 집이라니, 놀랍네. 메이짱의 지인인 걸까?"에스메랄다가 문득 그런 말을 중얼거렸다. 하지만 과연 이곳저곳을 방랑하고 다니는 수행 소녀가 묵을 곳을 내줄 정도로 친근한 지인을 어떻게 사귄 걸까. 그녀를 아는 세 사람은 고개를 갸웃했다.

"아, 메이린은 가만히만 있으면 귀여우니까……."

문득 아르마가 그런 소리를 했다. 범죄의 냄새가 나는 사태가 벌어진 건 아닐까, 하고 걱정하는 투로.

"아무렴 그러겠어."

아무리 그래도 그런 상황은 아닐 거라고 에스메랄다는 부정했다. 그녀를 힘으로 어떻게 할 수 있는 자는 없을 거라는 것이다.

하지만 동시에 한 가지 생각이 세 사람의 머리를 스쳤다. 말로 잘 구워삶는다면 가능성이 없지는 않을 것 같다는 생각이.

"아담스라……."

"아담스 씨라……."

"어쨌든 아담스라는 인물을 조사해봐야겠군그래."

여기서 이야기만 하고 있어 봐야 달라질 건 없다. 우선은 사회 통괄부라는 곳에 가보자고 미라가 말한 참이었다.

"저기, 새로운 참가자 명부가 도착했는데 이쪽으로 가져오는 게 좋을까요?"

문을 두드리는 소리가 들리더니 한 여성이 고개를 내밀었다.

그녀는 에스메랄다의 지시로 출전자 명부를 가져와 테이블에 정리한 자였다. 있는 대로 다 가져오라고 지시를 해뒀던지라 대회 접수처에서 추가로 도착한 출전자 명부도 가져오는 게 좋을까 싶어서 이렇게 확인을 하러 온 듯했다.

"고마워. 하지만 이제 됐어."

메이린으로 추측되는 등록자를 발견한 덕에 이제 출전자 명부는 들여다보지 않아도 된다. 따라서 새로운 명부는 필요 없다. 에스메랄다가 수고했다는 투로 그렇게 답하자 여성은 고개를 숙여 인사하며 "알겠습니다"라고 말했다.

하지만 그녀는 그대로 돌아가려 하지 않았다. 극도로 긴장된 얼굴을 한 채 그 자리에 서서 생각에 잠긴 듯 고개를 푹 숙이고 있었던 것이다.

"뭐 더 할 말이 있어?"

에스메랄다가 그렇게 묻자 여성은 결심을 굳힌 듯 고개를 들었다.

"저기…… 아담스 선배가 무슨 잘못이라도 했나요?!"

그녀는 불안하다기보다는 걱정스러운 얼굴로 그렇게 말했다. 아무래도 아담스가 어쩌니저쩌니했던, 조금 전의 이야기를 들은 모양이다.

그리고 그녀의 선배에 해당하는 인물 중 아담스라는 이름을 지닌 자가 있는 듯했다. 여왕과 십이사도가 고민스러운 목소리로 그 선배와 같은 이름을 입에 올리는 것을 듣고, 무슨 일인가 싶어 덜컥 걱정이 된 모양이다.

"호오…… 그 아담스 선배란 자에 관해 들려줄 수 있겠느냐?"

첫 번째 아담스에 관한 정보가 저절로 굴러들어오다니. 이건 우연에 불과할까, 아니면……. 알 수 없는 예감에 이끌려 미라는 가장 먼저 반응했다.

"저기…… 그게——."

여왕 아르마와 십이사도인 에스메랄다. 그런 두 사람과 함께 있던 의문의 소녀 미라를 본 여성은 과연 정체가 뭘까 싶었는지 당황한 눈치였다. 하지만 미라의 태도가 하도 당당한 나머지, 여성은 거의 반사적으로 답했다.

아담스 선배. 그녀의 말에 따르면 그는 기사대의 대장으로 지금은 투기 대회의 접수 책임자를 맡고 있다고 한다.

"호오…… 접수 책임자라……."

그 말을 들은 미라의 뇌리를 어떠한 생각이 스쳤다. 어쩌면 단번에 당첨 제비를 뽑은 걸지도 모르겠다.

상대는 메이린이다. 분명 숙소 같은 건 전혀 생각지 않고 대회 등록을 하러 왔을 거다. 그렇다면 등록을 할 때 그 일로 이래저래 애로사항이 있었을 것이다.

"해서, 그대가 보았을 때 그 아담스 선배라는 자의 인품은 어떠하냐? 예를 들어, 버려진 고양이를 내버려 두지 못하거나 하는 자냐?"

미라는 더욱 깊숙이 파고들어 캐묻기로 했다. 그러자 여성은 당황한 눈치이기는 했지만 약간 얼굴을 붉히면서 입을 열었다.

"네, 맞아요. 다친 들고양이 같은 걸 보자마자 집에 데리고 가고는 해요. 그리고 책임감이 강하고 누구에게나 상냥하고, 주먹 싸움을 하는 사람들 정도는 가볍게 제압할 수 있을 정도로 강해요."

아무래도 아담스는 매우 선량한 인물인 모양이다. 그리고 그렇기에 이 여성은 필사적인 것이리라. 그야말로 여왕과 십이사도의 대화에 끼어들 정도로.

"헤에~ 그래, 그렇구나~."

"어머어머, 저런저런."

아르마와 에스메랄다는 그러한 태도를 통해 그녀가 속으로 그를 남몰래 연모하고 있다는 사실을 알아챈 모양인지 놀리기라도 하듯 흐뭇한 미소를 짓고 있었다.

그리고 미라 역시 그 사실을 알아챘지만, 이쪽은 히죽히죽 웃으며 "호호오~" 하고 탄성을 토해낼 따름이었다.

다만 그런 세 사람의 반응에 여성은 자신의 설명이 불충분했다고 느낀 듯했다. 대체 무엇 때문에 아담스의 이름이 나온 것인지. 그녀는 사정을 몰랐지만 일이 안 좋은 쪽으로 흘러가지 않았으면 해서 계속해서 최신 에피소드를 늘어놓기 시작했다.

"그게, 저기…… 한 달 정도 전에 있던 일이에요. 한 여자애가 대회 출전 등록을 하러 왔는데——."

여성이 그렇게 밝힌 내용은 깜짝 놀랄 정도로 미라가 생각했던 바와 같았다.

무차별급 시합 출전 등록을 하러 온 소녀는 마지막에 있는 숙박 장소에 관해 적는 칸에 처음에는 '어디서든'라고 적었다는 듯했다.

하지만 '어디서든'이라고 적어서는 무슨 뜻인지 알 수가 없어, 그게 무슨 의미냐고 묻자 소녀는 근처에 있는 숲, 공원, 길바닥에서도 잘 수 있다는 뜻으로 한 말이라고 답했다.

그 말을 들은 접수 담당자는 당황했다는 모양이다. 위병들 덕분에 치안이 나쁘지는 않지만 소녀를 그러한 장소에서 묵게 할수는 없다고 생각한 것이다.

하지만 금전적 여유가 거의 없는 탓에 여관에서 묵기는 어렵다고 한다. 선수 캠프도 있기는 하지만 단체 생활이라는 점과 각 시설과 식사, 소등 시간 등이 정해져 있다고 말하자 거부했다는 듯했다.

'들을수록 본인 같군그래. 내킬 때 먹고 자는 자유로운 녀석이었으니 말이야.'

그 여자아이가 메이린이라는 보장은 없었지만, 미라는 틀림없는 것 같다는 생각을 하며 계속되는 여성의 이야기에 귀를 기울였다.

소녀는 시종일관 자신은 어디서 묵어도 상관없다고 주장했다. 접수원은 아무리 그래도 그런 생활을 하도록 둘 수는 없다는 생각에 계속 선수 캠프를 권했다. 그렇게 아웅다웅하던 중에 문제가 발생했다는 이야기를 들은 아담스가 찾아왔다고 한다.

"아담스 선배도 여자애가 '어디서든' 묵는 걸 간과할 수는 없다는 생각에 동의해주셨어요. 그래서 한 가지 제안을 하셨죠."

여성은 그야말로 열성적으로, 황홀한 얼굴로 말했다.

돈이 없으니 여관에서는 묵을 수 없다. 자유로운 성격이라 답답한 집단생활은 할 수 없다. 아담스는 그런 소녀를 자신의 집으로 초대했다는 듯했다. 여성은 끝으로 부럽다는 듯이, 소녀는 현재 아담스의 가족들과 사이좋게 지내고 있다고 말했다.

"오호라."

"일단 문제는 없을 것 같네."

"그러게, 친절하기도 하네."

여성이 말한 일화는 출전자 명부에 있던 '메이메이'라는 인물의 숙박처가 '아담스가'라고 적혀 있었던 이유를 명확하게 설명해 주었다.

경위를 알게 된 미라 일행은 납득했다는 듯한 얼굴로 고개를 끄덕였다. 그러자 여성 쪽도 그 반응에 안심한 듯했다. 얼굴에는 안도의 빛이 떠올라 있었다.

'이거 재수가 좋군그래!'

생각지 못한 증언 덕분에 '아담스가'를 찾을 수고를 덜었다는 생각에 미라는 기분이 좋아졌다. 여기까지 알아냈으니 이제 아담스의 집이 어디냐고 물어서 메이린이 틀림없을 메이메이라는 자와 접촉하는 일만 남았다.

"그러면, 아담스 군을 여기로 불러와 줄 수 있을까?"

이야기가 일단락되자 아르마가 그렇게 말했다. 그 직후, 여성이 다시 긴장된 표정을 지었다.

호감을 품고 있는 상대가 여왕에게 직접 호출을 받았으니 걱정이 될 만도 했다. 표정을 통해 그녀의 생각을 짐작한 에스메랄다가 다정한 미소를 띤 채 "안심해. 안 좋은 일로 부르는 게 아니니까"라고 말했다.

"알겠습니다. 당장 불러오겠습니다."

에스메랄다의 말 덕에 불안이 해소된 모양이다. 여성은 잽싸게 무릎을 꿇고 고개를 조아린 후, 아담스를 부르러 뛰쳐나갔다.

그렇게 기다리는 동안, 정보관리부의 안쪽에 위치한 니르바나 황실의 정보가 모여드는 중심지에 있는 미라 일행은 겸사겸사 아담스에 관해 조사하기 시작했다.

메이린으로 추측되는 소녀가 신세를 지고 있는 집에 관해서. 그리고 무엇보다도 조금 전에 보았던 여성이 호감을 품고 있는 상대는 어떤 남자일까 싶어서.

　재미난 일을 앞에 둔 구경꾼들처럼.

22

국가의 우두머리인 아르마와 장군급인 에스메랄다 덕분에 모든 열람 제한은 없는 것이나 다름없었다. 따라서 군 관련 정보라 해도 마음만 먹으면 얼마든 조사할 수 있었다.

"이것 참, 훌륭한 사내로군."

거기에는 아담스의 경력 등도 망라되어 있었다.

기사대의 대장인 그의 풀네임은 헨리 아담스. 기사로서도 매우 우수한 경력을 지녔다.

니르바나 최고로 알려진 기사학교를 차석으로 졸업. 입대 후, 검술 대회에서 준우승, 마상창 시합에서는 단체전에서 우승하였으며 그밖에도 용맹함을 엿볼 수 있는 상을 여럿 탔다.

대장이라는 지위에 어울리는, 훌륭한 실력을 지닌 듯했다.

"어머어머, 아우구스트 군이 있었던 곳의 대장이었구나."

에스메랄다는 신기한 우연도 다 있다는 듯 말했다.

대국인 니르바나의 군은 크게 셋으로 나뉜다. 그러한 군에는 각각 네 개의 기사단이 있고, 그 기사단은 서른두 개의 부대로 편성되어 있다.

그리고 헨리의 소속은 육군중장병단 제16기사단이었다. 듣자 하니 몇 년 전에 에스메랄다 직속 부대로 편입된 아우구스트라는 인물은 이 16기사단의 선임 대장이었다는 듯했다.

다시 말해서 헨리는 아우구스트의 후임으로 대장이 된 것이다.

"아, 그래 그렇구나. 그 아담스 씨네 애였구나아."

자료를 확인하던 중에 아르마는 문득 생각이 났다는 듯 그렇게 말했다. 그녀의 말에 따르면 아담스가는 25년 정도 전에 기사 작위를 받은 자의 자손들이라는 듯했다.

현실이 된 이 세계에 온 지 5년쯤 되었을 때. 마물 대책 등을 세우느라 정신이 없었을 무렵에 활약했던 이들 중 한 명이 헨리 아담스의 아버지, 로이드 아담스라고 한다.

아르마는 어쩐지 기쁜 듯한 미소를 띤 채 그런 로이드의 재능을 물려받은 모양이라고 중얼거렸다.

그렇게 여러모로 조사를 한 결과, 미라 일행은 후배 여성이 반할 만도 하다는 결론에 다다랐다. 또한 나중에 정령왕에게서 들은 이야기지만, 그 과정을 지켜보고 있던 마텔 또한 엄청 들떠서 난리도 아니었다는 모양이다.

인품을 비롯해서 여러 가지 정보를 알게 되자 미라 일행은 헨리 아담스를 만나는 게 조금 기대되기 시작했다. 그렇게 철저하게 조사를 마치고서 2분이 지나자, 조사 대상이었던 본인이 세 사람 앞으로 찾아왔다.

"찾으셨습니까, 아르마 님, 에스메랄다 님. 헨리 아담스, 대령했습니다."

문을 두드리는 소리가 난 후, 들려온 목소리에는 약간의 긴장감이 배어나 있었다. 하지만 이 두 사람에게 호출을 받았으니 그럴 수밖에 없었다.

"수고가 많군요. 들어오세요."

에스메랄다가 말하자, 드디어 헨리가 "실례합니다"라고 말하며 방에 들어섰다.

"무슨 일로 부르셨는지요. 무엇이든 분부하십시오."

헨리는 유려한 동작으로 아르마의 앞에 무릎을 꿇었다. 어째서 호출을 받은 것인지 알 수 없어 불안할 텐데도 얼마든지 덤비라는 듯 당당했다. 이력을 통해 확인한 대로 반듯한 기사 그 자체였다.

하지만 그런 헨리를 보고 미라가 가장 먼저 느낀 것은 놀라움이었다.

헨리 아담스는 후배가 남몰래 호감을 품고 있는 선배 기사인 데다 기사 가문에서 태어나, 기사로서의 재능을 타고나 기사답게 자랐으며 기사대의 대장을 맡고 있다.

그렇듯 올바른 기사다운 요소를 과도하다 싶을 정도로 갖춘 것을 확인한 탓에 미라의 머릿속에는 어느샌가 어떠한 기사의 이미지가 완성되어 있었다.

어쩐지 재수가 없는, 하지만 여성들의 마음을 사로잡을 만큼 훤칠한 기사의 이미지가.

하지만 현실은 달랐다. 방에 들어선 헨리는 그런 이미지와 전혀 달랐던 것이다.

무릎을 꿇고 고개를 숙인 헨리는, 그런 자세를 취하고 있음에도 얼굴의 위치가 서 있는 미라와 그다지 차이가 없을 정도로 높았다.

그렇다. 그는 2미터를 넘는 거한이었다. 거기에 덩치도 좋고 근육질이라 특대 사이즈의 검도 한 손으로 휘두를 수 있을 듯했다.

그리고 얼굴 역시 기사란 말을 듣고 상상했던 미남형과는 거리가 있었다. 굳이 말하자면 순박한 용병이나 해적 같은 타입의 얼굴이었다. 다소 과하다 싶을 정도로 사내다운 그를 한 마디로 표현한다면 '곰 같은 남자'가 될 것이다.

'뭔가, 갑자기 응원해지고 싶은 마음이 솟구치는구나!'

조금 전과 달리 여성들이 깍깍거리며 좋아할 만한 타입이 아닌 그의 모습을 본 미라는, 마텔만큼은 아니라지만 후배와 헨리의 사랑의 행방이 신경 쓰이기 시작했다.

"묻고 싶은 게 좀 있다만——."

분명 여성 후배는 그의 외모가 아니라 인품 등에 반한 것이리라. 미라는 그런 실례되는 생각을 하며 아담스가에서 신세를 지고 있는 '메이메이'에 관해 헨리에게 물었다.

"예상은 했지만, 크기도 하군그래."

헨리와 만나고서 한 시간이 지난 후. 미라는 현재 아담스가의 앞에 있었다. 역사는 오래되지 않았지만 기사 가문답게 저택이 번듯했다. 커다란 문 앞에는 보기 좋게 손질된 정원이 있고, 그 안쪽에 저택이 당당하게 자리하고 있었다.

"이쪽입니다. 이 시간이면 분명 여동생들을 상대해주고 계실 겁니다."

그런 저택을 안내해주고 있는 것은 헨리였다. 듣자 하니 그에게는 나이 차가 나는 남동생과 여동생이 있다는 듯했다.

남동생과 여동생이 둘씩 있는데, 네 사람 모두 못 말리는 개구쟁이라고 즐거운 듯 말했다.

왕성에서 미라는 아담스가에 얹혀살고 있는 메이메이라는 인물이, 자신이 찾는 인물일지도 모른다고 말했다. 그리고 몇 가지 특징을 언급하자 그것들이 딱 들어맞았다.

정말 틀림없는 것 같다고 아르마가 장담을 하기에 미라는 이렇게 헨리와 함께 아담스가를 방문하게 된 것이다.

"호오, 아이를 돌보고 있는 겐가. 상상도 안 되는군그래……."

미라는 주먹으로 대화하는 메이린이 과연 아이를 제대로 돌볼 수 있을까 싶어서 쓴웃음을 지은 채, 혹시 아주 닮은 딴 사람은 아닐까, 라는 생각을 하기 시작했다.

하지만 그것도 좀 있으면 판명될 일이다. 현관을 지나 똑바로 안으로 들어가는 헨리를 따라, 미라도 저택 안으로 발을 들였다.

"역시 아직도 하고 있는 듯하군요."

안내를 받아 도착한 문 안에서는 뭔가 격렬한 소리가 들려왔다. 더불어 기합이 바짝 든 목소리며 무언가를 내던지는 듯한 충격음까지 울렸다.

아이들을 돌보고 있다더니, 어째서 이런 소리가 나는 것일까. 미라가 당황한 가운데, 헨리가 문을 열었다.

"오오, 과연. 역시 기사의 집이로군."

문 안에서 소리와 열기가 동시에 흘러나왔다. 그리고 미라는 그 안에 펼쳐진 광경을 보고 납득한 듯한 투로 중얼거렸다.

메이메이를 자칭하는 인물이 동생들을 상대해주고 있다던 그

장소는 바로 훈련장이었다. 다시 말해서 아이를 돌보는 소리가
아니라 수련을 하는 소리였던 것이다.

'흠…… 저 옷은 낯설지만 저 모습…… 그리고 움직임으로 미루
어 역시 메이린이 틀림없는 듯하구나!'

흙을 다져 만든 바닥과 돌로 된 벽에 천장. 그리고 한편에는 정
원이 내다보이는 커다란 창이 나 있다. 지금은 활짝 열려 있어서
그곳에서는 시원한 바람이 흘러들고 있었다.

면적에 비해 넓게 느껴지는 훈련장 한복판. 그곳에는 다섯 명
의 아이들이 있었다.

그중 한 명인 차이나 드레스 같은 특징을 갖춘 복장, 초심자가
보아도 화려한 몸놀림, 그리고 무엇보다도 천진난만한 소녀의 얼
굴을 보자마자 미라는 확신했다. 메이린 본인이 맞다고.

보아하니 메이린은 일대사로 난전 형식의 훈련을 하고 있는 듯
했다. 하지만 실력 차가 역력해서 목검을 든 아이들을 한 손으로
압도하고 있었다. 하지만 그럼에도 아이들은 씩씩하게 계속 도전
했다. 그들의 눈에는 강해지고 싶다는 의지가 활활 타오르고 있
었다.

그런 열의에 찬물을 끼얹지 않도록 미라와 헨리는 얼마간 훈련
광경을 지켜보았다.

그렇게 5분 정도가 지났을 즈음.

"아, 형!"

"오라버니!"

메이린이 집어던지는 바람에 날아갈 때 눈에 들어온 것인지.

소년과 소녀가 구석에서 지켜보고 있던 헨리를 발견했다.

"아, 정말이다!"

"다녀오셨어요."

그러자 두 사람의 목소리에 반응하듯 나머지 두 사람도 고개를 돌려 헨리를 발견하자마자 환한 미소를 띤 채 달려왔다.

하지만. 다음 순간, 그 두 사람은 허공을 날고 있었다. 그야말로 눈 깜짝할 새였다. 메이린이 빈틈을 놓치지 않고 가차 없이 집어던진 것이다.

"방심은 금물이다해. 무슨 일이 있어도 적에게 등을 보여서는 안 된다이거."

바닥에 널브러진 두 사람 앞에서 메이린은 딱 부러지게 주의를 주었다. 그러자 두 사람은 벌떡 일어나며 "네!"라고 답했다. 꽤나 메이린을 존경하고 있는지 실로 고분고분했다.

미라는 그 가차 없는 태도를 보고 여전하다는 생각에 어이가 없어져서 쓴웃음을 지었다.

그렇게 헨리를 발견한 것을 계기로 훈련은 자연스럽게 중단되었다. 그리고 아이들은 이번에야말로 헨리의 곁으로 무사히 달려올 수 있었다.

"소개하겠습니다, 미라 공. 이쪽이 차남인 라이언과 삼남인 파비안. 그리고 장녀인 신시아와 차녀인 로즈마리입니다."

헨리는 한 사람씩 머리에 손을 얹어가며 동생들을 소개했다. 아이들은 그럴 때마다 자랑스럽다는 듯 가슴을 펴거나 쑥스러워하거나 고개 숙여 인사하는 등 저마다 다른 반응을 보였다. 하지만 그중 한 명인 라이언은 유독 격한 반응을 보였다.

지금까지 호흡하는 걸 잊고 있었던 것처럼 숨을 들이쉬더니, 갑자기 뺨이 붉어지고 온몸이 뻣뻣해진 것이다.

그것은 기사를 목표로 하는 소년이 처음으로 사랑에 빠진 순간이었다.

"그런데 혀…… 형── 형님. 그, 그 아이── 그분은?"

라이언은 긴장되어 떨리는 목소리로 간신히 헨리에게 물었다. 그 말을 들은 헨리는 고개를 끄덕인 후, 이번에는 미라를 소개했다.

"이쪽은 미라 씨다. 에스메랄다 님께선 굉장한 실력의 모험가라 하시더구나. 메이메이 공을 찾고 계신다기에 모시고 왔다. 실례가 없도록 하거라."그 직후. 라이언을 제외한 아이들의 표정이 확 바뀌었다. 지금까지는 굳이 말하자면 아이답지 않게 늠름하고 진지해 보이는 표정을 짓고 있었는데, 그랬던 것이 호기심 가득한 어린애의 얼굴로 돌아온 것이다.

"모험가구나! 굉장해!"

"실력이 굉장하다고? 무슨 랭크이신가요?!"

어느 나라, 어느 도시든 모험가의 활약상은 인기를 끌기 마련이다. 가장 친숙하고 가장 현실적인 존재이기에 그를 동경하는 아이들이 많은 탓이리라.

기사 가문이라도 예외는 아닌 듯했다. 아이들은 매우 흥분해서 달려들었다.

하지만 동경과 호감을 동시에 품고 있는 라이언은 다소 심경이 복잡해 보였다. 처음으로 반한 여자애가 까마득히 높은 경지에 있으니 남자로서 마음이 복잡할 만도 했다.

"흠, 그건 말이다——."

아이들의 보채는 말과 기대에 찬 눈빛을 받은 미라는 아주 싫지는 않은 듯이 가슴을 활짝 펴고서 입을 열었다. A랭크라고 말하면 더더욱 흥분할 거라고 생각하며.

하지만 그 말을 입 밖에 내려던 참에 생각지 못한 방해가 끼어들었다.

"나, 당신의 정체, 알아냈다해."

조금 전부터 미라를 물끄러미 쳐다보던 메이린이 갑자기 그런 소리를 한 것이다.

순간, 미라의 머릿속에 최악의 전개가 떠올랐다.

무도의 달인인 메이린은 사소한 동작의 패턴이나 발소리 등을 통해 상대의 정체를 알아맞히는 특기를 가지고 있었다. 어쩌면 미라 본인도 알지 못하는 버릇 같은 것이 있어서, 그걸 통해 덤블프란 사실을 알아챈 것은 아닐까. 그리고 그녀는 그 사실을 지금 이 자리에서 폭로하려는 게 아닐까.

"아니, 기다리거라——!"

사정을 전혀 알지 못하는 메이린이라면 충분히 그럴 수 있다. 그렇게 생각한 미라는 제지하려 했다. 하지만 그 말은 자신만만한 메이린의 목소리에 의해 지워졌다.

"당신, 정령여왕일 거다해!"

메이린이 그렇게 말하자 그 말을 들은 아이들이 동요하기 시작했다. 그냥 실력만 좋은 모험가가 아니라 이명을 지닌 유명인일 가능성이 생겨났기 때문이다.

강자의 정보에 한해 메이린은 무섭도록 빠르고 정확하게 정보를 입수한다. 그런 탓에 정령여왕에 관해서도 잘 알고 있었던 듯했다.

그리고 콕 집어서 말한 후에는 아이들보다 기대로 가득한 눈빛을 하고 있었다.

'뭐야, 그쪽 얘기였나.'

그에 반해 미라는 크게 안심했다.

한 번 성에서 목욕을 한 탓에 머리카락의 색은 원래대로 돌아왔다. 옷도 변장용이 아니라 평소처럼 시녀들이 제작한 것을 입었다. 추리 가능한 요소는 충분히 갖춰져 있었다.

어쨌든 정체를 밝힌다는 가장 즐거운 순간을 방해당하기는 했지만 치명적인 쪽의 정체는 들통나지 않은 듯했다.

아무리 메이린이라 해도 이렇게까지 모습이 바뀐 데다 그다지 크게 움직인 적도 없는 지금이라면 알아채지 못할 것이다.

"흠…… 용케 간파했군그래. 맞다. 이 몸이 바로 정령여왕이다!"

들뜬 얼굴의 아이들—— 그리고 메이린의 기대에 응해주듯 미라는 다소 과장스럽게 가슴을 펴고서 외쳤다.

그러자 아이들의 미소가 눈이 부실 정도로 환해졌다.

"오오~ 굉장해~!"

"와아, 여왕님이구나!"

아이들의 표정에는 놀라움과 동경이 뒤섞여 있었다. 실로 순수한 반응에 미라 역시 기분이 좋아져서 미소를 지은 채 "굉장하고 말고"라고 말했다.

하지만 그런 아이들과 미라보다 환한 미소를 짓고 있는 자가 있었다.

그렇다, 메이린이다.

"역시 그랬다해! 원수는 외나무다리에서 만난다는 건 이런 경우를 말하는 거다이거!"

말 그대로 뛸 듯이 기뻐하며 메이린은 그런 소리를 했다. 미라는 뭔가 원한을 살 만한 짓이라도 했던가…… 라는 생각은 않고 못 말리겠다며 한숨을 내쉬었다.

"아니 그건, 이런 상황에 쓸 말이 아니지 않으냐……."

예전에도 이런 일이 자주 있었다. 그 당시를 그리며 미라는 그렇게 지적했다. 그러자 메이린은 살며시 고개를 갸웃한 채 생각에 잠기더니, "그러면, 불로 날아든 불나방이냐?"라고 고쳐 말했다.

"그것도 아니고."

미라가 어이가 없다는 듯 웃자 메이린은 더더욱 복잡한 표정을 지은 채 생각에 잠겼다. 하지만 그것도 잠시뿐이었다. 다음 순간에는 다 떨쳐버리고 "뭐, 됐다해!"라고 하더니 기대가 가득한 얼굴로 미라에게 다가와 이렇게 말했다.

"부디, 한 수 겨뤄보고 싶다이거!"

'역시, 그렇게 나오는가.'

그것은 예상했던 말이었다.

강자를 찾아 온 대륙을 여행하고 있던 메이린이 수행 상대로 점찍어둔 이들 중에는 소문이 날 정도로 유명한 모험가도 포함되어 있었다.

특히 요즘 화제인 '정령여왕'을 만났으니, 말 그대로 뜻밖의 횡재를 했다고 느끼고 있을 것이다. 아닌 게 아니라 메이린은 그 자리의 누구보다도 눈을 반짝이고 있었다.

'하지만 임무가 우선이지.'

메이린을 찾아다닌 것은 명확한 목적이 있었기 때문이다. 대회에 출전하는 데 있어, 그녀가 아홉 현자라는 사실이 들통 나지 않게끔 한다는 목적이.

지금 승부를 받아들일 경우, 아홉 현자 대 아홉 현자라는 정상 결전이 시작될 것이다. 그리고 그것은 분명 격전이 될 거다. 경우에 따라서는 매우 눈에 띄는 사태가 벌어질지도 모른다. 눈에 띄면 그만큼 정체가 탄로 날 위험성도 커진다. 겨룬다 해도 우선은 메이린을 변장시킨 후에 하는 게 상책이다.

"음, 좋다. 받아들여주마!"

하지만 미라는 정신이 들어보니 그렇게 흔쾌히 승낙하고 있었다.

연구 기간 중에 만들어낸 여러 가지 전술. 미라와 같은 수준인 메이린은 그것들의 유용성을 시험하는 데 최적의 상대였기 때문이다.

또한 겨뤄보고 싶다는 말을 들은 후 아이들이 보인 반응도 이유 중 하나였다. 선술사인 메이메이 선생님과 소환술사인 정령여왕 중 어느 쪽이 강할까를 두고 벌써부터 의견이 분분했기 때문이다.

지금 거절하면 도망쳤다는 소문이 퍼져서 소환술의 체면이 깎여나갈지도 모른다——라는 미라 나름의 변명거리도 일단은 있었다.

"좋았다해! 감사감사다이거!"

메이린은 펄쩍 뛰며 기뻐하더니 곧장 자리를 잡았다. 그리고 두 다리를 살짝 굽히고 두 손은 상단과 하단으로 내밀어, 수비를 위한 자세를 취했다. 그러고는 "자아, 얼마든지 소환해라해"라고 말했다.

미라는 그 말에 고개를 가로저으며 답했다.

"아니, 되었다. 전투 도중에 사용할 줄 알아야 진정한 소환술사라 할 수 있으니 말이다."

일대일 승부에서 미리 소환을 했다가는 지나치게 유리해진다. 미라는 핸디캡은 필요 없다고 답한 후, "그대야말로 탐색전을 할 여유는 없다고 생각하는 게 좋을 게다"라고 말을 이으며 대담한 미소를 지어 보였다.

메이린의 자세, 미라는 그것을 잘 알고 있었다.

전투 마니아인 메이린은 기본적으로 공세일변도였다. 그런 그녀가 방어를 위한 자세를 취할 때는, 주로 상대의 역량을 파악하려 할 때다. 그렇게 파악해낸 역량에 맞춰 자신의 힘을 제한하는 것이 메이린이 즐겨 행했던 수행법이었다.

그렇기에 미라는 자신도 자리를 잡으며 충고했다. 공격해오지 않으면 그대로 이쪽이 제압해 버리겠다고.

"과연. 확실히 그 말이 맞는 것 같다해."

미라의 자세, 그리고 무엇보다도 그녀의 기운을 통해 지금까지 상대했던 모든 이들과 다른 무언가를 느낀 모양이다. 메이린은 기쁜 듯 웃으며 다시 중심을 낮춰 자세를 잡았다. 그녀의 특기인 돌격 중시 자세다.

"신호를 부탁한다해."

메이린이 말하자 미라는 그대로 시선을 헨리에게로 돌렸다. 그도 무인인 탓에 그 흐름을 통해 무슨 소리인지 알아챈 듯했다. 그는 살며시 고개를 끄덕인 후, 두 사람의 중간 지점에 서서 약간 물러난 채 그 역할을 수행했다.

"그럼 준비……── 시작!"

헨리가 치켜들었던 손을 힘껏 내려친 순간. 미라와 메이린, 두 최정상들의 시합이 시작되었다.

23

아홉 현자의 일원인 메이린을 찾아 니르바나 황국까지 온 미라
는, 노력과 아르마 여왕 일행의 도움 덕분에 드디어 헨리 아담스
라는 기사의 집에 신세를 지고 있던 메이린을 발견하는 데 성공
했다.

그리고 두 사람은 현재, 아담스가의 훈련장에서 당연하다는 듯
이 시합을 개시했다.

"간다해!"

헨리가 개시 신호를 내린 직후. 메이린은 신이 난 표정을 거두
고 먹잇감을 노리듯 날카로운 눈빛을 머금은 채 그런 말을 내뱉
고 사라졌다.

그 광경을 목격한 헨리와 그 동생들은 눈이 휘둥그레졌다. 그
에 반해 미라는 전혀 당황하지 않고 곧장 적의 모습을 찾기 시작
했다.

'예상했던 대로로군.'

사라진 것처럼 보인 메이린이 사용한 그것은 선술사의 기능 중
하나인 '축지'였다. 미라 역시 애용하는 기능인 탓에 그 특성 역시
충분히 잘 알았다.

관성의 법칙을 깡그리 무시하고 눈에 보이지 않을 정도의 속도
로 이동하는 그 기능에는 몇 가지 결점이 존재했다.

하나는 직선으로만 이동이 가능하다는 것. 또 하나는 갑자기

정지하지 못한다는 것. 따라서 '축지'에 돌입한 순간과 출현 장소만 알면 회피가 불가능한 일격을 선사할 수 있다.

메이린의 언동과 성격으로 미루어, 첫 번째 공격은 '축지'를 통해 정면에서 몸을 날려 감행해올 가능성이 가장 높았다. 따라서 미라는 정면을 경계했지만, 그녀의 귀는 이내 아주 작은 소리를 포착해냈다.

"거기구나!"

좌측 후방. 미라에게는 익숙한 소리가 그쪽 방향에서 미약하게 난 것이다. 그 소리는 바로 '축지'에 돌입하고 출현할 때 나는 소리였다. 메이린은 미라보다 훨씬 능숙하게 그것을 다뤄서 소리는 아주 작았고, 다음 동작으로의 연계도 매끄럽다.

하지만 그렇기에 그 소리는 타이밍을 가늠하는 신호로 작용하기도 했다.

미라는 그 즉시 반응해 소리가 난 방향과 자신 사이를 가로막듯 타워 실드를 부분소환했다.

후방을 점하고서 '축지'를 통해 접근. 메이린은 그런 전법도 즐겨 사용한다는 사실을 미라는 알았다. 겉모습에서 느껴지는 이미지와는 달리 그녀의 전술은 왕도라 할 수 있는 것부터 꼼수까지 다종다양했다. 어중간하게 상대를 분석할 줄 아는 자일수록 이러한 수법에 걸려들기 쉬울 것이다.

하지만 미라는 메이린과 알고 지낸 기간이 길었기에 그 선택지까지 파악해낼 수 있었다.

두 사람 사이에 끼어든 타워실드. 그것은 직진만 할 수 있고 갑자기 멈출 수는 없다는 '축지'의 특성상 충돌을 면할 수 없는 최적의 타이밍에 그곳에 나타났다.

"어림없다해!"

충돌하는가 싶었던 순간. 놀랍게도 타워실드가 박살났다.

그것은 메이린의 일격에 의한 것이었다. 그녀는 타워실드와의 충돌을 피하기 위해 그 타워실드를 파괴하는 수단을 택한 것이다. '축지'에 의한 고속 이동에서 이어진 날카로운 무릎 날아차기. 그것은 마수의 일격마저도 막아내는 타워실드를 쉽사리 박살 낼 정도의 위력을 지니고 있었다.

"이런……!"

그 즉시 도약해 물러난 미라는 선물이라는 듯이 다크나이트를 여럿 소환해서 메이린을 에워쌌다. 하지만 그렇게 해서 번 시간은 1초도 채 되지 않았다. 메이린은 한 발로 착지하자마자 기세를 살려 도약해서 정면에 위치한 다크나이트를 발로 차 날려버렸다. 그리고 그 반동을 이용해 몸을 날려 머리 위에서 떨어진 흑검을 종이 한 장 차이로 피하고는, 다시 회전력을 활용해서 남아 있는 다크나이트를 쓸어버렸다.

'그 무렵보다 훨씬 강해진 듯하군그래…….'

미라가 아는 한, '축지'에서 연계할 수 있는 공격에는 제한이 있다. 그 제한적인 선택지 중 하나가 무릎 날아차기였는데, 수행의 성과인지 메이린의 그것은 게임이었던 시절보다 훨씬 위력적이었다.

위력뿐이 아니다. 그 후의 파생 기술까지 보다 세련되어졌다.

타워실드를 박살 냈을 뿐 아니라 다크나이트까지 간단히 물리칠 줄이야. 미라는 그런 생각에 놀랐지만 메이린의 행동에 놀라는 데에는 이골이 난 지 오래라 그 후의 대응도 신속하게 이루어졌다.

"이거라면, 어떨까?"

메이린의 회전이 멈추기 전, 자세를 완전히 바로잡기 전에 미라는 다음 행동에 나섰다.

박살난 다크나이트 대신 여섯 기의 잿빛 기사가 다시 메이린을 에워쌌다. 메이린은 과거보다 실력이 늘었지만, 미라 또한 당시와는 달랐다.

"이건 본 적이 없다이거!"

같은 무구정령임에도 다크나이트나 홀리나이트와는 전혀 다른 존재. 보다 세련되고 강인한 기사의 모습에 메이린은 놀라움을 감추지 못했지만, 이내 다시 웃었다. "재미있을 것 같다해"라고 하면서.

메이린의 움직임은 말 그대로 흐르는 물처럼 막힘없이 매끄럽게 이어졌다. 잿빛 기사의 실드 배시가 거의 동시에 날아들었다. 전후좌우를 틈새 없이 틀어막은 상태로 가차 없이 포위 공격을 가했지만, 메이린은 그것을 위로 날아올라 회피했다.

"이건 어떠냐!"

마치 야생 동물을 연상케 하는 날렵한 동작이었지만 그것은 일부러 비워둔 도주로였다. 미라는 예정대로 뛰어오른 메이린을 향해 선술인 '연충(練衝)'을 날렸다.

겹겹이 응축된 충격파의 덩어리가 메이린을 덮쳤다.

"아직 멀었다해!"

직후. 격렬한 충격음이 울림과 동시에 모든 잿빛 기사가 위쪽으로 솟구쳤다. 심지어 그 중 한 기는 메이린과 미라 사이를 직선으로 잇는 사선(射線)에 끼어들 듯 솟아올랐다.

'여기서 '장악(掌握)'을 사용하는 건가.'

그것은 '장악의 메이린'이라 불리는 유래가 된 기술이었다. '무수몽상(無手夢想)'이라는 이름을 지닌 그 기술은 손이 닿는 범위를 인식 가능한 범위까지 확장하는 효과를 지녔다.

그것이 의미하는 바는, 떨어져 있어도 그 손으로 **붙잡을 수** 있다는 것이다. 다시 말해서 메이린은 손이 닿는 범위에 있어야 효과가 있는 제로 거리 전용 선술을, 아무리 멀리 떨어져 있어도 내지를 수 있는 상태인 것이다.

그 기술을 통해 행사한 술식은 '열충일악(烈衝一握)'. 강렬한 충격파를 통해 대상을 날려버리고 파괴하는 강력한 선술이다.

그로 인해 잿빛 기사는 천장을 향해 날아갔다. 그리고 미라의 '연충'은 그 잿빛 기사에 직격하여 강렬한 파열음을 냈고, 여파로 훈련장을 진동시키는 데서 그쳤다.

천장에 커다란 구멍을 낸 잿빛 기사가 우르르 소리를 내며 바닥에 떨어진다. 그 광경을 지켜보던 미라는 메이린이 이미 그곳에서 모습을 감추었다는 사실을 알아챘다.

하지만 미라의 귀는 그 소리를 확실하게 포착했다. 선명하게 들리는 '축지'의 돌입과 출현음을.

"정면이로구나!"

낙하하는 잿빛 기사와 함께 바닥에 내려서서, 지체 없이 정면에서. 그런 메이린의 움직임을 감지한 미라는 생각은 뒤로 하고 반사적으로 그곳에서 펄쩍 뛰어 물러났다.

찰나와도 같은 순간 후, 메이린의 날아차기가 미라가 있던 장소를 통과했다. 조금이라도 늦었다면 직격했을, 정확하기 그지없는 발차기였다.

"또 피했다이거!"

일직선으로 허공을 가른 메이린은 기쁜 듯이 웃었다. 그리고 동시에 '공활보'를 써서 허공을 박차 억지로 궤도를 바꿔서 또다시 미라에게 육박했다.

"어이쿠!"

빈틈없는 방향 전환과 연속된 메이린의 공격에, 미라는 간신히 몸을 비틀어 대응했지만, 그다음이 문제였다.

능숙한 발놀림으로 메이린은 근접전 상황을 만들었다. 미라도 근접전의 소양이 조금은 있었지만, 애초에 그것은 메이린에게 배운 무술이 근간을 이루고 있었다.

스승과 제자의 차이는 아직도 커서 근접전을 펼칠 경우 미라에게 승산은 없다 해도 과언은 아니었다.

그럼에도 몇 번이나 버텨내고 있는 것은 대부분 끝없이 소환하고 있는 홀리나이트와 부분소환 덕이 컸다.

"아무리 쓰러뜨려도 끝이 없다해~."

홀리나이트를 차례차례 가격해 쓰러뜨리고 있는 메이린은 다음엔 또 뭐가 나올지 기대하는 눈치였다. 실로 때릴 맛이 나는 상대라고 느끼고 있는 듯했다.

홀리나이트는 거리를 벌릴 수 있도록 주의를 분산시킨다는 임무를 충실하게 해냈다. 그 견고한 방어력으로도 몇 방만 맞으면 분쇄되고 말았지만 근접전의 거리를 벗어난 것만 해도 감지덕지였다.

또한 미라는 신출귀몰한 부분소환으로 움직임을 견제하여 작은 빈틈까지 커버해 나갔다.

하지만 그것도 오래 가지는 않았다. 홀리나이트와 부분소환에 의한 파상 방어에 적응이 된 것인지 메이린의 대응 속도가 갈수록 빨라졌기 때문이다.

"이제는 발도 묶어둘 수가 없구먼."

새로운 부분소환으로 장창에 전투 도끼, 활 등도 추가했지만 과연 메이린이라고 해야 할지. 개발한 지 얼마 안 된 그것들은 벌써 통하지 않게 되었다.

그리고 결국 미라에게 최대의 위기가 찾아왔다. 메이린이 강렬한 무릎 날아차기로 홀리나이트가 박살 내는가 싶더니, 다시 허공을 발판 삼아 날린 날아차기가 부분소환한 타워실드를 부수고 미라에게 날아든 것이다.

미라는 그것을 미라주 스텝을 사용해 간신히 회피했다. 하지만 메이린의 공격 범위에서는 벗어나지 못했다. 메이린이 재빨리 방향 전환을 한 후 날린 주먹이 결국 미라에게 작렬한 것이다.

그 일격은 미라의 의식을 앗아가기에 충분한 위력을 지니고 있었다. 메이린은 몇 합 정도 주먹을 섞으면서 자신의 공격이 미칠 영향까지 계산하고 있었던 것이다. 따라서 설령 두 팔을 교차시켜 직격을 막는다 해도 그 방어를 뚫고 미라를 전투 불능 상태에 빠뜨릴 만큼의 위력을 지니고 있었다.

"역시, 터무니없는 연격이로군그래."

메이린의 2연격은 압도적인 명중률을 자랑했다. 분명 처음 겨룬 것이었다면 이 순간에 승부가 났을 것이다. 하지만 미라는 그 기술을 알았다. 그리고 대책도 준비해 두었다. 그렇기에 일부러 메이린이 그것을 내지를 상황을 만든 것이다.

미라는 두 팔을 교차시켜 그 일격을 막았다. 하지만 그냥 막은 것이 아니다.

직전에 홀리나이트 프레임을 두르고 방어한 것이다. 접근전에 영향을 미치는 모든 능력치에서 메이린에게 밀리는 미라가 그럼에도 실력 차이를 메우기 위한 무장소환을 온존해둔 것은 이 순간 때문이었다.

메이린의 직감적이고도 완벽한 위력 조정을 빗나가게 해서 작은 기회를 만들기 위해서.

묵직하고도 몸속까지 울리는 듯한 충격이 전해졌다. 하지만 그것을 완벽하게 받아낸 후, 미라는 순간적으로 메이린의 손을 잡았다.

"아니, 견뎌냈다해?!"

메이린의 얼굴에는 여전히 지금까지 보였던 무언가를 기대하는 듯한 감정이 떠올라 있었지만, 쓰러뜨리지 못했다는 데서 비

롯된 놀라움도 섞여 있었다.

"소환술에는, 이런 사용법도 있다!"

이것이 바로 소환술의 새로운 가능성이라는 듯 외친 후, 미라는 팔을 붙잡은 채 야구방망이를 풀스윙하는 듯한 자세로 메이린을 집어던졌다.

미라가 그냥 집어던지기만 했다면 그리 큰 타격을 입히지는 못했을 거다. 하지만 현재, 미라는 홀리나이트 프레임을 장착하고 있다.

이것은 방어력만 보충해주는 물건이 아니었다. 파워 어시스트 효과로 인해 장착자에게 홀리나이트와 동등한 근력도 부여하는 술식이었다.

때문에 혼신의 힘을 다한 풀스윙 동작으로 내던져진 메이린은 직선을 그리며 맹렬한 기세로 벽에 격돌했다.

격렬한 충격음이 울리고 벽에 있던 게시판도 박살 났다. 아닌 게 아니라 누가 보아도 무사하지는 못할 기세로 격돌한 것이다.

헨리 일행도 괜찮은 건가 싶어 숨을 죽였다.

하지만.

"방금 전 건 깜짝 놀랐다이거!"

잠시 후 기쁜 듯한 메이린의 목소리가 들려왔다. 마치 벽에 착지하듯 두 다리를 굽혀 격돌시의 충격을 완화한 것이다.

"암, 그렇고말고."

그러나 미라는 조금도 대미지를 입지 않은 메이린을 보고도 동요하지 않고 그렇게 말하며 웃었다. 미라는 알고 있었던 것이다.

메이린이 어렵지 않게 격돌을 회피하리라는 것을. 그 정도로는 꿈쩍도 안 하리라는 것을.

하지만 다음 순간, 미라는 놀란 표정을 짓지 않을 수 없었다.

"더더욱 속도를 높여보자해!"

메이린이 그렇게 기합을 넣더니 그대로 바닥으로 내려오지 않고 일어나, 벽을 따라 걷기 시작했기 때문이다. 그리고 끝내는 천장에 거꾸로 서서 자세를 잡았다. 중력을 완전히 무시하는 듯한 그 광경에 헨리 일행은 동요했다.

"이것 참, 재주도 좋군그래."

미라는 그 모습을 보고 곧장 떠올렸다. 이스즈 연맹의 정예였던 히든의 전갈도 같은 기술을 썼더라는 사실을.

그림다트 숲의 서쪽에 있다는 전갈의 출신지. 카라사와 마을에 전해지고 있다는 전통 기술이다. 재능이 있으면 외부인에게 가르쳐주는 일도 있다는 소리를 전갈이 했었는데, 메이린의 그것은 과연 같은 기술일까.

"헌데, 이 몸에게도 그걸 가르쳐줄 수 있겠느냐?"

언젠가 카라사와 마을을 찾아가 배울 생각이었던 미라는 시험 삼아 그렇게 부탁해 보았다.

"그럴 순 없다이거. 누구한테 가르쳐주는 건 안 된다고 했다해."

그 답변을 통해 미라는 그 기능이 전갈의 그것과 같은 것 같다고 추측했다. 과연 메이린이라고 해야 할지. 재능을 인정받아 배우는 데 성공한 모양이다. 정말이지 완벽하게 천장에 서 있었다.

"카라사와 마을의 촌장이 그리 말한 게지?"

"오오! 그 말이 맞다해!"

미라의 질문에 메이린은 가슴을 펴고 답했다. 역시 전통 기능인 탓인지, 보안 유지에 심혈을 기울이고 있는 듯했다.

기술을 습득하는 데 필요한 재능도 문제지만, 분명 약속을 지킬 인물인지 아닌지도 가늠해본 것이리라. 메이린은 얼핏 보면 속여먹기 쉬울 것 같지만 이러한 약속은 반드시 지키는 성실한 성격의 소유자다. 이 자리에서 메이린에게 배우기는 틀린 것 같다.

하지만 그런 메이린이 어쩐 일로 계속해서 입을 열었다. "그렇지만, 나를 이기면 생각해보겠다해"라고. 아주 반짝반짝 빛나는 눈으로.

"호오, 그 말, 잊지 말거라."

비밀을 지키겠다고 약속했음에도 생각해 보겠다는 메이린의 말에 담긴 뜻을, 오래 알고 지낸 미라는 정확하게 읽어냈다.

하나는 좀 더 제 실력을 내달라는 요청이다. 그리고 또 하나는 질 리가 없다는 압도적인 자신감의 표출이다.

하지만 그럼에도 메이린의 말에는 '생각해 보겠다'는, 만일의 사태에 대비하기 위한 예방선이 깔려 있었다. 생각해 봤지만 안 되겠다는 흔해빠진 패턴이다. 실로 비겁한 수법이다.

또한 이는 솔로몬이 지혜를 빌려준 결과였다. 아홉 현자라고는 해도 모든 싸움에서 이겼던 것은 아니다. 이길 때도 있고 질 때도 있었다.

그 결과, 도발에 넘어간 메이린이 자신도 모르게 비밀 작전을 비롯한 이런저런 정보를 털어놓아서 솔로몬이 알려준 것이다. 그럴 때는 '이기면 생각해 보겠다'고 말하면 된다고.

좌우간 전력을 다해 싸울 수 있으면 그걸로 족하다고 생각하는 메이린은 순순히 그 말을 사용하기 시작했다. 그리고 그대로 지금에 다다른 것이다.

따라서 미라는 지금 이겨도 얼버무릴 것을 알았다. 그럼에도 그 도발에 넘어간 척을 한 것은, 단순히 미라 역시 진지하게 새 전술을 실험을 해보고 싶었기 때문이다.

두 사람이 자세를 취하자 일대에 정적이 깔렸다.

이제 무슨 일이 일어날까. 미라와 메이린의 조금 전 공방을 지켜본 아이들은 한순간도 놓치지 않겠다는 눈으로 두 사람을 바라보았다. 헨리 또한 생각지 못했던 수준의 공방 앞에서 흥분한 듯했다. 무너지고 있는 훈련장은 눈에도 안 들어올 정도로……

먼저 움직인 것은 메이린이었다. 천장을 내달리는가 싶더니 '축지'로 모습을 감췄다.

다음으로 움직인 것은 미라다. 작은 소리를 포착하여 등 뒤에서 날아든 메이린의 날아차기를 두 팔로 막아내 보였다.

거기까지는 조금 전과 같은 전개였다. 하지만 그다음부터 한층 더 높은 수준의 공방이 이어졌다. 막아낸 직후, 공중에 출현한 팔이 흑검을 내려치자 그 참격의 궤도에 있던 메이린의 모습이 또다시 사라진 것이다.

게다가 다음 순간, 메이린의 주먹이 미라의 등에 박혔다. 그것은 확실한 위력을 갖춘 묵직한 일격이었다.

"끄응······!"

몸을 돌리자마자, 지체 없이 등 뒤를 베었다. 하지만 이미 메이린의 모습은 그곳에 없었다. 심지어 이번에는 측면에서의 일격이 미라에게 명중했다. 재빨리 반응했지만 이미 메이린은 그곳에 없었다.

'역시, 이렇게 되니 불리하군······.'

메이린을 상대로 할 때 정면에서의 접근전은 승산이 매우 낮다. 게다가 실내일 경우에는 더더욱 그랬다. 메이린이 벽과 천장 등을 발판 삼아 3차원적인 움직임을 취하면 손도 댈 수 없게 되기 때문이다.

그럼에도 금방 결판이 나지 않는 것은 전적으로 홀리나이트 프레임의 덕분이었다. 소환술을 통해 만들어낸 외장은 평범한 갑옷과는 비교도 되지 않을 정도로 특수한 성능을 지니고 있다.

그것은 방호 효과다. 소환시 소환체에게 부여되는 방호막이 홀리나이트 프레임에도 부여되어 있는 것이다. 이 효과를 통해 방어력을 보충할 뿐 아니라 일정 대미지는 무효화할 수 있었다.

다시 말해서 무구소환이 건재할 때는 부상을 입을 걱정을 하지 않고 싸울 수 있는 것이다.

"그거, 생각보다 훨씬 튼튼한 것 같다해."

메이린은 강렬한 발차기를 맞고 날아가고도 금방 일어나는 미라를 흥미롭다는 눈으로 바라보았다. 홀리나이트 프레임의 성능을 확인하고 있는 듯했다. 조금 전부터 완전한 사각을 노려가며 위력이 다른 공격을 연달아 퍼붓고 있다.

"요즘 즐겨 사용하는 술식이라 말이다. 어지간한 공격으로는 흠집도 나지 않을 게다."

맨몸이었다면 이미 열 번은 녹다운됐을 테지만, 미라는 멀쩡한 얼굴로 일어나 다시 자세를 취했다. 하지만 종횡무진으로 뛰어다니는 메이린을 눈으로 포착하는 건 불가능에 가까웠고, 속도도 계속 빨라지고 있어서 소리로 판단하기도 벅찼다.

오감을 총동원해 포착했을 때는 이미 일격이 명중하기 직전이었다. 미라가 할 수 있는 일은 '생체감지'를 통해 어디서 공격이 날아들지 파악해 대비하는 것뿐이다.

튼튼하다고는 해도 앞으로 몇 방만 더 맞으면 홀리나이트 프레임은 박살날 것이다. 하지만 미라는 그냥 공격을 맞기만 한 것이 아니었다. 눈으로 좇는 것은 불가능해도 그러는 것처럼 시선을 이리저리 움직이던 미라는 드디어 준비가 완료된 그것을 발동시켰다.

"그리고 하나 더. 즐겨 사용할 술식에 추가할지 말지, 시험해보도록 할까!"

미라는 실험할 생각으로 들떠 씨익 웃으며 말했다. 그 주변을 기점으로 훈련실 전체에 무수히 많은 마법진이 일제히 떠올랐다.

"오오, 엄청난 마나가 느껴진다이거!"

메이린은 그것들을 보고 경계……아니, 무엇이 나올지 기대된다는 듯한 표정이다. 그에 반해 헨리 일행은 훈련실 구석에서 그 광경을 보고 경악하고 있었다. 그렇게 여러 가지 감정이 뒤섞인 훈련실 안에, 그것들이 모습을 드러냈다.

"이건, 아까 본 거랑 똑같다해."물끄러미 쳐다보던 메이린은 다소 불만스러운 얼굴로 고개를 갸웃했다.

훈련실에 늘어선 수십 기의 소환체는 홀리나이트였다. 조금 전까지 메이린이 수도 없이 쓰러뜨려 온 것과 다를 바 없는, 미라가 늘 사용하는 홀리나이트다.

다른 점이 있다면 그 숫자였다. 이번에는 훈련실을 가득 메울 정도로 숫자가 많았던 것이다.

"무얼, 이제 시작인 것을."

미라는 더욱 짙은 미소를 띤 채 곧장 마무리에 돌입했다. 모든 소환체를 홀리로드로 변이시킨 것이다.

장벽과 같은 방패를 두 손으로 든, 극단적일 정도로 방어에 특화된 홀리로드. 그 방어력이라면 메이린의 공격에도 어느 정도 버텨낼 수 있을 거다.

심지어 상당한 숫자가 모인 탓에 훈련실은 정체 상태에 빠졌다. 벽과 천장을 발판으로 삼을 수 있다 해도 이토록 장해물이 많으면 속도를 살릴 수가 없다. 다시 말해서 메이린은 홀리로드를 어떻게 해야만 지금껏 선보였던 기동력을 발휘할 수 있게 된 것이다.

하지만 미라의 작전은 거기서 끝이 아니었다. 정령왕의 가호를 사용해, 빛의 정령의 힘을 보태 홀리로드에 엄청난 광채를 부여한 것이다.

그 결과, 훈련실 안은 눈도 제대로 뜰 수 없을 정도로 눈 부신 빛으로 넘쳐났다.

"이건 너무 눈부시다해!"

메이린이 못 참겠다는 듯 눈을 가렸다. 그 말에 미라는 웃으며 "암, 그렇고말고!"라고 말했지만, 본인도 눈을 감고 있었다.

"이것도 소환술인가. 재미있는 효과군."

"형, 아무것도 안 보여~."

헨리와 동생들 또한 태양처럼 눈 부신 빛을 내뿜는 홀리로드의 출현에 눈을 감았다. 누구도 눈을 뜨고 있을 수 없을 정도로 그 빛은 강렬했고, 그 덕에 이어진 소환술의 악랄한 활용법을 보지 않을 수 있었다.

"자아, 이 상태로 어찌 싸울 테냐."

양측 모두 눈으로 상대를 확인할 수는 없는 상태다. 하지만 미라는 '생체감지'로 메이린의 위치를 특정하고 있었다.

그러나 그것은 선술사인 메이린도 마찬가지일 것이다. 미라의 위치는 알 것이다. 하지만 두 사람 사이에는 결정적인 차이가 있었다.

소환주인 미라는 홀리로드의 배치를 모두 파악하고 있지만, 메이린은 그럴 수 없다는 점이다.

"이거, 성가시다해."

미라와 홀리로드는 빛 속에서도 자유롭게 움직일 수 있다. 어떻게든 접근하려 하는 메이린의 움직임을 확인하는 즉시 홀리로드로 앞을 가로막는다. 나아가 흉기 그 자체라 할 수 있는 거대한 방패로 은밀히 실드배시를 먹이려 했다.

메이린은 소리와 기척으로 감지하고 있는지, 그것을 종이 한

장 차이로 피했다. 그러나 미라 쪽도 그대로 있지는 않았다. 수십에 이르는 홀리로드 속에 정적의 힘을 부여한 소음 타입을 몇 기 섞어두었던 것이다.

몇 초 후, 그 강렬한 실드배시가 작렬해 둔탁한 소리가 울렸다.

"우으?! 방금 건 뭐냐이거, 안 느껴졌다해!"

평소 종이 장갑 상태인 미라와 달리 수행을 통해 자신의 내구력을 단련하고, 나아가 선술을 통한 강화도 가능한 메이린은 그 둔기의 일격을 맞고도 그다지 대미지를 입지 않은 듯했다.

'상당히 강하게 맞았을 터인데…… 물러서기는커녕 카운터까지 먹일 줄이야. 참으로 무시무시한 무도 소녀로구나.'

메이린은 근접 클래스에 뒤지지 않을 정도로 튼튼하다. 그 사실을 잘 알기에 미라는 강하게 공격했지만, 예상을 훌쩍 뛰어넘는 결과가 나왔다.

눈을 봉하고 귀를 속인 덕에 메이린을 상대로 통렬한 일격을 박아 넣는 데는 성공했다. 하지만 다음 순간, 그 홀리로드는 통렬한 반격을 맞고 박살났다.

그 반응속도와 타이밍을 맞추는 능력. 무사수행의 성과인지, 미라가 아는 과거의 메이린에 비해 몰라보게 성장한 듯했다.

알고는 있었지만 메이린에게 이기는 것은 보통 일이 아님을 새삼 통감했지만, 그럼에도 다음에는 어떤 작전을 시험해볼까 하는 생각에 미라의 입가에서는 미소가 가시지 않았다.

"이거, 어쩌면 좋냐해." 시야를 봉쇄당했음에도 메이린은 정확하게 미라가 있는 곳을 노리고 선술에 의한 공격을 시도해 왔다.

그에 맞서 미라는 결코 사선이 일직선으로 뚫리지 않도록 주의하며 홀리로드를 움직여 계속해서 한 기가 아니라 여러 기로 공격을 받아냈다.

힘을 조정하고 있는 것인지 메이린의 일격은 갈수록 위력이 증가하고 있었다.

상대는 메이린이다. 온 힘을 다했다면 홀리로드라 해도 한꺼번에 물리쳤을 거다. 하지만 그렇게 하지 않는 이유는 다름이 아니라 이곳이 헨리의 집이기 때문이었다.

이만한 방어력을 갖춘 홀리로드를 쓰러뜨리려면 그에 상응하는 일격을 내지를 필요가 있었다. 한 기뿐이었다면 조금 전처럼 반격을 하면 그만이다. 하지만 지금은 계속 여러 기가 한꺼번에 받아내고 있다. 이를 한꺼번에 부수려면 아닌 게 아니라 저택을 반파시킬 정도의 파괴력이 필요하다.

아무리 메이린이라도 그 정도 상식은 있는 모양인지, 큰 기술은 하나도 쓰지 않고 여러 가지 응용 기술로 대응해 나갔다. 그러나 작은 규모의 파괴가 일어날 수도 있다는 생각까지는 못 했는지, 서서히 훈련실이 황폐해지기 시작했다.

그러한 공방 끝에 이 포위전도 마지막 순간에 가까워지고 있었다.

"다음은, 이 패턴이다!"

빛나는 홀리로드에 의한 여러 가지 전술. 거기서 파생되는 다른 전술을 시험하려던 순간. 위력 조정을 마친 메이린의 일격으로 인해 포위진에 구멍이 뚫렸다.

메이린이 내지른 일격은 다섯 기의 홀리로드를 가볍게 날려버릴 정도의 위력을 지니고 있었다. 하지만 그 정도는 그 자리에 늘어선 다른 홀리로드로 받아내면 그만이다.

그러나 이번에는 그렇게 되지 않았다. 정확히 조준해 날린 일격이 훈련장의 한 면을 차지하고 있는 커다란 창문으로 홀리로드를 밀어낸 것이다.

"뭣이라……!"

메이린은 홀리로드가 이중으로 자리를 잡지 못하도록 움직이고 있었다. 그리고 가장 수비가 허술해진 부분을 정확히 꿰뚫어 낸 것이다. 나아가 빛나는 홀리로드가 자리를 가득 메운 실내에서는 불리하다고 판단한 것인지, 화려하게 대응해 보이고는 미라가 놀라고 있는 틈에 자신도 정원으로 뛰쳐나갔다.

"이제는 안 눈부시다해."

바닥에 널브러진 홀리로드에게 마무리 공격을 가한 후, 메이린은 빛이 흘러나오는 훈련실을 향해 덤비라는 듯이 손짓했다.

"놓치고 말았군그래. 뭐, 어쩔 수 없지."

전투는 정원으로 장소를 바꿔 이어졌다. 실내 다음은 실외에서의 실험이라고 마음을 다잡은 후, 미라는 곧장 정원으로 뛰쳐나갔다.

24

헨리 가 저택의 정원에는 잔디밭이 넓게 펼쳐져 있다. 그리고 이 정원 역시 훈련에 쓰이고 있는지, 곳곳에 나무로 된 인형인 목인(木人)이 놓여 있었다.

다만 그럼에도 정원을 둘러싼 나무숲이나 일부 장소는 정성껏 가꾸고 있는 듯했다. 훈련장의 연장선인 동시에 사계절을 즐길 수 있는 정원으로서의 측면도 갖추고 있었다.

하지만 그런 정원의 경관보다 실험과 수행에 정신이 팔린 두 사람은 밖에 나오자마자 더더욱 격렬하게 겨루기 시작했다.

"계속해서, 간다해!"

마주하고서 얼마쯤 지난 후, 메이린은 의기양양한 얼굴로 한 걸음을 내디뎠다.

순간, 미라는 '축지'를 기점으로 한 연계기를 경계해 자세를 취했다. 벽과 천장이 없어진 만큼 선택지는 줄었지만, 그렇다고 메이린의 기술은 조금도 방심할 수 없는 수준의 것이었기 때문이다. 수천, 수만 번을 가까이서 보아온 미라이기에 소극적으로 굴지 않고 대응하고 있는 상황이라 할 수 있었다.

하지만 그렇기에, 대응할 수 있는 기술이 있었던 탓에, 지나치게 그 일에 집중하고 말았다. 발을 내디딘 메이린의 동작, 그것은 '축지'뿐 아니라 다른 선택지로도 이어질 수 있는 동작이었던 것이다.

찰나의 순간, 희미한 위화감. 미라는 그것이 아래에서 고개를 내밀기 직전에야 알아챘다.

"뭣——?!"

엉겁결에 소리를 친 직후, 격렬한 충격음과 동시에 미라는 하늘 높이 솟구쳐 올랐다. 그것의 정체는, 강렬한 충격파였다. 내디딘 메이린의 발을 기점으로 땅을 기듯 전진해, 미라의 발치에서 작렬한 것이다.

그것은 메이린이 독자적으로 개발한 신기술이었다. 그렇기에 미라는 그 가능성을 뒤늦게 알아챈 것이다.

'이러한 양자택일 문제도 준비해뒀던 건가……!'

순식간에 상대의 품안으로 파고들 수 있는 강력한 선술사의 기술, '축지'. 하지만 거기에는 기점이 되는 한 걸음이라는 예비 동작이 필요했다. 숙련자일수록 이를 물 흐르듯 자연스럽게 행할 수 있고, 동시에 간파할 수도 있다.

당연히 메이린의 그것은 달인의 솜씨라 할 수 있을 정도로 자연스러웠다. 게다가 그 한 걸음에 다른 선택지가 내포되어 있으니, 성가시기 그지없었다.

눈 깜짝할 새 지상 10미터 정도까지 날아간 미라는 간신히 '공활보'로 자세를 바로잡았다. 하지만 고난이 거기서 끝날 리가 없었다.

마나의 방출을 감지한 미라는 거의 반사적으로 소환술사의 기능 '후퇴의 인도'를 행사하여 훈련장에 방치했던 홀리로드들을 전방으로 불러들였다.

그 직후, 조금 전의 몇 배는 될 듯한 충격음이 울렸다.

허공에 떠오른 미라를 향해 날아든, 메이린의 '연충'에 의한 것이었다. 그것이 두 사람 사이를 가로막듯 나타난 홀리로드들에게 작렬한 것이다.

심지어 거의 힘 조절을 하지 않은 일격이라 방패가 된 홀리로드 두 기가 한꺼번에 박살났다.

"겁나는구먼……."

엄청난 위력에 미라는 등줄기가 오싹했다. 하지만 추격은 거기서 끝이 아니었다. 미라는 다시금 마나가 고조되는 것을 감지하고 "으오오오?!" 하고 허둥지둥 허공을 박차 뒤로 물러났다.

그에 반해 그러한 기동력을 갖추고 있지 않은 홀리로드는 중력에 이끌려 후두둑 떨어졌다. 그 숫자는 스무 기 남짓이었지만, 그들은 결국 지상에 내려서지 못했다.

【비전선술 지(地)：오보로소게츠(朧蒼月)】

순간, 조금 전보다 훨씬 위력이 오른 일격이 지상부터 하늘 높은 곳까지를 관통했다.

강렬한 충격과 동시에 폭풍이 일었다. 지면은 뒤집히고 모든 창문이 진동하였으며, 하늘에 떠오른 구름에는 구멍이 뻥 뚫렸다.

하늘까지 꿰뚫는 메이린의 일격에 직격당한 홀리로드들은 순식간에 눈에 보이지 않을 정도로 높은 곳으로 날아갔다. 그리고 그대로 구름과 함께 흩어졌다.

'여전히 대단한 위력이로군그래…….'

오의급 술식을 연속 기술 중에 펼치는 메이린의 실력에 소름이

돋았다. 미라는 가볍게 저택 지붕에 착지한 후, 추가 공격이 더 있지 않을까 경계하며 메이린의 모습을 확인했다.

메이린은 그 자리에서 거의 움직이지 않았다. 아닌 게 아니라 추격을 해올 낌새도 보이지 않고 무언가를 기대하는 눈으로 이쪽을 올려다보고 있다.

그 눈빛을, 미라는 알았다. 이번에는 그쪽 차례라는 눈빛이다.

큰 기술을 보여줬으니 그쪽도 큰 기술을 쓰라고 요청하고 있는 것이다.

'이런 면도 여전하구나.'

덤벼들 낌새는 전혀 보이지 않고 메이린은 그저 무엇을 해올지 궁금하고 설렌다는 얼굴로 계속해서 자세를 잡고 있었다. 그 모습을 본 미라는, 그렇다면 마침 잘 됐다는 생각에 미소를 지었다.

공중으로 날려갔을 때, 이미 준비는 해두었다. 이제 그것을 기점으로 소환술을 발동하기만 하면 된다.

"이번에는, 이쪽 차례구나!"

미라가 그렇게 말하자 메이린의 표정이 확 밝아졌다. 그러고는 잔뜩 들뜬 목소리로 "바라던 바다해!"라고 말했다.

"그럼, 간다!"

미라는 실험할 생각에 들떠 소환술을 발동했다. 그러자 순식간에 머리 위를 가득 메울 정도로 무수히 많은 마법진이 떠올랐다. 심지어 2중으로 이어진, 한 번도 본 적 없는 마법진이었다.

거기에서 무기를 손에 든 다크나이트의 팔이 나타났다. 그러한 팔이 무수히 출현해 하늘을 뒤덮더니, 다음 순간 무기를 지상을 향해 투척했다.

그것은 이전에 고대지하도시에서 스컬드래곤을 상대로 시험했던 소환술이었다. 하지만 이번에 사용한 것은 그때의 것과 달랐다. 거기서 한층 더 개량한 완성판이다.

한꺼번에 던지지 않고 조금씩 타이밍을 어긋나게 해서 연속으로 투척한다. 심지어 정확하게 표적을 노리거나, 움직임을 파악해 예측 투척까지 하는 방식으로 진화했다. 게다가 검에 창, 도끼를 빗발치게 하는 것도 모자라 다른 것보다 출현 시간이 긴 팔이 화살까지 연달아 쏴댈 정도로 훌륭한 완성도를 자랑했다.

"이거 정말 엄청나다해~!"

하늘에서 흉기가 빗발치자, 메이린도 상당히 놀란 듯했다. 두근두근 울렁울렁 설레는 표정을 짓고 있던 좀 전과 달리, 몹시 당황한 듯 정원 전체를 뛰어다니며 가차 없이 날아드는 흉기들을 피해 나갔다.

"하지만, 안 진다해!"

이대로 달아나기만 해서는 끝이 없겠다는 생각에 멈춰선 메이린은 빗발처럼 쏟아지는 흉기를 앞에 두고 다시 자세를 취했다. 그리고 조용히 두 팔을 교차시켰다.

"흠…… 그것을 할 셈이로군."

그 동작을 확인한 미라는 메이린을 조준한 채 남아있는 모든 팔의 타이밍을 맞췄다. 그리고 대기 상태였던 모든 마법진을 기동시켜 일제히 무기와 화살을 쏘았다. 그것은 A랭크 마물이라 해도 손쉽게 죽일 수 있을 정도의 위력을 지닌 일제소사(一齊掃射)였다.

그에 반해 메이린은 가만히 자세를 취한 채, 자신에게 쇄도하는 흉기의 비를 바라보았다.

잠시 후, 수많은 검과 전투 도끼와 창, 그리고 화살이 가차 없이 메이린에게 쏟아져 직격했다. 그 위력은 엄청나서 둔탁하고도 격렬한 착탄음이 울렸다.

"해서, 어떠하더냐. 최근 개발한 비장의 카드이다만."

모든 무기는 몇 초 만에 사라졌다. 그러자 그것들에 파묻혀 있던 메이린이 만족스러운 미소를 지은 채 고개를 들었다.

"방금 그건 그럭저럭 강했다이거! 깜짝 놀랐다해."

교차시켰던 팔을 내린 메이린에게는 생채기 하나 없었다. 그만한 공격이 명중했음에도 멀쩡하게 막아낸 것이다. 그리고 그 원인은 바로 선술사의 기능이었다.

메이린이 사용한 것은 《선도강법(仙道剛法) 악(岳)》이라 불리는 것이었다.

그것은 일정 시간동안 '축지'와 '공활보' 같은 선술보법과 선술 천(天)──원격 계열 선술을 희생하는 대신 강철과도 같은 내구력을 손에 넣는 기술이다. 또한 선술 지(地)──접근 계열 선술을 강화하는 효과도 있었다.

메이린은 【선술 지(地) : 갑무(甲武)】라는 방어 강화 선술도 병용하여 일제 투척을 멀쩡하게 막아낸 것이다.

그런 메이린은 기쁜 듯이 대답하고서 "다른 비장의 카드도 보여줘라이거"라고 말을 이었다.

"흠, 그러하냐. 들던 중 반가운 소리군. 그렇다면 또 응해주도록 할까!"

메이린이 그럭저럭 강하다고 했으니, 그것은 분명 상급에서도 충분히 통할 수준이라 보아도 무방할 것이다.

부분소환만으로 구성된 방금 전의 기술은 화려해 보여도 소비되는 마나가 적다. 다크나이트 열 기를 소환할 마나로 백 개 투척할 수 있으며, 그것은 미라가 지닌 전체 마나의 3% 정도에 불과하다. 그만한 효율로 메이린의 인정을 받았으니 실험은 대성공이라 해도 될 것이다.

그 사실에 기분이 좋아진 미라는 다시금 의욕에 불이 붙어서, 지붕 위에서 정원으로 내려와 메이린의 정면으로 달려갔다.

"내려와도 되는 거냐해? 지금의 나는, 가까이서 싸우면 무진장 세다이거."

충고라기보다는 확인을 하듯 메이린이 말했다. 그녀의 말대로 '선도강법 악'의 효과가 지속되고 있는 현재, 메이린의 근거리 전투력은 조금 전보다 높아진 상태다.

그에 반해 원거리 대응력은 약해졌다. 거리를 간단히 좁힐 수 있는 '축지'를 비롯한 선술보법을 사용하지 못하는 것 말고도 선술 천도 봉인되었으니 원거리에서 공격하는 편이 유리하게 싸울 수 있을 것이다.

하지만 미라는 그러한 이점을 버리고 근접전의 거리까지 다가왔다. 그러고는 말했다.

"음, 그래서 온 게다."

근접 특화 상태가 된 지금이기에 시험해보기에는 제격이다. 지금의 메이린에게 통한다면 상급 마수급에게도 통할 거다. 그렇게 생각한 미라는 곧바로 다음 술식을 발동했다.

"이게 다음 비장의 카드다. 간다!"

발동과 동시에 미라는 빛에 감싸였다. 메이린은 무엇이 어떻게 될지 기대된다는 얼굴로 그 모습을 지켜보았다.

소용돌이치는 마나가 형태를 바꾸어 미라의 온몸을 감싸기 시작했다. 그리고 무장소환에 감춰진 더 큰 힘을 각성시켰다.

홀리나이트 프레임에 다크나이트 프레임의 힘이 합쳐지자 그것은 잿빛 기사를 기반으로 한 프레임으로 진화했다. 하지만 거기서 끝이 아니었다. 미라가 새로 개발한 술식에는 한 단계가 더 남아 있었다.

미라는 연구를 통해 이론상 잿빛 기사에 가까운 무장소환까지라면 다른 술자도 사용할 수 있게 하는 방법을 발견해냈다. 때문에 그것을 기초로 해서 다음 단계로 나아가야 비로소 술사 개인의 개성이 표출될 것이라는 생각에 이 술식을 구축한 것이었다.

다크나이트와 홀리나이트를 합친 프레임에 성검 상크티아의 힘을 연결한, 미라만이 지닌 새로운 소환술이다.

【무장소환 환장(換裝) : 세이크리드 프레임】

빛 속에서 나타난 미라는 성스러운 빛을 내뿜는 갑옷을 두르고 있었다. 스커트 모양으로 펼쳐진 허리 갑옷. 티아라 같은 투구. 가슴 갑옷의 면적은 최소한으로 줄어 활동을 중시한 형태로 변형되었다.

지금의 미라는 얼핏 보면 한없이 발키리 자매들과 비슷한 갑옷을 입고 있었다. 하지만 이번에 장착한 것은 이전의 것과 명백하게 다른 현란함을 겸비하고 있었다. 굳이 말하자면 드레스 같은 갑옷이라, 마치 발할라의 여왕처럼 보였다.

그리고 최대의 특징은 등 뒤에 떠오른 두 자루의 광검(光劍)이었다.

광검은 성검 상크티아가 지닌 특별한 힘 중 하나다. 그것은 본래 탁월한 검술 실력이 없으면 현현조차 시킬 수 없는 물건이었다.

따라서 검술은 전혀 모르는 미라는 다룰 수가 없었다.

하지만 이번에 검술을 습득한 무구정령을 무장소환으로 장착함으로써 이 광검의 발동조건을 억지로 충족시킨 것이다.

"오호, 그런 거였구나해! 굉장한 힘이 느껴진다이거!"

지금까지 본 것 이상의 무장소환. 그것을 앞에 둔 메이린은 미라가 접근전의 무대에 내려선 것을 납득했다. 확실히 그거라면 충분히 싸울 수 있을 것 같다면서.

그리고 기대했던 것 이상이라며 미소를 띤 채, 다시 자세를 잡았다.

"그렇다면 나도, 비장의 카드다해!"

그렇게 말함과 동시에 메이린은 오른손을 뒤로 뻗었다. 그러자 어떻게 된 일인지, 그 손에서 마나가 넘쳐나 하얀 빛을 내뿜기 시작했다.

'이건…… 본 적 없는 기술이로군.'

처음 보는 자세와 술식의 조짐에 미라는 경계했다. 메이린의 상태로 미루어 볼 때, 그것은 분명 근접 계열 선술일 것이다. 하지만 마나가 모이고 있다는 현상만으로 술식의 전모를 파악할 수는 없었다.

'뭐, 부딪혀 보는 수밖에 없겠지.'

관찰해서 모르겠다면 실제로 효과를 보는 수밖에 없다. 하지만 메이린이 비장의 카드로 삼을 정도의 신기술이니, 그 위력은 충분히 짐작할 수 있었다.

미라는 프레임 밸런스를 방어 쪽으로 조정하고 광검을 오른팔에 깃들게 했다. 공격에 견디며 필살의 일격을 내지르기 위한 스타일이다.

"간다!"

"간다해!"

두 사람은 마주 본 채 잠시 미소를 주고받고서 동시에 달려 나갔다. 그리고 양쪽 모두 빛을 두르고 질주하여, 정원 중심에서 비장의 일격을 동시에 내질렀다.

순간, 눈 부신 빛이 일대를 지배하고 강렬한 폭음이 울렸다. 그럼에도 폭풍이 휘몰아친 건 잠시뿐이었다. 나머지는 충격파가 되어 대기를 진동시키며 퍼져 나갔기 때문이다.

그 중심에 해당하는 장소에서 미라와 메이린은 주먹을 맞댄 채 노려보고 있었다.

"재미있는 술식이구나. 슬쩍 보인 빛의 선에는 어떤 의미가 있는지, 궁금하군그래."

동시에 달려나간 순간부터 메이린의 주먹은 허공에 빛으로 된 선을 그리고 있었다. 그것을 발견한 미라는 흥미롭다는 듯이 바라보며 오른팔에 힘을 실었다.

"그건 비밀이다해. 그보다 나도 궁금하다이거. 오른손에 깃든 검은 한 자루인데, 만약 두 자루였으면 어떻게 되는 거였냐."

메이린은 미라의 등에 떠 있는 광검을 슬쩍 쳐다보더니 미라를 물끄러미 바라본 채 오른팔을 앞으로 확 밀었다.

한 자루일 때는 호각(互角), 만약 두 자루였다면 지지 않았을까. 그런 가능성이 메이린의 승부욕에 불을 붙인 듯했다. 하지만 그 기대에는 응할 수 있을 것 같지 않았다.

"두 자루라. 그게 가능했다면 이 몸이 이겼을 테지. 허나 안타깝게도 두 자루를 깃들게 하는 건 특훈 중이라 말이다."

미라는 자신만만하게 지금은 안 되지만 가능성은 남아 있다고 말했다. 세이크리드 프레임을 장착한 상태에서의 필살기, 미라가 '광검 펀치'라고 임시로 이름을 붙인 그것은 아직 개발 중인 물건이었다. 때문에 현재 장전 가능한 광검은 한 자루뿐이었다.

"요컨대 그쪽도 수행 중이냐해?"

"뭐, 그런 셈이지."

특훈이나 수행이나 의미에는 큰 차이가 없을 거다. 미라가 그렇게 인정하자 메이린은 친근감을 느낀 모양인지, 아주 환한 얼굴로 "수행은 진짜 좋은 거다이거!"라는 소릴 하기 시작했다.

"흠…… 아무튼 그러하니. 한 번 더, 어울려주겠느냐? 우선은 한 자루일 때의 한계가 어느 정도인지 시험해보고 싶었던 참이라 말이다."

미라는 그렇게 말하고서 천천히 주먹을 무르더니 거기에 나머

지 한 자루의 광검을 장전했다. 그리고 프레임 밸런스를 공격 중
시로 다시 조정했다. 어디까지 통하는지 확인하기 위해서.

"그것참 재미있겠다해! 바라던 바다이거!"

웃는 얼굴로 그렇게 답한 후, 메이린은 뒤로 확 도약하더니 두
어 걸음을 더 물러섰다. 그리고 좀 전보다 멀리 떨어진 곳에서 걸
음을 멈추고 자세를 취해, 오른손에 마나를 집속시키기 시작했다.

이쪽이 위력을 높이겠다고 했으니 메이린 역시 마찬가지로 위
력을 높일 터다. 하지만 자세에도, 느껴지는 마나의 양에도 차이
는 없었다. 차이가 있다면 메이린과 미라 사이의 거리뿐이었다.

'흠…… 위력은 거리의 영향을 받는 것인가.'

조정을 하듯 물러난 메이린의 행동을 통해 미라는 신기술의 특
성을 그렇게 추측했다. 도움닫기의 거리에 따른 위력의 증감. 단
순하기에 사용하기도 매우 쉬울 듯했다.

"그럼, 간다!"

"간다해!"

서로 낮게 자세를 잡은 채, 두 번째 격돌을 위해 두 사람이 달
려나가려던 그때——

"미라 씨~ 메이메이 씨~ 잠깐만 기다리십시오~! 그만~ 그만
해 주셨으면 합니다~!"

그런 목소리가 들려왔다.

문득 돌아보니 헨리가 훈련실 창문에서 뛰쳐나와 달려오고 있
었다. 그는 두 손을 흔들며 허둥지둥 미라 일행의 곁으로 다가와
서는 쓴웃음을 지은 채 "이 이상 하면 그녀가 울고 말 테니, 그쯤

하시지요"라고 말하며 정원 구석으로 시선을 옮겼다.

그 시선을 좇아 미라와 메이린도 같은 곳을 보았다. 그러자 그곳에는 한 메이드가 있었다.

시합에 정신이 팔려 알아채지 못했지만, 처음부터 있었던 모양이다. 심지어 손에는 두꺼운 장갑을 끼고 삽과 양동이를 들고 있었다. 그 모습으로 미루어 정원 손질을 하고 있었던 듯했다.

그녀는 가드닝 작업 중, 갑자기 정원에서 시작된 격전에 휘말려 들어 도망치지도 못했던 모양이다.

심지어, 그뿐만이 아니다. 괜찮은가 싶어 다가가 보니 그 메이드는 잠꼬대를 하듯 "정원이…… 정원이……"라는 소리를 반복했다.

뒤를 돌아보니 참상이 펼쳐져 있었다. 미라와 메이린이 펼친 전투의 영향으로 예쁘게 손질되어 있던 정원이 무참하게 어질러져 있었던 것이다.

25

미라와 메이린의 전투로 인해 황폐화된 정원. 그런 정원의 모습 앞에서 넋을 놓아버린 듯한 아담스가의 메이드.

그 모습으로 미루어 그녀가 정원 손질을 담당하고 있었다는 것은 자명한 사실로 보였고, 그렇기에 미라와 메이린은 그 즉시 어떤 사태가 벌어진 것인지 깨달을 수 있었다.

"이것 참…… 미안하게 됐구나."

"으…… 죄송합니다이거."

겨우 전투의 고양감에서 깨어난 두 사람은 잽싸게 메이드 앞으로 달려가, 말 그대로 넙죽 엎드려 사과했다.

그리고 그 후, 두 사람은 정원 복구 작업에 진력했다. 메이드의 지시에 따라 파헤쳐지고 구멍투성이가 된 잔디밭을 평탄하게 만들고, 주변으로 튄 흙과 화초를 분별하고, 와해된 산울타리와 그 토대를 수복시켜 나갔다.

그렇게 정원을 복구하던 도중. 마텔이 보다 못해서…… 아니, 친절을 베풀어 돕겠다고 나섰다.

지금까지의 일들로 정령왕의 가호에 적응이 된 덕인지 힘의 활용법이 여러모로 늘어나서, 그 가호를 통해 마텔의 힘을 사용하는 것 정도는 할 수 있게 된 상태였다.

미라는 마텔의 제안을 흔쾌히 받아들여 정원 복구에 도전했다.

"식물에 관한 일이라면, 이 몸에게 맡기거라!"

미라는 자신만만하게 그렇게 말하더니 마텔의 힘으로 황폐해진 정원을 되살리기 시작했다.

예상했던 것보다 극적인 효과가 나타났다. 마차 끄는 말처럼 일한 메이린 덕분에 정원의 땅은 눈 깜짝할 사이에 평평해졌다. 거기에 마텔의 힘을 받은 미라가 손을 대자, 놀랍게도 힘차고 푸릇푸릇한 잔디밭이 되살아났다.

심지어 거기에 난 잔디는 미라 일행이 황폐화하기 전보다 훨씬 활력이 넘쳤다.

"이렇게 싱싱하게…… 굉장해요!"

"암, 그렇고말고!"

미라는 메이드── 바네사의 대절찬을 받고 더욱 신이 나서 산울타리부터 시작해서 정원에 있던 모든 식물을 보다 활력 넘치게 부활시켜 나갔다.

산울타리는 힘차게 되살아났고, 꽃들은 예쁘게 만개했다. 나아가 이전에는 없었던 안개 깃털 나무가 정원 네 구석에 우뚝 솟아나더니 굵고도 커다랗게 자라났다.

안개 같은 깃털이 팔랑팔랑 날리는 것처럼 보이는 꽃이 특징적인 영핵종(英核種)의 나무로, 아담스가의 당주── 헨리의 아버지가 어디선가 가지고 온 씨앗이 성장한 모습이었다.

안정될 때까지 생육하기가 어렵다고 하기에 어쩔까 고민하고 있던 그것을, 바네사가 때는 지금이라는 듯이 꺼내온 것이다.

그런 그녀에게 미라는 말했다.

"한 달에 한 번씩 마나 포션을 주면 잎이 약한 빛을 띠어서, 환상적이고도 아름다운 모습을 보여줄 게다. 한 번 시험해 보거라."

그것은 안개 깃털 나무가 지닌 특수한 성질에 의한 반응으로, 그다지 알려지지 않은 꼼수 같은 것이었다. 그리고 그러한 지식들은 모두 마텔에게 들은 것이기도 했다.

하지만 이 말로 인해 미라에 대한 바네사의 평가는 정원을 어지럽힌 소환술사에서 식물박사 쪽으로 기울어졌다. 그녀는 "오늘 밤에 시험해볼게요!"라고 기쁜 듯이 대답하더니 이내 "앗" 하고 무언가가 생각난 듯 어딘가로 달려갔다.

그리고 잠시 후 돌아온 그녀의 손에는 검은 씨앗 세 개가 쥐어져 있었다.

"저기, 이거 말인데요……."

그 씨앗 역시 헨리의 아버지가 어디선가 가지고 돌아왔다는 모양이었다.

하지만 문제가 있었는데, 어느 파티에 나온 과실의 씨앗이라는 것 말고는 다른 정보가 없다는 것이었다.

경위는 이러했다. 먹어보니 맛있어서 그 씨앗을 가지고 왔다. 하지만 맛있었다는 맛에 대한 평가만 있을 뿐, 애초에 무슨 과실이었는지를 모른다는 것이다.

게다가 먹기 좋은 크기로 잘려 있어서 원래 어떤 형태였는지, 어떤 색을 띠고 있었는지조차도 모른다는 모양이다.

심지어 아껴뒀던 귀한 과실이라 파티의 주최자에게 물어보아도 의기양양해 할 뿐 대답은 해주지 않았다고 한다.

"이전에 시기와 흙 등을 바꿔서 심어봤는데, 다섯 번 모두 싹을 틔우자마자 시들어버렸습니다……. 이제 어떻게 하면 좋을지."

씨앗의 모양을 통해 종류를 판별하기는 어려워서 심는 시기를 특정하거나 손질에 관한 준비를 할 수가 없었다고 바네사는 말했다.

남은 씨앗은 셋. 이 이상 무턱대고 시험할 수도 없는 노릇이고, 아무리 조사를 해도 씨앗의 정체는 알 수가 없었다. 그럼에도 헨리의 아버지는 기대하는 눈치다. 바네사는 그것이 지금 가장 큰 고민의 씨앗이라고 애원이라도 하듯 미라에게 도움을 구했다.

"흐음…… 메이드도 고생이 이만저만 아니로군……."

비슷한 입장임에도 지나치게 자유분방하게 보이는 왕성의 시녀 릴리 일행이 떠올랐지만, 좌우간 미라는 바네사가 참 어려운 처지에 처했다는 생각에 걱정이 되었다.

"어디, 한 번 보자꾸나."

미라는 걱정스러운 나머지 씨앗을 하나 집어 들어 그것을 관찰하듯 물끄러미 쳐다보았다.

검은 씨앗은 엄지손가락 정도의 크기였다. 그리고 타원형으로 생겼다는 것 말고는 이렇다 할 특징이 없었다. 어디에나 있을 듯한, 그런 씨앗이었다.

『그건 왕수(王樹)사과의 씨앗이야. 틀림없어!』

과연 모든 식물의 부모라 할 수 있는 시조정령 마텔이라고 해야 할지, 잠시 본 것뿐인데 금방 그렇게 답변을 해왔다.

뿐만 아니라 바네사가 어째서 키우는 데 실패했는지, 이유까지 알려주었다.

"흠, 이 씨앗은 말이다——."

마텔의 이야기를 끝까지 들은 후, 미라는 마치 알고 있었다는 듯이 그 지식을 늘어놓았다.

이 씨앗은 왕수사과라 불리고는 있지만, 그 과육은 멜론에 가까우면서도 사과처럼 껍질이 얇은 탓에 흠집이 나서는 안 된다. 때문에 먹기 좋을 정도로 키우기는 매우 어려운 과실이라고 미라는 말했다.

"그럼에도 도전하겠다면, 지켜야 할 게 하나 있다——."

씨앗의 정체는 알았지만 그 과실을 먹으려면 상당한 품이 든다.

미라는 그렇게 힘든 일이라고 말했지만 바네사의 눈에 깃든 열의는 식을 낌새가 없었다. 오히려 더욱 활활 타오르고 있었다.

따라서 미라는 왕수사과를 키우는 데 있어 가장 중요한 사항을 말해주었다.

"싹이 나거든 높이가 3미터를 넘을 때까지 결코 빛을 쪼여서는 안 된다."

"빛을…… 말인가요?!"

바네사는 놀라서 소리쳤다.

그럴 만도 했다. 맛있는 과일을 키우려면 건강한 흙과 충분한 햇볕이 필요하기 때문이다.

하지만 미라는, 정확히 말하자면 마텔은 그것을 차단해야 한다고 말했다.

빛이 닿지 않는 깊은 숲속, 신목의 보호를 받는 그곳이 왕수사과의 본래 생육권이다. 어둠 속에서만 자라날 수 있는 종인 것이다. 그 때문인지 막 돋아난 싹은 빛에 매우 약했다. 그리고 이 특성이 바로 바네사가 실패했던 요인이었던 것이다.

"설마, 그런 식물이 있었을 줄이야……."

바네사는 놀란 얼굴로 씨앗을 바라보았다. 미라는 그런 그녀에게 "매우 희귀한 종류이니 말이다. 그럴 수밖에 없지"라고 위로의 말을 건넸다.

그 종을 만든 마텔도 약간 씁쓸한 투로 이렇게까지 빛에 약해질 줄은 몰랐다고 말했다.

처음에는 썩어가는 낙엽을 먹을 수밖에 없는 동물들이 먹을 수 있도록 왕수사과의 나무를 만들었다는 모양인데, 환경에 의해 지금과 같이 변화했다는 듯했다.

그러한 변화도 자식이 성장하는 모습을 보는 것 같아 즐겁다고 마텔은 말했다.

"그런데 3미터까지 성장하려면, 얼마나 걸릴까요?"

조금 전에 미라는 높이가 3미터를 넘을 때까지는 빛을 쪼여서는 안 된다고 말했다. 그 말인 즉, 넘고 나면 빛을 쪼여도 된다는 뜻이기도 했다. 이 역시 마텔이 알려준 것이었다. 그 정도가 되면 성장한 표피로 빛에 약한 부분을 완전히 보호할 수 있다고도 했다.

"대충 2년 정도이려나. 뭐 열매를 맺으려면 그때부터 3년 남짓에 걸쳐 그 두 배 정도까지 성장해야만 하지만 말이다."

빨라야 5년. 그중 절대로 빛을 쪼여서는 안 되는 기간이 2년. 사람의 손으로, 사람의 생활권에서 키우기에는 상당히 버거운 조건이었다.

"합쳐서 5년인가요……. 하지만 가장 중요한 건 처음 2년이란 거군요……."

상당한 난이도였지만 바네사의 표정은 체념한 듯 보이지 않았다. 오히려 어떻게 깜깜한 방을 준비할지, 어떻게 깜깜한 방에서 2년 동안 돌보면 좋을지를 검토하고 있는 듯했다.

"아니, 그 점은 걱정 안 해도 될 게다."

미라는 그렇게 말하며 세 개의 씨앗을 향해 손을 내밀었다. 그러자 옅은 빛이 퍼져 나와, 그대로 씨앗에 흡수되었다.

"방금 그건, 뭐였죠?"

당황한 듯한 바네사에게 미라는 답했다.

"씨앗에 활력을 불어넣었으니. 일주일 후면 3미터까지 성장할 게다."

그것은 마텔의 배려인 동시에 엄격함이기도 했다. 열심히 키우고자 하는 의지를 지닌 바네사에 대한 배려. 그리고 이 이상 시들게 하지 않았으면 하는, 어머니로서의 마음이었다.

"이건 이 몸이 계약한 식물의 정령이 주는 선물이다. 소중히 여기거라."

시조정령이라는 거물의 존재까지는 밝힐 수 없다. 하지만 미라는 이래저래 정령과의 교류가 많은 소환술사였다. 거짓말은 하지 않은 데다, 이런 식으로 말하면 상대가 자연스럽게 말 그대로의 의미로 받아들여주기 마련이었다.

"가, 감사합니다! 반드시 번듯한 나무로 키워 보일게요!"

미라가 다소 빙 돌려서 마텔의 뜻을 전달하자 바네사는 그렇게 답하더니 "정령님께도 감사하다고 전해주세요"라고 말하며 고개를 숙였다.

『어머어머, 천만에요.』

어쩐지 쑥스러운 듯한, 그러면서도 기쁜 듯한 마텔의 목소리가 미라에게 조용히 들려왔다.

아담스가의 정원은 거의 황무지가 되었지만, 파괴와 재생 덕분에 이전보다 훨씬 번듯하게, 그리고 바넷의 꿈과 로망이 담긴 모습으로 탈바꿈했다.

'좋아, 어찌어찌 얼버무린 것 같군!'

그 후 실시한 보수 작업 덕분에 정원을 황폐하게 만들었다는 실수는 무마하는 데 성공했다. 그렇게 확신한 미라는 안도감에 가슴을 쓸어내렸다. 이런 짓을 벌였다는 보고가 솔로몬의 귀에 들어가는 날에는 호되게 혼이 날 게 뻔하기 때문이다.

메이린과의 시합도 상당히 좋은 인상을 준 듯했다.

아담스가에 식객으로 머물고 있는 메이린은 숙박비용을 내는 대신 아이들의 훈련을 봐주고 있다. 그 때문에 아이들은 메이린이 터무니없는 실력을 지녔다는 사실을 알고 있었다. 그런 그녀를 상대로 막상막하의 싸움을 펼친 것이 아이들의 인상에 강하게 남은 모양이다.

그렇게 미라는 같은 스승을 둔 후배들의 존경 어린 시선을 받으며 이래저래 아담스가에 환영받는 입장이 되었다.

그 덕분에, 훈련실에 빚어진 참상 역시 이만한 실력을 지닌 두 사람이 부딪혔으니 어쩔 수 없다는 쪽으로 이야기가 흘러가 문책을 받지도 않았다.

그리고 현재, 아담스가에서 편히 지내도 좋다는 허락을 받은 미라는 저택의 한 방에서 메이린과 마주하고 있었다. 또한 이 방은 객실로, 현재는 메이린이 식객으로 지내고 있는 방이라는 듯했다.

"그런데 어째서 **할아버님**이 여기 있는 거냐이거? **할아버님**도 대회에 출전하려는 거냐해?"

격렬한 전투에서 이어진 정원 정비로 상당히 지쳐서 소파에 앉아있던 참에 메이린이 대뜸 그렇게 물어왔다.

할아버님—— 그것은 본래 정면에 있는 소녀에게 사용할 만한 호칭이 아니었다. 하지만 메이린이 또렷하게 그 단어를 입 밖에 내자, 미라는 쓴웃음을 지으며 답했다.

"역시, 이 몸이란 걸 알아챈 게냐."

"당연하다해. 움직이는 순간의 중심, 보법, 시선을 돌리는 방법, 버릇이 모두 옛날 그대로였다이거. 모습은 바뀌었어도, 나는 못 속인다해."

메이린은 그렇게 이유를 대더니 그 정도로는 아직 멀었다는 듯이 웃었다.

미라가 덤블프라고 판단한 메이린의 기준 중에, 가장 알기 쉬운 요소인 소환술에 관한 이야기는 한마디도 나오지 않았다. 그저 일거수일투족을 본 것만으로 미라가 덤블프와 동일인물이라는 사실을 간파해낸 것이다.

"그것만으로 들통이 날 줄이야. 과연 대단하다고 할 수밖에 없겠군그래."

　대단한 통찰력이라고 새삼 감탄한 후, 미라는 일단 자세를 바로하고서 "그래, 이 몸이 이곳에 온 이유 말이다만——" 하고 이번에 찾아온 목적을 입밖에 냈다.

26

"그런고로 나라로 데리고 가기 위해 그대를 찾고 있었다. 연락을 취할 방법이 전혀 없어서 얼마나 고생을 했는지 원."

나라의 현재 상황과 아홉 현자의 현재 상황에 관해 간단히 설명한 후, 미라는 그렇게 용건을 말했다.

그러자 메이린은 다소 떨떠름한 표정을 지었다. 아직 수행 여행을 계속하고 싶다는 마음이 더 강한 듯했다.

'이런 면도, 변함이 없군그래……'

메이린은 노골적이다 싶을 정도로 감정이 얼굴에 잘 나타났다. 그런 그녀를 앞에 두고 미라는 그 무렵에도 이러했다며 과거를 회상했다.

게임이었던 시절부터 메이린은 자국에 가만히 있는 일이 거의 없었다. 전쟁이 시작될 거라고 연락하면 곧장 돌아왔지만 전투가 없는 이벤트 때는 마중을 가서 다소 억지로 데려와야만 알카이트 왕국에 머무르고는 했다.

"아, 모두가 있으면 분명 괜찮을 거다이거. 나 없어도 문제없을 거다해!"

긴 생각 끝에 메이린은 좋은 생각이 났다는 듯 환한 얼굴로 그렇게 말했다.

예상했던 반응이다. 이번에 찾아온 이유를 간단하게 간추리자면, 전쟁을 회피하기 위해 집합하라는 것이다. 하지만 상징적인 존재로서 나라에 가만히 있으면 좀이 쑤실 거라는 게 메이린의 본심일 거다.

그러나 아홉 현자라는 지위에 있는 만큼, 그리고 무엇보다도 현실이 된 현재는 그런 말을 다 들어줄 수가 없었다.

그 사실을 잘 아는 미라는 마음을 독하게 먹고 첫 번째 말의 칼날을 내리쳤다.

"그대가 돌아오지 않겠다면, 상관은 없다. 허나 한 가지 문제가 있어서 말이다——."

정 그렇다면 돌아오지 않아도 상관없다. 미라는 일단 그런 식으로 다정하게 말했지만, 곧 단숨에 방향을 바꿔서 메이린을 몰아세웠다.

아홉 현자 시절 메이린의 정장—— 전쟁과 모험, 정치 무대 등의 표면에 나설 때의 의상은 도사복과 여우를 본뜬 가면이었다. 따라서 일반층에게 맨얼굴은 알려지지 않았다.

하지만 플레이어 출신자라고는 해도 각국의 중역, 그리고 실력 자랑을 하는 자리에 있었던 자들 중에는 메이린의 맨얼굴을 아는 자가 많다.

"그대도 가명을 쓰거나 해서 배려는 하고 있는 듯하지만——."

미라는 그러한 부분에 관해 쿡쿡 못을 박아가며 현재의 상황을 메이린에게 이해시켜 나갔다. 지금까지는 운 좋게 그러한 자들과 마주치지 않은 덕에 그리 큰 문제로 번지지 않았던 것이라고.

"허나 이번에는 무리다. 말 안 해도 알지 않으냐? 이 나라에서 개최되는 투기대회의 규모는 그야말로 세계적이다. 심지어 각국

에서 무예에 능한 자들까지 초대했다지 않으냐. 그렇다면 당연히
이 도시에 모여드는 자들 중에는 그대의 맨얼굴을 아는 인물도
있을 터——."

그렇게 자세히 설명한 후, 미라는 솔로몬하고도 이야기했던 문
제—— 메이린의 존재가 세간에 알려졌을 때 일어날 수 있는 사
태에 관해 더욱 자세히 이야기해주었다. 대륙 각지에서 메이린을
목격했다는 정보가 들어왔을 때, 알카이트 왕국의 입장이 어떻게
될지를.

"——솔로몬 씨한테, 민폐를 끼칠 수는 없다이거……. 하지만,
대회는 나가고 싶다해……."

알카이트 왕국의 장군급인 아홉 현자가 정전 조약 중에 각국을
돌아다니며 무엇을 하고 있었던 것이냐, 혹 정찰을 하고 있던 것
은 아니냐. 그런 의심을 살 우려가 있다.

미라의 이야기를 듣고 사태의 심각성을 이해한 모양인지. 메이
린은 고개를 푹 숙인 채 풀이 죽고 움츠러들어 그렇게 중얼거렸
다. 하지만 어지간히 기대하고 있었던 탓에, 그리고 이해는 했지
만 그럼에도 포기하기가 어려운지 그녀의 얼굴에는 갈등하는 듯
한 기색이 역력해졌다.

"자, 그래서 이 몸이 제안할 게 있다만."

그런 메이린의 태도를 확인한 미라는, 때는 지금이라는 듯 준
비해온 작전을 내놓았다. 다름이 아니라 아홉 현자 메이린이라는
증거를 내주지 않으면 그만이라고.

"그 때문에 준비해온 것이, 이 변장 도구 세트다. 나라로 돌아

오겠다고 약속한다면 이걸 그대에게 주마. 솔로몬도 이걸로 변장한다면 투기 대회에 출전해도 좋다고 하더구나."

변장도구 세트는 릴리 일행이 특별 제작한 마법소녀풍 의상과 염색약, 거기에 마도공학부가 개발한 카메라 대책용 초커로 이루어져 있었다. 특수한 마나 역장을 쳐서 얼굴에 초점을 맞추지 못하게 하는 일품이다.

"알았다이거! 약속한다해! 그러니까 투기 대회 나가고 싶다이거!"

한 번 낙담시켰다가 양보하는 척을 하기. 투기 대회 출전은 포기하라고 말했다가, 나갈 수 있는 선택지를 제시하기. 솔로몬이 짜낸 꾀였지만 단순한 그녀는 보기 좋게 넘어온 듯했다.

기뻐하며 돌아갈 것을 약속한 메이린을 보며, 미라는 의기양양한 얼굴로 "그렇다면 이 변장 세트를 주마"라고 답했다.

어쨌든 미라는 메이린에게 알카이트 왕국으로 돌아가겠다는 약속을 받아내는 데 성공했다. 이로써 이번 임무 중 절반은 달성한 거나 마찬가지다. 이제 세상 사람들이 메이린의 정체를 알아채지 못하게 하며 투기 대회를 끝내는 일만 남았다.

그런고로 미라는 곧장 메이린의 변장 준비를 시작했다. 우선은 머리카락부터다. 염색약을 사용해 푸른빛이 도는 보라색 머리카락을 새빨갛게 물들여 나갔다.

"흠…… 이 정도면 되려나."

투기대회를 위해서라고 하니 메이린은 전에 없이 얌전해졌다. 미라는 염색을 마친 그녀의 머리카락을 바라보고 문제없겠다며 고개를 끄덕였다.

　어제 변장했을 때 테레사가 염색을 해주었던 일이 참고가 되었다. 색이 들쭉날쭉한 부분은, 거의 없다. 약간 배분을 잘못해서 머리카락 끝부분으로 갈수록 색이 옅어지기는 했지만. 하지만 보기에 따라서는 불꽃이 일렁이는 것 같아서 오히려 멋지지 않을까, 하고 미라는 우연의 산물을 속으로 과대 포장하고 있었다.

　"굉장하다이거, 새빨갛다해!"

　끝남과 동시에 전신거울 앞으로 달려온 메이린은 확 바뀐 머리카락 색을 보고 들뜬 투로 말했다. 그리고 머리카락 끝부분으로 갈수록 색이 옅어진다는 사실을 알아채고는 말했다. "불꽃 같고 멋지다이거!"

　"암, 그렇고말고! 바로 그게 포인트였다!"

　메이린도 마음에 든 모양이다. 미라는 다 계산한 것이라는 투로 말한 후, 다시 메이린을 자리에 앉히고서 안정제를 꺼내 들었다. 그리고 염색약을 안착시켜, 변장 제1단계를 종료했다.

　머리카락이 끝났으니 그 다음은 옷이다. 릴리 일행이 특별 제작한 변장용 마법소녀풍 의상의 차례가 온 것이다.

　"할아버님…… 이거, 잘 모르겠다해……."

　우선 한번 입어보라고 했더니, 몇 초도 채 되지 않아서 메이린이 구원 요청을 했다.

　"흠…… 무엇을 모르겠느냐?"

　옷을 갈아입는다기에 미라는 일단 뒤로 돌아서 있었지만, 이렇게 된 이상 어쩔 수 없었다. 뒤로 돌아 상황을 확인한 미라는 "우와아……" 하고 눈살을 찌푸린 후, 한 방 먹었다는 듯 한숨을 내쉬었다.

변장용 의상으로 인수할 때, 미라는 그것의 디자인을 확인하지 않았다. 메이린에게 입히기 위한 것이라는 이유도 있어서 아무래도 좋았기 때문이다. 솔직히 말하자면 남의 일이라고 생각했던 것이다.

더불어 지금까지 이런저런 의상을 억지로 입었던 탓에 릴리 일행에 관해 조금은 안다고 생각했었다. 하지만 그것이 착각이었던 것이다.

미라가 보아온 지금까지의 의상들은, 그녀들이 감춘 업보의 극히 일부분에 불과했다. 미라는 그것을 이제야 직면하게 된 것이다.

메이린이 손에 든 의상, 잘 모르겠다고 말한 그것은 아주 제대로 된 마법소녀 의상이었다.

컬러풀한 색조에 자연스러운 노출을 꾀한 짧은 스커트, 거기에 핑크색 속치마. 프릴을 풍성하게 사용하여 깜찍하게 마무리한 그것이 바로 메이린 전용 변장 의상이었다.

"음, 이건 모를 만 하군그래. ……잠깐 기다리거라."

이미지가 상상했던 바와 다르다는 점과 더불어 부속 파츠가 이상하리만치 잔뜩 준비되어 있었다. 뭘 어떻게 하면 좋을지 얼핏 봐서는 파악이 안 되어서 이거 방법이 없겠다 싶어진 미라는 급히 바네사에게 도움을 청하고자 방에서 뛰쳐나갔다.

"와아, 멋져라! 엄청 귀여워요, 메이메이 씨!"

십여 분 후, 원군으로 온 바네사의 활약으로 인해 메이린은 완벽하게 변장용 의상을 입는 데 성공했다. 바네사의 솜씨는 물론이고 그녀가 발견해준 디자인화(畵)로 인해 완성형이 판명된 덕이 컸다.

이러한 복잡한 의상에는 완성도가 있을 거다. 그런 바네사의 말을 듣고 찾아보니 의상이 들어있던 꾸러미 밑바닥에 봉투가 있었고, 그 안에 디자인화가 들어 있었던 것이다. 그 다음에는 바네사가 그대로 의상을 입혀주었고, 메이린은 그 순간 마법소녀로서 다시 태어날 수 있었다.

"이거 깜짝 놀랐다해! 내가 아닌 것 같다이거!"

두근두근 설레는 얼굴로 전신거울 앞에 선 메이린은 변장이 끝난 자신의 모습을 보고 놀람과 동시에 기쁜 표정을 지었다. 그러고는 "꼭 프리큐어 같다이거!"라고 미라가 생각은 했어도 굳이 하지 않았던 그 말을, 또렷하게 입 밖에 냈다.

그 디자인을 간단하게 표현하자면, 메이린의 말대로 어른에게도 인기 있는 여아용 애니메이션에 등장하는, 싸우는 변신 히로인이었다. 심지어 처음부터 중반 정도에 등장하는 파워 업 폼이라는 호화로운 사양으로 되어 있었다.

'녀석…… 제대로 저질러 버렸군.'

필요한 것은 변장이지 변신이 아니다. 하지만 현시점에서 새로운 프리큐어가 탄생하고 말았다. 그리고 미라는 이 상황을 만든 범인이 누구인지 짐작이 갔다.

그것은 바로 라스트라다다. 특촬 히어로를 애호하며 본인의 가슴에도 정의를 품고 있는 그에게 그러한 애니메이션을 TV에서 방송하는 일요일 아침은 신성한 시간이었다.

프리큐어는 그런 정의가 넘쳐나는 시간에 방송되고 있다. 따라서 라스트라다는 프리큐어 마니아라는 숨겨진 면모도 가지고 있었다.

메이린 변장 계획 이야기를 솔로몬에게 들었을 때. 그때부터 이미 이번 의상 제작의 목적은 변장이라는 대전제가 있었기에, 라스트라다가 이상적이라 여기는 히로인의 이미지를 릴리 일행이 보란 듯이 재현하는 모양새가 되고 만 것이다.

'참으로, 업보가 깊구나…….'

메이린의 변장 의상이라고 들었건만, 알고 보니 변신 의상이었다. 그 사실에 미라는 쓴웃음을 짓는 동시에 생각했다. 메이린이 이걸 입은 이상, 그 누구도 진짜 정체를 알아채지 못하겠구나.

프리큐어풍 의상은 디자인상 무도가이자 선인 같았던 지금까지의 메이린과는 이미지가 너무도 달랐기 때문이다.

머리를 물들인 것도 한 몫 거들어, 겉모습만 보면 완전히 프리큐어 같았다. 상황은 둘째 치고, 목적 자체는 완벽하게 달성했다고 보아도 과언이 아니었다.

"이렇게 된 거, 포즈도 흉내 내보지 그러냐?"

미라가 그렇게 말하자 메이린은 "그거 재미있겠다해!"라고 답하더니 곧바로 포즈를 취하기 시작했다. 그녀도 어릴 적에는 열혈 프리큐어 팬이었던 모양인지, 포즈뿐 아니라 대사까지 완벽하게 흉내 내었다.

그 모습을 바라보며 미라는 생각했다. 이렇게 된 김에, 이 방향성으로 대회에 나가게 하는 건 어떨까.

변장 여부는 둘째 치고, 메이린이 투기 대회에 나가 싸우면 강한 나머지 분명 눈에 띌 것이다. 하지만 투기 대회에 갑자기 나타난 정의의 히로인, 프리퓨어로서 나간다면 눈에 확 띄더라도 적절하게 위장이 될지도 모른다.

프리퓨어의 모습을 보고 메이린의 정체를 알아챌 자가, 과연 있기는 할까. 모든 사실을 아는 미라 본인도 메이린의 현재 모습을 보고, 정말로 메이린인가 하고 살짝 의아해했을 정도로 감쪽같은 변신이었다.

"저기…… 프리퓨어라는 게 무엇인가요?"

혼자만 영문도 모른 채 실로 그럴싸한 메이린의 움직임을 지켜보고 있던 바네사가 고개를 갸웃했다. 그 질문에 미라는 "그건, 어느 지방에 전해지는 사랑의 전사의 이름이다"라고만 답해주었다.

또한, 미라가 프리퓨어에 관해 잘 아는 것은 여동생과 놀아줘야만 했고, 그러기 위해 TV도 같이 보아야만 했기 때문이다.

프리퓨어로 깜짝 변신을 한 메이린은 그 의상이 상당히 마음에 들었는지, 곧바로 얼마나 움직이기 편한지 확인하기 시작했다.

단순한 확인 작업이라지만 메이린은 그 유명한 아홉 현자인 동시에 무도가이기도 했다. 동작 하나하나는 날카롭고 빨랐으며, 매우 진지했다. 가벼운 동작으로 허공을 가르는 소리가 날 정도

의 일격을 날리고는, 물 흐르듯 자연스럽게 다음 동작으로 이어
나간다.

"이거, 엄청 움직이기 쉽다해! 기가 막힌다이거!"

일련의 동작이 끝나자 메이린은 그렇게 평가했다. 릴리 일행이
특별 제작한 의상의 완성도는 무도가 소녀도 보증을 할 정도로
완벽한 듯했다.

미라는 호오, 그러냐, 하고 기쁜 듯 보이는 메이린을 향해 고갯
짓하여 답했다. 그러던 중에 문을 두드리는 소리가 났다.

"미라 씨, 메이메이 씨, 저녁 식사 함께하시겠습니까?"

그것은 헨리의 목소리였다. 말한 것과 같은 목적으로 온 듯했
지만, 가만히 귀를 기울여보니 그의 뒤쪽이 소란스러웠다. 또 누
가 있는 모양이다.

"밥, 먹는다해~!"

메이린이 누구보다도 빠르게 반응했다. 저녁식사란 말에 쏜살
같이 달려가 문을 열어젖혔다. 그러자 그곳에는 헨리뿐 아니라
그의 동생들까지 모두 있었다.

그리고 다음 순간, 동생들은 "지금이다~!" 하고 목검을 치켜든
채 메이린에게 덤벼들었다. 언제 어디서든 어느 순간에나 한 판
을 따내 보라는, 제법 흔한 전개의 훈련도 하고 있는 모양이다.

그리고 그 직후, 동생들은 갑자기 목검을 멈추더니 놀라움과
당황스러움이 뒤섞인, 어리둥절한 얼굴을 한 채 메이린을── 사
랑의 전사 프리퓨어를 바라보았다.

"어라······? 메이메이 누나는?"

"어? 누구야?"

원인은 메이린의 차림새였다. 너무도 변장이 완벽해서 동일인물이란 걸 못 알아챈 것이다.

그러자 메이린은 빈틈을 놓치지 않고 그런 동생들의 정수리에 손날을 내리치며 "아직 멀었다해" 하고 웃었다.

"에엑?! 메이메이 누나?!"

"어? 정말?"

목소리와 동작은 메이메이의 것이었지만 겉모습이 너무도 다른 탓에 아이들은 몹시 당황했다. 그런 아이들의 모습을 보며, 메이린은 의기양양한 투로 소리쳤다.

"메이메이는, 세상을 속이기 위한 가짜 모습이다이거. 그 정체는, 사랑의 전사 프리퓨어였다해!"

정의의 히어로가 스스로 정체를 밝히는 건 좀 그렇지 않나 싶었지만, 본인은 꽤나 신이 나 있었다. 순진한 아이들은 그런 생각도 안 드는지 '그랬어?'라고 묻듯 환한 얼굴로 그녀를 쳐다보았다.

사랑의 전사 프리퓨어가 무엇인가 하는 점은 그다지 신경 쓰이지 않는지, 그저 굉장하다며 야단이었다.

"이 일은, 비밀이다이거."

메이린이 그렇게 말하자 아이들은 고개를 끄덕이며 "알았어요!"라고 답했다. 그리고 잠시 잠잠해지더니 또다시 때는 지금이라는 듯 덤벼들었다.

"아직 멀었다해!"

메이린은 가벼운 몸놀림으로 그것을 피하고 아이들의 다리를 한꺼번에 후렸다. 그 동작은 정말 프리큐어 그 자체라 해도 과언이 아닐 정도로 화려했다.

"그나저나 저 모습으로 대회에 출전하게 되었는데, 등록명은 변경할 수 없겠는가?"

그렇게 메이린과 아이들이 장난을 치는 동안, 미라는 헨리에게 그렇게 물었다. 이 참에 메이메이라는 단순한 가명이 아니라 아예 메이린 본인과는 연관이 없을 듯한 이름으로 바꿀 수 없을까 생각한 것이다.

"으음, 사랑의 전사 프리……큐어였던가요. 뭐, 그 정도라면 문제없을 겁니다."

아예 이름과는 다른 호칭이 되었지만 헨리는 생각하는 척도 않고 승낙했다.

듣자 하니 그런 등록명도 잔뜩 있다는 모양이었다. '순백의 공주'라느니 '한밤중의 귀공자' 등, 주로 실력을 시험해볼 목적으로 몰래 신청한 귀족에, 눈에 띄고 싶지 않은 유명인 같은 인물들이 그러한 이름으로 등록했다는 것이다. 거기에 '사랑의 전사 프리큐어'가 추가될 뿐이다.

"그나저나 몰라보게 달라졌군요. ……혹시 미라 씨가 메이메이 씨를 찾아다닌 것은, 이렇게 하기 위해서였습니까?"

완전히 변신 히로인이 된 메이린을 바라본 채 헨리는 그렇게 중얼거렸다. 단둘이 되고서 얼마 지나지 않았는데 이런 상태가 되었으니, 그렇게 짐작하는 것도 무리는 아니었다.

"음, 그 말이 맞네."

헨리에게는 여러모로 도움을 받아야 할 것이다. 따라서 미라는 다소 얼버무리기는 했지만 상황을 설명했다. 사실 그녀는 그럭저럭 높은 지위에 있어, 너무 눈에 띄는 짓을 하게 둘 수는 없다고.

"과연…… 사실은 암행 중이었다는 겁니까. 저만한 실력자니 뭔가 사정이 있을 줄은 알았습니다만."

정확한 내력은 둘째 치고 헨리는 이해한 듯한 눈치였다. 그는 납득했다는 듯 미소를 짓더니 그 이상 아무 말도 하지 않았다.

'좋아…… 이로써 임무는 달성한 거나 다름없구나!'

할 수 있는 일은 모두 했다. 이제 메이린과 연관이 있는 것은 선술 정도뿐이다. 하지만 그걸 금지하는 건 잔인한 짓이다. 투기 대회라는 강자들이 모이는 큰 무대에서 제 실력을 발휘하지 말라고 하면 답답해서 죽으려 할 것이다. 대회에 나가는 의미가 없어지는 것이나 다름없기 때문이다.

출전조차 금지당했기에 미라는 이만한 무대를 앞에 두고도 제 실력을 발휘할 수 없는 것이 얼마나 답답한 일인지 알았다. 그렇기에 그 이상 아무 말도 하지 않았다.

이렇게 했는데 메이린이라는 사실이 들통난다면, 무슨 짓을 해도 들킬 운명이었다는 것이리라. 이제 운을 하늘에 맡기는 수밖에 없다.

27

다 같이 식탁을 둘러싸고 즐거운 저녁 시간을 보냈다. 그다음
은 입욕 시간이었다.

헨리 일행은 식후의 일과라며 훈련장으로 갔다. 식후라 해도 곧
장 움직이지 못하면 기사로서 제 역할을 하지 못한다나 뭐라나.

그리고 메이린으로 말하자면.

"나는 어제 했으니까 됐다이거. 문제 없다해."

"아뇨아뇨, 어제는 어제고요."

바네사와 그러한 공방을 펼치고 있었다.

메이린은 목욕을 싫어한다. 하지만 바네사는 봐주지 않았다.
오늘은 평소 하던 훈련에 미라와 격렬한 전투까지 벌였다. 그런
데도 목욕을 하지 않는 건 말도 안 되는 일이고, 손님을 그런 상
태로 둘 수는 없다며 물러나지 않았다.

"내일은 하겠다해. 그러면 되지 않냐이거~."

메이린이 그런 마음에도 없는 말을 하며 도망치려던 그때. 홀
리나이트의 타워실드가 출입구를 틀어막았다.

느닷없이 장해물이 등장하자 메이린은 놀라서 급제동했다. 하
지만 그 한순간이 치명적으로 작용했다. 즉시 바네사가 달려든
것은 물론이고 다른 메이드들까지 때는 지금이라는 듯 메이린을
구속한 것이다.

"너무하다이거, 배신자다해~!"

메이린은 그렇게 원망을 쏟아내며 메이드들의 손에 붙들려 대욕장으로 연행되었다.

미라는 그것을 배웅하며 무슨 소리인지 모르겠다는 듯 시치미를 뗐다. 하지만 그 순간, 생각지 못한 사태가 미라를 덮쳤다.

"도와주셔서 감사합니다, 미라 님. 그러면 함께 가시죠."

바네사가 그렇게 함께 목욕을 하자고 재촉해 온 것이다.

그 순간, 미라는 경직되었다. 평소 같았으면 냉큼 메이드들과 대욕장으로 향했을 거다. 하지만 지금은 문제가 하나 있었다.

메이린이다. 그녀는 미라의 정체를 알지만, 그럼에도 미라가 함께 목욕을 하는 걸 아무렇지도 않게 생각할 것이다. 혼욕도 개의치 않는 성격이기 때문이다.

그렇다면 무엇이 문제인가 하면, 신경을 쓰지 않기 때문에 입이 가볍다는 점이다.

언제, 어느 타이밍에 그 입에서 미라가 메이드들과 당연하다는 듯 함께 목욕을 했다는 소리가 새어 나올지 모를 일이다. 그 이야기를 카구라 등이 듣는다면, 아주 더러운 것을 보는 듯한 시선을 보내올 게 분명하다.

"아니, 이 몸은……."

그것이야말로 새삼스러운 걱정이었지만. 좌우간 과거의 위엄에 집착하고 있는 미라는 순간적으로 망설여졌다. 그 직후, 바네사의 눈빛이 바뀌었다.

"혹시 미라 님도, 입욕하기 싫다고 하진 않으시겠죠……?"

손님을 성심성의껏 모시는 게 일인 메이드로서, 그 손님을 더러운 상태로 둘 수는 없다. 바네사가 그런 오라를 내뿜기 시작하는 바람에 미라는 필사적으로 고개를 가로저으며 답했다. "아니 아니, 이 몸은 목욕을 좋아한다!"라고. 그리고 곧이어,

"왜, 그 있지 않으냐. 정원 상태가 조금 신경 쓰여서 말이다. 다소 강제로 정돈한 탓에, 살짝 확인해 두고 싶은 게 있어서 말이다. 그때 흙을 만질지도 모르니, 이 몸은 나중에 하겠다고 말하려 했던 게다."

즉흥적으로 떠오른 그럴싸한 변명을 빠른 말투로 쏟아내었다. 그러자 놀랍게도 그 안에 들어 있던 '정원'이라는 단어가 먹혀든 것인지 바네사가 두른 오라가 온화해졌다.

"그렇다면 저도 함께하겠어요!"

아니, 지나치게 잘 먹혀든 것 같다. 정원 책임자로서의 자부심이 있는 그녀는 갑자기 의욕을 불사르며 그런 소리를 했다.

"아니, 그건 왜…… 그 뭣이냐. 비밀스러운 소환술을 쓸지도 몰라서 말이다……."

특별한 기술을 감추고 있는 자는 술사 말고도 많았다. 이 아담스가에도 그러한 기술이 있다. 때문에 아무렇게나 둘러댄 말임에도 그럭저럭 설득력이 있게 들렸던 모양인지.

바네사는 그 이상 물고 늘어지지 않았다.

"그랬나요…… 알겠습니다."

다소 아쉬운 듯 답한 후, 바네사는 대욕장으로 향했다.

그녀를 배웅하고서 미라는 안도의 한숨을 내쉬며 내뱉은 말을 지키는 시늉이라도 하기 위해 우선 정원으로 향했다.

'으음~ 그때는 치고 나가는 게 좋았을지도 모르겠군그래.'

아담스가 저택의 정원에서 미라는 일단 자신이 말한 대로 대충 식물들의 상태를 확인했다.

그러고 난 후에는 메이린과의 대련을 곱씹으며 1인 반성회를 가졌다. 소환술의 사용 타이밍, 공격과 수비의 전환, 사용한 술식의 성공과 실패 여부 등, 보다 유리하게 전황을 이끌어나갈 수 있었을지도 모르는 가능성을 추구하기 위해 당시의 전개를 되짚어 나갔다.

과연 메이린이라고 해야 할지, 낮에 했던 대련은 실로 유익했다. 여러 개의 신술식, 신기술의 이점과 결점을 도출해낼 수 있었다. 미라는 그것들을 토대로 다음 싸움에서의 전략을 세우고, 기술을 조합하고, 더 시험해보고 싶은 술식들을 거기에 추가해 나갔다.

그렇게 생각에 잠긴 채 적당히 정원을 돌아다니던 중.

"미라 언니~."

"같이 목욕하자~."

네 사람이 그런 소리를 하며 훈련장 창문을 통해 정원으로 뛰쳐나왔다. 식후 훈련 중, 정원에 있는 미라의 모습을 발견한 아이들이 미라는 아직 목욕을 하지 않았을 거라 추측하고 때는 지금이라는 듯 데리러 온 것이다.

"이 녀석들, 잡아당기지 말 거라. 알았다, 알았대도."

신시아와 로즈마리가 미라의 양쪽 팔에 달라붙어 죽죽 잡아당겼다. 게다가 파비안은 기대감이 가득한 소년의 얼굴로 목욕탕에서 모험담을 들려달라고 졸라댔다.

그런 가운데 차남인 라이언은 혼자서 어쩔 줄을 몰라 하고 있었다.

하지만 한창 나이 때인 소년의 섬세한 마음에 일어난 동요를 알아챌 수 있는 사람은 얼마 되지 않았다. 헨리와 부모는 미안하다는 표정을 지은 채로 아들과 딸들을 잘 부탁한다는 듯 살며시 고개를 숙였다. 미라에게 더 이상 선택지는 없었다.

이미 목욕을 마쳤는지 대욕장에 메이린과 메이드들의 모습은 없었다. 아이들을 돌보기 위한 일이니 명분은 있다는 생각을 하며 미라는 약간 아쉬운 마음으로 대욕장에 발을 들여놓았다. 그리고 다음 순간, 온천 여관을 방불케 하는 번듯한 목욕탕을 보고 신이 나서 "이것 참 좋구나!"라고 외쳤다.

귀족 저택답게 실로 운치 있는 대욕장이라고 감탄하고 있던 중에 떠들썩한 아이들의 목소리가 들려왔다. 근사한 목욕탕이기는 하지만 차분하게 목욕을 하기는 그른 것 같다.

'어째 요즘 들어 아이들을 돌보는 일이 많은 것 같군그래…….'

그런 생각을 하면서도 아이들을 제대로 돌봐주기는 했다. 그렇게 대충 일단락이 되자, 미라는 삼남인 파비안의 재촉에 못 이겨 지금까지 들른 적이 있는 장소와 던전에 관한 이야기를 해주었다.

흥이 오른 미라는 신자의 숲에 천상폐도, 천칭의 성채에 고대지하도시 등을 비롯해서 덤블프였던 시절에 돌아다녔던 던전에서 했던 모험에 관해서도 이야기했다.

"좋겠다, 부러워! 나도 모험가가 되면 미라 누나처럼 던전을 잔뜩 공략할 거야!"

수많은 모험담을 듣고 감명을 받은 것인지 파비안은 흥분해서 자신의 꿈을 말했다. 모르는 사람이 없는 일류 모험가가 되어 전설의 보물을 손에 넣겠다느니. 비공선을 사서 더 많은 장소를 모험하고 싶다느니, 그의 말에는 아직 펼치지 못한 꿈이 가득 담겨 있었다.

"그래그래. 그러면 강해지는 게 우선이겠구나. 그것도 동료들뿐 아니라 자신도 지킬 수 있을 정도로 말이야."

아이들은 무한한 가능성을 지녔다. 미라는 파비안의 머리를 거칠게 쓰다듬어주었다. 그러자 파비안은 솔직한 미소를 띤 채 "응, 엄청 강해질 거야!"라고 답했다. 자신이 바라는 미래가 오리라고 믿어 의심치 않는, 실로 씩씩한 말이었다.

한편, 라이언은 구석에서 근심 어린 얼굴을 하고 있었다. 소년은 심각한 얼굴로 '역시 강한 남자가 좋은 걸까' 따위의 생각을 하며, 애써 미라를 보지 않으려 눈을 이리저리 돌리고 있었다.

"저기저기, 미라 언니는, 키메라 클로젠과의 전투에서도 활약하셨죠? 그러면…… 혹시 잭그레이브 님과도 만나셨나요?!"

미라의 활약담이 일단락되자, 문득 장녀인 신시아가 그런 질문을 해왔다. 아직 어린 소녀인 그녀의 얼굴에는 동경하는 마음이 눈에 띄게 배어나 있었다.

하지만 그것은 미라를 향한 것이 아니라, 그녀가 말한 잭그레이브를 향한 것이었고 누가 보아도 간단히 알아챌 수 있을 정도로 신시아의 표정은 사랑에 빠진 소녀의 그것 같았다.

"흠…… 오오, 그러했지. 만난 적은 있구나."

잭그레이브가 대체 누구였더라. 들은 적은 있는 것 같음에도 도무지 명확하게는 기억이 나지 않았지만, 미라는 일단 아는 척을 해보았다. 신시아의 말투로 미루어, 분명 그 전투에 참가했던 모험가일 것으로 예상되었기 때문이다. 그리고 분위기를 보니 상당한 유명인인 것도 같았다.

그러한 점을 토대로 미라는 당시의 기억을 되짚어 보았다. 유명한 인물 중 누가 있었는지를.

가장 먼저 생각난 것은 섹시한 누님이었던 엘레오노라였다. 그 엘레오노라 전에 소개되었던 인물의 이름이 분명 잭그레이브였던 것 같다.

기억이 났으니 더는 어정쩡하게 답할 필요가 없다. 미라는 의기양양한 투로 "비공선으로 개선할 때, 함께 타고 있었지"라고 말을 이었다.

"굉장해요, 정말 대단해요, 미라 언니! 그 잭그레이브 님과 만나셨다니! 심지어 비공선에서……! 정말로 부러워요!"

미묘하게 잊고 있었다는 사실은 들키지 않은 모양이다. 들키기는커녕 신시아는 미라의 답변을 듣고 더더욱 흥분하기 시작했다.

"잭그레이브 님을 가까이서 보니 어땠나요?! 역시 엄청 늠름하고 멋진 분이셨나요?!"

아주 잭그레이브에게 푹 빠진 모양이다. 신시아는 반짝반짝 빛나는 눈을 한 채 미라에게 바짝 다가섰다.

그에 반해 미라는 어쩌면 좋을까 싶어 속으로 당황하고 있었다.

얼굴이 그렇게까지 자세히 기억나지 않았기 때문이다. 더불어 미라에게 늠름하고 멋진 남자란 이전의 자신과 현재는 알카이트 왕국에서 검술 지도를 맡고 있는 아론과 같은, 중후하고도 노련한 신사다운 매력을 지닌 타입을 뜻했다.

그에 반해 희미하게 남은 잭그레이브의 인상은 강하고 번듯한 생김새를 하고 있었고 수줍게 웃는 모습이 소년처럼 풋풋해 보였다는 것, 그리고 장중이 떠나갈 듯 새된 성원이 들려왔다는 것뿐이었다.

다시 말해서 미라가 이상적으로 여기고 있는 기준으로 평가하자면, 아직 한참 어리다. 약간——아니, 그럭저럭 질투가 섞이기는 했지만 늠름하고 멋지다는 영역에는 도달하지 못했다고 평가를 내리지 않을 수 없었다.

"흠, 가만있어 보자. 늠름하고 멋지더구나. 실로 눈부시게 빛나고 있었지."

하지만 미라는 잭그레이브에 관해 그렇게 답했다. 미라는 알았던 것이다. 이 순간 필요한 것은 자신의 가치관이 아니라 신시아가 지닌 기준이고, 원하는 대로 답해주는 게 좋을 듯하다는 것을.

"미라 언니도 그렇게 생각하셨나요?! 그렇죠, 멋지죠? 일도용단 잭그레이브 님은?!"

신시아는 마치 동지라도 만난 듯 들떠서는 "저도 언젠가는 잭그레이브 님의 길드의 일원이 될 거예요"라고 하더니 자신만의 꿈속에 빠져들기 시작했다.

한참은 돌아오지 않을 듯했다. 그러던 중에 그 옆에서 차녀인 로즈마리가 나직하게 중얼거렸다.

"나는, 셀로 님."

그리고 쑥스러운지 고개를 푹 숙였다.

미라는 그 소심한 자기주장도 놓치지 않고 듣고 답해주었다.

"호오, 셀로를 좋아하느냐. 그 녀석은 실로 훌륭한 남자지. 제법 보는 눈이 있구나."

목소리가 큰 아이가 있는가 하면 목소리가 작은 아이도 있다. 최근 이래저래 아이들을 돌봐온 덕에 미라는 그렇게 소극적인 성격 탓에 자신의 뜻을 작은 목소리로밖에 말하지 못하는 아이들의 말을 귀담아들을 수 있게 되었다.

게다가 이번에는 잘 아는 이름이 나와서 미라는 다소 수다스럽게 답해주었다.

에카르라트 카리용이라는 길드의 우두머리로 요즘 세상에 흔치 않은 선한 사람이라고. 그리고 실력은 톱클래스라고. 심지어 동료 복이 많아 훌륭한 인격을 지닌 자(플리카 제외)들이 모인 길드를 통솔하는 멋진 인물이라고.

"응, 셀로 님, 굉장해."

로즈마리는 고개를 푹 숙이고는 있었지만, 미라가 셀로를 칭찬하자 마치 자신이 칭찬을 받은 것처럼 쑥스러워했다. 그리고 이야기가 통하는 상대를 만나 기뻤는지, 소심하게나마 한 마디씩 말을 자아냈다.

이런 점을 좋아한다느니, 이런 일화를 좋아한다느니, 잭그레이브에 푹 빠진 신시아에게 지지 않을 만큼 셀로를 좋아하는 듯했다.

"미라 언니, 키메라 클로젠 때도 셀로 님이 있었다고 들었어. 근데, 얘길 들어도 전혀 모르겠어. 그때 셀로 님에 관해서, 알아?"

한참 동안 흥분해 말한 후, 로즈마리는 그런 질문을 던졌다. 그녀가 입밖에 낸 '얘길 들어도 모르겠다'는 말은 요컨대 키메라 클로젠과의 결전 당시 셀로가 어디서 무엇을 하고 있었는지 모르겠다는 뜻이리라.

현재, 키메라 클로젠과의 결전 당시 상황에 관한 이야기는 참가자들의 발언들로 인해 그럭저럭 널리 퍼져 있었다. 잭그레이브와 엘레오노라의 활약상 말고도 동시 진행하고 있었던 여러 작전에 참가했던 모험가들의 무용담이라는 형식으로.

하지만 그러한 이야기들 중, 분명 참가했던 셀로에 관한 정보는 없었다.

그 이유는 하나다. 그는 미라 일행과 행동을 함께 했기 때문이다. 적 간부들과의 정상 결전에 관해 아는 이는 미라와 카구라, 그리고 셀로뿐이라 그와 관련된 전황의 흐름까지 아는 이들 또한 본인들뿐이었다.

카구라는 비밀리에 움직이고 있고 셀로는 그러한 일을 굳이 떠들고 다니는 타입이 아니다. 미라 역시 공개적으로 이야기한 적은 없었다.

그렇다 보니 당시의 상황이 전혀 알려지지 않은 것도 당연한 일이라 할 수 있었다.

"음, 알다마다. 다름이 아니라, 함께 행동을 했었으니 말이다!"

미라가 그렇게 답하자 로즈마리의 표정이 반짝반짝 빛나는 기대감으로 환해졌다.

간부들과의 전투에 관한 정보는 전혀 나돌고 있지 않다. 하지만 그것은 비밀로 하고 있기 때문이 아니라 세 사람 모두 딱히 이야기를 한 적이 없기 때문이다.

하지만 마침내 그 이야기 중 일부가 당사자인 미라의 입을 통해 흘러나오게 되었다. 지금까지 이야기할 기회가 없었지만, 꿈꾸는 소녀의 바람에 응해주기 위해서.

"——그렇게 적의 간부를 맡아주어서 말이다. 이 몸과 일행은 나머지 간부 녀석들을 곧바로 쫓을 수 있었던 게다."

미라는 키메라 클로젠과의 결전 당시, 본거지에 쳐들어갔을 때의 일에 관한 이야기를 풀어나갔다.

결전의 절정이라 할 수 있는 간부들과의 대결 직전까지 이야기를 진행시켰다. 하지만 그 다음부터는 개인전이 펼쳐진 탓에 셀로가 어떠한 싸움을 벌였는지까지는 알 수 없다. 따라서 미라는 그다음부터 자신의 싸움을 중심으로 이야기하여, 소환술이 얼마나 근사한 것인지를 아이들에게 가르쳐주었다.

그리고 함께 페가수스를 타고 동료들이 있는 거점으로 돌아왔다는 말로 이야기를 마무리했다.

"굉장해! 진짜 세다!"

"아아…… 미라 언니가 잭그레이브 님과 행동을 함께 했다면,

좀 더 자세한 이야기를⋯⋯."

파비안은 단순히 흥분했고 신시아는 전해 들은 이야기가 아니라 그 자리에서 보고 있었던 이에게 상세한 잭그레이브 무용담을 듣고 싶었다며 부러워했다. 그리고 로즈마리는.

"페가수스님을 타고 셀로 님과⋯⋯. 그런 방법이⋯⋯!"

아무래도 그 이야기에서 한 가지 가능성을 발견한 듯했다. 어떻게 하면 가까워질 수 있을지, 어떻게 하면 도움이 될 수 있을지, 그리고 기회가 있다면⋯⋯ 이라는 가능성을. 상당히 씩씩한 아가씨였다.

또한 로즈마리는 미라와 셀로가 밀착했던 일은 그다지 신경이 쓰이지 않는 눈치였다.

그녀는 미라의 말투를 통해 그런 부분이 발전할 일은 없다는 걸 알아챈 듯했다. 소녀의 감 같은 것이 작용한 것이리라.

그런 가운데 그런 사실을 전혀 알아채지 못한 라이언은 초조함에 입을 꾹 다물고 있었다.

미라가 늠름하고 멋지다고 말한 남자, 잭그레이브. 그리고 훌륭한 남자라고 말한 셀로. 용을 쓰러뜨릴 정도로 강하거나, 강대한 길드의 정점에 설 정도의 실력과 인망과 카리스마가 없으면 남자로 봐주지도 않는 게 아닐까 싶어진 것이다.

미라가 파비앙의 재촉에 못 이겨 고대지하도시에서의 모험담을 이야기하는 가운데, 라이언은 그런 생각을 하며 좀 더 노력해야겠다고 속으로 다짐했다.

<28>

다음 날, 아침 식사를 얻어먹고서 메이린과 함께 아이들의 아침 훈련에 어울려주었다.

이때 다소 지나치게 흥분하기도 했지만, 어제의 사건이 교훈이 되어 정원은 무사할 수 있었다.

그렇게 느긋한 아침 시간이 지나간 후, 슬슬 호위 의뢰를 위해 왕성으로 돌아가려던 그때.

저택의 현관홀이 떠들썩하다는 사실을 알아챘다.

"흠, 어째 흥겨운 분위기가 느껴지는군그래."

그 목소리에 이끌려 고개를 내밀어 보니, 그곳에는 아이들뿐 아니라 저택에 있던 이들이 모조리 모여 있었다.

이게 대체 무슨 일인가 싶어서 살펴보니 그 원인을 한눈에 알 수 있었다.

저택 현관홀에는 여러 개의 선반이 늘어서 있었다. 그리고 거기에는 여러 가지 물건들이 진열되어 있었다.

헨리에 아이들, 그리고 바네사 일행이 보고 있는 그것은 다종다양한 상품들이었다.

그렇다. 출장 판매점이 찾아온 것이다.

옷에 액세서리 말고도 무구에 식재료에 술, 옷감에 금속, 원석과 같은 소재까지 진열되어 있었다. 심지어 그러한 상품들은 고급이라는 것을 한눈에 알 수 있는 물건들이었다.

신시아와 로즈마리는 귀여운 옷과 과자에 정신이 팔려 있었다.

라이언과 파비안은 무구와 술구류를 흥미롭다는 눈으로 보고 있다.

"이것 참 떠들썩하구먼. 설마 이런 고급점을 홀에 불러올 줄이야, 과연 명문 기사 가문의 저택이로군."

마치 작은 축제가 열린 것 같다는 인상을 받은 미라는 고급품들만 있어 살 생각은 없지만 신경은 쓰여서 얼굴을 내비치며 헨리에게 말을 걸었다.

"아뇨아뇨, 우리 집은 그렇게 대단한 곳이 아닙니다. 저분은 아버지의 친구분이신데, 상품을 매입해서 돌아가는 길에 곧잘 이렇게 들러서 성과를 자랑하고 가시고는 합니다."

헨리는 쓴웃음을 지은 채 그렇게 말하더니 즐거운 듯한 눈빛으로 상인을 흘끔 쳐다보고서 계속해서 입을 열었다.

듣자 하니 그 상인은 헨리의 아버지, 로이드 아담스에게 목숨을 빚진 적이 있다는 듯했다.

그런 인연 덕분이라고 해야 할지, 이렇게 본점에 상품으로 진열하기 전의 물건을 가져와서는 친구 할인가가 적용된 원가로 제공해주고 간다는 모양이다.

하지만 상인은 올 때마다 자랑을 하러 온 듯한 태도를 취해서, 아담스가의 일동도 그러한 손님으로 맞이하고 있다고 한다.

양쪽 모두 참으로 착한 이들이라는 생각이 절로 들었다.

신시아가 용돈을 가져와 "이 과자 주세요"라고 말하자 상인은 "귀여운 아가씨한테는 덤을 얹어주마!"라고 답했다.

참으로 마음이 훈훈해지는 대화가 이루어지고 있는 가운데, 보기 드문 술구 등도 진열되어 있다기에 미라는 별생각 없이 상품을 살펴보고 돌아다니기 시작했다.

그리고 그때—— 눈에 들어온 상품 중 하나에서 위화감을 느끼고 눈살을 찌푸렸다.

그것은 얼핏 보기에 작은 꾸러미 같은 모양새를 띠고 있었다.

크기는 두 손바닥에 올려놓을 수 있을 정도에 형태는 타원형에 가깝다. 속에는 뭐가 들었는지 모르겠지만. 두툼한 천에 싸인 채 검은 끈으로 단단히 묶여 있다.

'뭐지, 이건……? 잘은 모르겠지만, 가슴이 술렁대는 것 같군.'

30년 동안 못 보던 술구들도 상당히 늘었다. 효과 또한 상당히 다양화되었다.

하지만 지금까지 보아온 술구들 중 이렇게 이상한 무언가가 느껴지는 물건은 하나도 없었다.

대체 어떤 물건일까.

이럴 때는 상인에게 물어보는 게 제일이다. 그런 생각에 미라가 상인에게 말을 걸려던 참에 "뭔가 달콤한 냄새가 난다해!"라고 하며 메이린이 다가왔다.

상품 중에 있는 과자 냄새에 이끌려 온 듯했다.

하지만 마침 잘 됐다는 듯이 미라가 "여기다, 여기" 하고 메이린을 향해 손을 흔들었다.

그러자 달콤한 디저트를 먹을 수 있을 거라 생각했는지 메이린은 방긋방긋 웃는 얼굴로 미라에게 달려왔다.

그러나 미라의 주변에는 디저트는커녕 먹을 만한 것조차 없어서 메이린은 "맛없을 것 같다이거"라고 하며 풀이 죽어 어깨를 늘어뜨렸다.

그 때문인지 미라가 "그대, 이걸 보니 어떤 느낌이 드느냐"라고 물어도 마음이 딴 데 가 있는 듯했다.

"자자, 나중에 이 몸이 아껴두었던 케이크를 나눠주마. 그러면 되겠느냐?"

특별한 날을 위해 아껴두었던 케이크가 있다는 식으로 말해 메이린을 달랜 후, 미라는 다시 한 번 위화감이 느껴지는 꾸러미를 가리키며 메이린에게 의견을 구했다.

"꼭이다, 꼭, 약속했다이거!"

아껴두었던 케이크. 메이린은 그 말을 듣자마자 기분이 좋아져서 곧장 미라의 말에 응해 미라가 가리킨 곳에 있는 꾸러미로 시선을 옮겼다.

"……음~ 뭔가 이상한 느낌이 든다해. 불길한 거다이거."

그것을 본 메이린은 그렇게 대답하더니 곧장 혐오감을 훤히 드러냈다.

그녀 또한 미라가 느낀 것과 같은 무언가를 느낀 듯했다.

"이거이거, 무슨 일이십니까?"그러고 있자 뜻밖에도── 아니, 당연한 반응이라 해야겠지만. 그러한 메이린의 말을 들었는지 상인이 무슨 일이냐고 물으며 다가왔다.

자랑거리로 가져온 상품을 두고 '불길한 것'이라고 트집을 잡으니 그냥 넘어갈 수가 없었던 것이리라.

"어이쿠, 미안하게 됐구먼. 허나 살짝 신경 쓰이는 게 있어서 말이네──."

좌우간 저쪽에서 와주었으니 마침 잘 되었다는 생각에 미라는 상품으로 진열된 이 꾸러미는 대체 무엇이냐고 물었다.

"오오, 이것 말씀이십니까. 안목이 대단하시군요. 이건 지금 이 라트라트라야를 중심으로 유행하고 있는 마물 퇴치 부적입니다. 효과도 대단해서 유사 상품이 많기는 하지만, 이만큼 효과가 좋은 물건은 저도 본 적이 없습니다."

설명에 과장이 조금 섞여 있기는 했지만, 일단 이 꾸러미의 효과가 무엇인지는 판명되었다.

듣자 하니 이것은 마물 퇴치 부적이라는 듯했다. 그 효과 자체도 훌륭해서 하급 마물은 얼씬도 못 한다고 상인은 호언장담을 했다.

더불어 동료들 사이에서 돌고 있는 소문에 의하면 그들 모두가 마물 퇴치 부적의 효과를 톡톡히 보고 있다고 한다.

"유행에 힘입어 매우 인기가 좋은 상품이라 겨우 매입할 수 있었던, 자신 있게 추천할 수 있는 일품이랍니다." 상인은 아주 신이 나서 그렇게 말했다.

하지만 그 이야기를 들을수록 미라 속에 자리한 위화감은 계속 커져갔다.

'이게 마물 퇴치 부적이라니⋯⋯. 오히려 마물이 다가올 듯한 흉흉함이 느껴지건만.'

마물 퇴치 부적으로 유통되고 있는 물건이 없지는 않다.

여러 개의 허브를 특별한 비율로 조합하여 마물이 싫어하는 냄새로 쫓아내는 타입의 물건.

그리고 성술과 퇴마술에 사용되는 술식을 응용하여 마물이 싫어하는 성속성을 발생시켜서 다가오지 못하게 하는 타입의 물건이 바로 그것이다.

하지만 눈앞에 있는 소포는 명백하게 그 중 어느 쪽도 아니었다. 하물며 마물을 오히려 끌어들이지는 않을까 싶은 기운까지 풍기고 있었다.

"음~ 이상하다해. 전혀 그렇게 좋은 물건처럼 보이지 않는다이거. 이건, 분명 좋지 않은 물건이다해."

여러모로 솔직한 성격인 탓에 메이린은 대뜸 그렇게 말했다. 마물을 퇴치하기는커녕 저주받은 무언가로 보인다는 투로.

"흠, 확실히 그렇기는 하군. 이 몸의 의견도 같네. 아무리 보아도 저것에서는 좋지 않은 낌새밖에 느껴지지 않아."

되도록 원만하게 처리하고 싶었지만 메이린이 솔직하게 말해 버렸으니 어쩔 수 없었다. 그래서 미라 역시 이건 좋지 않은 물건처럼 보인다는 말에 동의했다.

"하지만 이 상품은……."

상인은 괜한 트집을 잡는다고 생각했는지 복잡한 표정을 지었지만 그렇다고 소녀 두 명을 상대로 정색하고 반박할 수는 없다고 여긴 것인지, 이내 말을 흐리기 시작했다.

좌우간 양쪽 모두 납득을 하지는 못한 눈치였다.

그러자 미라는 좋은 생각이 났다는 듯 "이 꾸러미 안을 보고 싶네만, 열어보아도 되겠는가?"라고 말했다.

꾸러미를 펼쳐보면 거기에 그려진 술식의 의미를 해석할 수 있을지도 모른다. 그리고 내용물을 보면 이 불온한 낌새의 정체를 알 수 있을지 모른다. 어쩌면 좋지 않은 무언가가 봉인되어 있을지도 모른다고도 말했다.

미라가 그렇게 요청을 하자 상인은 난색을 표했다.

듣자 하니 이 봉인을 풀면 마물 퇴치 부적의 효과가 사라져버린다고 들었다는 듯했다.

"무슨 일이십니까?"

미라 일행이 그런 대화를 하던 중에 낌새가 이상하다는 걸 알아챘는지 헨리가 다가왔다.

"오오, 헨리 공. 사실 이 두 분이, 이 마물 퇴치 부적이 좋지 않은 물건일지 모른다고 하셔서 말입니다. 하지만 이 상품은 마물을 물리치는 효과가 있다는 게 똑똑히 확인된 물건입니다——."

탁월한 효과를 지닌 마물 퇴치 부적. 그것 자체의 효과는 자신이 똑똑히 확인했노라고 상인은 헨리에게 호소했다.

이토록 이로운 마물 퇴치 부적이 소녀들의 말처럼 좋지 않은 물건일 리가 없다는 게 상인의 생각 같았다.

하지만 그렇게 생각할 만도 했다. 애초에 세상에 유통되고 있는 술구 타입의 마물 퇴치 부적은 모두가 신성한 것이기 때문이다.

"과연…… 확실히 못 보던 마물 퇴치 부적이지만, 효과가 있다고 하셨으니 문제는 없을 듯합니다만……."

상인의 이야기를 들은 헨리는 그것을 손에 든 채 고민을 하듯 눈살을 찌푸린 채 끙끙댔다.

상인에 대한 신뢰 때문일 것이다. 하지만 미라는 여왕 아르마와 친근한 사이인 데다, 자신이 실력을 인정한 메이메이도 입을 모아 같은 말을 했다니 아예 무시할 수도 없었다.

미라 역시 그러한 사정은 잘 이해하고 있었다.

하지만 이러니저러니 해도 술구 타입의 마물 퇴치 부적을 개발한 것은 은의 연탑에 속한 연구자들이라 그 구조에 관해서는 충분히 잘 알고 있었다.

특별히 개발된 술식을 통해 신성한 영역을 전개하여 마물이 접근하지 못하도록 하는 것.

그것이 기본 원리이고, 이 이외의 경우에는 효과가 없다는 실험 결과도 있었다. 그렇기에 유통되고 있는 다른 유사품들 역시 그 기본 원리는 같았다.

"──그 점이 이상해서 말이네. 보아하니 술구 타입인 듯한데, 이 마물 퇴치 부적에서는 불온한 마나만이 느껴지니 말이지. 때문에 기묘하다 생각한 것이야."

"맞다해. 나는 안다이거. 마물 퇴치 부적은 이상한 냄새가 나지만, 따뜻한 느낌이 난다해. 하지만 이건, 어쩐지 불길한 느낌밖에 안 든다이거."

잘 아는 분야이기에 미라와 메이린은 이 마물 퇴치 부적이 이질적이라고 판단한 것이다.

"어쩌면 정말로 뭔가 있을지도 모릅니다. 여기 계신 분은 그 유명한 정령여왕님이십니다. 그리고 여기 계신 메이메이 씨도 그런

미라 씨와 막상막하의 싸움을 펼칠 수 있는 실력을 지닌 선술사
지요. 두 분 모두 실력이 대단한 술사이니 저희는 감지할 수 없는
무언가를 느끼신 걸지도 모릅니다."

두 사람의 말을 들은 헨리는 잠시 생각한 끝에 그러한 말을 입
밖에 냈다.

문제가 되고 있는 대상은 술구이다. 그렇다면 상식적으로 보았
을 때, 그에 관해서는 술사가 더욱 빠삭하지 않을까.

"호오, 그 정령왕을 등에 업고 있다는 분 말입니까?!"

상인은 정령여왕이라는 이름에 격한 반응을 보였다.

이름과 그를 둘러싼 배경에는 상응하는 설득력이 생겨나기 마
련이다.

신과 어깨를 나란히 한다고 여겨지고 있는 정령왕과 모종의 관
계가 있다고 소문이 난 정령여왕. 그런 인물이 이상함을 느꼈다
면 생각을 고치기에는 충분한 이유가 되지 않을까.

하지만 상인은 그렇듯 명확한 신뢰성이 생겼음에도 신음하지
않을 수 없었다.

이 마물 퇴치 부적은 그 자리에서 결단을 내릴 수 없을 정도로
귀하고 소중한 상품인 탓에 그럴 수밖에 없었다.

"그렇다면 제가 그 물건을 구입하도록 하지요. 이래 봬도 성에
속한 기사다 보니 어느 정도의 여유는 있습니다."

일방적인 의견만으로 상인에게 손해를 입힐 수는 없다는 생각
에 헨리가 그렇게 제안했다.

요금을 지불하면 마물 퇴치 부적은 헨리의 물건이 된다. 그런

다음 꾸러미를 풀어 미라 일행에게 조사해 달라고 하면 문제는 없을 거라 생각한 것이다.

하지만 그 말을 듣자마자 상인이 힘껏 고개를 가로저었다.

"아뇨아뇨, 그러실 것까진 없습니다! 상인에게는 신뢰가 제일이니 말입니다. 정말로 좋지 않은 물건일 가능성이 있다는 걸 알고도 이걸 판다면, 저는 상인 노릇할 자격도 없는 놈이 되고 말 겁니다!"

아무래도 결심을 굳혔는지, 상인은 힘차게 선언하더니 "자아, 부디 이 물건을 확인해 주십시오"라면서 마물 퇴치 부적을 내밀었다.

"음, 고맙네."

상인의 긍지, 그리고 헨리의 신뢰. 미라는 그러한 것들과 함께 마물 퇴치 부적을 건네받았다.

마물 퇴치 부적의 속은 어떻게 되어 있을까.

꾸러미를 풀기 전부터 안에 좋은 물건이 들었을 리가 없다고 확신하고 있던 미라는 위험할지도 모른다고 판단해 장소를 옮겼다.

이동한 곳은 훈련장이었다. 넓고 튼튼하게 만들어져서 여차할 때에도 대응할 수 있을 것이기 때문이다.

더불어 미라는 '홀리프레임'을 두르고 여러 기의 홀리나이트도 추가로 배치했다. 만약 폭발하더라도 확산을 방지하기 위한 최대한의 태세를 갖춘 것이다.

또한 열면 어떻게 될지 모르는 탓에 헨리와 상인은 밖에서 대기 중이었다.

"자아, 대체 무엇이 들어있을지……."

무엇이 나오건 대처할 수 있다는 자신감이 있었지만, 미라는 신중하게 마물 퇴치 부적의 꾸러미를 풀기 시작했다.

"뭐가 되었건 얼마든지 덤벼라해!"

메이린은 그러한 광경을 어쩐지 기대라도 하는 듯한 얼굴로 지켜보았다. 꾸러미를 풀면 괴물이 튀어나온다는, 흔한 전개를 기대하는 것이리라.

"──흐음, 돌이로군……."

"끄응…… 뭔가 나올 낌새가 없다이거."

마물 퇴치 부적의 내용물. 복잡한 술식이 새겨진 천에 싸여 있던 것은 돌이었다.

엷은 붉은빛을 띠고 있고 크기에 비해 가볍게 느껴질 뿐, 겉보기에는 평범한 돌 같은 물건이다.

하지만 그것은 분명 평범한 돌이 아니었다. 마물 퇴치 부적에서 느껴진 흉흉한 기운이 분명 그것에서 느껴졌기 때문이다.

'선하지 않은 무언가를 봉인한 물건은 아니었던 건가.'

꾸러미를 풀면 흉흉한 기운이 증폭될 듯했지만, 그렇게 되지는 않았다.

다시 말해서 천에 새겨진 술식은 봉인 같은 것이 아니었던 거다.

약간 예상과 다른 결과에 고개를 갸웃한 채 그럼 어떤 의미가 있었던 것인지 궁금해 천을 들여다본 미라는 놀라워하며 "무어냐, 이게?"라고 중얼거렸다.

거기에 새겨진 것이 처음 보는 술식이었기 때문이다. 그리고 메이린 역시 이 술식은 처음 본다고 답했다.

술사들의 정점에 군림하는 아홉 현자들은, 실력은 물론이거니와 술식에 대한 지식 역시 방대했다.

지금은 소실된 고대의 술식이라 해도, 다룰 수는 없어도 지식으로서는 익혔을 정도로 그들의 견식은 넓고도 깊었다.

하지만 어찌 된 영문인지 천에 새겨져 있는 술식은 그런 지식을 동원해도 해독할 수 없는 물건이었다.

그럴싸하게 아무렇게나 적어둔 것뿐일지도 모른다. 하지만 안에 들어있던 돌에서 느껴지는 흉흉한 분위기도 그렇고 불길한 예감밖에 들지 않아 미라는 생각에 잠겼다.

그러던 그때. 문득 정령왕의 가호 문양이 옅게 빛나기 시작했다.

『불온한 힘이 느껴지기에 들여다보았더니만…… 미라 공, 그건 대체 어디서 난 것인가?』

미라의 머릿속에 정령왕의 목소리가 울렸다. 그것을 들은 미라는 『오오, 정령왕! 사실은 말이네──』하고 곧장 현재의 상황을 설명하기 시작했다.

무엇인지 모르겠는 물건을 발견했을 때는 정령왕의 지혜 주머니를 빌리는 게 최선이다.

『과연…… 그리고 안에 든 물건이 그것이었던 것인가.』

대충 설명이 끝나자 정령왕은 납득했다는 듯 답했다. 하지만 동시에 그 목소리에는 짙은 심려가 배어 있었다.

『해서 정령왕께서는, 이것들이 무엇인지 아시는가?』

해독할 수 없는 술식이 그려진 천과 흉흉한 기운을 내뿜는 돌. 미라는 그 둘을 든 채 이것이 무엇인지 아느냐고 물었다.

『흐음~ 우선 그 돌 말이다만…… 상당히 기묘한 상태라는 것은 확실한 것 같다──.』

그러자 곧장 돌에 관한 답변이 돌아왔다. 심지어 그 내용이 또 터무니없었다.

정령왕의 말에 따르면 그 돌은 본래 인간 세상에 존재할 리가 없는 물질이라는 듯했다.

그렇다면 본래는 어디에 있는 물건인가 하면, 신역(神域)이나 그에 가까운 장소에 존재하는 물건이라고 한다.

『그 물질의 이름은 아무르테. 허나 보통은 물에 가까운 상태의 물질로, 마나가 희박한 인간 세상에서는 곧장 안개처럼 흩어져버릴 터. 심지어 이 불온한 기운은…… 돌의 상태가 되어 있는 것에 뭔가 비밀이 있을 듯하군.』

정령왕의 지식 덕에 돌의 정체는 판명되었지만 동시에 의문도 발생했다.

신역에 가까운 장소에만 존재한다는 물질이 돌의 형태가 되어 인간 세상에 존재하고 있다. 심지어 흉흉한 기운을 내뿜는 상태로.

『요컨대 누군가가 모종의 목적으로 가공한 것은 틀림이 없다는 것이로군.』

『그러할 테지. 그리고 그것에서는 악의가 느껴진다. 그 악행을 위해, 돌의 상태로 만들면서 그 불쾌한 기운의 원인을 봉인한 것이라 보는 것이 타당할 듯하군.』

신역에 가까운 장소에만 존재한다는 물질, 아무르테. 굳이 그러한 물건을 가공한 것도 모자라 무언가를 안에 넣었다는 말인가.

하지만 그 이상으로 이해가 안 되는 것은 아무르테를 무슨 수로 조달했는가 하는 점이었다.

『흐음, 어떠한 의도로 이렇게 품이 많이 드는 물건을 만들었는지 궁금하기는 하지만…… 우선은 누가 얽혀 있는지를 예상해 보도록 하지.』

아무르테의 조달과 가공. 그리고 내용물. 정령왕은 그렇게 말을 이어 그에 관한 수수께끼는 일단 보류하기로 한 후, 또 하나의 증거품에 주목하라고 말했다.

『다음은 그 보자기다. 간결하게 답하자면 거기 그려진 술식은 나도 본 적이 없다. 허나 그렇기에 약간의 예상은 가능하다. 내가 알지 못하는 술식은 삼신이 다루는 마법 전반과 악마가 지금의 흑악마가 되고 난 뒤에 만들어낸 마법뿐이니 말이야.』

술식이라는 것은 다종다양하나 근간을 이루고 있는 것은 거의 비슷하다. 일정한 법칙이 있는 것이다.

하지만 그러한 기초 부분부터 다른 것도 있다.

사람이 다루는 아홉 종의 술법은 모두 기초 부분이 같다. 나아가 정령마법에 신성마법, 용마법 등은 기초 부분이 다르지만, 정령왕은 그 술식의 구조를 지식으로서 파악하고 있었다.

그런 정령왕이 모르겠다고 단언한 술식이 새겨진 천. 거기에는 가장 의심스러운 존재의 그림자가 어슬렁거리고 있었다.

『흐음…… 요컨대 이 일련의 문제에는 악마가 연루되었을 가능성이 높다는 게로군.』

그 사실을 알아채고 나자 미라는 어쩐지 납득이 갔다.

그것에 사용된 아무르테의 가공은 그렇다 치고, 조달 쪽은 사람이 간단히 할 수 있는 것이 아닌 듯했다.

그리고 마물 퇴치 부적에서 느껴지는 흉흉한 분위기에서는 악의에 가까운 의도가 느껴졌다.

그렇다면 출처 중 가장 유력한 것은 흑악마 쪽일 수밖에 없었다.

『그 흑악마가 수작을 부린 것이라면, 이대로 내버려 두는 건 위험할지도 모르겠군.』

흑악마가 얽히면 소란이 일어나기 일쑤다. 마물 퇴치 부적으로 둔갑시켜 유통한 것도 뭔가 의도가 있을 듯했다.

『그렇다, 심지어 안에 무엇을 봉인했는지 알 수 없는 물건이다. 이것이 나돌고 있다면, 사태가 심각해질지도 모른다.』

이 마물 퇴치 부적을 뿌리고 있는 게 흑악마라면 분명 악의로 가득한 의도로 그런 짓을 하고 있는 것이리라.

『──……가만, 미라 공. 우선은 저것을 막는 게 좋을 것 같군.』

나돌고 있는 이 물건들을 모두 회수하는 게 좋을 것 같다── 그런 이야기를 하던 도중에 문득 정령왕이 그런 말을 입밖에 냈다.

허어, '저것'이라니 무슨 뜻일까 싶어서 정신을 차린 미라는 곧장 당황해서 "아니아니, 좀 기다려라!"라고 하며 메이린을 제지했다.

메이린이 아무르테로 된 돌을 손에 쥔 채 마나를 한곳에 집중시키고 있었던 것이다.

정령왕과의 대화에 집중한 나머지 미라가 침묵하고 있자, 메이린이 멋대로 움직이기 시작한 것이다.

"멍하니 있는 것보단, 이렇게 하는 게 훨씬 빠르다이거."

정령왕과의 대화는 머릿속에서 이루어진다. 때문에 다른 사람의 눈에는 그렇게 보이는 모양이었다.

"나 원, 멍하니 있었던 게 아니래도——!"

내버려두면 또 뭔가 일을 벌일 것 같다.

그렇게 생각한 미라는 마침 잘 됐다 싶어서 메이린의 손을 잡았다.

그리고 그녀도 정령왕과의 대화에 참가시켜 계속해서 이야기를 했다.

메이린은 처음에는 놀란 눈치였지만 빠르게 적응했고, 이 일에 흑악마가 얽혀 있다는 이야기를 듣자마자 두 눈으로 새빨간 투지를 불사르기 시작했다.

그때, 악마와 흑악마의 차이에 관해서도 언급했지만 그녀에게는 사소한 문제인 듯했다.

29

정령왕과의 대화를 마친 후, 미라는 얻어낸 정보를 헨리와 상
인에게도 전달했다.

수상한 마물 퇴치 부적을 이대로 둘 수는 없다. 그렇다면 분명
상인의 협력이 필요할 듯했기 때문이다.

'——아무르테…… 그러한 물건이 들어있었을 줄이야. 심지
어…….'

상인은 마물 퇴치 부적 안에 들어있던 돌을 바라본 채 신음했
다. 미라의 설명에 등장한 단어를 듣고 꽤나 놀란 눈치였다.

그것은 헨리도 마찬가지인 모양이었다.

"——악마, 말씀이십니까……. 이것 참, 흉흉한 이름이 나왔군
요……."

10년 전에 있었던 삼신국 방위전으로 악마는 괴멸했다고 알려
졌지만, 사실 그들은 지금도 암약하고 있다.

그것은 정보에 밝은 자들이나 군부에 속한 자들 중 몇몇은 파
악하고 있는 사실이었다.

하지만 그 흔적을 발견하는 것조차도 그리 흔한 일이 아닌 탓
인지. 상인과 헨리의 얼굴에는 불안함과 동요한 듯한 낌새가 역
력했다.

"——그런고로 말이네. 이러한 물건을 내버려 둘 수는 없네. 해
서 말인데, 지금 나돌고 있는 물건들도 회수하고 싶은데…… 어

찌 생각하나."

마물 퇴치 부적으로 알려져 귀하게 여겨지고는 있지만, 그 정체
는 악마가 유통한, 무슨 일이 일어날지 모를 물건으로 추측된다.

예기치 못한 사태로 발전하기 전에 이것들을 모두 회수하는 것
이 좋을 것 같다는 게 미라가 내린 결론이었다.

하지만 당연히 일이 그렇게 호락호락할 리가 없었다.

"상황은 이해했습니다. 하지만 그건 어려울지도 모릅니다. 꽤
많은 숫자가 나돌고 있는 데다, 지금은 충분히 마물 퇴치 부적으
로 기능하고 있으니 말이죠. 게다가 그 효과 덕분에 수요가 늘고
있고, 희소가치가 생겨버려서 말입니다. 아무리 설득을 해도 자
신을 속이려 든다고 생각할 가능성이 큽니다."

상인은 그렇게 대답했다.

그의 말대로 느닷없이 위험한 물건이라고 말한들 그 말을 믿고
내놓을 이가 과연 얼마나 될까.

처음 그 이야기를 들은 상인 본인이 그 예이기도 했다. 헨리라
는 신뢰할 만한 인물의 말과 미라의 정령여왕이라는 지위가 있었
기에 겨우 받아들일 수 있었을 정도니 말이다.

"그렇군요. 고생해서 손에 넣은 물건일 테니 더더욱 설득하기
가 쉽지는 않을 테지요."

헨리 역시 상인의 말에 동의했다. 그리고 상인 역시 "단골손님
이라면 조금은 귀를 기울여주실지도 모르겠습니다만——"이라
고 말을 이었지만 그럼에도 어려울 것이라며 신음했다. 손에 꼽
을 정도의 양밖에 회수하지 못할 것이라는 말과 함께.

특히 이 물건은 마물 퇴치 부적으로 알려지기도 해서, 금전적인 사정은 물론이고 안전성과도 연관이 있어 더더욱 까다로운 문제라고도 했다.

가지고 있으면 그보다 더욱 위험한 일을 겪을지도 모르는 물건이지만 그 말을 순순히 믿어줄 자가 과연 있을까.

그리고 무엇보다도 어떻게 위험할지조차 애매하다는 점이 문제라는 듯했다.

"흐음…… 확인하고 싶지만, 지금 당장 어떻게 할 수도 없고 말이지……."

정령왕이 말하기를, 아무르테는 본연의 상태가 아닌 탓에 안에 든 것을 확인하기 위해 이를 파괴했을 경우 어떤 영향이 나타날지 예측할 수 없다고 한다.

더불어 봉인된 무언가가 어떤 작용을 일으킬지도 알 수 없어, 확인도 하지 못하고 있었다.

'역시 어려울 것 같군…… 하지만 그렇다면 어찌해야 할까.'

여차하면 아르마에게 상황을 설명해서 왕권을 발동해달라고 하는 수밖에…… 미라가 그런 식으로 몇 번인가 생각에 생각을 거듭하던 중에——.

"——하지만 사정을 알게 된 이상, 아무것도 안 할 수는 없겠군요!"

상인은 이래저래 생각하는 듯하더니, 어쩐지 체념한 듯한 미소를 지으며 입을 열었다.

설득은 어려울 테고, 동의도 쉽게 해주지 않을 것이다. 게다가 어디 있는 누구의 손에 넘어갔는지도 밝혀낼 필요가 있다.

그 일은 매우 어렵다고 말하지 않을 수 없었다.

그러한 문제가 눈앞에 놓여 있음에도 상인은 그게 뭐 어쨌냐는 듯이 웃어넘기듯 말한 것이다.

"나 참, 정령여왕님도 참 짓궂으십니다. 이제 이래저래 하지 않을 이유를 생각하는 건 그만두겠습니다. 정말로 악마 같은 것이 연관되어 있다면, 제가 사랑하는 이 도시가 어떻게 될지 모를 일 아닙니까."

하지 못할 이유를 생각하기보다는 할 수 있는 일을 하기로 결심한 상인은 곧바로 한 가지 정보를 입 밖에 냈다.

그것은 상인에게 무엇보다 중요한 매입처에 관한 정보였다.

듣자 하니 이 마물 퇴치 부적은 프리마켓에서 발견한 물건이라고 한다.

투기 대회 회장 안에 위치한 커다란 프리마켓 부스. 유통되고 있는 마물 퇴치 부적 중 대부분의 출처가 그 프리마켓이라는 듯했다.

"흠…… 어째, 이야기를 들을수록 수상하군그래."

출품할 때 조금은 체크를 하겠지만, 마물 퇴치 부적은 이미 많은 양이 유통되어 귀중품으로 여겨지고 있었다. 게다가 미라나 메이린 수준의 안목이 아니라면 체크를 한들 위화감을 알아채지 못할 것이다.

또한 무엇보다도 프리마켓은 업자나 중개인과 같은 중간 단계를 거치지 않고 제작자 본인이 판매를 할 수도 있는 장소이기도 하다.

흉계를 꾸미는 자에게는 실로 써먹기 편리한 시장이라 할 수 있을 것이다.

하지만 그렇기에 단서도 있었다.

"프리마켓이라면 판매한 이도 있었을 터. 그게 어떠한 인물이었는지 기억하는가?"

프리마켓에서 통상적인 점포처럼 여러 명의 점원을 두고 운영하는 이는 얼마 되지 않을 것이다. 하물며 취급 상품이 수상쩍은 물건이라면 더더욱 점원을 두려 하지 않았을 거다.

그렇기에 그것을 팔고 있던 자를 가장 먼저 의심할 수밖에 없는 것이다.

"네에, 그건 이미 유행품으로 여겨지고 있었으니 말입니다. 조금이라도 정보를 얻고자, 어느 정도 말을 섞기는 했습니다."

상인은 당연하다는 듯이 입을 열었다.

그러나——

"——하지만 은근슬쩍 제작자에 관해 물으려 했더니…… 어~…… 그게 말이지요……."

당시 상황을 돌이켜보며 이야기하던 상인은 조금씩 말을 흐리기 시작하더니, 이내 당황한 듯 "어라라?" 하고 신음하기 시작했다.

"무엇이야, 왜 그러는 겐가?"

"아뇨, 분명 얼굴을 보고 말을 나눴던 것 같은데…… 어떻게 된 일인지, 상대의 얼굴이 기억나지 않습니다. 수십 년은 더 지난 일처럼 느껴진달까요……."

상인의 당황한 듯한 모습을 보고 미라가 묻자, 그러한 대답이
돌아왔다.

이상하게도 얼마 전에 있었던 일임에도 기억에 안개가 깔린 것
같다며 상인은 당황했다.

심지어 그뿐만이 아니었다.

"그럼 어떠한 이야기를 했는가. 조금이라도 정보를 얻어내기는
했을 테지?"

유능한 상인이라면 분명 악착같이 캐물어, 어느 정도의 정보를
알아냈을 것이다.

그런 기대를 품고 미라가 묻자 상인은 "물론입죠!"라고 대답했
지만, 서서히 표정이 어두워지기 시작했다.

아무래도 상대의 얼굴뿐 아니라 대화 내용 쪽도 기억이 나지 않
는 듯했다.

"흐음…… 어쩌면 인식이나 기억에 영향을 미치는 술식에 걸렸
을지도 모르겠군."

상인의 표정을 관찰하던 미라는 그러한 점에서 추측할 수 있는
가능성을 제시해 보였다.

"술식…… 말씀이십니까?"상인은 놀라서 그러한 것을 거는 듯
한 낌새는 없었다고 말했다. 애초에 장사치들은 술식을 방어할
수 있는 물건을 어느 정도 소지하고 다니는지라 그렇게 간단히
술식에 걸릴 리가 없다는 말도 덧붙였다.

"걸렸을지도 모른다 했지만, 이러한 술식 중에는 특수한 부류
의 것도 있네──."

다름이 아니라 동료라 할 수 있는 강마술의 탑과 무형술의 탑에서 이러한 술식을 연구하고 있었다는 사실을 미라는 알았다.

그 중에는 상대가 아니라 자신에게 술식을 걸어서 자신의 존재를 흐려지게 하여, 상대의 기억에 남기 어렵게 만드는 것이 있었다.

당시에는 연구 중이었지만 그러한 효과를 지닌 술식이 분명 존재하기는 했다. 지금이라면 그러한 술구 등이 있어도 이상할 게 없는 것이다. 경우에 따라서는 은의 연탑에 확인을 구하는 것도 방법이라 할 수 있으리라.

"──그런고로. 상황으로 미루어 보아도 술식을 사용했을 가능성은 높네. 그리고 그렇기에 그 인물이 더더욱 의심스럽군그래."

프리마켓에서 마물 퇴치 부적을 팔고 있었던 인물이 술식을 사용했다면 상인의 기억이 흐려진 것도 이해가 될 듯했다.

그리고 술식을 사용했다면 상응하는 비밀도 지니고 있었을 것이다. 위험한 물건을 팔고 있었기에 그런 꾀를 부린 것이리라.

"설마, 그런 일이……."

그때 만났던 인물이 어쩌면 악마와 관련된 자였을지도 모른다니.

그토록 가까운 곳에 그러한 자가 숨어있었을지 모른다는 사실에 상인은 전율했다. 하지만 그는 곧이어 뭔가 좋은 생각이 났다는 듯 손뼉을 쳤다. 그리고 아직 끝나지 않았다는 듯이 "이게 있었습니다"라면서 어깨에 메고 있던 가방을 열었다.

그가 거기서 꺼낸 것은 한 권의 수첩이었다.

"기억은 전혀 나지 않습니다만, 물었던 내용은 모두 여기 적어두었습니다!"

과연 유능한 상인이다. 자신이 얻은 정보를 빠짐없이 적어두었다는 확신이 있는지 상인은 그 수첩을 팔락팔락 넘기기 시작했다.

"오오, 잘했네!"

이로써 악마의 꼬리를 잡을 수 있을지도 모른다.

그렇게 생각한 것도 잠시뿐. 수첩의 첫 번째 페이지를 보고 두 사람은 할 말을 잃었다.

시기적으로 보았을 때, 그 당시에 기록한 것이 분명하다며 상인이 제시한 부분에는 도무지 해독할 수 없을 듯한 것들만 적혀 있었기 때문이다.

휘갈겨 썼다고 보기도 어려운, 문자로도 보이지 않는 선들이 난잡하게 그어져 있었다.

"이건, 일종의 암호 같은 것인가?"

미라가 그렇게 묻자 "아뇨, 저도 못 알아보겠군요"라고 상인이 답했다.

아무래도 술식의 효과는 문자와 언어 등의 부분에도 영향을 미치는 듯했다.

심지어 그렇다는 사실을 깨닫지 못할 만큼 깊숙한 영역에까지 영향을 미치는 것을 보니 상당히 강력한 모양이다.

"어쨌든 이토록 용의주도하게 일을 진행하고 있었던 게로군. 이거 보면 볼수록 일찌감치 행동에 나서는 게 좋을지도 모르겠어."

"그렇……군요. 서두르지요."

자기 자신에게 일어난 일이기에 상인은 놀란 동시에 생각보다 위험도가 높은 듯하다고 인식한 것 같았다.

"확실히 이상한 점이 많군요."

헨리 역시 불온한 그림자가 다가오고 있음을 느꼈는지 두 사람의 대화를 끝까지 들은 후, 긴장한 표정을 지어 보였다.

미라 일행은 의논 끝에 이러한 마물 퇴치 부적을 모두 회수하는 게 좋겠다고 결론을 내렸다.

상인은 동업자, 단골손님들과 상의해 유통 쪽에서 접근해 보겠다고 말하더니 곧장 뛰쳐나갔다.

헨리에게는 이 일을 여왕 아르마에게 보고해달라고 부탁했다.

더불어 그는 프리마켓에 관한 기록을 조사하고, 이 물건을 판매한 자를 찾아볼 예정이다.

미라는 눈과 감각으로 감지할 수 있으니 발품을 팔아 찾아보고자 온 거리를 뛰어다녔다.

그리고 메이린은 중간부터 짐짝처럼 얌전하게 있었지만, 악마가 얽혀 있을지도 모르니 위험할 수 있다는 사실은 이해한 눈치였다. 그래서인지 미라가 수상한 인물을 찾는 데 따라왔다.

수사는 기본적으로 발로 하는 거다. ——라지만 이 라트나트라야는 아크 대륙에서도 손꼽히는 대도시다.

그런 곳에서 마물 퇴치 부적을 구입한 이를 찾는 건 상당히 어려운 일이라 할 수 있었다.

그럼에도 미라와 메이린은 심각한 사태를 회피하기 위해 거리를 돌아다녔다.

또한 같은 판매자에게서 구입했다면 냄새로 추적할 수 있을지도 모른다는 생각에 멍슨을 소환했지만, 그 시도는 실패로 끝났다.

"냄새와 불길한 느낌이 심하게 섞여 있어서, 추적이 어렵습니다멍……"이라는 모양이었다.

마물 퇴치 부적 자체에서 뿜어져 나오는 흉흉한 기운의 영향인지, 멍슨의 코도 무용지물이 되고 만 것이다.

따라서 수사는 미라와 메이린의 감각에 의지해 진행할 수밖에 없어졌다.

"그나저나, 역시나 대단하군그래……."

주변을 살펴 마물 퇴치 부적이 내뿜는 흉흉한 기운을 찾던 미라는 문득 머리 위를 올려다보며 허탈한 미소를 띤 채 감탄한 듯 말했다.

미라의 머리 위, 한참 높은 곳에 메이린이 있었다.

놀랍게도 그녀는 허공에 서서 지상을 둘러보고 있었던 것이다.

선술사의 기능 중 하나로 미라도 활용하고 있는 '공활보'. 공기를 발판 삼아 허공을 달리게 해주는 기능인 그것은 본래 달리는 데에만 사용할 수 있는 것이었다.

하지만 메이린은 달리지 않고 허공에 정지해 있었다. 말 그대로, 허공에 발판이라도 있는 것처럼.

과연 선술의 아홉 현자라고 해야 할까. 메이린 역시 과거에 알았던 것보다 훨씬 진화한 듯했다.

그렇게 미라 일행은 몇 시간 동안이나 마물 퇴치 부적을 찾아다녔다.

유행품인 것치고는 좀처럼 찾지 못한 채 시간이 흘렀다.

"아무리 넓다고는 해도, 이렇게까지 찾기가 힘든 건 이상하지 않으냐!"

거리를 샅샅이 뒤지고 있으니 그렇게 유행하고 있다면 실물이 하나쯤은 나와야 할 게 아니냐며 미라는 분통을 터뜨렸다.

뭐가 어떻게 된 것인지. 마물 퇴치 부적을 가진 이를 좀처럼 만날 수가 없었다.

이쯤 되니 정말로 유행하고 있기는 한 건지, 유통을 하고 있기는 한 것인지 의심이 될 정도다.

그렇게 미라의 심기가 조금씩 불편해지기 시작했을 즈음.

"아, 찾았다이거. 저기 있다해!"

메이린이 그것을 발견했다. 그리고 그녀는 곧바로 "꼼짝 마라, 압수수색이다해~!"라는 소리를 하며 허공을 박차고 달려가고 말았다.

"잠깐 기다려라! 그럴 권한은 없지 않으냐~!"

목적은 소유자가 정체를 모르고 구입한 마물 퇴치 부적을 회수하는 것이다. 처음부터 범죄자처럼 대하면 상대의 기분만 상하지 않을까 싶어서 미라는 허둥대며 메이린의 뒤를 쫓았다.

도시의 중심부에서 상당히 멀리 떨어진 장소. 인적이 드물고 건조물도 비교적 적은 교외. 그러한 장소에서 맞닥뜨린 인물은 후드를 깊숙이 눌러쓴, 로브 차림의 남자였다.

"이건…… 범인이로군?!"

미라의 시선 끝에 있는 남자는 메이린을 진정시키려던 미라가 엉겁결에 그런 소리를 할 정도로 평범해 보이지 않았다.

"어? 갑자기 무슨 소릴 하는 거냐, 너희?!"

실례라는 듯 남자는 눈썹을 치켜세웠다.

그는 커다란 가죽 주머니를 들고 있었다. 그리고 미라와 메이린은 그 가죽 주머니에서 수십 개가 중첩된, 넘칠 듯한 흉흉한 기운을 느끼고 있었다.

미라는 순간적으로 알아챘다. 그가 지닌 가죽 주머니 안에 마물 퇴치 부적이 잔뜩 들어있다는 사실을.

또한 동시에 생각했다. 이만한 마물 퇴치 부적을 가지고 있는 이유는 하나뿐—— 판매하려는 것이라고.

다시 말해서 이 남자가 바로 흑악마와 관련된 것으로 추측되는 마물 퇴치 부적을 유포하고 있는 범인이 틀림없다. 그런 결론에 도달하는 것이 당연하다고 할 수 있는 전개가 펼쳐진 것이다.

"이 몸들은 사건을 수사하는 중이다! 그 주머니 안에 든 물건을 강제로라도 회수해야겠다."

"꼼짝 마라, 압수수색이다해!"

압수수색이라는 메이린의 주장도 아주 틀린 말은 아니었다. 미라는 수상한 남자를 바라본 채 경계 자세를 취했다.

배후에 숨어있는 것은 교활한 흑악마다. 협력자가 이러한 상황에 빠졌을 경우의 대책도 준비해두었을 것이다.

그렇기에 재빨리 끝낼 필요가 있다.

"과연, 이게 목적인가. 설마 이런 자객이 올 줄이야. 하지만 이걸 넘길 수는 없지!"

남자는 그렇게 말하자마자 발걸음을 돌려 달아났다.

하지만 미라와 메이린과 적대하고도 쉽사리 달아날 수 있을 리가 없었다.

"안 놓친다이거!"

메이린은 허공을 내달려 눈 깜짝할 새에 남자의 머리 위를 지나 퇴로를 가로막았다.

"그대에게는 묻고 싶은 게 많다는 말이다!"

그리고 미라는 뒤에서 접근해 메이린과 함께 남자를 앞뒤로 에워싼 후, 단숨에 끝장을 내기 위해 동시에 덤벼들었다.

"말 안 해도 알겠지?"

"괜찮다이거!"

두 사람은 그렇게 말하며 짧게 눈빛을 교환했다.

선술의 아홉 현자인 메이린과 그런 그녀에게 가르침을 받은 미라. 두 사람이 펼치는 체술과 선술은 손쉽게 상대를 죽이지 않고 제압할 정도로 절묘했고 호흡이 척척 맞는 연계까지 보태져 그에게 도망칠 틈조차 내주지 않았다.

하지만 확실하게 제압했다고 생각한 직후. 미라는 느닷없이 나타난 그것을 보고 놀라서 뒷걸음질 쳤다.

놀랍게도 남자의 의식을 앗아가기 위한 일격이 작렬하기 직전에, 그것을 방해하듯 하얗고 커다란 방패를 지닌 기사가 눈앞을 막아섰기 때문이다.

그렇다. 소환술이었다. 놀랍게도 남자는 소환술로 저항해 보였다. 홀리나이트가 두 사람의 공격을 막아낸 것이다.

"소환술사……라고?!"

미라가 동요함으로 인해 발생한 빈틈을 남자는 놓치지 않았다.

그는 저항을 계속해 여러 기의 홀리나이트를 동시 소환한 것도 모자라 로자리오 소환진까지 전개하기 시작했다.

"오오, 뭔가 강할 것 같다해!"

설마 악에 손을 물들인 소환술사와 맞닥뜨리게 될 줄은 몰랐던지라 미라는 동요했다. 메이린은 그 옆에서 잔뜩 들뜬 얼굴로 상대가 행동하기를 기다렸다.

그렇게 둘이 나란히 소환술사를 상대로 상급 소환을 할 여유를 주고 말았다.

그 결과, 남자의 영창이 완료되어 로자리오 소환진이 번쩍이더니, 그 안에서 네 다리와 네 개의 뿔을 지닌 성수 마제스터스 마딘이 모습을 드러냈다.

그 모습은 늠름했고, 머리에 자리한 네 개의 뿔은 왕관과도 같은 위엄을 뿜냈으며 튼튼한 창을 보는 듯한 박력이 느껴졌다.

왕자(王者)의 자질을 지닌 숫소. 그것이 마제스터스 마딘이었다.

⟨30⟩

마물 퇴치 부적이 가득 담긴 가죽 주머니를 지닌 수상쩍은 남자. 그런 남자가 소환한 성수, 마제스터스 마딘.

몸길이가 5미터는 더 되는 마딘의 위압감은 엄청났다. 무슨 일인가 하고 구경을 하던 통행인들이 구경꾼 행세도 관두고 도망칠 정도였다.

"어쩔 수 없군. 계속 덤비겠다면 온 힘을 다해 상대해주마."

남자는 도망치기를 그만두고 비명을 지르는 통행인들을 바라보며 말했다. 그러고는 견제를 위해 홀리나이트를 추가 소환하여 방어력을 강화했다.

그리고 마딘이 앞으로 나서자 그 옆에 다크나이트를 배치시켰다.

'흠…… 악당치고는 실력이 괜찮군그래.'

재빨리 갖춘 진형과 기민한 소환 속도에 동시소환 숫자. 척 보아도 소환체들은 숙련된 듯 보였다.

모든 측면에서 보아도 수준이 높았다. 분명 어지간한 A랭크 모험가는 상대도 되지 않을 정도로 그 남자의 실력은 진짜배기였다.

"그럼, 냉큼 끝을 보도록 할까."

진짜배기이기는 하지만—— 소환술사의 정점에 있는 미라와 선술사의 정점에 있는 메이린이 함께 있는 시점에서 남자에게 승산이 있을 리가 없었다.

"내가 상대한다이거!"

마딘을 바라보며 메이린이 신이 난 목소리가 말하자, 미라는 "알았다, 알았어"라고 대답하며 한 걸음 물러났다.

미라는 악행에 손을 댄 소환술사를 벌주고자 했지만 일단 기회를 양보하기로 했다. 의욕이 가득한 메이린을 막는 건 여러모로 귀찮기 때문이다.

"과연…… 상당한 실력자 같군. 겉모습만 보고 얕봤다가는 큰 코다치겠어……."

메이린은 잘됐다는 듯 마딘의 정면에 섰다.

그 모습을 본 남자는 자세와 기운을 통해 그녀가 지닌 힘의 일부를 느낀 듯했다. 그렇게 경계심을 끌어올리면서도 미라의 동향도 살필 정도로 전혀 방심을 하지 않았다.

마딘 역시 야생의 감인지 본능인지, 아니면 다른 이유에서인지 메이린과 마주한 채 긴장감을 끌어올렸다.

남자는 마딘이 긴장했다는 사실을 알아챘지만 그럼에도 물러날 수 없다는 듯이 움직였다.

그는 처음부터 전력을 다했다. 완전한 제어에 의한 다크나이트의 연계는 마딘의 특성을 최대한으로 발휘시켜 주었다.

상대가 달랐다면 한 차원 위의 마수라 해도 토벌할 수 있을 정도로 훌륭한 팀워크였다.

하지만 상대를 잘못 만나도 너무 잘못 만난 시점에서 그의 운은 다했다고 할 수 있었다.

"이럴 수가……."

다크나이트는 마딘의 힘을 살리기 위해 연계를 취했지만, 메이린이 그 움직임을 간파한 순간 그들은 눈 깜짝할 새 괴멸되었다.

그리고 마딘 역시 자신의 실력 이상으로 분투했지만 상대는 다름이 아닌 메이린이었다. 완전히 수행 상대로 전락하여 농락당한 끝에 그대로 사라지고 말았다.

남자도 상당한 고수였지만 실력 차는 명백했다.

자신 있는 포진이었던 탓인지 남자는 간단하게 돌파당했다는 사실에 놀란 눈치였지만, 빠르게 마음을 다잡았다.

"그렇다면——!"

이대로 증거를 넘길 수는 없다고 생각한 것인지. 남자는 느닷없이 마물 퇴치 부적이 담긴 가죽 주머니를 집더니 소환진을 전개하기 시작했다.

"——그렇게는 안 된다!"

소환정령술이다. 잽싸게 술식을 해독한 미라는 그가 마물 퇴치 부적을 파괴하려 하고 있다는 사실을 알아채고 곧장 대응했다.

선술인 '충파'로 남자를 날려버리자 가죽 주머니도 하늘을 날았다.

하지만 상대도 만만치 않아서 부상을 입으면서도 계속 집중하여 술식을 완성시켰다.

【소환정령술 : 아이즈 온 선라이즈】

홍련의 불꽃이 광선이 되어 소환진에서 쏘아졌다. 강렬한 열량을 지닌 그것은 마물 퇴치 부적에 사용된 소재, 아무르테를 파괴할 만한 위력을 지녔다.

이 자리에서 아무르테에 봉인된 무언가가 해방되면 어떠한 피해가 발생할지 모를 일이다.

미라는 곧장 다음 행동에 나섰다. 홀리나이트를 소환해 그대로 홀리로드로 변질시켜, 그것을 정면으로 받아낸 것이다.

그리고 다음 순간, 폭염이 퍼져 나갔다. 광선에 실린 열에너지로 인해 강렬한 열풍이 휘몰아쳤다.

"이럴 수가……."

폭염이 잦아든 후의 광경을 본 남자의 눈이 휘둥그레졌다.

그만한 파괴력에 휘말려들었음에도 홀리로드가 아무 일도 없었다는 듯이 그 자리에 서 있었기 때문이다.

"자아, 다음은——."

홀리로드의 뒤에서 흠집 하나 나지 않은 가죽주머니를 주워든 후, 미라는 "——여러모로 묻고 싶은 것이 많구나"라고 말하며 남자를 노려보았다.

남자는 이미 메이린에게 제압되어 있었다. 메이린은 몸집이 작지만 보기와는 달리 강한 힘으로 남자를 엎어뜨렸다.

미라는 그런 남자에게서 정보를 캐내기 위해 다가갔다.

희소하다는 마물 퇴치 부적을 이토록 많이 가지고 있었던 데다 술식 실력도 제법이다. 인식 저해도 충분히 사용할 수 있을 것이다.

이 남자가 그 프리마켓의 판매자가 분명하다.

직감적으로 그렇게 생각한 미라는 남자가 마물 퇴치 부적의 출처와 제작자에 관해 알지도 모른다고 짐작하고 입을 열었다.

"자아, 각오는 되었느냐? 순순히 대답하는 게 신상에 이로울 게다."

미라는 남자 앞에 가죽 주머니를 턱하고 내려놓고서는 대담한 미소를 지어 보였다.

그러자 남자는 후드 아래로 보이는 눈을 반짝이며 웃어 보였다.

"흥…… 네놈한테 해줄 말은 하나도 없다!"

그렇게 말하는 남자의 얼굴에는 분노에 가까운 감정이 떠올라 있었다. 그렇기에 그의 목소리에는 허세가 아닌 절대적인 의지가 담겨 있는 듯 느껴졌다.

"흠…… 그 의기는 높이 산다만, 악행에 손을 물들인 데서 네놈의 운은 끝난 게다."

악마의 앞잡이일 가능성이 높은 남자는 우수한 소환술사였다.

실로 아깝다는 생각을 하며 미라는 남자의 후드에 손을 대고서 "자아, 이 수상쩍은 마물 퇴치 부적에 관해 아는 걸 모두 불어라!" 라고 말하며 후드를 벗겼다.

"……——음?"그러자 어쩐지 학자처럼 생긴 중년 남성의 얼굴이 드러났다. 하지만—— 어째서인지 결사의 각오로 저항을 하던 그가 허를 찔린 듯 어안이 벙벙한 표정을 짓고 있었다.

"흠……?"

허어, 뭐 이상한 소리라도 했던가? 미라는 자신이 방금 전에 했던 말을 되짚어본 후, "이 마물 퇴치 부적에 관해 아는 걸 모두 말해줘야겠다!"라고 고쳐 말했다.

하지만 내용은 별반 다를 게 없었다. 게다가 남자는 아예 노골적으로 당황한 표정을 짓기 시작했다

뭔가 이상하다. 남자의 반응에서 위화감을 느낀 미라는 다시금 남자의 얼굴을 주시했다.

그러자 미라의 시야에 남자의 정보가 떠올랐다.

남자의 이름은 주드 슈타이너.

'뭣……이라고……?!'

이번에는 미라가 어안이 벙벙한 표정을 지었다. 이유는 아는 이름이었기 때문이다.

어느 알카이트 왕국 귀족의 다섯 번째 아들로, 과거에 소환술에 재능이 있어서 탑에 받아들였던 청년이자 부하였다.

그 상쾌한 외모의 청년이 이제 중년이 되었다는 사실이 놀랍기도 했다. 하지만 그 이상으로 미라는 자신의 부하가 악행에 가담했다는 사실에 낙담했다.

하지만 그런 충격적인 사태에 미라가 당황하고 있는 동안에도 이야기는 계속 진행되었다.

"──뭐라고……?! 그럼 너희도 이 마물 퇴치 부적의 흉흉한 기운을 느끼고 찾아다녔던 거냐!"

"맞다해. 이거, 분명 안 좋은 거다해. 그러니 내버려 둘 수 없다 이거!"

남자의 정체를 알아챈 미라가 충격에 빠져 있는 동안, 메이린이 남자에게서 정보를 캐내기 시작한 것이다.

아무래도 서로 오해가 있었던 것 같다는 사실을 확인한 후, 양쪽 모두 마음을 진정시키고 대화를 했다.

그 결과, 남자의 목적이 판명되었다.

그는 마물퇴치 부적을 유통하던 판매자 같은 게 아니었다.

오히려 그 역시 마물 퇴치 부적에 감춰진 흉흉한 기운을 알아채고 미라 일행과 마찬가지로 행동에 나섰던 모양이었다.

'——어쩐지, 아무리 찾아도 찾을 수가 없더라니만…….'

그토록 거리 전체를 뒤졌는데도 좀처럼 발견할 수 없었던 이유는 먼저 회수했기 때문이었던 것이다.

심지어 며칠에 걸쳐 회수한 덕에 우선 이 도시에 있는 것은 거의 회수할 수 있었다고 남자는 말했다.

덕분에 수고를 던 것이다.

하지만 놀라운 점은 그뿐만이 아니었다. 서로 자기소개를 하던 때의 일이다.

"내 이름은, 브루스. 변변찮은 유랑 소환술사네."

남자는 자신을 그렇게 소개했다.

"뭣……이라고……?"

그의 본명은 슈나이드 슈타이너. 하지만 가명을 쓰고 있다는 점은 그렇게까지 신경 쓰이지 않았다. 미라 본인도 따지고 보면 가명을 쓰고 있고 메이린 또한 프리퓨어를 자칭하고 있다.

그리고 누가 뭐래도 그는 소환술의 탑의 술사다. 그 지위와 입장은 때때로 상대를 공포——아니, 괜히 긴장시키고 마는 일도 있을 것이다.

문제는 그 브루스라는 이름의 소환술사에 관한 이야기를 들은 적이 있다는 점이었다.

소환술사 브루스. 그 이름은 미라의 기억에 강하게 남아 있었다.

학스트하우젠에서 만났던 레이라라는 소환술사가 무구정령과 계약할 수 있게끔 도와주었던 남자. 그리고 서점에서 팔고 있던 소환술 교본의 집필자.

양쪽 모두 이름이 브루스였던 것이다.

소환술을 위해 힘을 쏟고 있다는 소환술사 브루스. 정말로 이 자가 본인인 것일까.

"그보다 아가씨들이 실력도 좋군. 나도 그럭저럭 자신은 있는 편이었지만 그렇게까지 꼼짝도 못하고 당할 줄이야. 두 사람은 혹시 고명한 모험가이기라도 한 건가? 특히 그 홀리로드를 봤을 때는 전율을 금할 수 없더군. 동시에 감동했고. 아닌 게 아니라 그 유명한 덤블프 님의 홀리로드를 연상케 할 정도의 박력이었거든! 대체 어디서 배웠기에 그 정도 수준의 소환술을 쓸 수 있게 된 건지. 자네의 스승 되시는 분의 이름을 알려줄 수 있겠나?!"

그 브루스가 맞는 걸까, 라는 생각에 미라가 기대를 부풀리던 중에 그런 건 전혀 개의치 않고 브루스가 불쑥 다가와 물었다.

과연 은의 연탑에 소속된 술사다. 그 열의는 대단해서 웃으면서 "자네의 선술도 대단하더군! 아닌 게 아니라 메이린 님과 비슷한 인상을 받았을 정도였어"라고 말하며 메이린에게도 반짝이는 눈빛을 보내고 있었다.

브루스는 두 사람에게 완전 패배한 것은 물론이고 마물 퇴치 부적에 관해서도 까맣게 잊었는지 탁월한 술식 실력에만 관심을 보이기 시작했다.

특히 누구에게 배웠는지가 궁금한 눈치였다.

또한 그 물음에 메이린이 "당연하다해. 내——"라고 입을 열기 시작하기에 직감적으로 이대로 두면 큰일 나겠다고 생각한 미라는 그 즉시 "그보다 지금은 해야 할 일이 있지 않으냐" 하고 말을 가로막으며 마물 퇴치 부적이 든 가죽 주머니를 가리켰다.

"어이쿠, 그랬지. 나도 모르게 그만. 자세한 이야기는 나중에 차근차근 듣기로 하고, 우선 이걸 어떻게 할까."

보다 강렬한 관심 대상이 나타나면 다른 일은 까맣게 잊고 말지만 제대로 상기시켜주면 문제는 없을 듯했다.

브루스는 가죽 주머니를 집어 들더니 "그런데 자네들은——" 하고 마찬가지로 회수하려 했던 미라 일행에게 이다음에는 어떻게 하려고 했느냐고 물어왔다.

"음…… 어쩔까해?"

"흠…… 그러고 보니 생각을 안 했었군."

잠시 생각하는 시늉을 하기는 했지만, 미라 일행은 딱히 생각한 바가 없다고 답했다.

애초에 악마가 꾸미고 있는 흉계와 연관이 있을 듯한 물건이라는 이유만으로 우선 회수하자고만 결정하고 움직이기 시작한 것이었다.

그럼 회수한 후에는 어떻게 해야 할까.

"해서, 그대는 어쩔 예정이었느냐?"

생각 끝에 미라는 애초에 브루스는 마물 퇴치 부적을 전부 모아서 어쩔 생각이었느냐고 되물었다.

"아아, 우선은 이걸 쪼개서 안이 어떻게 되었는지를 확인할 예정이었지."

브루스는 마물 퇴치 부적 중 하나를 집어 겉을 감싸고 있는 천을 스르륵 벗겨내더니 "이런 물질은 본 적이 없어서 말이지, 실로 흥미로운 돌이야"라면서 아무르테를 내보였다.

듣자 하니 미라 일행에게 습격을 받았을 때는 깨뜨렸을 때 무엇이 나와도 괜찮도록 교외로 향하고 있던 중이었다는 듯했다.

"이야…… 미안하게 되었다……."

"미안하다이거……."

미라와 메이린은 일방적으로 판매자로 단정 지었던 것을 사과했다.

"아니아니, 이쪽이 할 말이지. 순간적으로 악당의 손에 넘어갈 바에는 없애버리자고 생각했지만, 미라 공이 막아준 덕분에 이렇게 조사할 수 있게 된 것이니 말이야."

그 말에 브루스는 자신도 마찬가지라며 사과하더니 미소를 지어 보였다.

하지만 다시금 방금 전 광경이 떠올랐는지 "이것 참, 하지만 설마 그걸 막아낼 줄이야. 미라 공의 홀리로드는 무섭도록 강하군. 대체 어디서 누구에게——" 하고 다시 술사로서의 호기심에 불이 붙은 듯이 말하기 시작했다.

"——그보다 이쪽이 먼저다!"

상대는 덤블프 본인을 아는 인물이다. 그와 관련된 이야기를 꺼내기 전에 미라는 아무르테를 눈앞으로 들이밀어 흥미를 그쪽으로 다시 돌리고자 이것이 어떠한 물질인지를 설명했다.

"신역에 가까운 장소에만 존재할 터인 물질…… 아무르테. 처음
보는 물질이다 싶었더니 설마 천계의 것이었을 줄이야. 하지만 어
째서 그게 이런 상태로 이곳에 있는 것인지…… 의문이로군."

정령왕에게 들은 지식을 미라가 모두 풀어놓자, 브루스의 관심
은 다시 아무르테로 돌아갔다.

천계에만 존재할 터인, 기본적으로 액체 상태인 아무르테가 고
체가 되어 이곳에 있는 현재의 상황. 그리고 그 안에서 느껴지는
흉흉한 기운.

브루스는 이런저런 예상을 해보며 아무르테와 그것을 감싸고
있던 천을 조사하기 시작했다.

하지만 그에 관한 고찰은 이미 미라도 했지만 답을 내지 못하
고 있었다.

"그리고 한 마디를 더 보태자면. 아직 추측에 불과하지만 악마
가 연루되어 있을지도 모른다――."

악마. 그것이 현재 지닌 정보로 추측할 수 있는 흑막이라고 미
라는 말했다.

그러자 브루스 역시 그 가능성을 고려하고 있었는지. 미라가
몇 가지 요소를 거론하자 납득이 된다는 듯 미소를 띤 채 "역시
그쪽이 가장 유력한가"라고 말했다.

"그렇다면 느낀 바대로 위험한 물건이라는 뜻인데―― 문제는
이것을 마물 퇴치 부적으로 유통시켜 무엇을 할 속셈이었는가 하

는 점이로군."

"음, 그렇지. 그 점이 중요하다."

아무르테를 가공하여 마물 퇴치 부적으로 팔았던 데에는 어떤 의도가 있었을까.

단순히 화폐를 입수하는 것이었을까, 아니면 유통하는 것 자체에 의미가 있었을까.

또한 무엇보다도 실제로 마물 퇴치 부적으로 기능하고 있다는 점도 신경 쓰였다.

회수한 여러 개의 마물 퇴치 부적을 앞에 두고 미라와 브루스는 어떻게 조사할지 궁리하기 시작했다. 그 옆에서는 메이린이 복잡한 표정을 짓고 있었지만, 그녀는 경험상 이런 일에 그다지 도움이 안 되었다.

하지만 그녀가 직감적으로 입 밖에 내는 말은 이래저래 생각만 할 때보다 빠르고 정확하게 답에 도달할 때도 있었다.

"어째 귀찮다해. 부숴서 확인하자이거."

벌써 생각하기를 포기했는지. 메이린은 오른손에 마나를 집속시키며 아무르테를 넘기라는 듯이 손을 내밀었다.

"아니아니, 그건 좀……."

정령왕도 어떤 영향이 나타날지 모른다는 정령왕의 말을 근거로 파괴한다는 선택지는 피하고 있었다.

하지만 이번에는 메이린의 말에도 일리가 있었다.

이 아무르테 안에서 느껴지는 흉흉한 기운이 흥계의 중심을 이루고 있다고 보아도 무방할 듯 보였기 때문이다.

그렇다면 이래저래 궁리만 하기보다는 정체를 밝혀내고 그것을 토대로 고찰하는 것이 건설적일 거라 말할 수 있었다.

『그녀의 말이 맞다. 일이 이렇게 되었으니, 열어버리도록 하지──.』

하지만 그렇게 하면 위험하지 않을까 하는 생각에 미라가 망설이던 참에 정령왕의 말이 들려왔다.

정령왕은 말했다. 안을 확인하기 위해 그대로 아무르테를 파괴할 경우에는 어떤 영향이 나타날지 모르니 위험하다고.

하지만 한 가지 타개책도 덧붙여 말했다. 아무르테를 자연 본연의 상태, 다시 말해서 액체로 되돌리면 파괴하지 않고도 안에 든 것을 확인할 수 있을 것이라고.

듣자 하니 마텔과 함께 아무르테에 관해 어느 정도 조사를 해 보았다는 듯했다.

그리고 아무르테를 고체로 만드는 방법과 액체로 되돌리는 방법을 오래된 문헌에서 발견했다고 한다.

『오오, 그 방법이란 게 무엇인가?!』

미라는 메이린에게 잠시 기다리라고 신호를 한 후, 정령왕의 제안에 관해 자세히 물었다.

그러자 정령왕은 어쩐지 의기양양한 투로 『그것은 말이지──』라고 말하기 시작했다.

그 방법은 술식을 몇 중에 걸쳐 걸어야 하는, 상당히 난이도가 높은 것이었다.

하지만 그것은 일반적인 관점에서 보았을 때의 이야기이다. 술사들의 정점에 군림하는 아홉 현자, 미라의 기준에서는 그다지 어렵지 않을 듯했다.

하지만 그렇다고 지금 당장 어떻게 할 수 있는 것은 아니다.

정령왕의 이야기에 따르면 현재 시점에서는 안전하게 액체로 되돌릴 수가 없는 모양이었다.

그 이유는 이 장소 자체가 액체 상태의 아무르테에 적합한 곳이 아니기 때문이다.

액체로 되돌리는 작업은 본래 존재했던 장소—— 신역에 가까운 장소에서 행할 필요가 있다는 뜻이다.

『그리고 한마디를 덧붙이자면, 그것의 내부에서 느껴지는 힘은, 어쩐지 마(魔)속성이 지닌 기운과 비슷한 것 같군. 여차할 때를 대비해 그와 상반되는 힘…… 성속성을 지닌 협력자와 함께 작업을 하는 게 좋을 것이다.』

방법을 끝까지 설명한 후, 정령왕은 마지막으로 그러한 말을 덧붙였다.

『흐음, 옳거니…… 그렇다면 그곳이 가장 적합하겠어!』

신역에 가까운 장소. 그리고 성속성을 지닌 협력자. 이러한 정보를 얻은 순간, 미라의 머릿속에 다음 행선지가 또렷하게 떠올랐다.

그렇게 미라가 정령왕과 이야기하는 동안.

"어째 입을 다물고 있는데…… 뭐 좋은 방법이라도 생각난 건가?"

침묵한 채 꼼짝도 않는 미라를 바라보며 브루스는 메이린에게 고개를 돌리며 물었다.

"분명 정령왕이랑 얘기 중일거다이거."

미라의 지시에 따라 메이린은 강아지처럼 얌전히 대기하고 있었다. 그러면서도 상황을 정확히 파악하여 있는 그대로 브루스에게 전달했다.

그러자 정령왕이라는 단어를 들은 그는 순간적으로 무슨 뜬금없는 소리냐는 듯이 뺨을 실룩거리더니 '정령왕, 미라, 정령여왕' 따위의 여러 가지 소문과 정보를 머릿속으로 짜맞춘 것인지. 이내 눈에 띄게 놀랍고 흥미롭다는 표정을 짓기 시작했다.

"정령왕……. 설마 미라 공은, 그 정령왕과 대화가 가능한 건가?!"

정령여왕은 정령왕과 모종의 관계성이 있다고만 알려져 있었다. 하지만 관계가 있는 정도가 아니라 대화를 하고 있다는 메이린의 말에 브루스는 격한 반응을 보였다.

"나도, 아까 얘기했었다이거. 손을 잡으면 대화할 수 있다해."

메이린은 별 것 아니라는 듯이 답했다.

그러자 브루스는 더더욱 흥분하기 시작했다.

때때로 삼신과 동급으로 여겨지기도 하는 위대한 존재, 정령왕. 그런 상식을 초월한 존재와 대화를 할 수 있다면, 삼신국이 엄중하게 보호하고 있는 신탁의 무녀와 동등한 존재라 할 수 있지 않을까.

"정령왕과 대화를……."

브루스는 느닷없이 찾아온 기회 앞에서 숨을 죽였다.

그리고 이 세계에 사는 자로서 새삼 숭배심이 싹텄고, 일개 술사로서 흥미롭다 생각했으며, 연구자로서 흥분했다.

"손…… 이 손을……."

미라와 손을 잡으면 그 정령왕과 대화를 할 수 있다.

그것은 매우 명예로운 일인 동시에 황송한 일 같아 망설여지기도 했다.

브루스는 연구자로서의 욕망에 몸을 맡겨 미라의 손으로 손을 뻗었지만, 그에게는 사람으로서 경의를 표하고자 하는 마음도 남아 있었던 모양인지. 감히 허락도 없이 그 목소리를 들으려 하는 건 주제넘은 짓이라는 듯이 뻗었던 오른손을 다시 물렀다.

하지만 브루스는 한 번 물렀던 오른손을 다시 뻗기 시작했다. 무방비하게 늘어뜨린 미라의 손을 물끄러미 쳐다본 채, 천재일우라 할 수 있는 이 기회를 잡을 수 있다면 얼마나 좋을까, 라는 생각을 끝없이 머릿속으로 거듭하며.

나아가 잘만 되면 질문을 할 수 있지 않을까 하는 생각에 브루스는 기대를 부풀렸지만, 그 오른손이 닿기 직전에 이성이 왼손을 움직여 그것을 저지했다.

브루스의 내면에서 욕망과 이성이 맞붙어 싸워서, 그 손이 미라의 손 앞에서 오락가락했다.

그의 마음은 둘째 치고 감정의 틈새에 끼어 끙끙대는 브루스의 모습은, 객관적으로 매우 추해 보였다.

왜냐하면 무방비한 미라의 손은 스커트 자락 정도의 위치에 있었기 때문이다.

브루스는 그 손을 향해 오른손을 뻗었다. 그것은 얼핏 보면……
아니, 아무리 보아도 소녀의 스커트 안에 관심이 많은 중년 변태
의 모습 그 자체였다.

가끔씩 지나가던 사람들이 그 이상한 광경을 보고 무심결에 신
고를 한대도 할 말이 없을 듯한 모습이었다.

"자아, 다음 목적지는 발할라다!"

브루스가 갈등하던 중에 눈을 번쩍 뜬 미라는 힘차게 그렇게 말
했다.

정령왕이 말한 조건과 완벽하게 맞아떨어지는 장소. 그곳이 바
로 발할라였기 때문이다.

그곳은 신역에 가깝고, 무엇보다도 알피나를 비롯한 발키리가
사는 장소였다.

정령왕에게 확인해 보니 발할라라면 문제가 없을 것이라 말했
다. 더불어 성속성을 지닌 우수한 발키리 자매가 있으면 안전성
면에서도 걱정할 필요가 없을 거다.

그 때문에 아예 그곳으로 가버리자고 말한 것이다.

"뭣, 발할라라고?!"

가장 먼저 놀란 목소리로 반응한 것은 브루스였다. 하지만 그
것은 미라가 갑자기 움직였기 때문은 아닌 듯했다.

"상급 소환술사와 선술사…… 확실히 조건은 충분히 갖췄군!
미라 공, 부탁이네. 나도 발할라로 데려가 주면 안 되겠나——?!"

브루스의 말에 따르면 그도 발할라로 가기 위해 준비를 하고 있었다고 한다. 심지어 그 목적은 발키리와 소환 계약을 맺는 것이었다는 모양이다.

하지만 그러기 위한 조건을 좀처럼 충족시킬 수가 없어서 쩔쩔매던 중에 마물 퇴치 부적이 눈에 들어와 지금의 상황에 이른 것이라는 듯했다.

그 조건이란 상급 술식을 사용할 수 있어야 한다는, 단순하면서도 그럭저럭 어려운 것이었다.

그런 상태로 제자리걸음만 하고 있던 참에 조건을 갖춘 두 사람이 나타난 것도 모자라 발할라로 가겠다는 소릴 하기 시작했다. 브루스는 이 기회를 놓칠 순 없다는 듯 "제발 부탁이네!"라고 애원했다.

"……음, 알겠다. 그렇다면 함께 가지."

다소 위험하기는 하지만 탑에 소속된 술사라면 전력상 문제는 없을 거다.

또한 발할라로 가져갈 마물 퇴치 부적은 거의 다 그가 모은 것들이다. 더불어 선의로 움직이고 있던 그를 판매자로 오해해 습격한 것에 대한 죄책감도 있었다.

미라는 그런 몇 가지 타산으로 승낙한 것이었지만 브루스에게는 그토록 가고 싶었던 발할라행이 성사된 것이었다. 그래서인지 "고맙네, 미라 공!"이라고 말하는 그는 몹시 기뻐 보였다.

그렇게 이야기가 마무리 되었을 즈음, 문득 두 사람이 일행에게 다가왔다.

"흐음~ 뭘 제발 부탁한다는 거지?"

"뭐가 그렇게 고맙다는 건데?"

고개를 돌려보니 그곳에는 의심스럽다는 눈으로 브루스를 노려보는 경라기사들이 있었다.

"오오우……?!"

이건 또 무슨 일인가 싶어서 미라는 당황했다. 뭔가 의심을 살만한 일이라도 했던가. 또 경라대로 끌려가 보호를 받게 되는 걸까. 그런 생각이 머리를 스친 직후, 미라는 경라기사 두 사람의 시선과 말을 통해 대략적인 사정을 알아챘다.

미소녀 두 명에 중년 아저씨. 이 조합은 확실히 위험했다.

브루스는 전혀 짚이는 바가 없는지, 신고를 받고 왔다는 경라기사의 발언에 당황하고 있었다.

그래서 미라가 도움의 손길을 뻗기로 했다.

"어이쿠, 걱정할 것 없다. 이 몸들은 아는 사이니 말이야. 잘못 같은 게 일어날 일은 없어──."

브루스에게는 아무런 문제도 없다고 미라가 변호를 해주었다. 피해자측으로 보이는 쪽이 그런 소리를 하면 사건성은 사라지기 마련이다.

경라기사들은 그밖에도 몇 가지 질문을 하고서야 문제가 없다고 판단하고는 떠나갔다.

브루스에 대한 오해는 무사히 풀린 모양이다.

"이야, 고맙군, 미라 공. 덕분에 살았어. 살다 보니 이런 일도 다 있군."

진심으로 안도한 듯한 투로 브루스는 말했다. 미라는 그런 그에게 어쩐지 으스대는 투로 "이 정도쯤이야"라고 말한 후, 이로써 판매자로 오해했던 일로 인한 마음의 빚은 덜어냈다고 생각하며 속으로 활짝 웃었다.

31

악마가 관계되어 있을 것으로 추측되는 마물 퇴치 부적.

거기에 감춰진 정체를 해명할 목적으로 미라와 메이린, 그리고 브루스는 함께 발할라로 가기 위해 니르바나를 떠났다.

하지만 신의 영역에 가깝다고 여겨지는 발할라로 가는 일은 그리 간단하지 않았다. 특별한 입구를 지날 필요가 있기 때문이다.

현재는 니르바나에서 가장 가까운 입구로 가기 위해 가루다 왜건을 타고 이동 중이었다.

"——아…… 분명 그것이 원인일 테지. 이 몸이 보기에는 나쁘지 않은 것 같지만, 일반적으로 봤을 때는 보수가 되지 않을 테니 말이야……."

"내 생각엔, 맛있는 게 더 나았을 것 같다이거."

이동하는 동안, 세 사람은 느긋하게 대화를 나누고 있었다.

지금은 브루스가 발할라로 가기 위해 도움을 줄 사람을 구해보았지만, 아무도 받아들여 주지 않았던 일을 두고 투덜대던 중이었다.

그리고 그 이야기를 들은 미라는 당연하다는 듯이 단언했다. 메이린 역시 차라리 먹는 걸 주는 게 나았을 거라는 반응을 보였다.

브루스는 특별한 보수를 준비했다고 했다. 하지만 그 보수란 것은 오랜 세월에 걸쳐 제작한 그의 연구서였던 모양이다.

술사의 성지, 은의 연탑. 대륙 최고 수준의 술사들이 모인 그곳에서 나날이 연구하여 빚어낸 그 성과는, 명망 있는 술사라 해도 부러워할 지혜의 결정체라 할 수 있었다.

외부로의 반출이 금지된 정보를 제외하더라도 그 지식의 가치는 엄청나서, 말 그대로 특별한 보수라 해도 과언은 아니었다.

하지만 그것은 제대로 된 술식 연구서일 경우, 라는 전제가 붙을 때의 이야기다.

은의 연탑에는 크게 나누어 두 종류의 술사가 있다.

하나는 술식의 발전과 진화를 추구하는, 순수한 술식 바보. 나머지 하나는 흥미가 가는 일이 생기면 거기에 매진하는, 순수한 연구 바보다.

후자는 때때로 놀라운 부차적 효과를 발생시키지만 십중팔구는 자기만족으로 끝난다. 그리고 브루스는 후자에 속하는 술사였다.

그렇다면 그 연구서의 가치는 없는 거나 다름없다 할 수 있었다.

"현금을 보수로 내세웠다면 분명 금방 협력자를 구할 수 있었을 터인데."

실로 현실적인 결론을 미라가 입 밖에 내자, 브루스는 허탈한 얼굴로 낙심해 고개를 푹 숙였다.

또한, 어쩌면 한참 뒤에야 돌아올지도 모르기에 이번에도 단원 1호에게 전령 역할을 맡겼다. 헨리에게 사정을 설명한 후, 왕성으로도 갈 예정이다.

분명 지금쯤 아르마와 에스메랄다에게도 미라의 상황을 설명하고 있을 것이다. 해결에 시간이 걸릴 경우, 무녀의 호위를 맡을 날이 뒤로 미뤄질지도 모른다는 설명을.

"그럴 수가…… 저택의 정령과 계약을?! 확실히 이론적으로는 존재할 거라 생각했지만, 설마 이미 계약까지 한 자가 있을 줄이야!"

다음으로 이야기를 꺼낸 것은 미라였다.

마치 저택 정령이 미라를 부른 것만 같은 상황에서의 만남. 그리고 가구 정령의 존재. 어쩌면 인공정령은 그밖에도 많지 않을까 하는 가설의 실제적인 예를 알게 된 브루스는 좀 전부터 흥분을 가라앉히지 못하고 있었다.

그러자 같은 이야기를 듣고 있던 메이린 역시 "목인(木人)의 정령님이 있으면, 여러 가지 기술을 마음껏 시험해볼 수 있겠다이거!"라면서 또 다른 가능성을 찾은 듯 눈을 반짝거리고 있었다.

"이거이거, 미라 공의 이야기는 모두 다 신선하기 그지없군. 마치 새 시대를 개척했던 덤블프 님의 이야기를 듣는 듯한 기분이야."

덤블프는 소환술의 현자로서 나날이 새로운 소환술 운용법과 전술, 육성 방침 등을 최전선에서 주창했었다. 그리고 미라는 지금도 당시와 같은 일들을 하고 있었다.

때문에 브루스의 말은 그 모습을 가까이서 진지하게 보아온 자이기에 내놓을 수 있는 감상이었다.

자신도 모르게 평소처럼 소환술 담론에 푹 빠져 있던 미라는 이거 큰일 나겠다 싶어서 식은땀을 흘렸다. 그리고 그 후부터는 정체가 들통나지 않도록 조심해야겠다고 다짐하고는 신중하게 말을 골라서 하게 되었다.

"아니아니, 그런 일은 자네 말고는 못 할 것이야……."

"이것 참…… 그러한 일을 할 수 있는 자도 있었군."

그럭저럭 실력에는 자신이 있었지만, 미라와 메이린과 싸워 속수무책으로 패했던 일 때문인지. 문득 브루스는 두 사람의 실력에 관한 이야기를 했고, 나아가 어떻게 하면 더욱 강해질 수 있냐고 중얼거렸다. 그러자 이번에는 메이린의 입이 멈추지 않게 되었다.

강해지려면 노력과 수행 여행이 최선이라면서 그녀는 지금까지 해온 것 중 특히나 효과적이었던 방법의 내용을 말했다.

하지만 그모조리 메이린의 수준에서나 효과적일 듯한, 미라만큼의 실력을 지녔어도 상당히 어려울 듯한 내용들이었다.

때문에 설령 브루스만큼의 실력자── 탑에 소속된 연구자급이라 해도 그것은 모두 불가능한 방법이라 말하지 않을 수 없었다.

"그나저나 이렇게 이야기를 듣고 있으니, 마치 메이린 님과 대화를 나누는 듯한 기분이 드는군. 신기한 일이야. 그분 역시 우리와 같은 평범한 자들은 해내지 못할 일을 아주 즐겁게 해내고는 하셨지. 아아, 그 무렵의 그분들은 지금쯤 어디서 무엇을 하고 계실지……."

메이린의 수행에 관한 이야기는 평범한 사람은커녕 같은 아홉 현자 동료들조차도 기겁할 수준의 것이었다.

그 터무니없는 이야기를 듣고 감명을 받았는지. 브루스는 그립다는 듯이 먼눈을 한 채, 동시에 기쁜 듯이 그런 소리를 했다.

어쩐지 숙연하고도 울적한 분위기가 감돌기 시작한 가운데, 미라는 크게 당황했다.

애초에 그런 터무니없는 수행을 할 수 있는 건 메이린 정도뿐이기 때문이다.

따라서 미라는 자칫 잘못해서 꼬리를 잡히기 전에 메이린의 이야기를 호들갑스럽게 끊고는 "──그러면 소환술의 요령을 몇 가지 전수해주도록 하지!" 하고 다소 억지스럽게 브루스의 의식을 현실로 되돌려놓았다.

하지만 미라 역시 잊고 있었다. 탑에 속한 연구자가 상대일 경우, 본래 어지간한 수준의 술사들이 알고 있는 요령을 가르쳐준들 그야말로 번데기 앞에서 주름잡는 격에 불과하다는 사실을. 그리고 미라가 입 밖에 내고 있는 것은 그런 연구자들이 탄성을 자아낼 정도의 지식이라는 사실을.

그 때문에 이 이동시간 동안 브루스는 미라와 프리퓨어가 흔해 빠진 술사와는 차원이 다르다는 사실을 다시금 깨닫지 않을 수 없었다.

그렇게 세 사람이 이야기를 나누다 보니 시간도 눈 깜짝할 새 흘러갔다. 정신을 차려보니 목적지가 코앞까지 다가와 있었다.

목적지인 필즈섬은 니르바나의 동쪽에 위치한 섬으로, 그 형태는 타원형에 가까웠다. 가장 긴 면의 길이는 70킬로미터 정도 되었다.

전체적으로 숲으로 뒤덮여 있고 중앙에는 산이 주욱 이어져 있다. 또한 주변에는 얕은 암초 지대가 펼쳐져 있어, 바다에서 배를 타고 들어오기는 어려운 곳이었다.

섬에 마을은 없고, 그 대신 니르바나 해군의 감시기지가 동쪽 절벽 위에 존재할 뿐이다.

그런 필즈섬에 서쪽에서 접근한 미라 일행은 그대로 섬의 중심부인 해발 3천 미터급인 필즈산의 산기슭으로 향했다.

필즈산(山)은 이 섬의 주인이라 할 수 있는 곳으로, 그곳의 표면에는 정상 쪽에서 흘러넘친 듯한 강 한 줄기가 흐르고 있었다.

"저것이로군. 내려가지, 미라 공."

"음, 알겠다."

강의 폭은 3미터 정도였는데, 미라는 그 강의 상류 쪽으로 올라가서 왜건을 착륙시켰다.

"여긴 처음 와본다이거!"

왜건에서 나오자 깜깜하고 깊은 동굴이 입을 쩍 벌리고 있고, 강은 그 안쪽으로 이어지고 있었다.

그 광경을 본 메이린은 어쩐지 의욕이 넘쳐 보였다. 눈 앞에 펼쳐진 광경은 강대한 보스가 숨어있는 던전으로 이어져 있을 듯해서 그녀가 들뜬 표정을 지을 만도 했다.

가루다를 송환한 후, 미라 일행은 그런 동굴 안으로 발을 들여놓았다.

직경은 6미터 남짓일 듯해서, 강에 비해 상당히 넉넉해 보였다. 서늘한 내부에는 세 사람의 발소리와 물 흐르는 소리만이 울려 퍼질 따름이었다.

"우으…… 적의 낌새가 안 느껴진다이거……."

무형술로 조명을 만들어 들어가던 중에 앞장서서 가던 메이린이 천천히 어깨를 늘어뜨렸다. 강적이 기다리고 있을 듯한 분위기임에도 마물 한 마리 나오지 않았기 때문이다.

"이 몸이 왔을 때는 굴라프록 산맥 쪽을 통해 발할라로 들어갔지만, 이곳은 상당히 안전하군그래. 이 몸도 이쪽으로 올 걸 그랬어."

"오오, 굴라프록 동굴을 지나다니, 꽤나 과감한 도전을 했군. 그쪽은 마물의 소굴이었을 텐데."

동굴 이곳저곳을 기웃거리기 시작한 메이린은 내버려 둔 채, 미라와 브루스는 공통된 화제인 소환술에 관한 대화로 이야기꽃을 피우고 있었다.

그 주된 내용은 계약 당시의 고생담이었다. 특히 지금은 브루스가 계약을 앞두고 있기도 해서, 미라는 자연스럽게 발키리 소환을 습득하기까지 경험했던 바를 추억에 잠겨 이야기했다.

"그러고 보니 덤블프 님도 굴라프록으로 들어갔다고 들었는데. 분명 루미나리아 님도 있어서, 상당히 요란하게 날뛰었다고 하셨지. 그러한 장소를 지나다니, 미라 공도 참 간이 크군."

브루스가 웃으며 그런 소리를 하는 바람에 미라는 몇 번째 느낀 것인지 모를 정도인 초조함을 속으로 삭여야만 했다.

대체 브루스는 덤블프의 내력을 얼마나 알고 있는 것일까. 그는 사소한 내용도 금방 덤블프와 연관 지어 나갔다. 주의를 기울여 이야기해도 브루스는 아주 사소한 한 마디조차 놓치지 않고 연상시키니 마음 편할 겨를이 없었다.

미라는 더 이상 소환술에 관해서는 말을 않는 게 좋지 않을까 생각하기 시작했다. 하지만 그런 미라의 마음을 알 리가 없는 브루스는 소환술에 관한 심도 있는 이야기를 할 수 있는 미라와 계속해서 대화를 나누고 싶어 입이 근질근질해 보였다.

"그런데 미라 공은 몇 명의 발키리와 계약을 하셨나?"

부지런히 걸어서 동굴 안쪽으로 들어가며 브루스는 미소를 띤 채 흥미롭다는 듯한 얼굴로 물었다.

기본적으로는 한 사람당 한 명씩 계약을 맺을 수 있지만, 시련과 교섭 결과에 따라서는 여러 명의 발키리와 추가로 소환 계약을 맺을 수 있다. 그리고 그러기 위해서는 힘과 마음이 필요하다.

따라서 두 명 이상과 계약을 한 소환술사는 상급에 속하는 이들 중에서도 월등히 뛰어난 존재들뿐이었다.

"뭐어…… 글쎄다…… 우선, 한 사람은 아니라고만 해두지."

미라가 계약한 발키리는 일곱 명. 당연히 덤블프가 계약한 발키리도 일곱 명이다. 두 명과 계약해도 상당히 우수한 편이라 할 수 있지만, 이 사실을 솔직하게 말하면 그거야말로 스스로 정체를 폭로하는 꼴이 된다.

그러니 한 사람이라고 답하면 될 일이었지만, 쓸데없는 자존심에 불이 붙고 말았다. 그 결과, 두 사람 이상임을 암시하는 듯한 발언을 하고 만 것이다.

"오오! 더더욱 기대가 되는군. 그럼 내 계약이 완료되면 서로 발표하도록 하지."

"아니…… 그건——."

"이거 벌써부터 기대되는군!"

브루스는 걸음과 함께 입도 계속해서 움직이며 기대와 불안감이 반반씩 섞인 투로 "나는 얼마나 인정을 받을 수 있을까"라고 중얼거리더니 "아아, 기대되는군"이라는 말을 거듭했다.

32

한 시간 정도 동안 들어간 동굴 끝에는 아무것도 없는 공간이 펼쳐져 있었다.

아니, 얼핏 보기에는 아무것도 없는 듯했지만, 자세히 보니 지면에 문양 같은 것이 그려져 있었다.

"거물이 나올 것 같은 예감이 든다해!"

제일 앞에 선 메이린은 어쩐지 엄숙한 분위기를 풍기는 그곳을 보고 눈을 반짝이고 있었다.

하지만 유감스럽게도 그 바람이 이루어질 일은 없었다.

"슬픈 소식이다만, 이게 있다는 것은 이 앞에 마물 따위는 나오지 않는다는 뜻이다."

그 문양은 마법진인 동시에 지금부터 갈 발할라로의 통로이기도 했다.

또한 그곳은 신성한 장소라서 메이린이 바라는 마물이나 마수 따위는 이 장소에 얼씬도 하지 않았다.

"우으…… 이렇게나 만날 수 있을 것 같은 분위기인데, 너무하다이거…….

동굴 끝에 있는 의미심장한 마법진. 종점은 물론이고 도중에도 마물 한 마리 보지 못한 메이린은 실망감에 어깨를 축 늘어뜨렸다.

"뭐, 기운 내거라. 발할라에 가면 발키리들이 많을 터이니. 그

자들도 강해지기 위해서라면 물불을 가리지 않으니 분명 유익한 승부를 몇 번이고 할 수 있을 게다."

어쩐지 슬퍼하는 듯하기까지 한 메이린을 보다 못해 미라는 그렇게 격려의 말을 해주었다.

알피나는 약간…… 아니, 지나치게 특수한 경우이기는 하지만 그래도 발키리들은 기본적으로 강해지기 위해 나날이 정진하고 있었다.

그러니 죽이 잘 맞을 것이다. 수행을 위해서라면 몇 번이든 훈련 시합을 해줄 게 분명하다.

미라의 억측도 조금 섞이기는 했지만, 그 말에 메이린은 희망을 되찾은 듯했다.

"발할라, 기대된다이거!"

메이린은 본래의 목적인 마물 퇴치 부적에 관한 일은 까맣게 잊고 기대가 가득 담긴 표정을 지으며 말했다.

"자아, 이것이 소문으로 들었던 제1의 문인가."

메이린이 진정되었을 즈음, 브루스는 앞으로 나서서 흥미롭다는 듯이 마법진을 바라보았다. 그리고 가방에서 옅은 빛을 내뿜는 돌을 꺼냈다. '황혼의 전역자'라는 괴물을 쓰러뜨리면 입수할 수 있는 '인도의 휘석'이라는 아이템이다.

그것이 발할라로 이어진 제1의 문을 열기 위한 열쇠였다.

브루스가 그것을 지면 중심에 놓자 변화가 생겨났다. 마법진이 옅은 빛을 내뿜으며 맥동하기 시작한 것이다.

그 광경을 보고 메이린은 들뜬 미소를 지었고, 미라는 당당하게 서 있었다.

"자아, 다음은 제2의 문이다."

브루스가 긴장한 듯한 투로 중얼거리자 마법진의 불빛이 격렬하게 깜박거리기 시작했고, 이윽고 빛의 격류가 공간 전체를 뒤덮었다.

강렬한 빛에 의한 암전 현상이 발생했다. 직후, 천천히 눈을 떠보니 눈앞에는 광대한 초원이 펼쳐져 있었다. 하지만 아직 동굴에서 나온 것은 아니었다. 위를 올려다보자 암벽에 난 무수한 균열 속에서, 수없이 많은 빛으로 된 선이 어둠을 가르듯 들이치고 있었다.

"호오, 이곳은 이렇게 되어 있나 보군."

발할라로 가는 길은 여러 곳이다. 이곳, 필즈섬에 있는 입구는 처음 온 길인 탓에 미라는 그 광경을 보고 감탄했다.

찾아온 곳은 분명 산꼭대기에 가까운 산속이었다. 하지만 생생한 녹색을 띤 초원에 빛이 들이쳐, 이곳저곳에 드문드문 양지가 생겨나 있었다.

"정말 환상적이군······."

브루스는 잔뜩 흥분한 얼굴로 초원을 둘러보았다. 하지만 그것도 잠시뿐. 곧이어 "오오, 저것인가!"라고 소리치며 달려나갔다.

그가 향한 곳은 초원의 중심부였다. 자세히 보니 그곳에는 빛을 받아 반짝이는 호수가 있었다.

"나 원, 정말이지······ 과거의 이 몸을 보는 것 같군그래."

발키리 소환을 눈앞에 두고 있었던 당시에는 자신도 저렇게 흥분했더랬다는 생각을 하며 쓴웃음을 지었다.

그러던 중에, 옆에서 메이린이 어째서인지 의기양양한 투로 소리쳤다.

"엄청 예쁜 곳이다해. 하지만 요전에 발견한 비경이 훨씬 더 굉장했다이거!"

평범한 사람이라면 압도되었을 정도의 절경임에도 메이린은 어째서인지 익숙하다는 티를 팍팍 냈다.

하지만 그럴 만도 했다. 그녀는 수행을 한다는 핑계로 수많은 산과 숲을── 아닌 게 아니라 사람의 손길을 거부하기라도 하듯 험한 대자연 속을 밤낮없이 돌아다녔기 때문이다. 그러던 중에 이러한 절경과 이조차도 능가하는 엄청난 절경을 잔뜩 본 것이리라.

자신만 알고 있는 비경이 더 예쁘다며 메이린은 자신이 이겼다고 주장했다. 이럴 때에도 이기고 싶다는 승부욕이 앞서는 모양이었다.

"흠, 그러하냐. 그거 언젠가 보고 싶구나."

승부니 뭐니 하는 것과는 상관없이 미라는 그 말을 듣고 생각한 바를 그대로 말했다.

이러니저러니 해도 메이린이 지금까지 보아온 비경과 절경은 말 그대로 탄성이 절로 나올 정도로 근사한 장소들이었기 때문이다.

그로부터 30년이 지났으니 메이린이 인정하는 비경이 얼마나 늘었을지 모를 일이다. 기대하지 않을 이유가 없었다.

미라 일행은 그런 대화를 나누며 브루스를 쫓아 동굴 안으로 들어갔다.

그곳에 있던 호수의 직경은 대략 백 미터 정도 될 듯했다. 심지어 중앙에는 섬이 있고, 꽃밭이 자리하고 있었다. 마치 쏟아지는 빛을 무대조명 삼아 피어난 듯 보였다.

"자, 드디어 시작인가."

"그래. 이제 시작이지."

"발할라까지, 얼마 안 남았다해."

호수에는 중앙에 자리한 꽃밭까지 이어진 다리가 있었다. 폭은 1미터 정도에 난간이나 기둥조차 없어서, 그냥 평평한 널빤지를 걸쳐놓은 듯한, 어쩐지 불안한 다리였다.

미라와 브루스, 그리고 메이린은 그런 다리를 망설임 없이 건넜다. 목적지는 중앙에 보이는 꽃밭이다.

"문지기여, 우리의 앞에 모습을 드러내라." 꽃밭에 발을 들인 후, 브루스가 하늘을 향해 소리쳤다. 그러자 느닷없이 이변이 일어났다. 지금까지 잔잔했던 수면에 물결이 일고 바람이 소용돌이치기 시작한 것이다.

휘몰아치는 바람에 휩쓸린 꽃잎이 휘날리고, 수면에서 튄 물보라가 공중에 떠올랐다. 그것들은 허공을 떠돌아다니며 쏟아지는 빛을 받아 드문드문 반짝였다.

"오오……."

환상적인 광경이 차례차례 펼쳐졌다. 그것을 본 브루스는 자신도 모르게 탄성을 흘렸다. 메이린은 제법이라고 말하는 듯한 얼굴이었다.

그리고 미라는 눈부신 광경이 아니라 호수 쪽을 쳐다보고 있었다. 호수 안에서 살며시 떠오른 빛의 정령과 물의 정령을 보고 있었던 것이다.

'그때는 어느샌가 나타나서 놀랐지만, 이렇게 단순한 연출이었군그래…….'

아무래도 모든 문에서 공통적으로 사용하는 그녀들 나름의 연출이었던 모양이다. 이전에 다른 입구에서 보았던 연출로, 위쪽을 주목하게 하고서 아래에서 조용히 나타난 것이다.

'과거에 놀랐던 무대의 뒤는 이렇게 되어 있었던 건가.'

미라는 당시의 진실을 확인하고 납득했다.

그러던 중에 눈이 마주치자 두 정령은 어쩐지 거북한 듯한 얼굴로 시선을 돌렸다.

하지만 두 사람은 자신들의 연출에 속아 넘어간 브루스와 메이린으로 타깃을 변경하고는 꿋꿋하게 입을 열었다.

"우리를 부른 자여. 그 이유를 말하라."

정령들은 작위적이기는 했지만 위엄 있는 목소리로 입을 모아 말하며 브루스 일행 앞에 나란히 섰다. 그 시도는 성공적이어서 브루스는 "오오! 대체 언제?!"라고 소리쳤고 메이린도 놀란 얼굴로 "깜짝 놀랐다이거!"라고 말했다.

순간, 두 정령은 살짝 의기양양한 표정을 지어 보였다. 그야말로 장난질에 성공한 아이들처럼.

"이유는 하나다. 발할라로 향해, 발키리와 소환 계약을 맺기 위해서다!"

놀라고 있던 것도 잠시뿐. 브루스는 조급한 마음을 억누르며 당당한 태도로 답했다. 두 정령이 갑자기 어디서 나타난 것인가 하는 의문보다 지금은 계약이 우선이라는 듯이 기세등등한 투로.

그가 빠르게 마음을 다잡자 정령들은 조금 아쉬운 눈치였다. 그래서인지 "그곳에 도달할 자격이 있다는 증거를 보여라"라고 말하는 두 사람의 목소리는 어쩐지 언짢은 것처럼 들렸다.

"그럼 나부터 시작하지."

브루스는 씩씩하게 한 걸음 앞으로 나서 아르카나 계약진을 전 개하여 그것을 로자리오 소환진으로 변화시켰다.

『원환에서 나오라. 칠흑의 추적자여.』

【소환술 : 템페스트】

브루스가 소환술을 발동시키자 그 즉시 소환진에서 폭풍이 뿜 어져 나왔다. 그것은 허공에서 회오리바람이 되어 땅에 꽂혔다. 그와 동시에 바람은 흩어지고 검은 호랑이가 그 자리에 남았다.

폭풍을 두르고 질주하여 적을 제거하는, 공격력과 속도를 겸비 한 소환술. 그것이 상급 소환술 중 하나인 템페스트였다.

'호오, 저 눈과 이빨, 잘도 키웠군. 게다가 털빛도 좋고. 제법이 군그래.'

브루스…… 아니, 주드 슈타이너. 그와 마지막으로 만난 날로 부터 30년이 흘렀다. 그 무렵에 비해 꽤나 성장했다는 생각에 미 라는 부모라도 된 듯한 뿌듯함을 느꼈다.

"훌륭합니다. 문을 지날 자격이 있다고 인정하도록 하지요."

미라가 감상에 젖어 있는 동안 정령들의 심사도 끝났다.

브루스는 보기 좋게 발할라에 이르는 문을 열 자격이 있다는 것을 인정받았다. 자신은 있었지만 조금 불안하기는 했는지, 그는 한없이 환한 미소를 짓고 있었다.

"자아, 다음은——."

정령은 이어서 그렇게 입을 열며 메이린에게로 시선을 옮겼다가 말을 그쳤다.

다음은 당신 차례입니다, 라고 하기도 전에 메이린은 준비를 마친 상태였기 때문이다. 심지어 약간 다른 모양새로.

"응? 왜 그러냐해? 빨리 하자이거!"

메이린은 아주 의욕이 넘쳐났다. 오지 않는다면 이쪽에서 가겠다는 분위기마저 풍기며 정령과 대치했다.

"아니아니아니아니! 잠깐만, 좀 진정해!"

"아니야! 안 싸워! 조금 보여주기만 하면 돼!"

막상 싸우면 두 정령도 그럭저럭 괜찮은 실력을 보여줄 것이다. 하지만 그녀들은 본능적으로 메이린의 실력이 어느 정도인지를 알아챈 것이리라. 노골적으로 벌벌 떨고 두 손을 들기도 하여 싸울 의사는 없다고 주장하며 허둥지둥 메이린을 제지했다.

"응……? 안 싸우냐해?"

"안 싸워요!" "안 싸워!"

의아한 표정의 메이린 앞에서 두 정령은 비명을 지르다시피 대답했다.

필즈섬에 도착해보니 분위기만 그럴싸하고 마물 한 마리 나타나지 않은 탓에 메이린은 상당히 불만스러웠을 것이다. 그런 상태에서 정령과 전투가 벌어졌다면 분명 억압되어 있던 욕구를 한꺼번에 폭발시켰을 거다.

하지만 발할라의 문을 지키는 두 정령답게 메이린이 내포한 위태로움을 민감하게 감지해낸 모양이었다.

그 후, 정령들이 조심해달라고 애원하자 메이린은 어렵지 않게 상급 술식을 펼쳐 보여 발할라에 들어갈 자격이 있음을 인정받았다.

어쨌든 메이린은 신이 나서 "이제 발키리님이랑 시합할 수 있겠다해!"라고 떠들어댔다.

"그럼, 다음은 당신의 힘……을…….."

브루스가 끝나고 메이린도 끝났으니, 이번에는 미라가 증명을 할 차례다. 그런 의도로 두 정령이 무언가를 확인하듯 물끄러미 미라를 바라본 순간. 두 정령은 문득 심하게 놀란 표정을 지었다.

"당신 안에…… 뭔가 커다란 힘이…… 이건, 그게…… 정령왕님과 비슷한데…….."

"이런 일이…… 하지만…… 어?"

아무래도 미라에게 깃든 정령왕의 가호를 느낀 모양인지, 빛의 정령과 물의 정령은 놀란 표정에 이어 당황스럽다는 표정을 지었다. 그리고 얼굴을 마주 보고 논의하기 시작했다.

"진짜인가? 저거 진짜일까?"

"아니 하지만, 정령왕님은 지금…….."

"그럼 비슷한 것뿐인가?"

"정령왕님과 비슷하다니, 그런 게 있을 리가…….."

정령왕이 정령궁전에 갇히고서 상당한 세월이 흐른 탓인지. 그 힘의 기적을 느껴도 우선 의문을 품을 수밖에 없는 모양이었다.

'이럴 때는, 이렇게 하는 게 빠르겠지.'

소곤소곤 이야기하는 소리를 언뜻 들은 미라는 대충 그러는 이유를 알아채고 움직였다. 살며시 다가가 두 정령의 손을 잡은 것이다.

『루난리드, 폰티네, 잘 지내는 것 같구나. 농땡이를 피우지 않고 임무를 수행하고 있는 것 같아 안심했다.』

직후, 두 정령은 미라를 통해 정령왕의 목소리를 들었다. 그러자 두 정령의 표정이 순식간에 변화했다. 그 말과 미라의 손을 통해 느껴지는 힘으로 그것이 진짜 정령왕의 것임을 확신했기 때문이다.

루난리드라 불린 빛의 정령은 "정령왕님?!"이라고 외치며 기뻐했다. 폰티네라 불린 물의 정령은 "정령왕님의 목소리다아"라고 말하며 눈물지었다.

"미라 공. 좀 전에 프리퓨어 공에게 손을 잡으면 정령왕님과 대화를 할 수 있다고 들었네만, 혹시 지금?" 문지기인 두 정령의 태도가 확 달라졌음을 알아챈 브루스가 슬그머니 떠보듯이 물었다. 그러자 미라는 고개를 돌려 답했다. 그렇다고.

"역시……!"

정말로 손만 잡으면 정령왕과 대화를 할 수 있다니. 그러한 광경을 직접 목격한 브루스는 "그럼——" 하고 입을 열었다가 그다음 말을 도로 삼켰다.

부디 내게도 정령왕의 목소리를 들려주게. 브루스는 그렇게 말하려 했지만, 조금 전부터 정신없이 이야기를 하고 있는 루난리드와 폰티네의 모습을 보고 그만둔 듯했다. 부모와 자식이 대화를 나누고 있는데 사이에 끼어드는 것은 눈치 없는 짓이라 생각한 것이리라.

정령과 얽히는 일이 많은 이에게, 또는 역사에 빠삭한 지식인에게 있어 정령왕이 수천 년 동안이나 지상에서 모습을 감추었다는 사실은 상식이라 할 수 있었다.

이번 용무를 마친 뒤에라도 부탁하면 될 거다. 가슴 속에 자리한 애타고 초조한 마음을 간신히 가라앉힌 후, 브루스는 그 대화가 끝나기를 느긋하게 기다리기로 했다.

그리고 미라 역시 중개자 역할에 집중해, 그 대화를 느긋하게 들으며 기다렸다.

"미라 씨, 고맙습니다."

"고마워요. 정령왕님이 즐거워 보여서 다행이에요."

실컷 이야기를 한 덕인지 두 정령은 만족스러운 미소를 띤 채미라의 손을 놓았다. 정령왕과 두 정령은 서로를 걱정하는 내용의 대화를 나눴다. 오랜 세월이 지났음에도 색이 바라지 않은 그 유대감에 미라도 감탄해서 웃으며 "되었다, 되었어"라고 답해주었다.

"으음, 그러면 다시 한번, 당신의 힘을……―."

"―……가만, 그럴 필요가 있을까? 왜, 정령왕님이 함께 계시잖아."

루난리드가 다시 문지기의 임무로 돌아와 위엄 있는 태도로 입을 열자, 폰티네가 그런 의문을 던졌다.

발할라에 이를 자격이 있는지 어떤지를 확인하기 위한 시험이었지만 정령왕이 인정했으니 새삼 그럴 필요는 없지 않느냐는 것이다.

"그건 그렇지만…… 그래도 규칙이잖아. 전례를 만들면 나중에 귀찮아질 것 같지 않아?"

"으음~ 그 말도 일리는 있지만. 다 아는 걸 요구하는 건 좀 그렇지 않나 싶어서."

두 정령은 또다시 소곤소곤 논의를 하기 시작했다. 그리고 이번에도 언뜻 그 말을 들은 미라는 못 말리겠다며 쓴웃음을 지은 채 로자리오 소환진 하나를 배치했다.

『원환(圓環)에서 나오라. 순백의 치유사여.』

【소환술 : 아스클레피오스】

영창 후, 조용히 나타난 순백의 뱀은 그대로 미라의 목에서 팔까지를 휘감듯 달라붙었다. 그리고 미라는 그 팔을 들어 보이며 말했다.

"자, 이러면 문제가 없겠지?"

이번만 예외로 인정을 받기보다는 평소처럼 진행하는 편이 빠르겠다고 판단을 내린 것이다.

"괜히 마음을 쓰게 만들었나 봐…… 어쩌지?"

"어쩌긴, 이렇게 됐으니 평소처럼 해야지."

우물쭈물하다 보니 규정대로 하게 되었다. 그러니 시험 쪽은 문제가 없지만, 두 정령은 그것이 미라가 배려를 한 결과임을 알아챈 듯했다.

"……훌륭합니다. 문을 지날 자격이 있다고 인정하겠습니다."

그래서인지 어쩐지 겸연쩍은 표정을 지은 채 그대로 진행하는 쪽을 택한 모양이었다. 루난리드와 폰티네는 애써 꿋꿋한 척을 하려 했다. 그리고 어색함을 얼버무리려는 것인지 재빨리 다음 단계로 넘어갔다.

"그러면 무지개다리를 놓도록 하겠습니다."

그렇게 입을 모아 말하더니 루난리드가 미라의, 폰티네가 브루스의 손을 잡고 그 손을 높이 들었다.

미라와 브루스는 정령들의 지시대로 손을 움직였다. 그러자 놀랍게도 호수 이곳저곳에서 물이 분수처럼 하늘로 솟구쳐 물보라가 일었다. 그리고 눈이 부실 정도의 빛이 그것을 비추자 옅은 빛의 무지개가 떠오르기 시작했다.

하지만 현상은 거기서 끝나지 않았다. 무지개의 윤곽이 서서히 선명해지기 시작한 것이다.

그 현상은 3분 정도에 걸쳐 일어났다. 그 시간 동안 무지개는 실체화하여 꽃밭에 나타났다.

"오오…… 이거 굉장하군."

"방금 그건, 정말로 예뻤다이거!"

그 무지개는 계단처럼 눈부시게 빛나는 하늘 높은 곳까지 이어져 있었다. 그 빛 끝에 발할라가 있다. 브루스는 드디어 열린 길

앞에서 감동에 몸을 떨었다.

메이린 역시 무지개 계단이 나타나는 광경을 절경으로 인정한 것인지 눈을 반짝거리고 있었다. 하지만 그 안에 담긴 감정 중 절반은 저 계단 끝에 있는 발할라에 대한 기대일 듯했다.

그리고 두 정령은 그런 반응을 보이는 두 사람 앞에 서서 어떠냐는 듯이 어깨를 으쓱하고 있었다.

드디어 발할라로 갈 수 있게 되었다. 브루스는 정령들에게 감사 인사를 하고는 조바심을 억누르지 못하고 "자아 가지, 미라 공, 프리퓨어 공!"이라고 말하며 계단에 발을 내디뎠다.

"조심해요~."

"언제든지 또 와~."

그런 말로 배웅하는 두 정령에게 손을 흔들어 답한 후, 미라는 계단을 뛰어오르는 브루스의 뒤를 느긋하게 쫓았다.

그런 미라의 옆을 메이린이 쌩하고 지나쳐갔다. 그리고 그대로 브루스를 따라잡아 추월하나 싶었더니, 그대로 경주를 하기 시작했다.

메이린과 브루스가 앞다투어 계단을 뛰어오른다.

또한 정령왕과 두 정령이 이야기를 나눌 때 슬그머니 물어보니, 루난리드와 폰티네는 문지기라는 특별한 임무를 맡고 있어서 소환계약은 맺을 수 없다고 했다.

상당히 유쾌한 정령들이었던 만큼 다소 아쉽다는 생각을 속으로 하며 미라는 계단을 올랐다.

발할라로 이어진 무지개 계단. 그곳에서 보이는 풍경은 신기하기 그지없었다.

빛의 건너편은 필즈섬의 상공으로 이어져 있었다. 심지어 계단을 하나 오를 때마다 대지가 순식간에 멀어지고, 하늘이 빠른 속도로 가까워졌다. 그 후로 수십 계단 정도를 오르자 이번에는 운해(雲海)가 시야 가득 펼쳐졌다.

'언제 와도 신기하군그래.'

필즈섬에 도착했을 때, 하늘에는 구름 한 점 없었다. 다시 말해서 눈앞에 자리한 운해는 필즈섬의 상공에 존재하는 것이 아닌 동시에, 이미 좀 전에 있던 곳을 벗어났다는 증거라 할 수 있었다. 그렇다, 이 앞에 펼쳐진 곳이 바로 신역이라 불리는 장소인 것이다.

"그나저나, 기운들도 좋구먼."

고개를 들어보니 한참 앞에서 경쾌하게 계단을 오르는 두 사람의 모습이 보였다. 멀리서 봐도 알 수 있을 정도로 잔뜩 흥분한 듯했다.

중간까지 경주를 하던 두 사람은 이제 중간중간 멈춰 서서 허겁지겁 주변을 둘러보고는 신이 나서 호들갑을 떨고 있었다.

비현실의 세계에 있는, 또다른 비현실의 세계. 그런 생각을 했던 당시의 일을 돌이켜보며, 미라는 천국이라는 것이 있다면 이런 장소일 것이 아닐까 거듭 생각했다.

어떤 원리로 된 것인지. 계단을 조금 더 오르자 눈 앞에 펼쳐진 하늘에 무수히 많은 섬들이 나타났다.

그 섬들은 나선형을 이룬 채 하늘 높은 곳으로 이어져 있었다.
그렇다, 그 섬들이 바로 발할라였다.

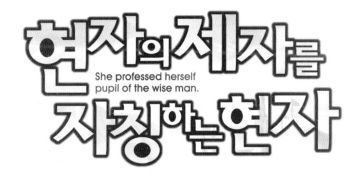

구입해주셔서 감사합니다!

자아, 이번 권에서 오랜만에 미라의 새로운 의상이 등장했습니다. 그리고 표지에도 새 의상으로 등장했습니다! 이번 표지에 쓰인 일러스트도 정말 근사하네요. 잡다한 자료와 문장을 보고 이렇게까지 훌륭하게 그려주시는 후지 초코 선생님께는 뭐라 감사의 말을 해야 할지 모르겠습니다.

그러고 보니 서적판 15권 발매 전에 스에미츠 짓카 선생님이 담당하고 계신 코믹스판 8권도 발매됐고, 우오누마 유우 선생님이 담당하신 외전 『미라와 근사한 소환정령(동료)들』 1권도 함께 발매되었습니다.

게다가 바니라 보우 선생님이 담당하신 스핀오프 『마리아나의 아득한 나날』도 코믹 라이드에서 연재 중입니다!

심지어 13권 후기에서 언급했던 애니메이션 제작도 현재 진행 중이라지 뭡니까!

지금은 키 비주얼 제1탄과 PV 제1탄이 공개되어 있습니다(4월 말 기준).

애니메이션화는 이 작품을 집필하기 시작했을 때부터 꾸어온 꿈이었습니다. 벌써부터 방송될 날이 무척 기대됩니다!

그럼 다음 권에서 뵙겠습니다!

KENJA NO DESHI WO NANORU KENJA Vol.15
©2021 by Ryusen Hirotsugu / fuzichoco
All right reserved.
First published in Japan in 2021 by MICRO MAGAZINE, INC.
Korean translation rights reserved by Somy Media, Inc.

현자의 제자를 자칭하는 현자 15

2021년 12월 14일 1판 1쇄 발행

저 자	류센 히로츠구	
일 러 스 트	후지 초코	
옮 긴 이	정대식	
발 행 인	유재옥	
담당편집자	정영길	
편 집 1팀	이준환 김혜연 박소연	
편 집 2팀	정영길 조찬희 박치우 조현진	
편 집 3팀	오준영 곽혜민 이해빈	
미 술	김보라	
라이츠담당	한주원 이다정	
디 지 털	박상섭 이성호 최서윤 김지연	
발 행 처	㈜소미미디어	
등 록	제2015-000008호	
제 작 처	코리아피앤피	
주 소	서울시 마포구 토정로222, 403호(신수동, 한국출판콘텐츠센터)	
판 매	㈜소미미디어	
마 케 팅	한민지 최정연	
전 화	편집부 (070)4164-3962, 3963 기획실 (02)567-3388	
	판매 및 마케팅 (070)4165-6688, Fax (02)322-7665	

ISBN 979-11-384-0485-3 04830
ISBN 979-11-5710-460-4 (세트)